Zum Buch:

Es sind nur noch wenige Schritte in eine neue Zukunft. In eine andere Zukunft. Eine, in der das frühere Leben mit Mama und Papa keine Rolle mehr spielt, in der die glücklichen Kindheitstage vergessen sein werden. Die kleinen Füße in Schuhgröße 26, die in grauen Stiefelchen mit applizierten Rosen stecken, laufen immer weiter. Es ist kalt draußen. Die Atemluft des Mädchens gefriert in der Luft. Winzige Wassertropfen, die in der Luft schweben und binnen Sekunden wieder verschwinden werden. Wie sich auflösender Nebel, der lediglich eine Ahnung von dem zurücklässt, was zuvor geschehen ist …

Zur Autorin:

Nora Benrath, geboren 1978 in Warendorf, ist das Pseudonym einer deutschen Journalistin, die als Redakteurin u.a. in München und Münster gearbeitet hat. Sie gehörte über mehrere Jahre zum Rechercheteam des »Stern« in Düsseldorf und wurde vor allem in Recherchen zur Mafia und zu Kriminalfällen eingebunden. Seit einigen Jahren lebt sie mit ihrer Familie in Italien.

NORA BENRATH

WEHRLOS

THRILLER

HarperCollins

1. Auflage 2022
Originalausgabe

Umschlaggestaltung von zero Werbeagentur
Umschlaggabbildung von Shutterstock / Isaac Cedercrantz
Gesetzt aus der Stempel Garamond
von GGP Media GmbH, Pößneck
Druck und Bindung von CPI books GmbH, Leck
Printed in Germany
ISBN 978-3-365-00136-3
www.harpercollins.de

PROLOG

Sonntag, 17.17 Uhr, Kinderspielplatz

Es sind nur noch wenige Schritte in eine neue Zukunft. In eine andere Zukunft. Eine, in der das frühere Leben mit Mama und Papa keine Rolle mehr spielt, in der die glücklichen Kindheitstage vergessen sein werden. Die kleinen Füße in Schuhgröße 26, die in grauen Stiefelchen mit applizierten Rosen stecken, laufen immer weiter. Es ist kalt draußen. Die Atemluft des Mädchens gefriert in der Luft. Winzige Wassertropfen, die in der Luft schweben und binnen Sekunden wieder verschwinden werden. Wie sich auflösender Nebel, der lediglich eine Ahnung von dem zurücklässt, was zuvor geschehen ist.

Nur wenige Meter hinter dem Mädchen: die Rutsche, auf der sie vor Minuten noch vergnügt gespielt hat. Immer und immer wieder ging es über ein Kletternetz mit robusten Seilen hinauf auf den Rutschturm. Ein kurzer Blick aus der neuen Perspektive über den kunterbunten Spielplatz, dann mit einem fröhlichen Juchzen über die Rutsche hinab auf die Fallschutzmatten. Großzügig sind diese auf dem Spielplatz des Dorfes ausgelegt worden. Ein Spielplatz sollte ein sicherer Ort sein. Nicht umsonst ist er von einem hohen Maschendrahtzaun umgeben. Von außen wirkt er nahezu wie ein Käfig, doch nur so kann vermieden werden, dass Kinder ihre Bälle vom Platz schießen und ihnen dann auf die Fahrbahn folgen.

Nele hat nicht mit ihrem Ball gespielt. Sie ist gerade vier Jahre alt, liebt Prinzessinnen, Rutschen und Katzen. Und sie mag Mischa. Den Jungen, mit dem sie so lange gespielt hat, bis das andere Mädchen auftauchte. »Komm, wir müssen uns verstecken, schnell!«, flüstert ihr das andere Mädchen jetzt zu. Es ist einen guten Kopf größer als sie und hält die kleine Kinderhand fest in ihrer. Fast schon zu fest. Sie läuft, Nele läuft neben ihr her. Dass Mischa im Hintergrund fast zu Ende gezählt hat, hören beide Kinder nicht einmal mehr. »Achtzehn, neunzehn, zwanzig – ich komme!« Der kleine Junge steht mit dem Gesicht zu einem Schaukelpfosten. Ob er seine Freundin und das andere Kind wohl schnell finden wird? Der Spielplatz ist überschaubar groß. Im Spielhaus könnten sie sein, hinter einem der Rutschtürme, oder aber hinter dem Busch, der sich auf der Rasenfläche befindet. »Betreten verboten« steht auf einem Schild vor der Wiese. Kinder scheren sich nicht darum. Viele von den Spielplatz-Besuchern können noch nicht einmal lesen.

Mischa schaut zu seiner und Neles Mama. Die beiden stehen seitlich einer Wippe, sehen sich etwas auf einem Handy an. Weihnachtliche Klänge erfüllen die Luft. Die Weihnachtsaufführung im Kindergarten. Nele war als Engelchen verkleidet, sang mit glockenheller Stimme zusammen mit den Kindern ihrer Gruppe etwas von Sternen am Weihnachtsbaum. Sieben Mädchen sind sie in der Kindergartengruppe. Ab Anfang der nächsten Woche werden es nur noch sechs sein. Auch der Kindergarten wird Teil der Vergangenheit sein. Keine fröhlichen Kinderstimmen mehr, keine hellen Fenster, die mit bunten Kinderhänden bemalt wurden. Neles Handabdrücke an einem dieser Fenster werden in den Fokus der Ermittler rücken. In der Hoffnung, dass die bunte Fingermalfarbe nicht zu dick aufgetragen wurde und die Anordnung der Papillarlinien an den Fingern und der Handinnenfläche noch so gut erkennbar ist, dass sie später bei der Identifizierung des Kindes helfen kann.

Mischa hat zu Ende gezählt. Er drückt sich vom Pfosten ab, trippelt ungeduldig auf und ab und scannt dann den Spielplatz. Er sucht nach Neles pinkfarbener Jacke. Die ist so auffällig, dass seine Freundin immer zwischen all den anderen Kindern hervorsticht. Ein kleines, hübsches und nahezu komplett in Pink gekleidetes Mädchen, das so viel Farbe in all das Grau in Grau bringt. Doch die pinke Jacke ist bereits weit von Mischa entfernt. Die Kinderschuhe, die unten mit Blinkioden versehen sind, haben den Spielplatz längst verlassen. Mischa dreht sich im Kreis. Er braucht etwas, bis er den pinken Farbklecks entdeckt. Hinten, auf der Betonfläche, die eigentlich zum Inlineskaten und Fahrradfahren gedacht ist. Da, wo es absolut keine Möglichkeit zum Verstecken gibt. Kein Hindernis, keine Mulde – nur ein kleiner Ein- und Ausgang, der direkt zum Parkstreifen an der Straße führt.

Erst jetzt schauen die beiden Mütter auf. Sie waren nur einen klitzekleinen Moment abgelenkt durch ihre Gespräche, durch Erinnerungen, die für Neles Mutter bald zum wertvollsten Schatz werden.

»Nele!«, ruft die Mutter schließlich. Und noch einmal: »Nele!« Auch Mischas Mutter stimmt mit ein: »Neeeele!« Nur kurz dreht sich das Kind noch um und wird dann von der Hand, die es so erbittert festhält, vom Spielplatz in ein komplett anderes Leben gezogen.

Neles Mama rennt. Erst über den Spielplatz, dann auf die Betonfläche, auf der einige Erwachsene ihren Kindern bei den ersten Versuchen mit Inlineskates helfen. Sie alle haben ihre Rufe gehört. Sie alle haben die beiden Mädchen gesehen. Es wäre so einfach gewesen, die Kinder zu stoppen. So einfach, Nele an ihrer pinkfarbenen Kapuze festzuhalten und die Mädchen durch ein kurzes »Hey, wo wollt ihr denn hin? Deine Mama ruft dich«, aufzuhalten.

Aber sie alle schauen nur zu. Wie die Mutter keuchend und mit großen, schnellen Schritten auf die Betonfläche läuft, jedoch so weit von ihrer Tochter entfernt ist, dass sie sie nicht mehr erreichen kann. Es ist zu spät.

Ein Kind mit Inlineskates fährt ihr in die Lauflinie, sie strauchelt, fällt auf die Knie. Sie merkt nicht, wie sich spitze Steinchen in ihre Kniescheibe bohren, nimmt den körperlichen Schmerz nicht wahr. Die Welle an Verzweiflung, die sie ergreift, ist nur ein Vorgeschmack auf das, was noch kommen wird. Wieder: »Neeele!« Die Schallwellen ihres Rufes werden vom Gelände getragen, erreichen noch ihre Tochter, die gerade von einer Hand in ein dunkles Auto gezogen wird. *Kennzeichen, ich muss mir das Kennzeichen merken*, denkt sich Neles Mama. Doch ihr Blick ist bereits so tränenverschleiert, dass sie weder Buchstaben noch Zahlen erkennen kann. Selbst die pinke Jacke ist verschluckt – im Inneren eines dunklen Wagens, dessen Ziel sie nicht einmal erahnen kann. Zusammen mit ihrem Kind, das sie vermutlich niemals wiedersehen wird. Vier Jahre pures Glück, die mit einem Mal beendet sind.

Sonntag, 17.21 Uhr

Der unsichtbare Ring um ihre Brust schnürte sich immer weiter zu. Er nahm ihr die Luft zum Atmen, sorgte für ein Engegefühl, das sich nicht mit der Weite dieser Welt vereinbaren ließ. Einer Welt, die so groß war, dass es unendlich viele Plätze gab, an die Nele jetzt gebracht werden konnte: Dörfer, Städte, Länder, Kontinente. Und doch hatten alle Plätze eins gemein: Nirgends könnte sie Nele beschützen. Überall wäre Nele ganz auf sich gestellt.

Mareike Ganter schrie. Sie schrie so markerschütternd, dass alle Gespräche um sie herum erstarben. Das Kinderlachen auf dem Spielplatz verstummte, die zuvor so desinteressierten Eltern schauten betreten zu ihr herüber, nicht ohne jedoch zuvor nach ihren eigenen Kindern geschaut zu haben und diese nun so fest wie möglich an der Hand zu halten. Niemand hatte versucht, das andere Kind oder das Auto aufzuhalten. Niemand war hinterhergestürzt, um sich die Bestandteile des Kennzeichens zu merken, die sie selbst nicht hatte ablesen können. Jeder war nur auf sich selbst bedacht gewesen.

Neles Mutter hielt sich mit einer Hand an der Metallabsperrung zum Spielplatz fest, ihre Finger verkrampft um das kalte Eisen gelegt. Sie spürte, wie ihr die Kälte über die für diese Jahreszeit viel zu leichten Sneakers in die Zehen kroch und zentimeterweise immer mehr von ihrem Körper Besitz ergriff. Sie konnte sich kaum auf den Beinen halten. Sie konnte dem Auto nicht hinterherlaufen.

»Bitte, schnell, wir brauchen die Polizei, Spielplatz am Ortsende. Vermutlich ist ein Kind entführt worden«, hörte sie da wie durch Watte die Stimme eines ihr unbekannten Mannes.

»Ein kleines Mädchen, pinke Jacke, sie hört auf den Namen Nele. Den Namen hat die Mutter immer wieder gerufen.«

»Ja, in einem dunklen Wagen. Kombi – ja, es war ein Kombi.«

»Keine zwei Minuten her.«

»Bitte kommen Sie schnell.«

Sie hörte die Stimme direkt hinter sich und spürte dann eine Hand auf ihrer Schulter. Sanft, aber bestimmt. Wie bei einem Arzt, der einem Angehörigen den Oberarm streichelte, um ihm dann mit leiser, aber fester Stimme etwas mitzuteilen, das so schlimm war, dass es das Leben der ganzen Familie erschüttern würde.

So, wie wenn er mit vorsichtigen Worten sagen würde: »Wir haben alles in unserer Macht Stehende getan, aber leider konnten wir Ihrem Kind nicht mehr helfen.«

Helfen, ich muss ihr helfen. Sie konnte nicht einfach untätig hier herumstehen. Mareike, die von allen Mieke genannt wurde, schüttelte die Hand von ihrer Schulter ab und rannte nun doch ziellos die Straße entlang, in die das Auto gefahren war. Da dachte sie zum ersten Mal an ihren Mann – sie musste ihren Mann informieren! Er musste wissen, dass sie nicht gut auf seine Tochter aufgepasst hatte. Dass man sie vor ihren Augen entführt hatte. Dabei wollten sie und Nele am Abend gemeinsam einen Kakao mit Marshmallows trinken, und sie hatten überhaupt noch so viele Sachen vor.

Mieke nahm in der spärlichen Straßenbeleuchtung, die die Gemeinde zum Einsparen von Geldern immer weiter reduziert hatte, die eintönigen Hausfassaden wahr. Putz, der längst abblätterte und dringend erneuert werden musste. Die Häuser hier waren meist weiß verputzt, zeigten nur noch ein schmutziges Grau. Niemand hatte Mut zur Farbe. Nele hätte ein rosafarbenes Haus gewollt – definitiv. Sie liebte Pink. Selbst der Weihnachtsbaum hatte pinke Kugeln gehabt.

»Pink, Mama, ich will einen pinken Baum!«, hatte Nele immer wieder betont und war dabei auf und ab gehüpft. Die Weihnachtszeit war für sie mehr als aufregend gewesen – auch, weil sie genau da Geburtstag hatte. Ihr persönliches Christkind, ihr größter Wunsch.

Der noch immer beleuchtete Weihnachtsbaum, der auf einer der wenigen vorderen Veranden stand, schien wie ein Relikt aus einer anderen Welt. Einer Welt, die weiterhin Liebe und Frieden verhieß und entgegen allen Tragödien dieser Welt weiter fröhlich blinkte und als Symbol für Lebenskraft stand.

Oh mein Gott, Nele, was wollen sie von dir? Hoffentlich lassen sie dich leben! Mieke spürte das Brennen in ihrem Hals. Die verstärkte Atmung in Kombination mit der kalten Luft tat ihr nicht gut. Bei jedem Atemzug machten sich die Luftröhre und ihre Lunge bemerkbar.

Nicht aufgeben, du darfst nicht aufgeben! Sie zog ihren Schal vor Mund und Nase und hatte das Gefühl, dass das Brennen etwas nachließ. Da vorne, die Kreuzung. Aber dann? In welche Richtung sie wohl mit Nele gefahren waren?

Hilfe, sie brauchte dringend Hilfe. Sie schluchzte. Wo blieb nur die Polizei? Mieke rannte mitten auf die Kreuzung. So könnte sie sich besser orientieren – hoffte sie. Sie drehte sich verzweifelt um die eigene Achse, fand aber keinen Anhaltspunkt, der ihr irgendwie weiterhelfen könnte. Keine Reifenspuren auf der nassen Fahrbahn, auf die jetzt leichter Regen tropfte.

In weiter Ferne raste ein Wagen mit erhöhtem Tempo in Richtung Ortsausfahrt.

Sonntag, 17.28 Uhr, Streifenwagen

Der durchdringende Ton des Martinshorns ging Polizist Ben Andersen immer noch bis auf die Knochen. Der schrille Ton versetzte ihn weitaus mehr als ein Notruf in Alarmbereitschaft, jagte das Adrenalin durch seinen Körper und ließ ihn Alltagssorgen ausschalten. Er atmete flacher und angestrengter als sonst, konzentrierte sich ganz auf die Fahrbahn vor ihm. Seine Kollegin Imke Hansen saß still neben ihm. Acht Kilometer, und sie wären am Einsatzort: einem Spielplatz in einem Vorort von Münster.

»Moritz01 an alle verfügbaren Einheiten: mutmaßliche Kindesentführung. Vierjähriges Mädchen in Wagen gezerrt. Dunkler Kombi auf der Flucht.«

Wieder wurde der Funkspruch wiederholt, der sie bereits alarmiert hatte.

»Moritz09 ist unterwegs.«

Es waren insgesamt rund acht Kilometer von der Dienststelle zum Einsatzort. Zehn Minuten von der Alarmierung bis zum Eintreffen am Ort der Entführung.

»Dunkler Kombi.« Ben schüttelte den Kopf.

»Damit kommt in etwa jedes zweite Fahrzeug infrage.«

Imke stöhnte. »Anonymer kann man mit einem Kind kaum untertauchen.«

»Schneller auch nicht!« Ben schaute auf die Hinweisschilder, die in Richtung Autobahn deuteten. Gleich zwei Autobahnen verliefen hier – die A1 und die A43. Weiter oben im Norden gab es mit der A30 eine Schnellanbindung an die nahegelegenen Niederlande. Mit Wegfall der stationären Grenzkontrollen im Schengenraum war es nicht nur für Urlauber und Grenzpendler einfacher geworden, sondern vor allem auch für Personen, die schnellstmöglich aus anderen Gründen über die Landesgrenzen mussten.

Ben bog auf den Innenstadtring ab und verschaffte sich per Martinshorn Gehör. Die Fahrzeuge vor ihm wichen auf die rechte Spur aus, schafften somit Raum für das Einsatzfahrzeug, das schnellstmöglich die Stadt verlassen musste.

Noch sieben Kilometer.

Der Polizist trat heftig in die Bremsen. Ein roter Kleinwagen wechselte vor ihm von der rechten auf seine Spur. Ben betätigte die Lichthupe, sah kurz im Rückspiegel des Autos vor ihm das erschrockene Gesicht der noch jungen Fahrerin. Ben bedeutete ihr mit einer schnittigen Handbewegung, die Spur zu räumen, wechselte dann selbst kurz auf die rechte Spur, um seine Fahrt schnellstmöglich fortzusetzen.

»Laute Musik«, mutmaßte Imke ärgerlich. »Es ist doch immer das Gleiche. Niemand denkt daran, dass man auch die Einsatzwagen noch hören können muss.«

Ben schwieg. Er drückte den Fuß noch etwas fester aufs Gaspedal, war froh, dass die anderen Auto- und Fahrradfahrer umsichtiger reagierten und er schnell auf die Ausfallstraße traf.

Noch sechs Kilometer.

Sie ließen die letzten Häuserzeilen der Stadt hinter sich, bogen mit dem Wagen um die Kurve.

»Verdammt noch mal!« Ben fluchte und bremste das Einsatzfahrzeug erneut ab. Die Schranken zu den quer über die Fahrbahn verlaufenden Bahngleisen waren geschlossen, kündigten das Herannahen der Regionalbahn an. Einmal stündlich bot sie hier Berufspendlern die Möglichkeit, so bequem wie möglich in die Stadt zu gelangen.

»Verdammter Mist«, stimmte auch Imke mit ein, lehnte sich nach vorne und ließ sich dann stöhnend wieder in ihren Sitz fallen. »Das hängt alles von uns ab, oder?«

»Ich hoffe einfach, dass eine andere Streife vor uns vor Ort ist.«

»Ringfahndung?«

»Da kümmert sich sicher das Präsidium drum. Aber wegen des Fußballspiels stehen nicht so viele Einheiten zur Verfügung. Heute ist Lokalderby.«

»Sie müssen die Autobahnauffahrten kontrollieren.«

»Das werden sie schon.«

»Aber …«

»Ja, du hast recht«, formulierte er ihren Gedanken zu Ende. »Vermutlich nur nicht schnell genug.«

Alles andere als schnell öffneten sich dann auch die Bahnschranken wieder. Ben schaltete vom ersten in den zweiten Gang, verließ endlich den Ort und gelangte auf die Bundesstraße.

Noch fünf Kilometer.

Ben hatte die Zahlen klar im Kopf: Laut BKA waren im Jahr 2020 insgesamt 14.614 Kinder im Alter bis einschließlich 13 Jahren vermisst gemeldet worden. Mehr als 97 Prozent von ihnen konnten wieder angetroffen oder aber ihr Schicksal geklärt werden. Einige blieben jedoch für immer verschwunden.

»Mehr als 1600«, murmelte er.

»Mehr als 1600 was?«, fragte Imke nach.

»So viele Kinder sind seit 1951 in Deutschland verschollen. Spurlos. Niemand weiß, was mit ihnen passiert ist.«

»Uff«, Imke biss sich auf die Unterlippe, starrte auf die nur durch die Scheinwerfer des Streifenwagens beleuchtete Straße. »Ich möchte nicht in der Haut derjenigen stecken, die bei der Ermittlung vielleicht etwas Entscheidendes übersehen.«

»Ich auch nicht.« Ben schaltete die Scheibenwaschanlage an, sprühte per Druckknopf das Gemisch aus destilliertem Wasser und Frostschutzmittel auf die verdreckten Scheiben. Schneematsch und Streusalz wichen in die Außenbereiche der Scheibe, als die Wischerblätter rhythmisch hin- und herjagten.

Noch vier Kilometer.

Ben verlangsamte kurz das Tempo, als ein Kombi von der Gegenfahrbahn nach links auf eine Nebenstrecke abbog und dabei ihre Fahrbahn überquerte. Ein dunkelhaariges Mädchen mit weit aufgerissenen Augen, das vermutlich hinter seinem Vater auf der Beifahrerseite saß, hob nahezu zaghaft die Hand, um die Polizei auf sich aufmerksam zu machen und ihr zu winken. So wie es viele Kinder taten. Es schien enttäuscht, dass Ben und Imke nicht zurückwinkten. Sonst schalteten sie auch gerne zur Freude der Kinder kurz das Blaulicht an.

Doch das Blaulicht war bereits an, drehte sich noch schneller als Bens Gedanken.

Was, wenn wir am Einsatzort eine wichtige Spur übersehen? Was, wenn wir das verschwundene Kind nicht wiederfinden? Was, wenn wir in die falsche Richtung ermitteln? Oder aber in die falsche Richtung fahren?

Noch drei Kilometer.

»Ich kenne den Spielplatz«, sagte Ben. »Ich war mit meinen Töchtern auch schon da.«

»Wie alt sind die beiden noch einmal?«

»Helen ist acht, Luisa vier.«

»So alt wie das verschwundene Mädchen.«

»Ich mag gar nicht darüber nachdenken.« Ben klang ungeduldig. Er hatte das Gefühl, dass die Wegstrecke in den Stadtteil so viel länger war als sonst. Er wohnte am Ort des Verschwindens, fuhr die Strecke fast täglich. Er genoss die kurze Fahrt von der Dienststelle nach Hause. Ein paar Kilometer, um abzuschalten, um auf andere Gedanken zu kommen. Um noch kurz über die Geschehnisse vom Dienst nachzudenken und dann ganz einzutauchen in sein Privatleben. Er und seine Töchter. Das perfekte Dreierteam.

Noch zwei Kilometer.

Er spürte ein klein wenig Erleichterung, als er in der Ferne endlich die ersten Lichter des Ortes sah. Bald wären sie da. Er wusste genau, wo sich der Spielplatz befand. Der beliebteste Spielplatz in der Gegend, Treffpunkt von Jung und Alt. Ab dem Grundschulalter ließen viele Eltern ihre Kinder hier allein hin. Jeder kannte jeden. Was sollte schon passieren? Hatte er nicht aus genau diesem Grund diesen Wohnort gewählt?

Aufwachsen in einem beschaulichen Stadtteil, in dem man sich keine Sorgen machen musste und die Kinder auch mal aus den Augen lassen durfte. Vermutlich war diese vermeintliche Sicherheit einer Mutter oder einem Vater nun zum Verhängnis geworden. Das konnte passieren, wenn die Aufmerksamkeit nachließ.

Imke griff zum Funkgerät.

»Moritz01 von Moritz09, bitte kommen.«

»Moritz01 hört.«

»Moritz09 übernimmt. Wir sind gleich an der Einsatzstelle.«

»Moritz01 hat verstanden.«

Imke setzte ihre dunkle Wollmütze mit der Aufschrift »Polizei« auf, warf einen kurzen Kontrollblick in den Innenspiegel auf der Beifahrerseite und schob zwei ihrer blonden Haarsträhnen unter die Mütze. Dann zog sie sich die Lederhandschuhe über.

Noch ein Kilometer.

»Moritz09, eure genaue Position?«

»Moritz09 befindet sich an der Ortseinfahrt. Wir sind gleich da.«

»Okay, Moritz09, Ringfahndung wird eingeleitet. Wir brauchen dringend ein Foto von dem Mädchen.«

»Moritz01 von Moritz09, verstanden! Foto schicken wir gleich.«

Jeder hatte Fotos seines Kindes auf dem Smartphone. Ein enormer Vorteil bei der Ermittlungsarbeit. Sie könnten binnen Minuten erste Bilder des vermissten Mädchens ans Präsidium schicken.

Sonntag, 17.35 Uhr, Kinderspielplatz

Mieke wurde durch das herannahende Martinshorn aus ihrer Trance geholt. Sie riss sich aus den Armen ihrer Freundin Denise, die sie festgehalten hatte, stürmte auf den Polizeiwagen zu. Sie wartete kaum ab, dass die beiden Polizisten ihre Türen geöffnet hatten.

»Meine Tochter – Nele«, stammelte sie atemlos. »Entführt.«

Sie deutete auf die Richtung, in die der Wagen gefahren war. Sie erhoffte sich, dass die Polizei endlich die Verfolgung aufnehmen würde. Stattdessen schob der Polizist, der sich mit Ben Andersen vorstellte, sie sanft zur Seite, ging mit ihr ein paar Schritte vom Streifenwagen weg.

»Sie sind die Kindsmutter?«

»Ich … ja. Mieke … Mareike Ganter.«

»Ihre Tochter ist wie alt?«

»Vier.« Nein, sie wollte das nicht. Sie wollte nicht befragt werden. Sie wollte doch nur ihre Tochter zurück. »Nele, sie heißt Nele. Sie ist in ein Auto gezogen worden. Das stand hier, halb hinter der Hecke vom Spielplatz versteckt.«

Sie deutete auf den nun verlassenen Spielplatz. Die Besucher, die sich vormals um Schaukeln und Rutschen gedrängt oder aber auf Bänken dem bunten Treiben auf der Betonfläche zugeschaut hatten, befanden sich nun irgendwo zwischen Spielplatz und Kreuzung. Auf Positionen, von denen aus sie die Verzweiflung einer Mutter und die Befragung der Polizei genau mitbekamen. Sie hielten sich als Zeugen bereit. Sie zückten aber auch ihre Smartphones und filmten den Streifenwagen, der die sonst so unaufgeregte Gegend nun in einen düster wirkenden Ort verwandelte, der unaufhörlich in flackerndes blaues Licht getaucht wurde. Aufmerksamkeit war jedem Filmer hier gewiss.

»Nun hören Sie doch auf zu filmen«, rief die Polizistin den Schaulustigen zu, sprach dann kurz mit ihrem Kollegen und führte Mieke schließlich zu einem eintreffenden Krankenwagen.

»Ich möchte, dass die Sanitäter Ihnen eine warme Decke geben und ein Auge auf Sie haben«, erklärte sie und stützte Mieke bei ihren wackeligen Schritten.

Mieke setzte wie mechanisch einen Fuß vor den anderen. Sie bewegte sich vorwärts, ging im Tempo der Polizistin und hatte doch das Gefühl, keine Kontrolle mehr über ihren Körper zu haben. Sie zitterte unaufhörlich – trotz der dicken Winterjacke. Ihre Tränen liefen warm an ihren kalten Wangen hinab. Ihr Herz wummerte laut in ihrer Brust. Immer wieder im gleichen Takt. »Ne-le-ist-weg, Ne-le-ist-weg, Ne-le-ist-weg.«

Sie wollte schreien, hatte aber keine Kraft mehr dazu. Ein Sanitäter half ihr in den Krankenwagen, drückte sie behutsam, aber bestimmt auf die Trage. Half ihr dann dabei, auch ihre Beine hochzulegen.

Sie hörte die Stimme ihrer Freundin Denise. Bruchstückhaft und schmerzhaft bohrte sie sich in ihr Bewusstsein.

»Nele …«

»Ja, genau. Wir haben uns auf dem Spielplatz getroffen.«

»Ein dunkler Kombi … selbst nur kurz gesehen.«

»Leider kein komplettes Kennzeichen … was mit M.«

»Ein Kind … Es war ein anderes Kind. Ein Mädchen.«

Dann wieder die Stimme der Polizistin: »Ben, die Personalien. Nimm mit den Kollegen die Personalien auf.«

»Den Notruf hat ein Mann abgesetzt«, nahm sie nun etwas deutlicher Denise' Stimme wahr. »Puh, den habe ich noch nie gesehen. Jeans, helle Mütze, eine dunkle Winterjacke. Eben war er noch hier, aber nein. Jetzt sehe ich ihn nicht mehr, tut mir leid.«

Denise' Sohn Mischa quengelte. »Mama, mir ist kalt. Ich will nach Hause, bitte!«

»Ja, Schatz, gleich«, beschwichtigte Denise.

Nach Hause. Mieke wollte auch nach Hause. Sie wollte nicht hier sein – und sie wollte schon gar nicht ohne Nele nach Hause. Warum verdammt tat denn niemand etwas? Sie sah zwei weitere Streifenwagen, die Polizisten besprachen sich. Schließlich löste sich der Polizist Andersen aus der Gruppe, kam auf sie zu.

»Frau Ganter, haben Sie ein Foto Ihrer Tochter auf dem Smartphone? Am besten eins von heute. Mit der Kleidung, die sie heute getragen hat.«

Mieke nickte, richtete sich etwas auf. Sie zog ihre Tasche, deren Henkel sie die ganze Zeit über fest umklammert hatte, zu sich. Nestelte darin herum, fand ihr Handy, wischte mit ihrem Finger über das Display. Nele lächelte sie auf dem Hintergrundbild an. Die großen dunklen Augen, denen sie nichts abschlagen konnte. Die süßen Grübchen, die sich bildeten, wenn Nele lächelte. Sie konnte sich nicht von dem Bild ihrer Tochter abwenden.

»Frau Ganter?«, fragte der Polizist. Und dann noch einmal: »Frau Ganter?«

Mit tränenverschleiertem Blick schaute Mieke in seine Richtung, die Finger fest um das Handy geschlossen, die Fingerkuppen auf dem Bild ihrer Tochter. Wie eine letzte Liebkosung für Nele, wie ein letzter Gruß. Sie schluchzte auf, unfähig, sich zu bewegen oder die Fotos in ihrer Handygalerie durchzuscrollen. Jedes Bild erzählte eine eigene Geschichte, rief schmerzhafte Erinnerungen hervor. Dabei war die Welt doch nur wenige Minuten zuvor noch in Ordnung gewesen. Ihre Welt …

Denise nahm ihr sanft das Telefon aus der Hand, streichelte ihr über den Oberarm. Sie merkte nichts von der sanften Bewegung. Ihre dicke Winterjacke ließ kein anderes Gefühl zu ihr durch als das des Grauens und der Eiseskälte, die nicht nur von ihrem Körper Besitz ergriff. »Lass mal, Mieke, ich mache das.«

Dann sprach Denise mit dem Polizisten, erklärte ihm, dass sie die Bilder vor nicht einmal einer Stunde von den Kindern gemacht hätten. Kurz vor Einsetzen der Dämmerung.

»Nele, lächele doch bitte mal kurz in die Kamera.«

»Mama, ich spiele doch mit Mischa.«

»Nur kurz, mein Schatz. Nur für ein Bild.«

»Muss das sein?«, hatte Nele leicht genervt gefragt.

»Ja, es geht auch ganz schnell. Dann kannst du weiterspielen.«

Mieke hatte eine Serie von Bildern gemacht. Das schönste hatte sie später noch bearbeiten wollen. Sie legte gerne Filter auf ihre Fotos. Und sie zog Nele immer gut an. Sie liebte es, wenn sie niedlich aussah.

»Sie hat heute Jeans und eine pinke Winterjacke getragen«, verschaffte Mieke sich aus dem Krankenwagen Gehör. Ihre Stimme brach, aber sie konnte sie noch beherrschen. »Und graue Stiefel mit Rosen-Applikationen. Rosarote Rosen mit etwas Glitzer.«

»Kopfbedeckung?«, fragte der Polizist knapp.

»Ein Strickset. Schal und Mütze selbst gestrickt. Türkis.«

»Haben Sie zuvor etwas Verdächtiges bemerkt?« Der Polizist senkte die Stimme und stieg zu ihr in den Krankenwagen.

»Nein, wirklich nicht.«

»Denken Sie bitte noch einmal nach. Ihre Freundin sagte etwas von einem anderen Kind. Kannten Sie das Kind?«

Mieke schüttelte den Kopf. »Nein, ich habe das Mädchen noch nie zuvor gesehen.« Es war vielleicht drei oder vier Jahre älter als Nele. Ein Mädchen, es war doch einfach nur ein anderes Mädchen.

»Grundschulalter«, tippte Denise. »Aber wirklich, das Kind ist auch mir nie zuvor aufgefallen.«

»Vermutlich ortsfremd«, rief der Polizist seiner Kollegin zu, sprach dann etwas in sein Funkgerät, das Mieke nicht verstand. »Wir werden die Fotos Ihrer Tochter ans Präsidium schicken. Von dort aus geht das Bild an alle Polizeidienststellen.«

Mieke nickte.

»Wir werden alles tun, um Ihre Tochter zu finden«, versicherte ihr der Mann, tätschelte dabei unbeholfen ihre Hand. »Ist der Vater des Kindes schon informiert?«, fragte er dann.

Mieke schüttelte den Kopf. »Nein, ich kann ihn nicht erreichen.«

»Geschäftsreise«, mischte sich Denise ein. »Thomas ist ständig auf Geschäftsreise. Er ist in der IT-Branche tätig und viel unterwegs.«

»Stimmt das, Frau Ganter?«

»Ja«, pflichtete sie leise bei. »Mein Mann ist oft unterwegs.« Eigentlich waren sie längst getrennt, er längst ausgezogen. Verdammt, sie wusste nicht einmal, wo genau er jetzt wohnte. Irgendwo in Hamburg. Definitiv nicht mehr bei ihr und Nele – seit Wochen.

»Wo hält er sich momentan auf?«

»Er … Ich glaube, er musste heute den Zubringerflug nach München nehmen. Und von da aus weiter nach Peking. Oder Shanghai? Ach, ich erinnere mich nicht.« Sie brach wieder in Tränen aus. Versuchte krampfhaft, sich an das letzte Gespräch mit ihrem Mann zu erinnern. Peking oder Shanghai? Wohin hatte er gewollt? Es war ihr so egal gewesen. Hauptsache, sie musste ihn so schnell nicht wiedersehen.

»Rufen Sie ihn bitte noch einmal an«, forderte Ben Andersen sie auf. Er wartete, bis sie über die Kurzwahltaste ihren Mann angerufen hatte. Es kam keine Verbindung zustande.

Sie schüttelte den Kopf. »Nein, immer noch nicht. Er hat das Telefon nicht an.« Miekes Hand zitterte, als sie das Smartphone enttäuscht sinken ließ und dem Polizisten die Nummer ihres Mannes gab. Thomas musste unbedingt erfahren, was mit Nele geschehen war.

Sonntag, 17.58 Uhr,
Auto der Entführer

Neles Atmung war flach, aber stetig. Sie hatten sie mit einer Mischung aus Chloroform und Diazepam betäubt, um für eine schnelle Bewusstlosigkeit zu sorgen. Nicht, weil sie ein kleines Kind nicht gefügig machen konnten, sondern weil sie Aufmerksamkeit vermeiden wollten. Der Vorteil bei Operationen im Winter war eindeutig, dass die Dunkelheit viel verbarg und dass die noch verbliebene Weihnachtsstimmung das Aufmerksamkeitslevel der Menschen herabsenkte. Niemand achtete auf andere, niemand scherte sich darum, wie das neue Jahr für andere verlaufen könnte. Hauptsache, die eigenen Neujahrsvorsätze wurden umgesetzt und das Jahr legte einen fabelhaften Start hin.

Deshalb mussten sie vermeiden, dass ein Kind diese Heile-Welt-Trance zum Jahresanfang durch aufgeregtes Winken oder Rebellieren in einem dunklen Wagen störte. Sie hatten sogar auf verdunkelte Scheiben verzichtet. Ein absolutes Klischee rund um Entführungen. Nele lag friedlich und ohne Fesseln auf der Rückbank. Dem Kind ging es gut. Denn noch hatte es keine Ahnung von dem, was es erwarten würde. Die Frau am Steuer hatte jedoch kein Mitleid mit dem Mädchen.

Wie jedes Mal, wenn sie den Fahrdienst übernahm. Sie hatte in ihren Kreisen einen Ruf zu verlieren.

Über den Rückspiegel fing sie den Blick von Amira auf, die sie zum wiederholten Mal eingesetzt hatten. Sie würde diesen einfachen Fang nachher positiv erwähnen. Das würde Amira vor Drangsalierungen schützen. Das Kind hatte sich bislang an alle Abmachungen gehalten. Es war leicht, Kinder entsprechend zu beeinflussen. Man musste nur die passenden Knöpfe drücken. Mit Nele hatten sie jedoch andere Pläne als mit Amira.

»Lilly, was hältst du von Lilly?«, fragte sie Amira. »Das ist doch ein süßer Mädchenname. Sollen wir den festhalten?«

Amira nickte kaum merklich und schaute dann angestrengt aus dem Seitenfenster. Ihre Hand ruhte auf dem Knie des kleinen Mädchens. Die zarte Geste konnte die Frau am Steuer nicht wahrnehmen. Auch die Tränen, die dem älteren Mädchen langsam die Wangen hinunterliefen, sah sie nicht.

»Ja, Lilly ist gut«, sagte die Frau dann mehr zu sich selbst. »Das werde ich später genauso vermerken.«

Auf dem Beifahrersitz nickte der Mann, der das Kind in das Hintere des Wagens gezogen und ihm das ins Chloroform-Gemisch getränkte Tuch unter die Nase gehalten hatte. Boris wurde er genannt, aber die Frau war sich sicher, dass es nicht sein richtiger Name war. Fast alle hatten sie Decknamen. Boris war der Mann fürs Grobe. Auch sein Name sicher ein Klischee. Boris sprach nicht viel und führte nur das aus, was ihm aufgetragen worden war. Abgesehen davon, dass er einen ziemlich festen Händedruck hatte und die Kinder kaum beachtete, wusste sie nicht viel über ihn. Wenn sie ihn nur anhand seiner Mimik und seines Körperbaus beurteilen müsste, würde sie ihn irgendwo bei einem Inkasso-Unternehmen verorten.

Sie wusste jedoch, dass sie sich hundertprozentig auf ihn verlassen konnte. Boris und sie hatten einiges gemeinsam: Es gelang ihnen beiden hervorragend, keine Zweifel an ihren Versionen aufkommen zu lassen. Andere hätten das »Lügenkonstrukt« genannt. Doch es gab definitiv immer zwei Wahrheiten.

Die Wahrheit im Heck ihres Wagens hatte mit der kleinen Nele vom Spielplatz nichts mehr zu tun. Das würde das Kind noch schmerzlich erfahren müssen. Das Mädchen bewegte sich und stöhnte leise. Eine typische Reaktion, wenn die Kinder langsam das Bewusstsein wiedererlangten und die Wirkung der Betäubungsmittel nachließ. In Neles Alter waren die Kinder oft so benommen und verschüchtert, wenn sie wieder zu sich kamen, dass weitere Maßnahmen nicht nötig waren. Vermutlich aber würde das Kind für längere Zeit in einen Dämmerschlaf fallen. Die Anwesenheit von Amira würde ihm sicher guttun. Ein nicht zu unterschätzender Vorteil, wenn es darum ging, das Kind beruhigen zu müssen. Die Kinder hatten zuvor zusammen gespielt, sie hatten gemeinsam Spaß gehabt. Amiras Händedruck und ein paar liebevolle Worte ihrerseits würden Wunder bewirken.

»Sssssshhhh«, hörte sie Amira da auch schon flüstern. »Alles ist gut. Schlaf noch ein wenig. Ich bin bei dir.«

Xenias Herz hüpfte. Nur ein kleines bisschen. Fast schon eine Art Familienidylle. Zu einer anderen Zeit hätte sie das durchaus genossen. Doch mittlerweile hatte sie begriffen, dass das Leben andere Pläne mit ihr hatte. Dass *er* andere Pläne mit ihr hatte.

Das Radio dudelte leise vor sich hin. Noch hatte es keine Sondermeldung wegen einer mutmaßlichen Entführung gegeben. Seit sie vom Spielplatz weggefahren waren, war eine knappe halbe Stunde vergangen. Es war Zeit, wieder von der

Autobahn zu fahren. Wenn jetzt die Meldungen rausgingen, würde sich die Polizei zuerst an den Autobahnabfahrten positionieren. Sie würden auf Landstraßen ausweichen müssen. Xenia war sich sicher, dass sie schon weit genug gefahren war, um jeder Art von Ringfahndung zu entgehen. Ohne zu viel Aufmerksamkeit zu erregen, könnten sie bald irgendwo anhalten, das Auto neu betanken und den Kindern – sofern sie sich denn vorbildlich verhielten – einen Schokoriegel kaufen. Für die kleine Nele wäre es möglicherweise der letzte Schokoriegel.

Sonntag, 18.01 Uhr, Kinderspielplatz

Ben war im Gespräch mit Sanitäter Hendrik Mertens. Sie waren sich bereits in der vergangenen Woche zweimal bei Verkehrsunfällen begegnet. Mertens legte eine Infusion bei Mieke Ganter und strich ihr eine Haarsträhne aus dem verweinten Gesicht. Die, die bei Bewusstsein waren, beruhigte diese Geste. Bei denen ohne Bewusstsein hoffte er, damit zu ihnen vorzudringen. *Wir sind hier, wir kümmern uns um dich*. Und bei denen, die es vermutlich nicht schafften – so wie der junge Raser in der Nacht zu Samstag –, war es ein letzter Gruß. Anstelle der Angehörigen, die in solchen Momenten nicht bei ihnen sein konnten. Niemand sollte allein sterben müssen.

»Wie geht es ihr?«, fragte Ben leise und deutete auf Mareike Ganter, die mit geschlossenen Augen auf der Liege lag.

»Sie bekommt jetzt ausreichend Flüssigkeit per Tropf, damit sie nicht dehydriert. Und etwas zur Beruhigung.« Mertens spritzte ihr ein Beruhigungsmittel und schloss dann die Elektrolytlösung an die Infusion an.

Ben gegenüber verzog er mitleidig den rechten Mundwinkel. Sobald die Wirkung des Beruhigungsmittels nachließ, würde sie mit voller Wucht wieder in der Realität landen.

»Neuigkeiten?«, fragte Mertens kurz.

»Nein, nichts. Die Fahndung läuft.«

»Jetzt glotzt doch nicht so!«, brüllte Mertens und stellte sich breitbeinig in die Tür des Krankenwagens. »Habt ihr nichts Besseres zu tun?« Wild gestikulierend forderte er die Schaulustigen auf, das Weite zu suchen.

Die Blaulichter der drei Streifenwagen und des Krankenwagens sorgten zusammen mit der überall noch eingeschalteten Weihnachtsbeleuchtung für ein surreales Zusammenspiel romantischer und bedrohlicher Atmosphäre. Hier trafen zwei Welten aufeinander, die sich mit der friedlichen Stimmung zum Jahresanfang nicht vereinbaren ließen. Die Gesichter der Passanten bewegten sich zwischen Neugierde, Anspannung und Entsetzen.

»Hey, du da. Herkommen!«, forderte Ben einen jungen Mann auf, der mit seinem Smartphone auf die Einsatzfahrzeuge hielt, die Kamera seines Handys zwischendurch auf sich selbst schwenkte und in die Linse sprach. Er schien verärgert, dass Ben sein Tun unterbrach, steckte das Handy aber in seine Tasche und ging auf den Polizisten zu.

»Name, Alter, Wohnort?«

»Noah Bennecke, 19 Jahre, ich wohne hier im Ort, gleich da drüben. Ich studiere in Münster.«

»Wo warst du zum Zeitpunkt des Verschwindens des Mädchens?«

Der Student drehte den Schirm seines Käppis nach hinten, gab pflichtschuldig Antworten auf alle Fragen des Beamten. »Wie fast alle anderen vermutlich auf dem Spielplatz. Hören Sie, ich habe auf der Lehne einer Parkbank gesessen und mit meinem Smartphone Musik gehört. Ich habe fast nichts mitbekommen.«

»Kinder beobachtet?«

»Was? Nein, natürlich nicht! Das heißt. Klar, ich habe Kinder gesehen. Aber deswegen war ich doch nicht da. Wissen Sie eigentlich, wie ätzend das ist, als junger Mensch in so einem Kaff zu wohnen? Zu Hause streiten sich meine Alten wie jedes Jahr von Weihnachten an bis zum Dreikönigsfest. Und wo will man hier schon groß hin? Hier gibt es fast nichts bis auf diesen Park.«

»Ganz konkret: Ist dir das verschwundene Mädchen aufgefallen?«

Noah schüttelte den Kopf. »Wirklich nicht. Ein Kind von vielen. Ich habe fast die ganze Zeit über nur auf mein Handy geschaut. Instagram und TikTok. Ich folge der Clubszene verschiedener Städte und meinen Freunden und Kommilitonen. Da hat es gerade jetzt über den Jahreswechsel viele neue Fotos und Videos gegeben. Silvesterfeiern, Neujahrskater und so. Ach, und Tänzchen unterm Weihnachtsbaum, für die Oma und Opa herhalten mussten. Die gehen gerade auf TikTok voll ab«, erklärte er grinsend.

»Die … gehen voll ab?«

»Ja, wie Kinder und Tierbabys halt. Omas und Opas sind auch immer gut für etliche Klicks. Wollen Sie mal eins der Videos sehen?«, fragte er und holte sein Handy wieder aus seiner Gesäßtasche.

Ben winkte ab. »Und Sie wollen also nichts mitbekommen haben?«

»Anfangs nicht, nein. Aber irgendwann habe ich diesen markerschütternden Schrei gehört. Obwohl ich die Musik laut anhatte. Irgendwie war da nur dieser Schrei. Ich habe die Kopfhörer abgenommen und habe noch die Frau auf die Straße laufen sehen. Die anderen standen wie angewurzelt da. Aber die Frau, die jetzt da im Krankenwagen liegt, die hat geschrien.«

»Und dann?«

»Ich habe immer wieder das Wort ›Kindesentführung‹ gehört. Lautes Gemurmel, Geschrei, Schritte und dann jemanden, der immer wieder schrie: ›Absicht, das muss Absicht gewesen sein.‹ Ich bin aufgesprungen und auch in Richtung Ausgang gelaufen. Ein dunkler Kombi ist mit quietschenden Reifen weggefahren. Aber das ging alles so schnell. Ich konnte die Fahrzeugmarke nicht richtig erkennen, und ich habe auch das Mädchen nicht gesehen. Also ich habe von der eigentlichen Entführung gar nichts mitbekommen.«

Ben zeigte ihm ein Foto des Kindes.

»Ja, vielleicht. Bei den Schaukeln. Die da vorne. Die quietschen immer so hartnäckig. Irgendwann ist dieses Quietschen von jetzt auf gleich verstummt. Ich habe erst durch den Schrei und durch die einsetzende Hektik überhaupt etwas mitbekommen.«

»Sie sagten, Sie wären viel in den sozialen Netzwerken unterwegs. Haben Sie irgendetwas von heute gepostet? Vom Spielplatz? Von der Zeit danach?«

Ben sah Noah an, dass er eigentlich nicht antworten wollte.

»Ja«, gab er schließlich kleinlaut zu. Er wirkte beschämt und ehrlich.

»Zeigen Sie bitte mal«, forderte Ben ihn auf und hielt die Hand auf, um das Smartphone entgegenzunehmen. Die Instagram-Seite von *NoBe01* war noch geöffnet, zeigte Einsatzwagen im Bereich zwischen dem Spielplatz und der Kreuzung des Ortes, einen Überblick über den Spielplatz und ein Foto der spielenden Nele. Aufgenommen per Zoom aus einer anderen Ecke des Spielplatzes.

»Woher haben Sie das?«, fragte Ben streng.

Noah zuckte mit den Schultern. »Das ist nur geteilt. Der Hashtag #findetnele geht im Netz bereits steil. Die Netzwelt ist einfach schneller unterwegs als die Polizei«, sagte er nicht ohne Stolz.

Sonntag, 18.10 Uhr, Auto der Entführer

Die Geschwindigkeitsanzeige zeigte konstant 130 km/h. Richtgeschwindigkeit in Deutschland. Wer nicht schneller fuhr, verhielt sich komplett unauffällig. Sie waren in Ascheberg auf die A1 gefahren, hatten ganz bewusst die nächstbeste Autobahnauffahrt vermieden, waren bereits mehr als 60 Kilometer von der Stadt entfernt. Sonntags, sie griffen fast immer sonntags zu, wenn es keinen Feierabendverkehr gab und die Lkw von der Autobahn verbannt waren. Verderbliche Ware musste besonders schnell ans Ziel. Auch, weil sich ihre Kunden bereits die Finger danach leckten.

Mit jedem Kilometer, den sie zwischen den Ort der Entführung und dem Zwischenlager verbrachten, entspannte sich Xenia mehr, fühlte weniger Schuld auf ihren Schultern lasten. Sie drehte das Radio lauter, summte fröhlich zu den Liedern mit, die vom WDR in die Region geschickt wurden, lachte laut auf, als sie passend zu Wolfgang Petrys »Ruhrgebiet« das Kreuz Dortmund-Unna passierte. Zufall und damit genau das, was auf sie nicht zutraf. Sie hatte sich jahrelang bewähren müssen: Loyalität, Verschwiegenheit, Zuverlässigkeit. Damit konnte sie dienen – bis zur Selbstaufgabe.

Boris starrte mit gleichbleibendem Gesichtsausdruck aus dem Seitenfenster, sprach kein Wort. Boris war der Mann für Taten – und für das Ausführen von Befehlen. Er reagierte deshalb sofort, als Xenia sich erstmals seit der Abfahrt vom Spielplatz an ihn wandte:

»Schreib ihm, dass Phase eins bestens geklappt hat. Die Ware ist unterwegs.«

Sonntag, 20.16 Uhr, Wohnhaus Familie Maier

Denise schloss die Tür hinter den Beamten, verriegelte die Tür dann mehrfach. Das tat sie sonst nie. Sie hatte das Gefühl, Mischa beschützen, das Böse draußen vor der Tür lassen zu müssen. Mischa lag in seinem Bett, behütet und verstört. Er hatte seit dem Nachmittag nicht mehr mit ihr gesprochen. Kein Wort – und auch keine Widerworte wie sonst. Er hatte sich ohne Protest seinen Schlafanzug anziehen lassen, hatte ohne Murren die Zähne geputzt und war dann in sein Bett gestiegen.

»Mama, kannst du heute bitte das Licht anlassen?«

Diese Angst im Dunkeln, sie wusste, dass sie sich nun verstärkt hatte. Das Böse kam im Dunkeln, schlich sich ungesehen von hinten an, beobachtete aus der Nacht, machte sich ohne Zeugen breit und umhüllte einen, bevor man überhaupt eine Ahnung davon hatte, dass es überhaupt existierte.

»Frau Maier, was ist mit dem Wagen auf dem Parkstreifen vor dem Spielplatz?«

»Ich habe ihn nicht gesehen, ich habe ihn einfach nicht wahrgenommen. Da stehen immer Autos. Ich … Er ist mir nicht aufgefallen, alles wirkte so normal.«

Dabei war die Normalität nichts als eine Illusion. Hinter jedem noch so normal und freundlich wirkenden Lächeln konnte sich etwas verbergen, jede noch so fröhliche und ausgelassene Situation konnte problemlos kippen. So wie heute. Fröhliches Kinderlachen, nur Minuten später abgelöst durch die Schreie einer Mutter und das betroffene Schweigen anderer Eltern.

Denise fühlte sich schuldig. Sie hatte die beiden Mädchen noch vor Mieke entdeckt. Sie hatte gesehen, dass Nele immer weiterlief. Aber sie hatte Mieke nicht darauf aufmerksam gemacht. Sie hatte sich nichts dabei gedacht und sich nicht verantwortlich gefühlt.

»Ist Ihnen das andere Mädchen vorher aufgefallen?«

»Ja, natürlich. Ich habe das Kind gesehen. Es wollte mit Nele und Mischa spielen. Ein Kind, ein ganz normales Kind. Hätte ich denn Verdacht schöpfen müssen?«

»Das wollen wir eigentlich von Ihnen wissen.« Der Polizist, den sie vor sich hatte, wirkte ernst und interessiert, drängte sie nicht, aber dass er den Kugelschreiber immer wieder klicken ließ, machte sie mehr als nervös.

»Mir ist nichts Außergewöhnliches aufgefallen. Die Kinder wollten doch einfach nur spielen.«

»Frau Ganter hat ausgesagt, dass die Kinder überhaupt nicht mit dem Mädchen spielen wollten.«

Denise schwitzte. Sie erinnerte sich noch genau an die anfängliche Zurückhaltung der beiden Kinder. Sie waren so in ihr eigenes Spiel vertieft gewesen, waren gerutscht, hatten Fangen gespielt, dann für ein Fantasiespiel Grashalme aus der Rasenfläche gezogen.

»Wir machen gerade Salat«, hatte Nele schüchtern geantwortet. Sie und Mischa wollten weiterspielen – allein.

»Jetzt seid doch nicht so! Lasst das Mädchen mitspielen. Sie hat so lieb gefragt. Wie heißt du denn?«, hatte sie mit einer

Frage helfen wollen, das Eis zwischen den Kindern zu brechen. Das Kind hatte sie nur angeguckt, aber nicht auf ihre Frage geantwortet. Sie hatte es darauf geschoben, dass das Kind vielleicht nicht mit Fremden reden sollte.

»Das hier sind auf jeden Fall Nele und Mischa.«

Das Mädchen hatte sich nur für Nele interessiert, sie hatte es gleich bemerkt. Aber auch das war doch normal. Mädchen spielten häufig am liebsten mit anderen Mädchen.

»Nun kommt schon, Kinder. Spielt doch einfach alle zusammen. Es ist doch viel schöner, wenn ihr zu mehreren seid.« Es war vor allem sie gewesen, die die Kinder ermutigt hatte. Es war ein gutes Gefühl gewesen, die Kinder kurz darauf zu dritt zu sehen. Sie wollte genau das: Mischa sollte andere Kinder nie ausschließen, sondern immer integrieren. Denise legte in ihrer Erziehung sehr viel Wert auf Sozialkompetenz.

Mieke und sie hatten sich im Supermarkt kennengelernt. Beide hatten vor dem Regal mit den Backzutaten gestanden, weil sie mit ihren Kindern Weihnachtskekse backen wollten. Vanillekipferl. Doch es war nur noch eine Packung Vanillinzucker übrig gewesen. Kurzerhand hatten sie entschlossen, gemeinsam zu backen. Mieke hatte ob des ungewöhnlichen Vorschlags von einer wildfremden Frau erst gezögert, dann aber sogar ihre eigene Küche zur Verfügung gestellt.

Sie und die Kinder hatten richtig viel Spaß gehabt. Sie hatten Weihnachtslieder gesungen, Kekse ausgestochen und schließlich sogar eine Mehlschlacht veranstaltet. Die erste in ihrem Leben. Das war über ein Jahr her. Sie konnte nicht behaupten, dass Mieke und sie engste Freundinnen wären, aber sie verstanden sich sehr gut und trafen sich regelmäßig.

»Wir haben Nele sogar noch ermutigt, mit dem Mädchen zu spielen. Das Kind war immer wieder hinter Nele und Mischa hergelaufen. Wir haben uns darüber gewundert, dass sie so an Nele interessiert war und unbedingt mit ihr spielen wollte, aber hätten wir sie etwa wegjagen sollen?«

Denise spürte, dass sie genau das hätten tun sollen. Die Kinder hatten unter sich bleiben wollen. Ihr wurde schlecht, wenn sie nur daran dachte, dass sie Nele in Gefahr gebracht hatte.

»Hören Sie: Jemand, der sein Kind auf den Spielplatz bringt, möchte, dass es dort Spaß hat, sich austobt, meinetwegen an seine Grenzen geht und jedes Mal etwas höher aufs Klettergerüst hinaufsteigt. Ich rechne jederzeit damit, dass es Blessuren gibt. Einen kleinen Erste-Hilfe-Kasten und Trost-Gummibärchen habe ich immer in meinem Rucksack. Aber nie – und wirklich nie – würde ich mein Kind oder das meiner Freundin einer ernsthaften Gefahr aussetzen.«

»Haben Sie das andere Kind denn als Gefahr erlebt?«

»Nein, natürlich nicht. Wir haben uns nach der Mutter umgesehen, aber niemanden entdeckt, den wir dem Kind eindeutig zuordnen konnten. Aber auch das ist nicht verwunderlich. Das Kind war ein paar Jahre älter als unsere Kinder. Es ist nicht ungewöhnlich, dass Kinder in dem Alter allein auf dem Spielplatz sind.«

Ungewöhnlich sicher nicht, aber trotzdem fahrlässig, dachte sie. Sie müsste dafür sorgen, dass sie Mischa mehr abschottete. Ihr wurde schlecht bei dem Gedanken, dass es auch Mischa hätte treffen können. Der jedoch war so zurückhaltend, dass er niemals mit dem Mädchen mitgegangen wäre.

»Wer könnte Interesse an Nele haben?«

»Wie meinen Sie das?«

»Die meisten Missbrauchs- und Entführungsfälle lassen sich auf Täter im persönlichen Umfeld zurückführen. Gibt es jemanden, der Interesse daran haben könnte, Nele in seine Gewalt zu bringen?«

»Nein, absolut nicht. Mieke hat nie etwas erwähnt.«

»Wie ist das Verhältnis der Eheleute Ganter?«

»Mieke und Thomas? Okay, soweit ich weiß.« Sie hatte Thomas nie als jähzornig erlebt, Nele war bis auf wenige Ausnahmen immer bei Mieke, aber sie hatte nie schlecht über ihn geredet – auch nicht nach der Trennung.

»Können Sie uns das andere Kind bitte so genau wie möglich beschreiben?«

Denise konzentrierte sich: »Sie war etwa 125 cm groß, vielleicht auch etwas größer. Dunkle geflochtene Haare, eine dunkle Hose und eine dunkelblaue Daunenjacke.«

Denise sah das Mädchen wieder genau vor sich. Die dunklen Zöpfe hatten unter der grauen Pudelmütze hervorgelugt, leicht struppig an den Enden. So, als ob die Spitzen schon ewig nicht mehr geschnitten worden wären. Es waren unterschiedlich farbige Haarbänder benutzt worden. Grün vielleicht und gelb? Jedenfalls hellere Farben. Das Kind hatte eine deutliche Zahnlücke gehabt und war gezielt auf Nele und Mischa zugegangen. Sie hatte sich zu Nele hinuntergebeugt und direkt nach ihrer Hand gefasst: »Komm, lass uns spielen.«

Nele hatte sich losgerissen, doch das Kind hatte sie in ein Versteckspiel verwickelt. Als Mischa schließlich mit dem Zählen dran gewesen war, hatte Nele die Hand des Mädchens doch noch ergriffen. Sie hatte noch gesehen, wie Nele in ihrer pinken Jacke neben dem Kind hergelaufen war, dann aufgrund ihrer Rufe kurz gezögert hatte, aber von dem Mädchen mit sich gerissen wurde – immer weiter zum Ausgang hin. Sie würde dieses Bild nie vergessen: Nele in ihrer pinken Jacke und den kleinen Stiefeln mit den applizierten Blumen. Daneben das nahezu komplett dunkel gekleidete Kind mit seiner schlichten Daunenjacke. Es wäre nirgendwo aufgefallen. Das Mädchen war so gekleidet, dass es nicht zu viel Aufmerksamkeit auf sich ziehen würde.

Denise sprang auf und rannte in den Flur.

Sie griff nach ihrer Handtasche, die am Garderobenhaken hing, kam damit ins Wohnzimmer zurück und kippte sie vor den erstaunten Blicken der beiden Polizisten auf dem Couchtisch aus. Alte, zusammengeknüllte Kassenbons, eine Packung Kaugummi, Taschentücher, zwei Matchboxautos von Mischa, Damenhygieneartikel, Pflaster und ihr Handy.

Sie entsperrte das Display mit ihrem Daumenabdruck, öffnete die Bildergalerie und scrollte dann durch die Fotos, die sie am späten Nachmittag gemacht hatte. Nele und Mischa auf der Rutsche. Nele und Mischa, die lachend die Köpfe zusammensteckten. Mieke, die gedankenverloren in den Himmel schaute – und im Hintergrund das Mädchen, das sie auf jedem Bild aus der Ferne zu beobachten schien. Mal stand das Kind hinter einem jungen Mann, der auf der Lehne einer Parkbank saß, mal halb versteckt hinter dem Rutschhäuschen.

»Da, das ist sie«, stieß Denise hervor und hielt den beiden Beamten ihr Telefon hin.

»Das Mädchen?«, fragte der ältere Polizist.

»Ja, genau.« Sie tippte mit ihrem Fingernagel auf das Bild des Mädchens. Sie scrollte durch die Fotos. Doch auf keinem war das Kind klar zu erkennen. Es sah aus wie jedes x-beliebige Mädchen in dem Alter. Enttäuscht ließ Denise das Handy wieder sinken.

»Ich versteh das alles nicht«, flüsterte sie. »Die Kinder waren doch nur zum Spielen verabredet. Sie wollten einfach nur spielen …«

Sonntag, 20.52 Uhr, World Wide Web

Die Medien wurden in einer gemeinsamen Mitteilung von Polizei und Staatsanwaltschaft rund drei Stunden nach dem Verschwinden von Nele erstmals informiert. Zu einem Zeitpunkt, als die Entführung des Mädchens längst in den sozialen Netzwerken die Runde gemacht hatte.

GEMEINSAME MITTEILUNG VON POLIZEI UND STAATSANWALTSCHAFT

Mutmaßliche Kindesentführung von Dorf-Spielplatz

(ots) Münster – Nach einer mutmaßlichen Entführung bittet die Polizei die Bevölkerung um Mithilfe. In den frühen Abendstunden ist um kurz vor 18 Uhr die vierjährige Nele G. vom am Ortsende gelegenen Spielplatz im Stadtteil Wolbeck verschwunden. Das Kind wurde vor den Augen der Mutter vom Spielplatz gelockt und in einen dunklen Kombi gezogen. Es gibt widersprüchliche Angaben zur Farbe des Wagens, sicher ist jedoch, dass es sich um ein dunkles Fahrzeug handelt. Es sind bislang nur Kennzeichenfragmente bekannt, so beginnt die Ortskennung nach übereinstimmenden Zeugenangaben mit einem »M«, als letzte Ziffer der numerischen Zuordnung ist die »7« bekannt.

Es gibt keine Personenbeschreibung der Täter. Das vermisste Mädchen trägt graue Stiefeletten mit Rosen-Applikationen, eine pinke Winterjacke zu einem Paar blauen Jeans sowie eine türkise Mütze und einen türkisen Schal. Nele ist etwa 110 Zentimeter groß und schlank. Sie hat blonde, mehr als schulterlange Haare und blaue Augen.

ACHTUNG: Bitte sehen Sie von privaten Fahndungsaufrufen und Alleingängen ab! Bei Angaben, die zum Auffinden des Kindes oder der mutmaßlichen Entführer führen können, verständigen Sie bitte unverzüglich über Notruf die nächstgelegene Polizeidienststelle. Das Polizeipräsidium arbeitet mit Hochdruck an dem Fall und steht in engem Austausch mit anderen Dienststellen. Medienvertreter werden weiterhin über den Verteiler informiert. Von individuellen Nachfragen bitten wir aktuell abzusehen. Weitere Informationen folgen. Der Fall Nele G. hat für die Polizei oberste Priorität.

Sonntag, 21.31 Uhr, Rastplatz

Xenia trommelte mit den Fingern auf das Lenkrad. Boris war mit Amira schon viel zu lange im Rasthof. Amira hatte dringend auf die Toilette gemusst. Das andere Mädchen schlief auf der Rückbank. Sie hatte – anders als erwartet – gar nicht verschüchtert reagiert, als sie in einer fremden Umgebung und bei fremden Menschen aufgewacht war. Sie hatte so wild um sich geschlagen und wie am Spieß geschrien, dass Boris ihr nicht nur eine gelangt hatte. Er hatte sie am Arm zu sich gezogen, hatte sie angebrüllt und ihr noch einmal eine verpasst, als sie sich vor Panik eingenässt hatte. Er hatte geflucht, ihr eine Decke übergeworfen und ihr dann einen Lappen aus dem Gemisch vor Mund und Nase gehalten, das er jedes Mal »Träum-Süß-Mixtur« nannte.

Nele war direkt wieder in sich zusammengesackt und lag nun nicht gerade bequem auf der Rückbank. Kurz hatte Xenia überlegt, auszusteigen und sie in eine angenehmere Position zu bringen, doch sie wollte nicht zu viel Aufsehen erregen. Also blieb sie auf ihrem Platz sitzen, schaute ab und an in Rück- und Seitenspiegel und trommelte weiter nervös mit den Fingern auf dem Lenkrad herum. Amira würde in der Raststätte keine Probleme machen, dafür war sie schon zu erprobt. Und nach Amira suchte schon lange niemand mehr. Xenia griff nach ihrem Smartphone und sendete eine Nachricht an eine nicht gespeicherte Nummer.

»Wir müssten noch heute Nacht ankommen.«

»Ok, wir sind vorbereitet. Gute Fahrt!« Obwohl der Großteil der Fahrtstrecke geschafft war, entspannte Xenia sich noch nicht wirklich. Sie warf einen erneuten Kontrollblick in den Rückspiegel und zog dann mit knallrotem Lippenstift ihre Lippen nach. Sie fühlte sich nie wohl, wenn sie ohne Lippenstift aus dem Haus ging. Alte Angewohnheit, die sie einfach nicht ablegen konnte.

Das Kind sprach im Schlaf und warf den kleinen Kopf unruhig hin und her. Xenia zuckte mit den Schultern. Sie durfte das nicht zu nah an sich heranlassen. Wie bei Feuerwehrleuten oder Polizisten. Denn egal, was sie Schlimmes sahen oder erlebten: Sie mussten eine Strategie finden, diese Erlebnisse nicht mit nach Hause zu nehmen. Gelang ihnen der Spagat zwischen Berufs- und Privatleben nicht, würden sie daran zugrunde gehen.

Über die meisten Mitarbeiter der Organisation wusste Xenia kaum etwas Privates. Ebenso wenig wie über Boris. Sie waren angehalten, nicht über private Dinge zu sprechen, damit niemand seine Kollegen belasten konnte. Damit es für alle leichter war, im Notfall unerkannt unterzutauchen. Nur eine Person wusste über ihre Herkunft und Vorgeschichte Bescheid. Und das bis ins kleinste Detail.

Wieder schaute Xenia in den Spiegel. Ihr gefiel, was sie da sah. Sie hätte genauso gut als Versicherungs- oder Immobilienmaklerin arbeiten können. Sie war sich sicher, problemlos etliche Policen und Objekte an ihre Kunden bringen zu können. In diesem Job aber war es gar nicht nötig, Kunden überhaupt vom Kauf überzeugen zu müssen. Sie hatten einen gewaltigen und finanzkräftigen Zulauf. Die Organisation war mehr als gut aufgestellt und konnte fast alle Wünsche befriedigen. Kaum einer dieser Wünsche war größer als 120 Zentimeter.

Sonntag, 21.33 Uhr, World Wide Web

Neles Foto hatte die Landesgrenzen längst passiert. Auch in den nahegelegenen Niederlanden wurde ihr Bild geteilt, versehen mit dem Hashtag #findetnele und der Aufforderung, die Augen offen zu halten und jede verdächtige Person direkt bei den Behörden zu melden. Dabei war die offizielle Pressemitteilung von Polizei und Staatsanwaltschaft gerade erst an die Medien rausgegangen.

Die Hilfsbereitschaft in der Bevölkerung war groß. Ein verschwundenes Kind, die damit verbundene Hilflosigkeit, die Wehrlosigkeit der Kleinen. Jeder war daran interessiert, dieses Kind so schnell wie möglich unversehrt nach Hause zu bringen und mit ein paar einfachen Klicks zumindest dafür zu sorgen, dass jeder Neles Foto kannte und es niemandem gelingen würde, dieses Kind verschwinden zu lassen. Wenn jeder wusste, wie Nele aussah und welche Kleidung sie trug, war die Chance viel größer, ihr helfen zu können und sie irgendwo zu entdecken.

»Was für eine gruselige Nachricht. Sofort geteilt in Münster.«

»Vom Spielplatz? Sie ist echt einfach so vom Spielplatz verschwunden? Wo war denn ihre Mama?«

»OMG, der Albtraum aller Eltern.«

»Wie krass, das ist ja ganz bei mir um die Ecke. Ich bin geschockt. Hoffentlich finden sie die Täter bald.«

»Geteilt in Erfurt.«

»Sicher, dass sie entführt worden ist? Ich habe noch gar nichts Offizielles gelesen. Stimmt die Geschichte denn?«

»Geteilt in Berlin.«

»Oh, süße kleine Nele. Wir denken alle an dich! Hoffentlich bist du bald wieder zu Hause bei Mama und Papa!«

»Geteilt in Warendorf.«

»Geteilt in Eckernförde.«

»Absolute Gänsehaut. Hoffentlich findet die Polizei sie rechtzeitig. Ganz viel Kraft aus Augsburg.«

»Geteilt in Ellerau.«

»Ich ahne Schlimmes. Nicht, dass man sie überhaupt nicht mehr findet … ☹«

»Geteilt in Hamburg.«

»Geteilt in Ibbenbüren.«

»Leute, bitte teilt das hier alle fleißig. Das Kind gehört zu seiner Mama. Lasst uns dabei helfen, dass Nele ganz schnell wieder nach Hause zurückkommt. Von mir geteilt in Münster sowie der WhatsApp-Gruppe des Kindergartens.«

»Nele, wir finden dich! Gib nicht auf!«

»Geteilt in Mühlacker.«

»Geteilt in Rostock.«

»Geteilt in Köln.«

»Geteilt in Amsterdam.«

»Gibt es denn nur das Foto des Kindes und noch gar keine weiteren Infos? Das Mädchen liegt doch vermutlich irgendwo im Kofferraum! Hat niemand Infos zum Wagen der Entführer?«

»Geteilt in Aachen.«

»Geteilt in Rom.«

»Rom? Ernsthaft! Als ob das gerade verschwundene Kind da mal eben auftauchen würde. Hahaha. :D«

»Geteilt in Osnabrück! Mir wird immer ganz anders, wenn so was in der Nähe geschieht.«

»Geteilt in Augsburg.«

»Geteilt in Geilenkirchen.«

»Oh nein! Ich werde jetzt noch viel mehr als sonst auf meine Tochter aufpassen. Geteilt in Köln.«

»Und ich wette, dass dieses Kind niemals lebend nach Hause kommt. Geteilt in München.«

Sonntag, 21.35 Uhr, Rastplatz

Boris gab Amira einen der Schokoriegel, die er in der Tanke gekauft hatte, und ließ sie das Papier in dieselbe Tonne werfen, in der er bereits zuvor die Tüte geworfen hatte. Nahezu freundschaftlich tätschelte er Amira die Schulter. Sie hatte ganze Arbeit geleistet. Kinder waren so unauffällig und vertrauenswürdig. Erwachsene hingegen hätten das kleine Mädchen nie ohne Gewalt und ohne Aufsehen zu erregen bis zum Auto bekommen.

Boris war kein Mann vieler Worte. Nie gewesen. Seine Stärken lagen woanders. Über seine Vergangenheit sprach er jedoch nicht. Er hätte viel zu erzählen gehabt, aber Vergangenheit war Vergangenheit. Die konnte er weder ändern noch beeinflussen. Das hatte er spätestens dann kapiert, als seine Mutter vor etlichen Jahren die Kellertreppe hinuntergesegelt und an den Folgen eines Genickbruchs verstorben war. Es war unerheblich, wie es passiert war. Er war damals gerade 15 Jahre alt gewesen. Zu jung, um auf seine Mutter zu verzichten, aber alt genug, um es überleben zu können. In diesem Fall wusste er genau, wie es dazu gekommen war. Es war nicht seine Schuld gewesen.

Überhaupt brachte es nichts, sich mit Schuldgefühlen auseinanderzusetzen. Es gab Personen, die sich davon zermürben ließen. Die in der Vergangenheit liegende Situationen immer wieder durchspielten, die sich fragten, wie ihr Leben verlaufen wäre, wenn sie eine andere Option gehabt oder eine andere Entscheidung getroffen hätten. So wie unglückliche Eheleute, die sich immer wieder fragten, ob sie glücklicher wären, wenn sie damals mehr um ihre große Liebe gekämpft hätten oder im Leben mutiger gewesen wären. Statt den erstbesten Heiratsantrag anzunehmen und sich plötzlich in einer eingefahrenen Situation mit Einfamilienhaus, Hypotheken, zwei Kindern und Familienhund wiederzufinden. Das womöglich auch noch fernab von beruflichen Träumen.

Sein Ziel war es immer gewesen, Verantwortung zu haben und gutes Geld zu verdienen. Beides hatte er erreicht. Er war zufrieden. Er lebte im Hier und Jetzt. Alles andere konnte er nicht beeinflussen.

»Fahren wir jetzt wieder?«, fragte Amira leise und biss in den Schokoriegel, den er ihr angeboten hatte. Etwas verschmierte Schokolade hing an ihrem Mundwinkel.

Boris war keiner der Typen, der aus einem Impuls heraus mit dem Daumen väterlich über den Mundwinkel fahren und die Schokolade wegstreichen würde. Seine Daumen hatten bislang andere Dinge erledigt.

Er nickte knapp.

Xenia wartete im Auto auf ihn. Er war sich sicher, dass sie ihn fragen würde, wo er so lange geblieben war. Dabei hatte er nur kurz zwei oder drei Runden am Automaten gezockt – und verloren. Das war das einzige Gefühl, das ihn immer noch beherrschte, das bei jeder verlorenen Runde seine innerliche Unruhe größer werden ließ. Nur einmal den Jackpot, und er würde sich in einen Flieger setzen und irgendwo neu anfangen – ohne irgendwelche Verpflichtungen.

Er sah, wie Xenia nervös mit den Fingern auf dem Lenkrad herumtrommelte und viel zu oft ihren Blick durch die Umgebung schweifen ließ. Nur dadurch fiel Boris der Lkw-Fahrer auf, der den Wagen fixierte und das schlafende Kind auf dem Rücksitz vermutlich längst entdeckt hatte. Boris rechnete damit, einen Vortrag über fehlende Kindersitze zu hören. Als ob sich die Anschaffung für sie lohnen würde. Wie aus einem Reflex heraus legte Boris seine Pranke in Amiras Nacken. Das Kind zuckte kurz zusammen, ging dann aber aufrecht weiter.

»Los, ab ins Auto mit dir«, sagte Boris, als der Wagen nur noch wenige Meter entfernt war. Xenia hätte dem Kind zuwinken sollen. Das hätte vermutlich jede Mutter getan. Sie schaute Amira nicht einmal an. Aber sie war auch nicht ihre Mutter.

Etwas zu grob schubste Boris das Kind ins Auto und schlug die Tür hinter ihm zu. Er merkte, dass er beobachtet wurde. Denn er fing den Blick des Mannes aus der Lkw-Fahrerkabine direkt auf. Als sich ihre Blicke kreuzten, sah er, dass sich die Augen des Mannes für einen kurzen Moment weiteten. Ein kurzer Augenblick, aber lang genug, um Boris zu verdeutlichen, dass er ihn wiedererkannt hatte.

Dabei lebte Boris seit Jahren unter dem Radar. Äußerlich verändert hatte er sich seitdem kaum. Er brauchte etwas, bis die langsamen Synapsen in seinem Gehirn ihm die Information ausspuckten, nach der er gesucht hatte: das Treffen vor dem Casino vor ein paar Jahren. Sein Job, die Typen vorher zu filzen. Die schiefgelaufene Übergabe der Waffen, weil er bei einem der Männer einen Elektroschocker gefunden hatte. Sie waren unverrichteter Dinge wieder abgezogen. Nicht ohne jedoch zuvor eine Warnung ausgesprochen zu haben. Er hatte so fest zugeschlagen, dass er geglaubt hatte, zumindest bei einem von ihnen den Schädelknochen bersten zu hören. Es hatte nie irgendwelche Konsequenzen gegeben. Nicht einmal in einer Randspalte der Zeitung hatte er davon gelesen. Die anderen hatten den Mann, sollte er wirklich verreckt sein, vermutlich verschwinden lassen, um keine unnötige Aufmerksamkeit zu erregen. Doch der Typ war nicht verreckt. Er saß nur ein paar Meter von ihm entfernt.

Boris hielt dem Blick so lange stand, bis der Mann sich hastig abwendete. Boris grinste. Nur zum Antäuschen guter Absichten setzte er sich ins Auto neben Xenia und lehnte seinen Kopf tiefenentspannt an die Rückenlehne.

»Nicht den Motor starten«, forderte er Xenia bestimmt auf. »Warte noch ein bisschen.«

Er betätigte die Stoppuhr auf seiner Armbanduhr. Es dauerte keine zehn Sekunden, bis das Licht in der Lkw-Fahrerkabine kurz aufflammte, weil jemand die Kabinentür geöffnet hatte.

»Anfängerfehler«, murmelte Boris selbstgefällig. Und er war sich sicher, dass jetzt noch ein Fehler folgen würde. Personen, die Angst hatten, suchten meist nicht die Nähe anderer Personen. Sie rannten fast nie in volle Einkaufszentren, um im Schutze der Öffentlichkeit abzutauchen. Hier war der menschliche Geist impulsgestört. Fast alle suchten nach einem Versteck, stürzten hin zu Orten, an denen man sie vermeintlich nicht finden konnte. Weit weg von Überwachungskameras, hellem Licht und der Möglichkeit, Helfer auf sich aufmerksam zu machen.

Es wunderte Boris daher nicht, dass auch der Lkw-Fahrer nicht auf die Tankstelle zulief. Stattdessen steuerte er auf den Bereich des Parkplatzes zu, der kaum ausgeleuchtet war. Den Bereich, in dem außer einem alten, verkommenen Toilettenhäuschen nichts zu sehen war. Bis auf das verräterische Flackern eines Handy-Displays, das Boris auch in der Dunkelheit den genauen Standort des Mannes verriet.

»Ich bin gleich zurück«, sagte Boris zu Xenia. »Gib mir nur ein paar Minuten.«

Dann zog er sich Handschuhe an, griff nach der Eisenstange unter dem Beifahrersitz und stieg aus dem Wagen.

Sonntag, 21.41 Uhr, Villa der Familie Ganter

Ben und Imke waren mit dem Streifenwagen vor der Villa positioniert, in der Mareike Ganter mit ihrem Ehemann Thomas und Tochter Nele wohnte. Die Landhausvilla, die vor allem durch einen roten Klinker, Erkerfenster und die von Buchsbäumen gesäumte Auffahrt bestach, lag am Wendehammer einer Sackgasse. Ein Fußgängerweg führte an der Villa vorbei in das Waldstück, das unmittelbar dahinter lag. Direkt an der Waldrandlinie des Mischwaldes dominierten hohe Tannenbäume, verbargen so den Blick auf die dahinter liegenden Laubbäume, die sich ihres Gewandes bereits vor Monaten entledigt hatten.

Im Erdgeschoss des Hauses brannte Licht, auch in der Einliegerwohnung, die sich im Souterrain des Hauses befand, waren die Fenster hell erleuchtet. Imke biss in ein bereits labbriges Brötchen, das sie am Vormittag noch kurz vor Geschäftsschluss beim Bäcker vor Ort gekauft hatte.

»Du magst wirklich keins?«, fragte sie mit vollem Mund.

Ben schüttelte den Kopf. Sie hatten Mareike Ganter nach Hause begleitet, dort mit ihr auf das Eintreffen ihrer Eltern gewartet, die eine halbe Fahrtstunde entfernt wohnten. Als

Eltern und Tochter sich weinend in die Arme gefallen waren, hatten er und Imke sich zurückgezogen. »Frau Ganter, wir sind vor Ihrem Haus positioniert und werden später durch Kollegen abgelöst.«

Er wusste nicht, ob die Frau ihm überhaupt zugehört hatte. Ihr Vorgesetzter hatte darauf bestanden, zumindest in den ersten Stunden nach der Entführung starke Präsenz vor Ort zu zeigen. Die Ringfahndung hatte bislang zu keinem Ergebnis geführt. Entweder die Entführer hielten sich mit dem Kind in näherer Umgebung auf oder sie waren der Ringfahndung entkommen – weil sie den Radius zu schnell oder über Nebenwege verlassen hatten oder aber weil die Kollegen geschlampt hatten.

Ben war mit seinem Handy im Internet unterwegs, scrollte durch die sozialen Medien und konnte beobachten, wie sich das Foto mit dem Hashtag #findetnele rasend schnell im Netz verbreitete. Es gab zwei Fotos, die unaufhörlich geteilt wurden. Ein Bild, auf dem Nele in der Nähe der Wippe auf dem Spielplatz stand, und ein Bild, das Nele beim letzten Fototermin im Kindergarten zeigte: ein kleines Mädchen mit niedlichen Grübchen und seitlich geflochtenem Zopf, das nahezu in Modelmanier in die Linse des Fotografen schaute. Gekleidet war das Mädchen auch hier in Markenkleidung und komplett in auffälligem Pink.

Imke sinnierte indes über den wundervollen Garten des Hauses, der ein wahres Spieleparadies für Kinder war. »Und all das bei nur einem Kind? Rutschturm, Spielhaus, sogar eine Nestschaukel?«

»Sie hat bestimmt viel Besuch von anderen Kindern bekommen.«

»Und viel Neid von anderen Eltern.«

»Hmm …?«

»Na, das ist doch klar. Schau dir doch mal an, in welchen Verhältnissen andere hier leben. Die Miet- und Kaufpreise sind unverschämt. Es gibt etliche Kinder, die sich ein Zimmer teilen müssen, oder sogar solche Wohnungen, in denen Eltern im Wohnzimmer auf der Couch schlafen, damit die Kinder überhaupt ein eigenes Reich haben. Und dann so was. Ein Außen-Spieleparadies für ein Einzelkind. Genau das würden doch alle Eltern ihrem Kind gerne bieten wollen.«

Sie biss erneut in ihr Brötchen, fluchte kurz, als Remoulade auf ihre Uniform tropfte. »So was schafft doch nur Neid.«

»Und du meinst, dass andere Eltern …?«

»Warum denn nicht? Das würde auch die Geschichte mit dem anderen Kind erklären. Man schickt kurz das eigene vor, um dann Nele vom Spielplatz zu locken. Die heile Luxuswelt von Mama Ganter hätte damit nach außen einen Schaden. Und dann lässt man das Kind einfach irgendwo wieder frei und hat der Dame zumindest einen riesengroßen Schrecken eingejagt.«

Ben schwieg und scrollte auf seinem Display durch die Flut an Kommentaren, die Nutzer zu den Bildern abgegeben hatten – einige klar erkennbar von Eltern. Andere allem Anschein nach von Personen, die es gewohnt waren, zu jedem Thema drastisch ihre Meinung zu äußern.

»Armes kleines Ding. Wenn ich nur daran denke, dass das meinem Kind passieren könnte …«

»Ein Grund mehr, seine Kinder wirklich nie aus den Augen zu lassen. In der Haut der Mutter möchte ich nicht stecken.«

»Oh nein! Den Spielplatz kenne ich. Eins sag ich euch: Meine Kinder werde ich da so schnell nicht mehr hinlassen.«

»Das ist genau das, wovor ich immer Angst habe. Passt bloß auf eure Kinder auf!«

»Da hat die Mutter als Aufsichtsperson aber voll versagt!«

»Das waren sicher Pädophile. Könnt ihr euch noch daran erinnern, dass es ganz in der Nähe, in Telgte, mal so eine Geschichte gegeben hat? Irgendwo habe ich das mal gehört, dass ein Mann aus dem Auto heraus Kinder auf dem Schulweg angesprochen haben soll …«

»Wieder so ein gestörter Typ! Sobald wir wissen, wer das war, müssen wir da tätig werden!«

»Die armen Eltern! Die sind sicherlich verrückt vor Sorge!«

»Was ein süßes kleines Mädchen. Das hätte ich auch mitgenommen. Hehe.«

»Süße Nele, hoffentlich bist du bald wieder zu Hause bei Mama und Papa. Da, wo du hingehörst. Hoffentlich findet die Polizei sie bald!«

»Lasst uns für Nele beten!«

»Hey, gibt es schon irgendeine Suchaktion? Ich wäre dabei.«

»Ich wette, das Kind ist ganz nah. Viel näher, als die Mutter denkt. Das habe ich im Gefühl. Man sollte definitiv die unmittelbare Umgebung absuchen. Ist nur ein Tipp.«

»Selbst schuld, wenn man sein Kind unbeaufsichtigt lässt.«

»Das Kind habe ich schon mal gesehen. Das kommt mir bekannt vor. Oh je!«

Und wieder:

»Ich möchte gar nicht wissen, was mit dem Kind passiert ist.«

Ben und Imke waren so sehr in die Flut an Kommentaren vertieft, dass sie nicht die dunkle Gestalt wahrnahmen, die aus der Einliegerwohnung heraus in den Garten trat, diesen über eine Lücke in der Hecke wieder verließ und dann in dem kleinen Waldstück verschwand.

Sonntag, 21.44 Uhr, Rastplatz

Boris ging zügigen Schrittes in den hinteren Bereich des Parkplatzes, hielt sich in den weniger gut ausgeleuchteten Bereichen. Es war ihm bisher immer gelungen, in kritischen Situationen nicht von Überwachungskameras erfasst zu werden. Er spürte eine aufschäumende Wut in sich. Er war fest davon ausgegangen, dass das erste Zusammentreffen zwischen dem Mann und ihm vor dem Casino Hohensyburg folgenreicher gewesen war. Die lange Narbe am spärlich behaarten Hinterkopf, die Boris kurz gesehen hatte, als der Lkw-Fahrer seine Fahrerkabine verlassen hatte, zeugte von ihrem Kampf. Das Treffen in dieser Nacht wäre weitaus verheerender. Boris konnte sich nicht darauf verlassen, dass der Mann auch dieses Mal die Klappe halten würde. Er wollte vorsorgen.

Der Mann hatte sich bemüht, so schnell wie möglich Abstand zwischen sich und seinen einstigen Peiniger zu bringen. Und hatte dabei die denkbar schlechteste Option gewählt: Er war aus dem Führerhaus gesprungen und hatte sich im Laufschritt von seinem Lkw entfernt.

Boris schmunzelte. Er hätte nur den Motor starten und

davonfahren brauchen. Dann hätte er vielleicht eine Chance gehabt. So lief er immer weiter von dem Gefährt weg, das jedem auf der Bahn mit großen blauen Leuchtbuchstaben den Namen des Fahrers verriet: »KURT«. Kurt lief weiter in die Dunkelheit hinein. Das Leuchten seines Handydisplays verriet seine Position. Er brauchte niemanden zu informieren. Ja, Boris war wieder da – und dieses Mal würde er die Sache zu Ende bringen.

Ein kurzer Blick über die Schulter genügte, um sicher zu sein, dass es keine Zeugen gab. Dann folgte Boris Kurt in den nicht ausgeleuchteten Bereich hinter dem Toilettenhäuschen, hinter dem der Mann Schutz suchte. Im faden Mondlicht bewegte er sich stapfend auf Kurt zu. Er schlich sich nicht an. Kurt sollte ihn viel deutlicher spüren als noch beim letzten Mal.

»Hallo«, sagte Boris deshalb mit fester Stimme und spürte einen leichten Adrenalin-Kick, als Kurt sich erschrocken zu ihm umdrehte. Der Mann wich ein paar Schritte zurück, sein Handy noch immer umgriffen.

Boris grinste. Nur wenige Meter hinter ihnen begrenzte ein Zaun das Gelände, verhinderte aufgrund seiner Höhe eine mögliche Flucht.

»Ich …«, stammelte Kurt und hob abwehrend beide Hände. »Bitte, ich habe mit der Sache nichts mehr zu tun. Lass mich einfach gehen. Ich … Ich habe mit den anderen nichts mehr zu tun.«

Boris schwieg. Er hatte nicht vor, mit dem Mann zu diskutieren. Sie mussten ihre Lieferung noch zum Ziel bringen. Mehr als ein kurzes Intermezzo dürfte das hier nicht werden. Er ließ die Eisenstange einmal in seine Handinnenfläche schnellen und ging weiter auf Kurt zu, folgte ihm, als dieser mit einem kurzen Sprint versuchte, in Richtung Autobahn zu flüchten. Boris holte auf, fasste den Mann am Kragen und schlug ihm dann die Eisenstange von hinten in die Kniekehlen.

Sonntag, 21.46 Uhr, Hütte im Wald

Die Hütte war sein Heiligtum. Er benötigte sie, um herunterzukommen, um sich ganz auf die wesentlichen Dinge oder vielmehr die wesentlichen Personen in seinem Leben zu konzentrieren: Nele und Mieke. Er ertrug die Distanz zwischen ihnen nicht, wünschte sich einen Platz in ihrer Mitte. Er hatte ihn bereits gehabt – wenn auch nur kurzfristig. Für dieses Gefühl würde er alles tun.

So häufig war er den beiden näher als geahnt. Auch heute am späten Nachmittag. Er hatte die Szene eingefangen. Die Entführung von Nele war etwas, das ihn Mieke näherbringen könnte. Das gemeinsame Trauern, die Schulter, die Mieke vermutlich ausgerechnet jetzt zum Anlehnen brauchte. Er war jederzeit bereit, ihr diese Schulter zu bieten und sie fest in den Arm zu nehmen. Noch aber war die Zeit nicht gekommen. Mieke müsste das Geschehene erst einmal sacken lassen. Früher oder später würde sie ihn kontaktieren, dann wäre er zur Stelle. Er hatte nichts gegen Nele, aber ein Kind veränderte jedes Beziehungskonstrukt. War ein Kind vorhanden, konnte ein Paar seine Verliebtheit nur bedingt ausleben. Alles drehte sich dann um die Bedürfnisse der Kleinen. Die von

Nele müsste er nun nicht mehr berücksichtigen. Das könnte die Beziehung zwischen ihm und Mieke einfacher machen – wenn er denn eine zu ihr aufbauen könnte. Er müsste nun mehr als überlegt vorgehen und dürfte keinen Fehler machen.

Die plötzliche Aufmerksamkeit, die Nele und Mieke entgegengebracht wurde, verunsicherte ihn. Er wollte nicht, dass Mieke zu sehr eingespannt wurde, dass sie nun belagert wurde. Allerdings ahnte er, dass genau das passieren könnte. Mieke war im Ort bestens integriert und beliebt. Selbst der ältere Herr von gegenüber, der meist so mürrisch wirkte, schenkte Mieke immer ein strahlendes Lächeln, wenn er sie sah.

Er jedoch wollte eine andere Art von Lächeln. Eines, das über normale Freundlichkeit hinausging und ihm zeigte, dass sie ihn begehrte. Er begehrte sie mehr als jede andere Frau. Möglicherweise ahnte sie es, möglicherweise blendete sie es auch aus. Er jedoch konnte sich gegen seine starken Gefühle für sie nicht wehren. Als er dem Gefühl irgendwann nachgegeben hatte, hatte er sich so viel befreiter gefühlt. Neles Verschwinden hatte ihm noch zusätzlichen Auftrieb bereitet. Eine Hürde weniger, wenn er Mieke endlich für sich gewinnen wollte.

Sonntag, 21.51 Uhr, Rastplatz

Xenia stellte Boris keine Fragen, als er nach einigen Minuten zurückkam. Er hatte die Eisenstange in den Fußraum des Wagens geworfen und war wortlos eingestiegen. Xenia wollte nicht wissen, was geschehen war. Sie zog es vor, sich ganz an die Anweisungen von oben zu halten:

»Nicht zu viel fragen! Alles, was du wissen musst, wirst du von mir erfahren.«

Sie erfuhr nie sonderlich viel, wusste aber, für wen und warum sie all das tat. Noch ein paar Zugriffe, noch ein paar dieser Aktionen, und sie hätte endlich das, was sie wollte. Sie drehte sich kurz zu Amira um, die unbeteiligt wie immer aus dem Fenster starrte.

»Alles in Ordnung?«, fragte sie Boris dann knapp.

»Jetzt schon«, antwortete er gedehnt und schaltete das Radio ein. Sie sah ihm an, dass er nicht vorhatte, ihr irgendwas zu erzählen. Er lehnte sich in seinem Sitz zurück und schloss die stahlblauen Augen, die für seinen bulligen Kopf eigentlich viel zu klein waren.

Xenia warf einen Blick auf das Navigationsgerät. Nicht mehr lange, und sie wären am Ziel angelangt. Das Navi zeigte indes noch eine Reststrecke von weit mehr als drei Stunden an – nur zur Tarnung. Falls sie angehalten werden würden und jemand nach dem Zielort fragte, bräuchte sie mit einem Kopfnicken zum Navi nur anzudeuten, dass sie noch eine weite Strecke vor sich hätten.

Die letzten Töne des aktuellen Musikstückes verstummten.

»Achtung, eine Sondermeldung«, verkündete der Moderator.

Xenia stupste Boris an, der sofort die Augen aufriss. Sie war überzeugt davon, dass er nie richtig schlief. Jemand wie Boris war immer auf der Hut.

»Fahndungsaufruf der Polizei: Gesucht wird nach einem dunklen Kombi, der im Zusammenhang mit einer Kindesentführung steht. Das vollständige Kennzeichen ist nicht bekannt. Nach übereinstimmenden Zeugenaussagen wird von einem M als Anfangsbuchstaben und einer 7 als letzter Ziffer der Kennung ausgegangen.

Wie die Polizei weiter mitteilte, soll sich der Vorfall am frühen Abend auf einem Kinderspielplatz in Münster …«

Xenia drehte das Radio leiser und blendete die Stimme des Sprechers aus. Ihr Teil der Arbeit war so gut wie erledigt. Mit dem Verwischen von Spuren hatten weder sie noch Boris mehr etwas zu tun. Wichtig war jetzt nur noch, dass Boris zur Ruhe kam. Sobald er sich provoziert fühlte oder nervös wurde, hatte er sich nicht mehr unter Kontrolle.

»Mama«, wimmerte das jüngere Mädchen im hinteren Teil des Wagens da. Und wieder »Mamaaa!«

Sonntag, 22.30 Uhr, Villa der Familie Ganter

Mieke drückte Neles Stofffuchs fest an sich, weinte in das leicht verfilzte Fell. Sie saß in Neles Kinderzimmer auf dem Bett ihrer Tochter, spürte die weiche Frotteewäsche unter ihrer linken Hand. Rosa Prinzessinnen und Einhörner.

»Mama, weißt du, dass Einhörner zaubern können? Wenn man eines sieht, dann darf man sich alles wünschen«, hatte Nele ihr mit leuchtenden Augen verkündet. »Und dann, dann wünsche ich mir, dass Papa immer hier ist.«

Papa war nicht da. Sie hatte ihm zahlreiche Nachrichten hinterlassen. Sie wusste nicht, wo er war oder in welchem Hotel er sich aufhielt. Danach hatte sie ihn nie gefragt. Sie würde mindestens bis zum Morgen warten müssen, um seine Sekretärin zu erreichen. Er hätte sich längst in den Flieger gesetzt und wäre zurückgekommen, wenn er von Nele erfahren hätte. Und er hätte ihr ganz sicher Vorwürfe gemacht. Als er einige Monate zuvor ein Jobangebot aus Hamburg bekommen hatte, hatte sie sich geweigert, ihn zu begleiten. Sie wollte kein Großstadt-Leben. Zu viel bedeuteten ihr die Familie und ihr gewohntes Umfeld. Ja, sie war verheiratet und hatte ein eigenes Kind, aber wer wollte schon gerne auf seine Eltern verzichten? Sie war dazu nicht bereit. Also war Thomas nach vielen Streitereien allein gegangen.

Für Mieke war es die richtige Entscheidung gewesen. Doch sie wusste, dass er damit haderte. Immer wieder gab es Sticheleien, Streit, ein Gezerre um Nele. Er wollte sie in den Sommermonaten zu sich nach Hamburg holen. Sie war nicht bereit, das Kind für mehr als ein Wochenende ziehen zu lassen. Den großen Knall hatte es kurz vor Weihnachten gegeben, weil er mit Nele Heiligabend bei seinen Eltern feiern wollte. Sie hatte ihm nicht einmal zugehört, hatte einfach aufgelegt. Ihre Schwiegereltern hatte sie noch nie leiden können. Wenn er wollte, könnte er mit ihr und ihrer Familie feiern. Vor Ort, in dem Haus, in dem Nele daheim war. Doch einen Heiligabend ohne sie würde es niemals geben. Dafür hatte sie gesorgt.

Jetzt aber wäre sie froh, wenn Nele an diesem Wochenende bei Thomas in Hamburg und nicht bei ihr gewesen wäre. Dann hätte er Nele spätestens morgen zurückgebracht, dann wäre sie bald wieder in ihren Armen.

Noch einmal versuchte sie es auf seinem Handy. Ausgeschaltet. Immer noch. Sie hinterließ eine Nachricht auf seinem Anrufbeantworter. »Thomas, bitte, es ist dringend. Ruf mich so schnell wie möglich zurück.« Sie zögerte kurz: »Es geht um Nele. Es ist wichtig.« Sie konnte ihm nicht die ganze Wahrheit sagen, sie konnte nicht aussprechen, dass Nele verschwunden war.

Sie drückte ihre Nase in das Fell des Stofffuchses, den Nele auf den Namen Lolli getauft hatte, sog den Geruch ihrer Tochter ein und schreckte dann auf, als sie unten die Türklingel hörte.

Die Polizei? Hoffentlich war das die Polizei mit Nele!

Sie rannte auf Socken die Treppe nach unten, schaute in die

blassen Gesichter ihrer Eltern, die in der Küche mit Geschirr klapperten, und riss die Haustür auf.

Denise stand atemlos vor ihrer Haustür, riss die Freundin in die Arme, löste sich dann wieder aus der Umarmung.

»Ich weiß, ich hätte vorher anrufen sollen, aber das hat mir alles keine Ruhe gelassen. Und es tut mir so leid, dass ich dich zum Spielplatz überredet habe. Ich …« Sie sah Mieke schuldbewusst an, schüttelte den Kopf vor Bedauern. »Es tut mir wirklich leid. Gibt es was Neues von Nele?«

»Nichts, ich habe absolut noch nichts gehört.« Mieke traten direkt wieder die Tränen in die Augen. Mit dem Ärmel ihrer Strickjacke wischte sie sich die Tränen weg, deutete dann mit dem Kopf in Richtung des Streifenwagens, der vor ihrem Haus platziert war. »Die Polizei ist hier und wartet auf eine mögliche Kontaktaufnahme durch die Entführer, aber wer bitte soll denn Nele entführt haben? Wir wohnen hier fast auf dem Land, jeder kennt jeden. Und außerhalb des Ortes sind wir nie. Ich verstehe es nicht. Warum ausgerechnet Nele?«

»Ich … Ich weiß es nicht. Dieses andere Kind, ich habe es noch nie gesehen. In den Online-Meldungen der Zeitungen steht nicht einmal was davon. Da steht nur, dass Nele vermutlich in einem dunklen Kombi entführt worden ist. Gibt es keine Lösegeldforderung?« Denise trippelte nervös mit ihren Winterschuhen auf der Marmorstufe des Wohnhauses herum, sah immer wieder zum Polizeiwagen hinüber.

»Nein, aber Nele kennt auch unsere Telefonnummer gar nicht, und ins Telefonbuch haben wir uns nie eintragen lassen. Mich kann kein Entführer telefonisch erreichen.« Mieke schauderte. Was, wenn es an einer nicht möglichen Kontaktaufnahme scheitern würde? Was, wenn Nele ohne Lösegeld uninteressant wurde? Sie würden ihr doch hoffentlich nichts antun und sie irgendwo freilassen?

Mieke stemmte die Hände auf ihre Knie, atmete tief durch. Die Luft war empfindlich kalt, flutete ihre Lungenflügel, zeigte ihr schmerzhaft, dass sie noch lebte – ohne ihr Kind an ihrer Seite.

»Ich drehe durch, Denise. Ich halte das alles nicht aus.« Es waren nur wenige Stunden seit Neles Verschwinden vergangen, und doch hatte sie das Gefühl, ihr altes Leben läge Lichtjahre hinter ihr.

»Wir müssen selbst tätig werden. Wir können nicht abwarten, bis die Polizei etwas tut. Ich habe schon mit ein paar Eltern aus dem Kindergarten geredet. Morgen drehen wir hier jeden Stein einzeln um.«

»Glaubst du denn, dass Nele hier in der Nähe ist?«

»Ich weiß es nicht, aber wir dürfen nichts unversucht lassen. Und der ganze Ort wird dir helfen. Wir lassen Nele nicht allein«, sagte Denise bestimmt und warf einen abschätzigen Blick auf den Streifenwagen, in dem beide Polizisten mit ihren Handys beschäftigt waren. Sie ahnte noch nicht, warum die Entführer es ausgerechnet auf Nele abgesehen hatten.

Sonntag, 23.04 Uhr, Erziehungsheim im Wald

Xenia setzte den Blinker und bog mit dem tiefschwarzen Kombi von der Landstraße zwischen zwei großen Eichen in eine kaum befahrene Seitenstraße ab. Das Kind im Heck des Wagens stöhnte. Die Wirkung der »Träum-Süß-Mixtur«, die Boris verwendete, ließ allmählich nach. Selbst wenn Nele nun schreien und toben würde: Ab hier wäre es egal.

Der Straßenbelag der kleinen Seitenstraße wechselte von Asphalt zu Schotter. Boris stieg aus und hob die Schranke an, die den Privatgrund absperrte und die Straße ab hier als »Privatweg« kennzeichnete. Die letzten Meter würde er wie immer zu Fuß gehen. Xenia war mit den beiden Mädchen allein.

»Gute Arbeit, Amira«, sagte sie. »Du ruhst dich am besten gleich etwas aus, es war heute ein langer Tag.« Dann parkte sie den Wagen vor dem unscheinbar wirkenden Haus im Wald, das nahezu unbewohnt schien. Xenia wusste aber, dass jemand da war. Und selbst wenn weder im Außenbereich des Hauses noch im Inneren ein Licht anging, so wurde doch ihr Ankommen ebenso wie alle anderen Bewegungen rund ums Haus per Videokamera erfasst.

Amira nickte und griff nach der Hand des jüngeren Mädchens, das wiederholt blinzelte und versuchte, sich in der fremden Umgebung zu orientieren.

»Mama«, wimmerte Nele, und dann wieder: »Mama …«

Xenia schüttelte den Kopf. Da waren alle Kinder gleich – unabhängig davon, was ihnen ihre Eltern zuvor angetan hatten. Bis zu einem gewissen Alter waren Kinder dermaßen auf die Liebe ihrer Eltern angewiesen, dass sie ihnen wirklich alles verziehen. Aus reiner Angst, den Halt zu verlieren, den sie teils vergeblich suchten.

»Shhh«, sagte Amira. »Ich bin bei dir – ich lasse dich nicht allein.«

Xenia wusste nicht, ob Amira mittlerweile in ihrer Aufgabe so sehr aufgegangen war und ihre Fürsorge nur vorspielte oder ob sie noch immer nicht verstand, um was es eigentlich ging.

Als das Auto hielt, legte Amira ihren Arm um das andere Kind und zog es an sich.

»Ich bin gleich wieder da«, sagte Xenia, ohne den Kindern weiter Beachtung zu schenken. Sie ging auf die Tür des Hauses zu und griff nach dem Türklopfer in Form einer schmiedeeisernen Hand, die wie abgetrennt aus der Tür herausragte. Mit deren Fingern schlug Xenia das vereinbarte Zeichen: dreimal kurz, einmal lang für »Die Lieferung ist da«. Die Verwendung der Klingel hätte die Personen im Inneren des Hauses lediglich gewarnt.

Schnelle Schritte näherten sich, eine Xenia sehr gut bekannte Person öffnete kurz darauf aus nahezu kompletter Dunkelheit die Tür.

»Hat alles gut geklappt?«

»Ja, wir haben keinerlei Probleme gehabt.«

»Und das Kind?«

»Hört ab der Übergabe auf den Namen Lilly und ist gerade aufgewacht.«

»Schöner Name.« Die Person, die jetzt auf die Außenveranda getreten war, lächelte und schaute in Richtung des dunklen Kombis. Die verzweifelten und schrillen »Mama«-Rufe des Mädchens waren trotz der geschlossenen Türen des Wagens deutlich zu hören. Hier draußen, fernab jeglicher Zivilisation, würden diese Rufe zwischen den hohen Tannen bald verhallen. Während der Waldkauz mit seinem »Kuwitt« um den richtigen Partner balzen würde, würde Nele längst vermittelt sein.

»Wann?«, fragte Xenia kurz.

»In drei, spätestens vier Tagen, wenn sie ordentlich mitmacht«, antwortete die Frau. »Bis dahin bleibt das Mädchen zur Vorbereitung hier.«

Von hinten stapfte schnaufend Boris heran. »Alles rein«, sagte er kurz und öffnete dann eine der hinteren Autotüren. Er half erst Amira heraus und griff dann nach der wild um sich tretenden Nele, die versuchte, sich so tief wie möglich im Autoinneren zu verstecken. Er richtete kein Wort an das halb bekleidete Kind, beugte sich in den Wagen hinein und zog das Mädchen an den Füßen heraus. Das Kind schrie und kreischte. Er stieß es auf die Veranda, half ihm dann wieder hoch und schob es bestimmt vor sich her ins Haus hinein. Amira folgte den beiden mit gesenktem Kopf.

Sonntag, 23.06 Uhr,
Sports Bar

Er lachte. Wieder einmal hatte sein Plan funktioniert. Ein weiteres Kind hatten sie in ihre Fänge gelockt. So einfach, wie es nur möglich war. Mithilfe eines anderen Kindes. Und mit einer perfekten Vorbereitung, um die sie sich nicht einmal selbst hatten kümmern müssen. Zufrieden lehnte er sich auf dem Lounge-Sessel der Dachterrasse zurück. Hob das Bier, das er in seiner Hand hielt, zum Gruß gen Himmel. Er würde ihn nie vergessen. Und er würde für ihn weitermachen.

Es war kalt in dieser Nacht. Aber das hatte ihn noch nie gestört. Er liebte es, über den Dächern von Frankfurt zu sitzen und seinen Blick über die Skyline der Stadt schweifen zu lassen. Im Dunkeln glitzerten die Glasfassaden der Wolkenkratzer, ließen die Stadt funkeln und boten ein Panorama, das er immer schon geliebt hatte. Nicht nur, weil er die abendlichen Spaziergänge über den »Eisernen Steg« genoss. Sondern in erster Linie auch, weil ihn die Finanzwelt immer schon fasziniert hatte. Sie hatten längst die passenden Personen an ihrer Seite und eine Immobilienagentur, die nicht viele Fragen stellte, dafür aber die rentabelsten Objekte jederzeit unter der Hand vermittelte. So wie das Haus im Wald. Nur ein paar

Tage, und Nele würde sich kaum noch an ihr voriges Leben erinnern können. In dieser Zeit würden sie alles tun, um dem Kind eine neue Identität und vorübergehend ein neues Aussehen zu verschaffen. So nah wie möglich an den Kundenwünschen und so weit wie möglich entfernt von jeder Chance auf Wiedererkennung. Denn auch wenn die Kinder voraussichtlich nie wieder am normalen Gesellschaftsleben teilnehmen würden, waren die meisten von ihnen zwar am Leben, aber in einer ganz anderen, für sie fremden Welt unterwegs. In einer Welt, in der sie nicht gefunden werden sollten, an der aber etliche Personen gut verdienten.

Von den schnellen Geschäftsabschlüssen profitierten alle Seiten – und längst musste er sich nicht mehr persönlich darum kümmern, das Geld aus den Übergaben reinzuwaschen. Die Zeiten, in denen er Geld gegen Jetons getauscht hatte, waren vorbei. Aus einem kleinen Geschäftszweig hatte sich etwas ganz Gewaltiges entwickelt. Er hatte nicht vor, jemals wieder damit aufzuhören. Nein, Nele wäre definitiv nicht das letzte Kind.

Montag, 2.12 Uhr, Polizeipräsidium

Noch in der Nacht waren alle verfügbaren Einsatzkräfte für eine Lagebesprechung zusammengerufen worden. Die Ringfahndung war erfolglos geblieben. Es waren viele dunkle Kombis ins Netz gegangen, aber in keinem von ihnen hatten sich Kinder befunden.

Das Bild von Nele hing als großer Ausdruck an einem Flipchart. Der Beamer der Polizeidienststelle war nach wie vor kaputt. Seit Tagen hatte sich niemand darum gekümmert, das Gerät zu reparieren oder ein Ersatzgerät zu beschaffen. Auf jedem der Plastikstühle im Besprechungsraum lagen Schwarz-Weiß-Kopien der Fotos von Nele mit einer Kurzbeschreibung ihrer Kleidung.

Ben und Imke nahmen nebeneinander Platz. Seit sie als feste Partner arbeiteten, verbrachten sie sogar ihre Mittagspausen gemeinsam. Ben rieb sich die Schläfen. Immer dann, wenn er zu wenig Schlaf bekam, hatte er leichte Kopfschmerzen. Sie waren früher als eigentlich geplant von ihrem Posten vor dem Haus von Mareike Ganter abgezogen worden – ersetzt durch zwei jüngere Kollegen mit weniger Ermittlungserfahrung.

Karsten Walters, Chef der »SOKO Nele«, betrat den kahl wirkenden Besprechungsraum, in dem außer etlichen Plastikschalenstühlen nur ein paar alte Plakate der Personalwerbung an der Wand hingen.

»Dein Einsatz!« stand auf einem von ihnen. »Genau mein Fall« auf einem anderen. Ben hasste Fälle, in denen es um Kinder ging. Er ertrug es nicht, wenn Kinder zu Opfern wurden. Wenn ihn der Polizeidienst eins gelehrt hatte, dann war es, dass die Art der Grausamkeiten gegen andere Menschen schier unerschöpflich war. Dass Menschen zu Ungeheuern werden konnten, die zur Triebbefriedung oder zum Abreagieren nicht nur Verletzungen oder gar den Tod anderer Menschen in Kauf nahmen, sondern manchmal genau darauf aus waren. Ja, er hatte sich in seiner letzten Dienststelle nicht ganz nach Protokoll verhalten, aber er hatte den Mörder der Studentin nicht mit Respekt und Distanz behandeln können. Er hatte nicht abwarten wollen, bis ein Richter etliche Monate später ein viel zu mildes Urteil sprach. Familien von Angehörigen und die Opfer selbst hatten immer ein »lebenslänglich«. Die Täter hingegen waren fast alle nach einigen Jahren wieder frei. Erst recht dann, wenn sie sich gut führten und – mal glaubhaft und mal weniger glaubhaft – von aufrichtiger Reue sprachen.

Walters, der seit Jahren Dienststellenleiter war, wirkte wach und entschlossen. Auch wenn tiefe Ringe unter seinen Augen nicht darüber hinwegtäuschen konnten, dass er dringend mehr Schlaf benötigte. Jahrelanger Wechseldienst hatte auch bei ihm seinen Tribut gezollt.

»Ich mach es kurz«, sagte Walters mit kräftiger Stimme. »Sie haben alle die bisherigen Informationen vor sich. Schauen Sie sich das Foto des Kindes genau an. Das ist Nele. Vier Jahre alt. Sollte eigentlich um diese Zeit wohlbehütet zu Hause im

Bett liegen. Wo das Kind sich aufhalten könnte, wissen wir nicht. Jedenfalls ist es definitiv an einem Ort, an den es nicht gehört. Egal was für Pläne Sie auch in den kommenden Tagen haben: Vergessen Sie es! Ihr Ziel muss es sein, das Kind so schnell wie möglich zu finden und es lebend und in einem Stück wieder nach Hause zu bringen.«

Ben starrte das Bild der Vierjährigen an. Die großen braunen Augen, die so aufmerksam zum Fotografen schauten. Die kleinen Grübchen, die auch seine ältere Tochter Helen hatte. Dieser unschuldige Blick, der ihr längst genommen worden war. Verbrechen hinterließen bei jedem Spuren. Oft waren sie so tief, dass die Menschen für immer verändert waren, sobald sie zu Opfern wurden. Er hoffte nur, dass Nele nicht bereits weitaus Schlimmeres angetan worden war, als sie in ein Auto zu zerren.

»Wir wissen leider nicht viel«, fuhr Walters fort. »Übereinstimmende Zeugenaussagen haben ergeben, dass das Kind in einen dunklen Kombi gezogen worden ist. Wir haben nur Kennzeichenfragmente. Vermutlich ein M als ersten oder auch einzigen Buchstaben der Ortskennung sowie eine 7, die als eine der Ziffern der Erkennungsnummer bekannt ist. Den Fahrer oder die Fahrerin des Wagens hat niemand gesehen. Wir gehen aber von zwei Personen aus. Jemanden am Steuer und eine andere Person, die das Kind gegriffen und ins Auto gezogen hat.«

»Und ein weiteres Kind, oder?«, fragte Harald Müller, der in der Dienststelle bereits zum Inventar gehörte, aufgrund seiner Hüftprobleme aber nur noch für die Büroarbeit eingesetzt wurde. Dabei war er, lauschte man den alten Geschichten, mal einer der ganz fitten Beamten gewesen, der bei einem Banküberfall zu Fuß sogar einen der Räuber gestellt hatte.

»Der Harald war früher mal fit wie ein Turnschuh«, hatte man Ben gleich am Anfang gesagt. Unvorstellbar beim Blick auf den Mann, der nun mit hängenden Schultern und deutlich sichtbarem Bauchansatz zusammengesunken auf seinem Plastikstuhl saß und Mühe hatte, die Augen offen zu halten.

»Ja, es gibt noch ein weiteres Kind«, bestätigte Walters und blätterte das Flipchart um. »Ein Mädchen, von dem wir aber nur schlechte Aufnahmen haben. Einen knappen Kopf größer als Nele, vermutlich um die acht Jahre alt. Dunkel gekleidet, graue Wollmütze, lockige, zu Zöpfen gebundene Haare. Das Gesicht ist auch in der Vergrößerung kaum erkennbar.«

»In der bisherigen Fahndung ist das Kind nicht erwähnt worden«, warf Imke ein.

Walters nickte. »Genau. Erstens sind unsere Hinweise auf das Kind sehr vage, zweitens müssen wir Kinder besonders schützen und wollen hier auch kein Täterwissen offenbaren. Und außerdem …«

»… könnte auch das andere Kind in Gefahr sein«, führte Ben den Satz zu Ende.

»Genau, Ben. Das ist der Hauptgrund. Jemand, der ein Kind mit einem Lockvogel entführt, macht das vermutlich nicht zum ersten Mal. Wir wissen nicht, welche Rolle das andere Mädchen spielt. Aber wir müssen in Betracht ziehen, dass dieses Kind nicht freiwillig agiert hat.«

»Und wenn doch?«, fragte Imke.

»Dann werden wir das noch herausfinden.«

Ben wusste, dass seine Kollegin damit haderte, wenn Informationen zurückgehalten wurden. Die Chance, Nele zu finden, wäre größer, wenn alle Informationen bekannt wären. Andererseits durften sie die Täter nicht provozieren. Täter, die sich zu großem Fahndungsdruck ausgesetzt sahen, verloren häufig die Kontrolle. Einem Kontrollverlust wäre ein Kind hilflos ausgesetzt.

»Wie gehen wir vor?«, hakte Ben nach. Er war zu allem bereit. Seine Töchter schliefen wohlbehütet von Gertrud in ihren Betten, und er würde sowieso kein Auge zumachen können. Gerti, wie die Kinder sie nannten, war eine ältere Dame aus der Nachbarschaft. Der einzige Sohn war kinderlos geblieben, und Gerti freute sich, als Ersatz-Oma einspringen zu dürfen. Sie hatte nicht einen Moment gezögert, als Ben sie gebeten hatte, in der Nacht bei den Mädchen zu bleiben und ihr eigenes Bett gegen die Couch im Wohnzimmer einzutauschen.

»Solange wir noch keinen konkreten Ermittlungsansatz haben: Zeugenbefragungen, Überprüfung von Kennzeichen, Kontakt zu anderen Dienststellen und Überprüfung alter, möglicherweise vergleichbarer Fälle.«

»Sollen wir auch Präsenz an Kindergärten zeigen?«, fragte eine junge Streifenpolizistin.

»Das ist momentan nicht unser Hauptaugenmerk. Zeigen Sie Präsenz in der Gegend, fahren Sie auch durch Wohngebiete. Aber wir brauchen keine Dauerpräsenz an Kindergärten. Zumindest nicht, wenn es darum geht, Eltern aktuell zu sensibilisieren. Das übernehmen die Medien, soziale Netzwerke und das eigene Kopfkino. Eltern wissen, dass da draußen jemand herumläuft, der es – in welcher Form auch immer – auf kleine Kinder abgesehen hat. Es wäre verantwortungslos, die eigenen Kinder gerade jetzt aus den Augen zu lassen oder sie allein den Heimweg antreten zu lassen. Sollten Sie aber ein Kind sehen, das allein unterwegs ist, begleiten Sie es gern nach Hause und sprechen die Eltern darauf an. Ich fürchte nur, dass wir für sensibilisierende Einzelgespräche im Rahmen der Prävention aktuell kaum Zeit haben.«

»Aber das andere Mädchen! Eltern lassen ihre Kinder nicht mit Fremden mitgehen, aber ob sie so genau auf dem Schirm haben, dass eine Gefahr auch von anderen Kindern ausgehen kann?«, versuchte Imke es erneut.

»Wir dürfen hier die Pferde nicht scheu machen. Wir können nicht alle Kinder unter Generalverdacht stellen. Und wie bereits gesagt: Das Mädchen könnte auch selbst in Gefahr sein.«

Sämtliche Augenpaare ruhten nun wieder auf Walters. Wache Augenpaare und solche, die vor Müdigkeit kaum offen gehalten werden konnten. Ben war froh, dass er bei jedem Einsatz immer noch dieses Adrenalin verspürte. Nicht mehr so stark wie am Anfang seiner Laufbahn, aber doch war er immer noch mit Feuereifer dabei. In einem Fall wie diesem erst recht.

»Entführung mit System«, warf Harald lautstark ein und erntete zustimmendes Gemurmel.

Walters bat um Ruhe. »Das ist durchaus möglich. Eine Entführung mit System würde aber auch bedeuten, dass das hier entweder der erste Fall von mehreren ist oder aber wir uns mit Nele in eine Reihe von Delikten einreihen, von denen wir bislang keine Ahnung haben. Oder sind jemandem von Ihnen ähnliche Fälle bekannt?«

»Bei denen ein Kind von einem Kind entführt worden ist? Mir nicht«, flüsterte Imke Ben zu.

Ben ließ seinen Blick über die Kollegen streifen. Über die Truppe, die nun alles tun musste, um Nele so schnell wie möglich wiederzufinden. Das Landeskriminalamt war bereits eingeschaltet, aber die Hauptarbeit, die geschah vor Ort.

Sich laut räuspernd verschaffte Ben sich Gehör.

»Ein anderes Kind hatten wir bisher noch nie unter Verdacht. Hat es jemals einen Anruf gegeben, bei dem ein Zeuge ausgesagt hat, dass er das Kind spielend mit einem anderen Kind gesehen hat? Oder dass er das Nachbarskind im Grundschulalter als Täter oder Täterin verdächtigt?«

Ben nahm zustimmendes Gemurmel wahr. Andere Kollegen schauten in seine Richtung, schwiegen jedoch.

»Sag ich doch: Entführung mit System«, wiederholte Harald laut. »Guter Einwand, Ben. Niemand, aber wirklich niemand achtet auf Kinder, die gemeinsam unterwegs sind.«

»Wenn das so ist, dann sollten wir uns alle Entführungsfälle der letzten Jahre noch einmal genau angucken.« Walters klopfte mit den Fingerknöcheln auf die Tischplatte vor ihm und sorgte dafür, dass er wieder die komplette Aufmerksamkeit hatte. »Konzentrieren wir uns vor allem auf Kinder im Alter von unter zehn Jahren, vermutlich aber weitaus jünger, die zuletzt auf einem Spielplatz, auf dem Nachhauseweg von Kindergarten oder Schule oder im Sandkasten vor dem Haus gesehen worden sind. Ausklammern können wir Kindesentzug oder aber Entführungen, bei denen wir genau wissen, dass der Täter ein Erwachsener ist. Sprechen Sie sich miteinander ab, lassen Sie Ihre Ermittlungsergebnisse zusammenfließen, und konzentrieren Sie sich vor allem auf einen Umkreis von 100 Kilometern.«

»Das ist aber dann außerhalb unseres Einsatzbereiches«, meldete sich erneut die Streifenpolizistin mit dem brünetten Kurzhaarschnitt zu Wort.

»Wenn wir damit zum Aufklären des Falles beitragen, nehme ich das ganz allein auf meine Kappe«, versprach Walters. »Wenn wir jedes Mal darauf warten, dass die Zuständigkeiten genau geklärt sind, sind wir in einigen Fällen schon viel zu spät dran. Also los, an die Arbeit!« Er klatschte auffordernd in die Hände, sorgte unmittelbar für eine unruhige Aufbruchsstimmung.

So laut, dass nicht alle Haralds Einruf hörten: »Mir fällt da auch schon etwas ein. Tommy Lehmann, damals fünf oder sechs Jahre alt. Nordeifel, wenn ich mich nicht täusche. Verschwunden vor etwa drei Jahren. Seine Mutter hat ihn zuletzt mit seinem Ball auf der Rasenfläche vor dem Haus gesehen.«

Montag, 3.28 Uhr, Erziehungsheim im Wald

Amira lauschte in die Nacht. Die Schreie des anderen Mädchens waren schon vor langer Zeit verstummt. Ob ihre neue Freundin nun schlief? Amira traute sich nicht, ihr Bett noch einmal zu verlassen. Sie wollte nicht, dass Boris wütend wurde. Sie drehte die Haarsträhnen ihrer Puppe um ihre Finger und wünschte sich, dass auch sie einfach nur schlafen würde. Schlafen und nie wieder aufwachen.

In ihrem Zimmer unter dem Dach war es kalt. Sie hatte eine Wolldecke über ihrer Bettdecke liegen, aber richtig warm wurde ihr trotzdem nicht. Wie gerne hätte sie nun eine feste und warme Umarmung gehabt. Aber so etwas bekam sie schon lange nicht mehr – sehr lange. Sie drückte die Puppe an sich und ärgerte sich, dass sie sich trotzdem nicht besser fühlte.

Sie mochte diesen Ort nicht. In der Nacht war sie immer allein. Sie fürchtete sich vor den nächtlichen Geräuschen. Vor dem Wind, der die Fensterläden klappern ließ. Vor den Tierstimmen aus dem Wald, dem Knacken des Holzes, vor allem aber vor den Schreien der anderen Kinder, die gedämpft bis zu ihr nach oben kamen.

Früher wäre sie zu Mama und Papa ins Bett gekrabbelt, hätte sich von ihnen umarmen und trösten lassen. Zu Hause hatte sie keine Angst zu haben brauchen. Das war hier anders. Sobald Boris das Licht ausmachte, musste sie schlafen – ganz gleich, wie sehr sie sich fürchtete. Manchmal schlief sie tatsächlich sofort ein. Meistens aber lag sie lange wach – mit zugekniffenen Augen, falls er doch nach ihr schaute. Dann träumte sie von früher, von ihren Großeltern, vom Meer. Aber sie träumte auch von ihren Freunden.

Jetzt sagten Boris und die anderen ihr, mit wem sie spielen durfte. Manchmal waren es Jungen, manchmal Mädchen. Sie durfte sich nie ein Kind aussuchen. Wenn sie spielen wollte, dann musste es jedes Mal ein ganz bestimmtes Kind sein. Meist war das Kind jünger als sie. Das fand Amira aber nicht schlimm. Ihr Bruder war auch jünger als sie. Sie hatten immer sehr gerne miteinander gespielt. Damals, als sie noch ihre richtige Mama gehabt hatte.

Wenn sie jemand mit Boris oder Xenia sah, musste sie sie immer mit »Papa« und »Mama« ansprechen, damit niemand zu viele Fragen stellte. Aber Xenia war nicht ihre Mama und Boris nicht ihr Papa. Manchmal sprachen sie aber mit ihr, als ob sie ihre Tochter wäre. Dann sagten sie so etwas wie: »Wir sind stolz auf dich, Amira.«, »Das hast du toll gemacht.«, »Morgen machen wir wieder einen schönen Ausflug.« Oder aber: »Wir sollten mal wieder jemanden zum Spielen einladen.«

Ob Nele noch da war? Nele schlief in einem der schönen Kinderzimmer im Erdgeschoss, in denen es viele Spielsachen und sogar neue und bunte Bettwäsche gab. Amira war auf ihren Wollsocken leise die Treppe hinuntergeschlichen, hatte bei jeder Stufe befürchtet, dass Boris sie erwischen würde. Doch Boris hatte laut geschnarcht. Meist war sie mit ihm in der Nacht allein. Xenia war in der Nacht nie hier – nur manchmal Kristina und dieser Mann, dessen Namen sie sich nicht merken konnte. Sie hatte gehofft, dass niemand sie erwischen würde und sie wenigstens heimlich ein bisschen mit Nele spielen konnte. Sie vermisste es so sehr, eine Freundin zu haben.

Sie hatte vor Neles Zimmer gestanden und ihren Namen geflüstert, aber Nele hatte vielleicht schon geschlafen und sie nicht gehört. Ob sie morgen noch da wäre? Ob sie dann noch etwas mit ihr spielen dürfte?

Montag, 03.47 Uhr

Nele hörte die Schritte in der Nacht. Sie hörte jedes Geräusch in diesem Haus. Alles war fremd. Und sie war so weit weg von Mami. Nele drückte den Teddy an sich, der so ungewohnt roch, aber hier ihr einziger Freund war.

»Weißt du, ich will zu meiner Mami«, flüsterte sie in sein Fell. »Ich will nur zu meiner Mami.«

Ihre Finger griffen fest in das weiche Fell. Aber es half nicht gegen die Angst, die sie verspürte. Sie zog ihre Beine an, rollte sich ganz klein zusammen. Sie hatte sich unter der Decke versteckt. Schlafen konnte sie nicht. Obwohl sie ihr gesagt hatten, dass sie schlafen sollte.

Sie schlief doch nie alleine ein. Sie brauchte Mamas Umarmung und das große Bett. Sie brauchte ihr Zuhause. Nele schluchzte. Ganz leise. So, dass niemand sie hörte. Sie wollte nicht, dass sie zurückkamen. Mit dem Ärmel ihres Schlafanzuges wischte sie sich die Tränen von der Wange. Wo war das andere Mädchen? Hatte sie auch ein Zimmer in diesem Haus? Wollte sie auch zu ihrer Mama? Oder war die Frau im Auto ihre Mama? Nele hatte im Auto nicht gesprochen. Sie wollte nicht mit diesen Menschen reden. Mama hatte ihr gesagt, dass sie nicht mit Fremden sprechen sollte.

Nele war wütend. Sie vermisste ihre Mama, aber sie war auch böse auf sie. Mama hatte ihr versprochen, dass sie abends mit ihr einen Kakao mit Marshmallows trinken würde. Aber dann war sie in dieses Auto gezogen worden. Es hatte keinen Kakao gegeben. Nur etwas Apfelsaft und Brot. Nele hatte nichts davon angerührt. Sie wollte ihren Kakao, und sie wollte Mama.

Sie wollte nichts mehr, als dass Mama und Papa sie holen kämen. Papa war aber oft nicht da. Ob er überhaupt wusste, dass sie weg war? Und was Mama jetzt machte? Trank Mama ihren Kakao allein? Als Nele auf dem Flur Schritte hörte, zuckte sie zusammen.

»Wir müssen ganz leise sein und dürfen uns nicht bewegen«, flüsterte sie. »Okay?« Dass Teddy keine Antwort gab, war vielleicht ganz gut. So würden sie nicht mitbekommen, dass sie noch nicht schliefen. Nele kniff die Augen zusammen. Sie würde einfach wieder so tun, als ob sie tief und fest schlafen würde. So wie sie es manchmal zu Hause tat, wenn Mama nach ihr guckte.

Nele atmete nur flach. Sie hörte ihren eigenen Herzschlag. Der war laut. Richtig laut. Hoffentlich würde das niemand merken. Die Schritte waren näher zur Tür gekommen. Nele hörte jetzt ein leichtes Quietschen. Sie zitterte und drückte den Teddy an sich. Aber sie bewegte sich nicht. Und das war gut so. Sie hatten es geglaubt. Sie hatten geglaubt, dass sie bereits schlief. Nele atmete tief aus, als die Tür wieder zuging. Aber sie traute sich nicht, die Bettdecke zu heben. Denn sie war sich nicht sicher, ob die Füße nun bei ihr im Zimmer waren oder nicht.

Montag, 5.06 Uhr, Flughafen

Zügigen Schrittes durchquere ich die nahezu menschenleere Ankunftshalle des Flughafens. Ein Modellflugzeug der neuesten Boeing-Flotte ist in luftiger Höhe an der Hallendecke befestigt, angeleuchtet von grellen Neon-Röhren, die hier das Ende der noch stockfinsteren Nacht suggerieren wollen. Es ist fast noch menschenleer. Der früheste Flieger geht erst in anderthalb Stunden, die erste Ankunft eines Flugzeugs ist in knapp zwei Stunden vorgesehen. Ich wirke entschlossen und erwecke bei anderen den Eindruck, so schnell wie möglich vom Parkhaus in die Abflughalle gelangen zu wollen. Dabei habe ich es gar nicht eilig.

Eine Reinigungskraft leert mit missmutigem Blick den Mülleimer an einer Wartebank aus, das Knistern des Plastiksackes ist bis auf das Klackern meiner Schuhe und das Abrollgeräusch meines Koffers das einzige Geräusch in der Halle.

Klack, klack, klack. Bei jeder Bodenfuge klackert mein Business-Trolley monoton. Die großflächigen Fliesen glänzen, reflektieren das Licht der Hallendecke und wirken ebenso kühl, wie ich rüberkommen möchte. An der Anzeigentafel werden die morgendlichen Flüge nach Frankfurt und Mün-

chen angekündigt. Noch ist Zeit bis zum Boarding. Ausreichend Zeit, um sich an der bereits geöffneten Bar mit einem Kaffee und einem belegten Brötchen zu stärken.

München! Ich wäre so gerne wieder einmal in München. Bei einer bayerischen Brotzeit und einer ordentlichen Butterbreze würde ich eher schwach werden als bei den labbrigen Käsebrötchen, die von einer Angestellten mit rotem Kittel lustlos in die Auslage gelegt werden.

»Ware muss ansprechend angepriesen werden, um Kundschaft zu ziehen«, will ich der Dame zynisch zurufen, schweige aber. Dabei weiß ich bestens, wie man Ware vor allem an den Mann bringt. Unser letztes Geschäft ist in trockenen Tüchern, auch wenn die Ware noch den letzten Feinschliff benötigt. Es war nicht schwierig, einen Kunden zu finden. Die richtige Perspektive und die richtige Ausleuchtung ändern sehr viel und würden auch diese Käsebrötchen weitaus besser wirken lassen.

Und dann spreche ich doch, wünsche der Frau, die mit leichtem Rundrücken hinter dem Tresen steht, einen guten Morgen und bestelle einen Cappuccino sowie die aktuelle Ausgabe der Regionalzeitung.

»KIND VON SPIELPLATZ ENTFÜHRT«, *steht in großen Lettern auf der Titelseite. Dazu ein Bild des Kindes, das ich vor ein paar Stunden noch lebend gesehen habe – ohne das Strahlen in seinen Augen, ohne ein entwaffnendes Lächeln wie auf diesem Bild. Menschen werden so schnell ein Schatten ihrer selbst, wenn sie traumatische Erlebnisse haben. Niemand, wirklich niemand, würde die kleine Nele jetzt wiedererkennen.*

Ich schiebe einen Fünfer auf den Tresen, klemme mir die Zeitung unter den Arm und balanciere meinen Cappuccino so galant wie möglich zu einem Tisch in der Nähe der Glasfront, von der ich Blick auf das Parkhaus habe. Dort, kurz vor der

Auffahrt zur dritten Etage, habe ich den Wagen abgestellt. Vollgetankt und penibel im Innenbereich gereinigt. Ganz so, dass das Auto problemlos weitervermietet werden kann und neue DNA-Spuren zu den bereits vorhandenen hinzukommen.

»Nur Kennzeichen-Fragmente bekannt«, lese ich in einer Zwischenüberschrift, während meine klammen Hände sich an der warmen Keramiktasse wärmen. MS, WAF oder auch ST steht auf den Kennzeichen vieler Fahrzeuge, die auf dem Kurzzeitparkplatz stehen. Geschäftsleute, die am Vormittag den frühen Flieger nach München nehmen und am Abend wieder am heimischen Regionalflughafen landen. München! Da ist auch der Sitz einer der größten deutschen Mietwagenfirmen mit einer riesigen Fahrzeugflotte mit Münchener Kennzeichen. Zugelassen ist auf mich kein einziges Fahrzeug.

Der erste Flieger nach München geht in etwas mehr als einer Stunde. Ich habe nicht vor, dort einzusteigen. Niemand soll sich später an meinen Namen oder ein Flugticket erinnern. Ein Blick auf die ersten Flugpassagiere zeigt mir, wie austauschbar ich bin. Mein Business-Look, der anthrazitfarbene Trolley mit extra Laptop-Fach, die auf Hochglanz polierten Lederschuhe: Am frühen Morgen ist am Flughafen kaum Individualität erkennbar. Außer mir sitzen noch zwei weitere Personen im Bereich der Bar. Einzeln. Die eine vertieft in die Tageszeitung, die zweite mit dem Blick auf das Display des neuesten iPhones. Mit meinem Handy fotografiere ich unbeobachtet die Titelseite der Tageszeitung ab und versende sie. Später werde ich auch noch die anderen Zeitungen durchforsten. Sie alle werden in den kommenden Tagen vermehrt über die verschwundene Nele berichten. So lange, bis sich keine neuen Erkenntnisse mehr in dem Fall auftun. Dann wird das Kind vom Aufmacher der Titelseite in die Randspalten rut-

schen, bis es irgendwann Meldungen zum Treffen der Frauengemeinschaft weichen muss.

Zum Jahrestag ihres Verschwindens wird ein findiger Redakteur bei der Blattkonferenz vorschlagen, bei Polizei und Staatsanwaltschaft noch einmal den Stand der Ermittlungen zu erfragen. Die Leser werden zwar noch Betroffenheitsinterviews mit der verzweifelten Familie des Kindes lesen, aber ansonsten nur noch die Überschrift überfliegen: »Ein Jahr danach: Noch immer keine Spur von Nele.«

Ich weiß, wie es laufen wird. Es wäre nicht das erste Mal, dass Kinder in Vergessenheit geraten. Schon bald wird der Spielplatz, auf dem Nele gestern noch gespielt hat, wieder von vielen Kindern besucht sein. Die anfangs noch verunsicherten und aufmerksamen Blicke der Eltern werden wieder in andere Richtungen gelenkt, und in ein paar Wochen wird jeder davon überzeugt sein, dass Nele ein unglücklicher Einzelfall ist. Doch das ist sie nicht – und das wird sie auch nicht bleiben.

Mit dem Löffel schöpfe ich den Milchschaum ab und lasse mir meinen Cappuccino schmecken. Nach der kalten und langen Nacht tut es gut, etwas Warmes zu trinken. Ich spüre, wie die warme Flüssigkeit sich den Weg durch meine Speiseröhre bis in die Mitte meines Körpers bahnt, und entspanne mich allmählich. Die Nacht war anstrengend und hat mir einiges abverlangt. Mein Kopf schmerzt, und ich sehne mich nach meinem Bett.

Die Schlüssel des Mietwagens habe ich in den Nachttresor am Schalter geworfen. Kein Kontakt zu Servicemitarbeitern, kein Rücknahmeprotokoll, kein Verdacht. Damit der auch gar nicht aufkommt, ist der Kindersitz der Gruppe 1 fest auf der Rückbank installiert. Er war nie für Nele gedacht. Er sollte nur unsere Absicht verschleiern. Selbst wenn jemand auf unsere Spur käme: Das Anmieten eines Babysitzes würde uns von der Liste der Verdächtigen verschwinden lassen. Niemand würde nach einer Familie mit einem kleinen Baby suchen. Selbst Amira ist schon fast acht. Und niemand würde vermuten, dass wir den Mietwagen ausgerechnet in der Nähe des Entführungsortes zurückgeben.

Ich reibe mir die Schläfen und entscheide mich, dann doch eine Kopfschmerztablette einzuwerfen. Die markerschütternden Schreie des Kindes hallen noch immer in meinen Gedanken nach.

Montag, 7.23 Uhr, Kinderspielplatz

Entführung mit System.

Ben bekam die Worte seines Kollegen Harald nicht aus dem Kopf, der bei der nächtlichen Lagebesprechung genau diesen Gedanken geäußert hatte. Er hatte kaum Zweifel daran, dass das andere Mädchen eine Rolle spielte. Hier hatte jemand ein Kind darauf abgerichtet, im Spiel das Vertrauen eines jüngeren Kindes zu erschleichen und es dann vom Spielplatz zu locken. Niemand wurde bei Kindern misstrauisch.

Im Gegenteil: Erwachsene trichterten ihren Kindern immer wieder ein, wie wichtig es sei, nicht mit Fremden mitzugehen, sich nicht mit Fremden zu unterhalten, nicht zu Fremden ins Auto zu steigen und generell bei anderen Erwachsenen vorsichtig zu sein.

Aber kein Elternteil warnte seine Kinder je vor anderen Kindern. Im Gegenteil. Sie ermutigten sie oft sogar noch:

»Lasst das andere Kind doch mitspielen!«

»Gib dem Kind deine Hand!«

»Lad doch auch das Mädchen zu deiner Geburtstagsfeier ein, das sonst nie eingeladen wird.«

Oder auch: »Wie würdest du dich fühlen, wenn ein anderes Kind nicht mit dir spielen möchte?«

Kinder waren nicht dumm, aber ihr eigenes Alarmsystem wurde durch genau solche Manipulationen ausgeschaltet. Ihnen wurde nicht zugestanden, wählerisch Freundschaften zu schließen oder auch einmal »Nein« zu sagen. Nicht, wenn es um andere Kinder ging.

Ein »Nein« hätte Nele womöglich vor vielem bewahren können: Sollte die Entführung tatsächlich ein abgekartetes Spiel gewesen sein, so war davon auszugehen, dass Nele gezielt ausgesucht worden war. Ben mochte gar nicht darüber nachdenken, um welche Bedürfnisse es dabei vermutlich ging.

Seit er selbst Vater war, gingen ihm Schicksale wie das von Nele noch viel näher.

Ben parkte seinen Wagen auf dem Parkstreifen neben dem Spielplatz, den er selbst erst Tage zuvor mit seinen beiden Töchtern besucht hatte. Sie hatten sich unter andere Kinder gemischt, mit Fremden gespielt. Er wusste nicht, worüber sie sich unterhalten hatten. Kinderlachen, fröhliches Quietschen, ab und an ein Kinderweinen, das nach tröstenden Worten schnell wieder in Lachen überging – das waren die Geräusche, die man auf einem Spielplatz wahrnahm.

Jetzt aber Stille. Es war noch zu früh. Die Dämmerung hatte noch nicht einmal eingesetzt. Er hatte nur Luisa in die Frühbetreuung des Kindergartens gebracht. Derselbe Kindergarten, in den auch Nele ging. Er hatte die bedrückte Stimmung unter den Erziehern registriert, hatte aber nicht den Kleiderhaken in der Garderobe vor der anderen Gruppe beachtet, der nun leer bleiben würde. Ein Schmetterling mit bunt getupften Flügeln, der seit anderthalb Jahren für Nele vorgesehen war. Das Kind jedoch war mitsamt seiner pinken Jacke verschwunden.

Auf dem Spielplatz deutete bis auf ein Absperrband der Polizei nichts auf die Tragödie vom Vortag hin. Es hatte in der Nacht wieder geregnet. Wasser hatte sich in den Kuhlen der Gehwege und auf den Fallschutzmatten gesammelt. Die Schaukel quietschte im leichten Wind. Zwei Lampen beleuchteten den Spielplatz notdürftig, ließen ihn ohne Tageslicht nicht gerade einladend wirken.

Doch es war nicht die schlechte Einsehbarkeit des Spielplatzes in der Dämmerung, die Bens Aufmerksamkeit auf sich lenkte, sondern das direkt neben dem Spielplatz stehende Einfamilienhaus. Es war von einer Feuerdornhecke umgeben, die alle Wetterbedingungen gut vertrug. Das Spielplatzgelände war – vermutlich auch wegen der scharfen Dornen – zusätzlich durch einen mehrere Meter hohen Maschendrahtzaun abgeriegelt. Allerdings hatte das Auto – so hatte die Aussage von Mareike Ganter ergeben – unmittelbar vor dem Einfamilienhaus gestanden, sodass die dichte und frostbeständige Hecke den Blick auf den wartenden Kombi verborgen hatte. Einige seiner Kollegen hatten sich genau wegen dieser Eigenschaften für die Einfriedung ihrer Grundstücke mit Feuerdornhecken entschieden. Sie galten als undurchdringlich und wegen der scharfen Dornen auch als einbruchsicher. In diesem speziellen Fall hatte die Hecke aber nicht das Opfer, sondern den oder die Täter geschützt. Es war nicht verwunderlich, dass das Auto zunächst nicht aufgefallen war und es nur Kennzeichenfragmente gab. Nur wer dem Wagen rechtzeitig hinterhergestürzt wäre, hätte überhaupt die Möglichkeit gehabt, einen Blick auf das Fahrzeug zu erhaschen.

Die Entführung von Nele war nicht Bens erster großer Kriminalfall. Aber der erste, bei dem er sich erneut beweisen konnte. Er sprach nicht gerne über die Vorfälle bei seiner letzten Dienststelle. Jetzt aber ging es nicht um ihn, sondern um Nele. Und es gab neben dem dunklen Kombi bislang nur zwei Hinweise, die zu ihr führten: ein M und die Endziffer 7.

Ohne Automarke und vollständiges Kennzeichen kämen Tausende und Abertausende Fahrzeuge als vermeintliche Fluchtfahrzeuge in Betracht. Und selbst wenn sie das richtige Fahrzeug finden würden, hieße das noch lange nicht, dass der Fall damit geklärt wäre. Die Vermisstenstelle des Bundeskriminalamtes führte seit 1951 eine Datei mit dem Namen »Vermi/Utot«, in der sämtliche Vermisstenfälle und Fälle unbekannter Toter seit Aufzeichnungsbeginn erfasst wurden. Knapp 1900 ungeklärte Vermisstenfälle von Kindern im Alter bis einschließlich 13 Jahren waren darin aufgeführt. Bei rund der Hälfte davon, so hatte das BKA informiert, handelte es sich um wiederholte Ausreißer, unbegleitete minderjährige Flüchtlinge oder Sorgerechtsfälle. Die erst vierjährige Nele fiel in keine dieser Kategorien.

Ben seufzte, stieg in sein Auto und startete den Motor. Sobald er auf dem Revier war, würde er sich an die Arbeit machen. Die Zeit drängte. Rund 99 Prozent aller Vermisstenfälle konnten zwar aufgeklärt werden, aber das bedeutete nicht immer, dass sie die Kinder lebend wiederfanden. Die speziellen Umstände dieser Entführung zwangen sie mehr denn je dazu, überlegt vorzugehen. Wenn sie Nele nicht gefährden wollten, durften sie jetzt keinen Fehler machen. Auch deshalb hatten sie nur die nötigsten Informationen an die Presse weitergegeben.

Montag, 7.45 Uhr, Nachbarschaft

Um kurz nach 7 Uhr waren sie mit Taschenlampen bewaffnet losgezogen, auf Eigeninitiative. Sie wollten bei der Suche nach Nele nichts unversucht lassen. Laut Polizei gab es keinen Grund, die nahegelegenen Gebiete zu durchkämmen. Die Organisatoren des Suchtrupps, zu denen Denise gehörte, sahen das anders. Nur weil Nele per Auto entführt worden war, hieße das nicht, dass sie sich nicht vielleicht in der Nähe aufhielte. Kommentare im Netz hatten diese Ansicht befeuert:

»Ich wette, das Kind ist ganz nah. Viel näher, als die Mutter denkt. Das habe ich im Gefühl. Man sollte definitiv die unmittelbare Umgebung absuchen. Ist nur ein Tipp.«

Was, wenn genau das nicht nur ein Gefühl war, sondern der Täter hier eine Botschaft sendete? Was, wenn Nele ganz in der Nähe gefangen gehalten wurde oder aber es hier Hinweise auf ihren Aufenthalt gab?

Hundegebell begleitete die Gruppe von Nachbarn und Freunden, die das nahegelegene Waldstück auf eigene Faust durchkämmten. Wenn Nele tatsächlich irgendwo in der Nähe war, dann vielleicht hier. Der Wald grenzte direkt an ihr Elternhaus. Bunte Regenjacken mischten sich mit grauen

Lodenmänteln, die zur trüben Stimmung passten. Der Himmel war bedeckt, und es würde noch dauern, bis die im Januar häufig kraftlose Sonne versuchen würde, sich ihren Weg durch die dicke Wolkendecke zu bahnen. Umso entschlossener zeigten sich direkte Nachbarn, die nichts unversucht lassen wollten, um die kleine Nele wiederzufinden. Darunter Familienväter, der alleinstehende Mann, der erst vor Kurzem zugezogen war, der Metzger aus dem Mehrfamilienhaus am Ende der Straße oder auch Anna, die im Haus gegenüber der Familie Ganter wohnte und deren Lockenmähne am heutigen Tag zu einem lockeren Zopf zusammengebunden war.

Das Waldstück, das am Vormittag durchkämmt werden sollte, lag am Ortsrand, eingebettet in eine kleine Kuhle, von denen es im flachen Münsterland sonst nur wenige gibt. Mieke war selten hier gewesen. Es hatte sie immer mehr an die Orte gezogen, die von vielen Personen frequentiert wurden. Spielplätze, das Schwimmbad, die Innenstadt – aber ganz sicher nicht ein dichtes Waldgebiet. Sie liebte ihren lebhaften Freundeskreis, Musik, Chaos um sich herum. Die Stille und Leere, die das Fehlen von Nele in den eigenen vier Wänden und in ihrem Herzen verursacht hatte, waren unerträglich. Der Gedanke, dass die sonst so quirlige Nele irgendwo in einem verlassenen Waldstück ganz auf sich gestellt war, noch viel mehr. Sie hoffte auf eine Spur zu ihrer Tochter, aber doch nicht hier! Niemand hätte Nele entführt, um sie dann einfach so im Nirgendwo auszusetzen. Es waren zudem schon mehr als 14 Stunden vergangen, seit sie ihre Tochter zuletzt gesehen hatte. 14 Stunden! Sie konnte sich nicht daran erinnern, jemals länger als einen Vormittag von Nele getrennt gewesen zu sein. Die Zeit, in der Nele in den Kindergarten ging. Die Zeit, zu der sie auch heute Vormittag im Kindergarten wäre.

Eine Spur zu Nele – wie viel hätte sie darum gegeben. Aber bitte wirklich nicht hier! Wenn sich hier eine Spur zu ihrer Tochter finden lassen würde, dann wäre sie vermutlich … Mieke mochte gar nicht darüber nachdenken. Sie versuchte, den dicken Kloß in ihrem Hals herunterzuschlucken, der sich seit dem Vortag in ihrer Kehle breitgemacht hatte. Sie kam gegen das beklemmende Gefühl nicht an. Sie blinzelte, kämpfte gegen die wiederaufkommenden Tränen. Wenn sie dem Drang zu weinen nachgab, würde sie zusammenbrechen. Sie könnte ihrer Tochter nicht mehr helfen. Also zwang sie sich, wie mechanisch einen Fuß vor den anderen zu setzen. *Schneller. Wenn ich doch am Vorabend nur schneller und weniger abgelenkt gewesen wäre.*

»Wir teilen uns in drei Gruppen auf«, hörte sie wie durch Watte Mark sagen, der in der Einliegerwohnung ihres Hauses wohnte. Sie war froh, auch jetzt noch einen Mann im Haus zu haben. Das gab ihr das Gefühl von Sicherheit. Auch wenn Mark und sie nicht viel miteinander zu tun hatten. Ein Plausch hier und da, mehr nicht. Einmal hatte er kurz auf Nele aufgepasst, als sie in den Supermarkt gemusst hatte und Nele sie partout nicht begleiten wollte, weil sie lieber im Garten im Planschbecken sitzen wollte. So hatte sie ihn gebeten, kurz ein Auge auf das Kind zu haben. Aber jetzt, in den kälteren Monaten, waren sie sich immer nur kurz über den Weg gelaufen. Er verließ zu unregelmäßigen Zeiten die Wohnung, arbeitete viel vom Computer aus. Sie wusste es nicht genau. Es war Thomas gewesen, der mit ihm den Mietvertrag abgeschlossen hatte. Nele winkte ihm jedes Mal höflich zu, wenn sie ihn unterwegs sah. So, dass auch er sich ein Lächeln nie verkneifen konnte.

Aber selten war sie stehen geblieben und hatte mehr als das Nötigste geredet. »Schlechtes Wetter heute, nicht?«

»Ja, aber das wird die Tage sicher wieder besser.«

Sie versuchte, sich auf seine Stimme zu konzentrieren, als er erklärte, wer von welcher Seite kommend den Wald durchqueren sollte und auf was die Suchenden zu achten hatten. Fußspuren, abgeknickte Zweige und frische Grabungen. Mieke wurde übel. Sie griff nach der Hand ihres Vaters, der wie immer ein Fels in der stürmischsten Brandung war. Auch jetzt bereit, sie jederzeit aufzufangen.

»Mieke, soll ich dich nach Hause bringen?«

»Nein«, flüsterte sie. »Ich muss etwas tun. Ich kann nicht anders. Aber ...« Sie klammerte sich an seinem Arm fest, versuchte, etwas von seiner schier unerschöpflichen Kraft in sich aufzunehmen.

»Wir tun alles, um Nele zu finden«, antwortete ihr Papa.

»Aber nicht hier, doch nicht hier.« Ihre Stimme kippte.

Viel lieber hätte sie die Umgebung um den Spielplatz noch einmal abgesucht. Doch das hatte die Polizei bereits gründlich getan. Die Polizei war es auch, die ihr jegliche Hoffnung genommen hatte: »Frau Ganter, Ihre Tochter ist in ein Auto gezogen worden. Wir gehen nicht davon aus, dass sie sich noch in unmittelbarer Umgebung befindet.«

Aber wie weit war dieses Auto gefahren? Wohin hatte man ihre Nele gebracht? Was, wenn alles nur ein Ablenkungsmanöver war? Wo sollten sie suchen? Das Durchkämmen des Waldgebietes war eine reine Verzweiflungstat. Niemand wollte untätig herumsitzen. Mieke war im Ort beliebt. Viele wollten ihr helfen.

»Dann können wir dieses Waldgebiet immerhin ausschließen«, hatte Denise gesagt. Mieke hatte müde und angestrengt genickt. Ein kleines Waldgebiet irgendwo im Münsterland. Wie viel Fläche würden sie schaffen? 30 oder 40 Hektar? Ein Drittel Deutschlands war Waldfläche. Mehr als elf Millionen

Hektar insgesamt. Und es war nicht einmal gesagt, dass Nele sich noch in Deutschland aufhielt. Oder aber, dass man sie in einen Wald gebracht hatte. Sie könnten sie überall verstecken: in einem Wohnhaus, in einem Keller, auf einem Fabrikgelände.

Dennoch setzte sie sich zusammen mit dem Tross an Nachbarn und Freunden in Bewegung, näherte sich dem seit etlichen Jahrzehnten gewachsenen Dickicht. Wie nur sollte man dort ein Kind entdecken? Und wie hätte Nele ohne Hilfe jemals wieder aus einem Wald hinausfinden sollen?

»Bitte, haltet alle die Augen auf! Lasst euch kein Detail entgehen. Jede noch so kleine Veränderung. Jede frische Fußspur, jedes scheinbar achtlos weggeworfene Kleidungsstück kann von Bedeutung sein«, rief Mark.

Kleidung – welche Kleidung hatte Nele überhaupt getragen? Es waren alltägliche Details, die bei einem Vermisstenfall plötzlich von Bedeutung waren. »Hatte Ihr Kind heute Haarspangen im Haar?«, hatte Polizist Andersen sie gefragt. Sie hatte ihm die Frage nicht beantworten können. Sie wusste nicht, ob Nele an diesem Tag Haarspangen getragen hatte. Die Regenbogen-Haarspangen vielleicht? Oder die neuen Haarspangen mit dem Einhorn, die Nele als kleines Geschenk zwischendurch von Oma bekommen hatte? Vielleicht aber hatte Nele sich die Haarspangen – wie so oft – auch einfach aus dem Haar gezogen. Sie wusste es nicht. Sie hatte verdammt noch mal keine Ahnung. Und es zermürbte sie, dass auch das kleinste Detail vielleicht ein Hinweis zum Aufenthaltsort ihrer Tochter gewesen wäre.

Immerhin das mit der Kleidung hatte sie der Polizei dann doch beantworten können. Sie hatte Fotos von Nele gemacht. »Das ist sehr gut«, hatte die junge Polizistin gesagt und sich die Bilder gleich senden lassen. Früher wäre so eine Suche noch viel schwieriger gewesen. Jetzt aber bestand eine realistische Chance, dass jemand ihre Tochter wiedererkennen könnte.

Sie wusste, dass sie sich konzentrieren sollte. Und doch fiel es ihr unglaublich schwer, auf Besonderheiten zu achten. Was nur sollte ein abgeknickter Zweig mit dem Verschwinden von Nele zu tun haben? Es hatte in den vergangenen Tagen stark gestürmt. Hier waren Wildtiere unterwegs, Hunde mit ihren Herrchen und sicherlich auch der eine oder andere, der im Wald nach Stille suchte.

Dieser unerträglichen Stille, die sie wie ein wild gewordenes Tier von innen nahezu auffraß. Sie klammerte sich noch fester an den Arm ihres Vaters. Verließ sich darauf, dass er sie auch jetzt auffangen würde. Wie damals, als kleines Mädchen, als sie am wohl sichersten und liebevollsten Ort der ganzen Welt aufgewachsen war: geliebt und umsorgt von ihren Eltern, die sie gerade als Einzelkind nach allen Maßen verwöhnt hatten. So wie ihre Eltern es jetzt mit Nele taten. Andere Kinder hatten nicht so viel Glück.

Nele! Sie dachte fortlaufend an ihre Tochter. Noch nie hatte sie sich so hilflos und schwach gefühlt. Und das gerade jetzt, wo es galt, ganze Berge zu versetzen, um ihr Kind zu retten und es wieder nach Hause zu bringen.

»Mieke, alles in Ordnung?«, fragte Mark sie. Er lief an ihrer Seite. Sie wusste nicht, wie lange schon.

Sie nickte nahezu unmerklich.

»Sorry, Mark. Danke für alles. Also das hier.« Sie schaute auf und ließ ihren Blick schweifen. Über die unzähligen Baumreihen und die Menschen, die mit Stöcken im Erdreich stocherten und mit bloßen Händen Zweigwerk auseinanderbogen. Nicht wissend, wonach genau sie eigentlich suchten. Und voller Angst vor dem, was sie vielleicht finden könnten.

Sie alle wollten Nele wieder zu Hause sehen. Aber niemand von ihnen wollte Nele hier entdecken. Es war kalt in der Nacht, es herrschten Minustemperaturen. Das Kind war seit etlichen Stunden verschwunden.

Als nur Minuten später aus der Ferne jemand rief: »Ich habe hier was«, sackte Mieke fast weg. Aufgefangen von den immer noch starken Armen ihres Vaters und voller Panik vor dem Fund im Wald.

Für einen Moment hielten die Helfer in ihren Bewegungen inne. Ließen jedes Wortgemurmel ersterben, senkten die Stöcke und Arbeitsgeräte, mit denen sie wahllos und unkoordiniert im Morast gestochert hatten. Mit den Blicken gerichtet auf den Nachbarn mit seiner gelben Wachsjacke, der mit dem behandschuhten Zeigefinger auf eine scheinbar frisch umgegrabene Stelle im Wald zeigte. Aufgewühltes Erdreich, frische Spuren und damit die Möglichkeit, dass Nele unweit ihres Zuhauses hier gerade erst begraben worden war.

Montag, 8.54 Uhr,
Wohnhaus der Familie Lehmann

Ben war darauf gefasst gewesen, dass Tränen flossen, aber nicht darauf, dass Tommy Lehmanns Mutter immer noch nur ein Schatten ihrer selbst war. Er konnte sich an die alten TV-Aufrufe erinnern, bei denen die Mutter unter Tränen, Seite an Seite mit ihrem Mann, die Entführer von Tommy immer wieder aufgefordert hatte, ein Lebenszeichen ihres Sohnes zu senden, ihn freizulassen, die nächste Polizeidienststelle zu kontaktieren.

Heute, 852 Tage später, hatte es noch immer keine Hinweise gegeben. Ben saß Anke Lehmann zusammen mit Harald gegenüber. Der ältere Kollege hatte darauf bestanden, an Imkes Stelle mitzufahren. Immerhin hatte er den Tipp gegeben, und er wollte endlich mal wieder raus.

Imke, die aus Bayern stammte und im Jahr von Tommy Lehmanns Verschwinden über Monate in Australien gewesen war, hatte angeboten, die Ermittlungsakten anzufordern. Doch damit hatte sie Harald nur eine Argumentationsgrundlage mehr geliefert.

»Seht ihr, es ist besser, wenn ich mitfahre. Verlasst euch auf einen alten und erfahrenen Kollegen. Ich kann mich an den Fall wenigstens erinnern und habe auch sehr viel mehr Fingerspitzengefühl als so junges Gemüse wie ihr.«

Doch gerade das zeigte er jetzt nicht: »Haben Sie nach Tommys Verschwinden vielleicht noch einmal überlegt, ob Ihnen etwas entgangen ist?«

Anke Lehmann wirkte eher resigniert und wenig aufgebracht: »Wissen Sie, wie oft ich diese Stunden immer und immer wieder durchlebt habe? Ich wollte nur in Ruhe die Küche fertig machen. Tommy war an dem Tag anstrengend. Ich war keine schlechte Mutter, aber manchmal reißt einem einfach der Geduldsfaden. Tommy wollte nach draußen, ich wollte zuerst die Küchenarbeit erledigen. Und er hat und hat einfach nicht aufgehört zu quengeln. Also habe ich ihm gesagt, dass er einfach vor dem Haus spielen soll. Das hat er häufig nach dem Mittagessen gemacht. Ich habe ihm seinen Ball gegeben und ihm gesagt, dass er sich nicht zu weit entfernen solle. Er war zwar erst sechs Jahre alt, aber er hat immer gut gehört. Und es gibt hier in der Nähe auch gar keine großen Gefahrenquellen. Keinen Fluss, keinen Bachlauf, keine viel befahrene Straße. Was hätte ihm denn auch passieren sollen?«

Sie wartete nicht auf eine Antwort des Polizisten und fuhr dann fort: »Tommy war zum Zeitpunkt seines Verschwindens gerade Erstklässler. Wir sind vor dem ersten Schultag den Schulweg mehrfach abgegangen. Er wusste, worauf er achten musste. Er wusste, dass er nicht mit Fremden mitgehen darf. Er wusste auch, dass er in Sichtweite bleiben muss.«

Sie stand auf und ging ans Küchenfenster. Nahezu teilnahmslos schaute sie nach draußen: »Hier. Genau hier habe ich gestanden und gespült. Ich habe immer mal wieder einen Blick nach draußen geworfen. Ein Großteil des Vorgartens ist von hier einsehbar.«

Sie deutete nach draußen auf die gepflegte Rasenfläche, die aufgrund der Witterung nun nass-matschig vor ihr lag. Gestutzte Sträucher sorgten für den Eindruck eines Kataloggartens. Kein ungepflegtes Beet, kein Chaos, kein herumliegendes Kinderspielzeug. Nicht mehr. Tommy Lehmann spielte seit fast drei Jahren nicht mehr in diesem Garten.

Fast schon mehr zu sich selbst sprach sie mit leiser Stimme weiter: »Da vorne hat er am liebsten gespielt. Und ich weiß nicht, wie oft ich mich aufgeregt habe, wenn er gegen die Hauswand gebolzt hat. Ich leide häufig unter Migräneattacken, und manchmal war es schier unerträglich.«

»Tommy war unerträglich?«

Sie schaute Harald kurz fragend an. Ben hätte verstanden, wenn sie explodiert wäre, aber die Frau zeigte fast keine Gefühlsregung. Ben vermutete, dass sie Antidepressiva nahm und nur deshalb so ruhig reagierte. Ganz so, als ob Harald gerade nicht ihre mütterlichen Fähigkeiten infrage gestellt hätte.

Ihre Mundwinkel umspielte stattdessen ein leichtes Lächeln. »Oh ja, Tommy konnte eine ganz schöne Nervensäge sein. Wie viele Kinder in dem Alter. Wenn sich Kinder mal etwas in den Kopf gesetzt haben, dann sind sie ganz beharrlich. Er hätte einfach seine Hausaufgaben machen oder etwas malen können, aber er wollte nach draußen und Fußball spielen Am liebsten mit mir oder meinem Mann. Aber mein Mann arbeitet bis in die Abendstunden, und ich musste wie gesagt die Küche fertig machen.« Sie wischte mit dem Finger über die penibel saubere Arbeitsplatte, auf der sie schon seit Jahren keine Butterbrote für ihren Sohn mehr zubereitet hatte.

Ben legte Harald seine Hand kurz auf den Oberarm und bedeutete ihm, endlich einmal den Mund zu halten und ihn übernehmen zu lassen.

»Frau Lehmann, Sie sind das vermutlich schon sehr häufig gefragt worden, aber ist Ihnen an diesem Tag irgendetwas aufgefallen?«

»Nein, das habe ich mich auch immer wieder gefragt. Eigentlich nichts. Mein perfektes Kind ist an diesem Tag mit dem Ball unter dem Arm da vorne aus der Haustür gegangen. So wie fast an jedem Tag.« Sie wandte ihren Blick zu der weißen und schlicht gehaltenen Landhaustür. »Er hat die Tür angelehnt gelassen, damit er jederzeit wieder reinkonnte, und dann habe ich ihn bolzen gehört und das Radio angemacht.« Eine Träne schob sich langsam aus dem Augenwinkel und lief die Wange hinab.

»Ich habe mich so oft gefragt, was gewesen wäre, wenn ich das Radio nicht angeschaltet hätte. Vielleicht hat er um Hilfe geschrien. Vielleicht hat er nach mir gerufen. Vielleicht hätte ich irgendwas gehört.« Sie wirkte mehr als schuldbewusst, senkte ihre Stimme: »Es sind Kleinigkeiten, die im Leben alles verändern können.«

Ben öffnete die Akte, die er auf der Fahrt zum Haus der Lehmanns immer wieder studiert hatte. »Es sind nachher intensiv alle Nachbarn befragt worden. Niemand hat ausgesagt, dass er Hilferufe gehört hat.«

»Ja, das weiß ich. Aber es reagiert auch niemand so sensibel wie eine Mutter auf die Rufe des eigenen Kindes. Als Tommy noch ein Baby war, habe ich ihn bereits gehört, wenn er leicht im Nebenzimmer gewimmert hat. Und was, wenn er zwar gerufen hat, aber niemand es wahrgenommen hat? Oder wenn auch die anderen ihre Radios anhatten? Es war 14.13 Uhr, als ich Tommy zuletzt gesehen habe. Ab 14 Uhr lief immer meine Lieblingssendung im Radio. Ich … Wissen Sie, ich kann diese Sendung nicht mehr hören. Ich kann seitdem kein Radio mehr hören. Auch nicht im Auto.«

Erst jetzt fiel Ben auf, wie still es in der Wohnung war. Nur das aufdringliche Ticken einer Standuhr hatte ihn von Anfang an nervös werden lassen. Anke Lehmann folgte seinem Blick. »Die ist noch von meinen Eltern. Als Kind habe ich sie immer gehasst. Aber irgendwann fällt einem das gar nicht mehr auf. Und das ist nichts gegen Kinderlärm.«

Sie setzte sich wieder an ihren Platz am Tisch, wischte fahrig ein paar Brotkrümel zusammen. »Aber Sie sind gar nicht hier, um mit mir über Tommy zu reden, oder? Ich war jahrelang darauf eingestellt, dass die Polizei bei mir auftaucht und mir mitteilt ...« Sie sprach nicht weiter und kämpfte mit den Tränen. »Nun ja, wenn es wirklich schlechte Neuigkeiten gäbe, dann wären Sie mit einem Notfallseelsorger hier, oder?«

Ben merkte, wie ihm die Schamesröte ins Gesicht stieg. »Frau Lehmann, entschuldigen Sie uns vielmals. Wir hätten Sie vorwarnen sollen. Nein, wir haben keine Neuigkeiten bezüglich Ihres Sohnes. Wir sind mit den Ermittlungen in einem anderen Fall vertraut. Ebenfalls ein vermisstes Kind.«

»Die kleine Nele, oder?«, fragte sie und seufzte. »Das habe ich in den Fernsehnachrichten mitbekommen. Ich weiß, wie die Eltern sich fühlen, und auch wenn seit Tommys Verschwinden drei Jahre vergangen sind: Dieses ohnmächtige und gewaltige Gefühl des Verlustes und des Nichtwissens hat mich nie wieder losgelassen. Mir ist nur nicht klar, wie ich Ihnen helfen kann.« Sie schaute von Harald zu Ben und dann wieder von Ben zu Harald.

»Frau Lehmann, haben Sie wirklich niemanden in der Nähe von Tommy gesehen? Auch kein anderes Kind?«

Sie zuckte mit den Schultern. »Nein, aber ich habe, bevor ich das Radio angeschaltet habe, mal kurz eine Kinderstimme gehört, aber das hat mich eigentlich erleichtert.« Sie lächelte. »Ich hatte wirklich ein schlechtes Gewissen, weil ich ihn allein nach draußen geschickt habe. Aber wenn das eigene Kind Anschluss zum Spielen findet, freut man sich natürlich.«

»Wer war das Kind?«

»Das weiß ich nicht. Vermutlich eins aus der Nachbarschaft. Aber es hat sich nie gemeldet. Das habe ich der Polizei damals auch zu Protokoll gegeben. Allerdings habe ich das andere Kind nicht gesehen und weiß auch nicht, wie lange die beiden gemeinsam gespielt haben. Die Polizei hat damals alle Kinder in der Nachbarschaft und sogar die Kinder aus Tommys Klasse befragt. Aber keiner konnte sich daran erinnern, am Vortag mit Tommy gespielt zu haben. Und keiner hat irgendwelche Beobachtungen gemacht. Das ist aber bei Kindern in dem Alter ganz normal.« Wieder lächelte sie. »Tommy ist so oft aus der Schule gekommen und konnte mir nicht einmal sagen, was sie im Unterricht gemacht haben. Ich habe volles Verständnis dafür.«

In diesem Fall, so hatte Harald vorher zusammengefasst, war es so, dass die Polizei vollkommen im Dunkeln tappte. »Das Kind ist wie vom Erdboden verschluckt. Zum Spielen mit dem Ball nach draußen gegangen. Und es hat ihn nie wieder jemand gesehen. Nicht die Nachbarn, niemand im Ort. Zumindest keiner, der es zugeben würde.«

Ben rutschte unruhig auf seinem Stuhl hin und her, stand dann abrupt auf. »Frau Lehmann, vielen Dank. Sie haben meine Karte? Sie können mich jederzeit anrufen, falls Ihnen doch noch etwas einfallen sollte.« Die zweite Kinderstimme beunruhigte ihn, aber er hatte noch genau die Worte von Karsten Walters im Ohr: »Wir dürfen Kinder nicht unter Generalverdacht stellen.«

»Aber wieso ...?« Anke Lehmann wirkte skeptisch.

»Es gibt vielleicht eine Verbindung zum Fall Nele. Aber mehr können wir Ihnen an dieser Stelle noch nicht sagen. Es tut mir leid. Wo ist eigentlich Ihr Mann?«

Sie winkte ab. »Bei der Arbeit. Aber wir haben uns räumlich getrennt. Andreas hat mir nie verziehen, dass ich nicht gut genug auf Tommy aufgepasst habe.« Sie zögerte einen Moment. »Ich verstehe ihn. Das verzeihe ich mir selbst auch nicht. Es wäre so einfach gewesen: Ich wäre mit Tommy zusammen nach draußen gegangen und hätte mich einfach später um die Küche kümmern können.« Sie ließ ihre Schultern hängen und wirkte für einen Moment so schwach, dass Ben glaubte, sie stützen zu müssen. Doch dann schaute sie auf eine Wand im zur Küche hin offenen Wohnzimmer und setzte zu einem Lächeln an. Ben folgte ihrem Blick. Dutzende, fein säuberlich gerahmte Bilder hingen an der Wand. Alle in den gleichen weißen Rahmen, alle mit nur einem Motiv: Tommy. Und auf jedem Bild schaute Tommy geradeaus in die Kamera und zeigte das perfekte Kinderlächeln. Perfekt gekleidet, perfekt in Szene gesetzt und auf jedem einzelnen Bild mit diesem nahezu eingefrorenen Kinderlächeln, das Ben ab sofort nicht mehr loslassen würde.

Montag, 9.12 Uhr, Wald

Die frische Grabung im Wald war lediglich aufgewühlte Erde. Durchgewühltes Erdreich, das Wildschweine hinterließen, wenn sie im Wald auf der Suche nach Leckerbissen wie Regenwürmern oder Larven von Blatthornkäfern waren.

Sie hatten überlegt, die Polizei zu rufen, doch schon hatten erste Schaufeln die Erde zur Seite befördert – mitsamt den Eicheln und Bucheckern, die ebenfalls auf dem Speiseplan der Keiler und Bachen standen. Doch sie hatten es einsehen müssen: Es gab hier keine Spuren, die auf Nele hindeuteten. Abgenutzte Rinden und Schlamm waren einzig Hinweis auf Wildtiere, die hier herumgewühlt und sich an Bäumen gerieben hatten.

Mieke hatte sich die Seele aus dem Leib gewürgt, kaum hatten zwei Männer der Gruppe mit den Grabungen begonnen. Sie hatte sich erbrochen, bis die Galle mit hochgekommen war. Mit der Schulter angelehnt an einen Baum und an der Hüfte gestützt von ihrem Vater. Sie konnte den Gedanken nicht ertragen, dass Nele irgendwo begraben war.

»Fehlanzeige, hier ist nichts«, hatte der Dorfbäcker schließlich gerufen. Auch er hatte, kaum dass er aus der Backstube gekommen war, darauf bestanden, bei der Suche mitzuhelfen.

Noch immer waren sie im Wald in drei großen Gruppen unterwegs, drückten die Äste jedes Gebüsches auseinander, um einen Hinweis auf Nele zu finden. Ganz in der Nähe? Hier?

»Vielleicht war das mit dem Post ja auch im übertragenen Sinne gemeint«, äußerte Denise, die verspätet hinzugekommen war, leise Zweifel. »Ich weiß nicht, ob das hier was bringt. Tut mir leid, ich wollte nur helfen.«

Mieke schwieg, merkte bei jedem Schritt, wie ihre Gummistiefel im Morast versanken. Sie konnte nicht untätig zu Hause herumsitzen. Sie wollte nach Nele suchen. Wäre sie zu Hause geblieben, würde sie erst recht durchdrehen. So übernahm ihre Mutter den Telefondienst, wartete auf einen Kontaktversuch durch die Entführer. Doch sie wusste, dass es aussichtslos war. Nele war ein Zufallsopfer. Ein vertrauensseliges kleines Mädchen, das auf die Lockversuche eines anderen Kindes eingegangen war. In der Hoffnung, eine neue Spielkameradin gefunden zu haben, und einzig mit dem Hintergedanken, mit diesem Mädchen spielen zu wollen.

Es war schon später Vormittag, als Mieke immer mehr spürte, wie schwer ihre Glieder wurden. Sie hatte die ganze Nacht über kein Auge zugemacht, war immer wieder durchs Haus getigert. Hatte wie sonst auch in der Nacht die Tür zum Kinderzimmer geöffnet, um nach ihrer schlafenden Tochter zu schauen. Doch das Bett war unberührt geblieben. Kein Kinderkopf, der tief im Kissen lag. Keine weggestrampelte Decke, die sie wieder richten musste. Neles Lieblingsstofftier, der Fuchs Lolli, hatte sie aus hohlen Knopfaugen angestarrt. Noch nie hatte Nele eine Nacht ohne ihn verbracht. Noch nie war sie auch nur eine Nacht von ihrer Mama getrennt gewesen.

Die Polizei hatte bis zwei Uhr nachts vor dem Haus gestanden. Dann war die Streife abgezogen worden. Keine Kontaktaufnahme der mutmaßlichen Entführer, keine Bedrohung gegen sie, kein Zeichen von Nele. Als ob man sie bereits in der Nacht aufgegeben hätte.

Aber sie, sie würde niemals aufgeben. Also ging sie wie ferngesteuert weiter, schob mit einem Stock Laub auseinander, horchte auf die Schritte und das leise Gemurmel der anderen. Es wurde nur das Nötigste miteinander gesprochen. Niemand lachte, keiner erhob die Stimme, wenn es nicht nötig war.

»Wir teilen uns auf, die Hütte da vorne«, hörte sie eine ihr nicht bekannte Stimme, sah in mehreren Metern Entfernung die kleine Holzhütte. Sie war noch nie zuvor so tief in dieses Waldstück gegangen, hatte den Schuppen noch nie gesehen. Die Fenster des kleinen Holzhäuschens waren verbarrikadiert. Mehr konnte sie auf die Entfernung kaum erkennen. Ihr Kind, bei ihr in der Nähe. Ihr Herz schlug schneller. Sie wollte auf das Haus zueilen, doch ihr Vater hielt sie sanft zurück.

»Halt, Stopp«, rief auch Mark da. »Das mache ich, ich … nicht, dass wir irgendetwas finden.« Er bedeutete den anderen zu warten, ging dann entschiedenen Schrittes auf die Hütte zu. Seine Stimme klang aufgeregt, nahezu ängstlich. »Ich mache das allein, nicht, dass wir nachher irgendwelche Spuren verunreinigen.«

Der Geruch feuchten Holzes stieg in seine Nase. Er hielt kurz inne, lief dann einmal um die Hütte herum. »Nur die eine Tür und das verbarrikadierte Fenster«, sagte er mehr zu sich als zu den anderen. Er rüttelte an der Tür, die nicht nachgab, fand dann aber eine Holzstrebe, die sich verschieben ließ und einen Blick ins Innere erlaubte.

Nein, hier gab es keine bösen Überraschungen. »Hier ist nichts«, rief er den anderen erleichtert zu. »Egal wo Nele ist, hier ist sie definitiv nicht.«

Mieke atmete tief aus, klammerte sich wie schon so häufig am heutigen Tag am Arm ihres Vaters fest. Sie war erleichtert, dass sich Nele nicht hier befand, und doch auch besorgt, weil sie sie nicht gefunden hatten. Weil sie noch immer nicht wussten, wo ihr kleines Mädchen sich aufhielt.

»Wir sind durch mit der Suche«, bestimmte Mark da. »In unserem Teil des Waldes gibt es leider keine Spur von ihr. Vielen Dank für eure Hilfe, die Suche ist hier für uns beendet.« Er klatschte anerkennend in die Hände und wies die Suchgruppe dann an, die Suche abzubrechen.

Montag, 10.15 Uhr

Amüsiert betrachtete ich die Vorgänge im Netz. Sah, wie Neles Bild immer und immer wieder geteilt wurde. Die Kleine mit den niedlichen Grübchen war so nah und doch so fern. Selbst auf ausländischen Accounts wurde über den Entführungsfall berichtet. Als ob die Personen dort zur Aufklärung beitragen könnten. Nele füllte vielmehr die Zeitungszeilen, sorgte für Klicks und Werbeeinnahmen, befriedigte das unstillbare Interesse vieler Menschen am Leid anderer.

Redaktionen waren immer froh über Geschichten wie diese. Das Spiel mit den Ängsten, der Neugierde und der Sensationslust der Menschen sicherte den Zeitungen ihr Überleben. Spannende Berichte, die auf großes Leserinteresse stießen, waren hinter Bezahlschranken verborgen, bescherten den Zeitungen weitere Abonnenten. Positive Auswirkungen, die sich auch beim Kioskverkauf zeigten, wenn die Auflage komplett verkauft wurde und nicht retourniert werden musste. Abgesehen von zufriedenen Redakteuren und Fotografen, die sich sicher sein konnten, dass ihre Artikel interessiert gelesen und die Fotos im Netz häufig kommentiert und geteilt wurden.

Ich nahm es ihnen nicht übel, dass auch sie von der Entführung Neles profitierten. Einsätze wie dieser gaben auch mir das Gefühl von Wichtigkeit. Ich saß an einer wichtigen Schnittstelle, beobachtete die Reaktionen der Außenwelt und steuerte die inneren Abläufe. Um für eine reibungslose Übergabe zu sorgen, musste ich das Vorgehen der Polizei im Blick haben und analysieren. Wir mussten immer einen Schritt voraus sein, um unsere Ware unversehrt und zügig an ihr Ziel zu bringen.

Kritisch waren, neben dem Zugriff selbst, die Tage unmittelbar vor der Übergabe. Doch bislang hatten wir Glück gehabt. Die Entführungsfälle waren noch nie zueinander in Verbindung gebracht worden. Niemand hinterfragte, was mit Tommy und den anderen Kindern geschehen war, ob es vielleicht Gemeinsamkeiten gab. Für uns ein großer Vorteil, denn nur so hatten wir auch die nächste Bestellung bereits bearbeiten können. Sobald morgen die Anzahlung für Nele erfolgt wäre, würden wir Amira für den nächsten Einsatz vorbereiten.

Bis dahin aber gab es noch viel zu tun. Denn heute würden wir uns ganz der kleinen Nele widmen. Sie musste noch den Kundenwünschen entsprechend vorbereitet werden. Die Kiste mit den dafür benötigten Materialien lag bereits in unserem Spielzimmer im Keller und würde schon in dieser Nacht zum Einsatz kommen.

Montag, 10.30 Uhr, Erziehungsheim im Wald

Nele schluchzte, als sie noch immer leicht benommen am Morgen aufwachte und begriff, dass sie nicht zu Hause war. Sie weinte noch mehr, als sie verstand, dass ihre Mutter nun nicht ins Zimmer kommen und sie umarmen würde. So wie sie es immer tat, wenn sie schlecht geträumt hatte. Über eine Luke in den Rollos kam ein wenig Licht in das Zimmer. Das Licht ließ sogar die Dschungeltiere auf der Bettwäsche erkennen, mit der Nele in der Nacht zugedeckt gewesen war.

Nele hatte unsägliche Kopfschmerzen und weinte auch deshalb. Sie hatte sich aufgesetzt und war so weit wie möglich ans obere Bettende gekrabbelt. Sie zog ihre Beine an und umschlang ihre Knie. Mit einer Hand griff sie nach der Bettdecke und zog sie halb über sich. Sie kauerte sich immer mehr zusammen und ließ ihren Blick unruhig durch den Raum schweifen.

Sie war in einem Kinderzimmer – nur nicht in ihrem. Hier gab es eine kleine Spielküche, eine Hängematte – sogar eine Puppenwiege stand darin. Doch während Nele ein solches Zimmer sonst juchzend erkundet hätte, blieb sie so still wie möglich, traute sich kaum zu atmen. Sie hatte Angst, unglaubliche Angst.

Dicke Tränen rollten ihre Wangen hinab, die sie mit dem Handrücken zur Seite wischte. Nele zitterte am ganzen Körper. Sie zog die Decke noch weiter über sich. So wie sie es immer tat, wenn sie sich verstecken wollte oder Mama sie nicht finden sollte. Doch Mama kam nicht. Die tröstende Hand, die liebevolle Umarmung blieben aus. Zwischen ihren Beinen wurde es nass. Nass und warm. Jetzt würde Mama mit ihr schimpfen, weil sie wieder nicht rechtzeitig auf die Toilette gegangen war. Nele schämte sich und fühlte sich so verloren wie noch nie. Sie warf sich mit dem Gesicht nach unten auf die Matratze und schluchzte. Laut und gut hörbar.

Das Quietschen einer Tür ließ sie zusammenzucken. Sie wusste, dass das nicht Mama war – und dennoch war sie ab sofort nicht mehr allein.

Montag, 11.03 Uhr,
Streifenwagen

Ben und Harald waren auf dem Rückweg zur Dienststelle. Harald sah schweigend aus dem Fenster. Seitdem er sich mit Ben in die schütteren Haare bekommen hatte, schwieg er eisern und würdigte den jüngeren Kollegen keines Blickes. Ben war froh, mit Imke im Team zu arbeiten und nicht mit so einem sturen Polizeiobermeister wie Harald. Es war definitiv besser, dass Harald aufgrund seiner Hüfte nun in den Innendienst versetzt worden war und nur noch bedingt Schaden anrichten konnte.

»Du hast mir das Wort abgeschnitten.«

»Es ging doch nicht darum, Tommy Lehmanns Mutter ihr Fehlverhalten vorzuwerfen.«

»Hätte sie aber etwas besser aufgepasst …«

»Sie hat keinen Fehler gemacht. Die Schuld darf nie beim Opfer gesucht werden. Niemand darf ein Kind einfach so mitnehmen. Punkt.«

»Das ist mir schon klar«, hatte Harald gebrummt. Damit war das Thema erledigt gewesen. Zunächst.

»Bin ich froh, dass ich damals einen richtig taffen Partner hatte.«

Jetzt schwieg Ben. Er hatte keine Lust auf dieses Alt-

Herren-Rumgezicke. Aber er musste Harald recht geben. Wenn ein Team nicht harmoniert hätte, dann sie beide. Noch hatten sie eine lange Fahrt vor sich. Mit Tommy Lehmann waren sie nicht weitergekommen.

»Also eventuell auch bei Tommy Lehmann ein anderes Kind?«, fragte Ben.

Harald drehte sich kurz zu ihm, schaute dann vorne aus der Windschutzscheibe. »Ja.«

»Irgendeine Ermittlungsidee?«

»Nein.« Harald blieb in seinen Antworten knapp.

Ben schlug mit der flachen Hand auf das Lenkrad. »Harald, nun komm schon. Nur weil wir einmal nicht der gleichen Meinung waren, heißt das doch nicht, dass wir uns ab sofort nur noch einsilbige Antworten geben können. Es tut mir leid, wenn ich das Zepter an mich gerissen habe, aber wir wollten den Fall doch nicht komplett neu aufrollen oder gar die Rolle der Mutter infrage stellen.«

Harald rutschte auf seinem Sitz hin und her. Ben wusste nicht, ob das den Problemen mit seiner Hüfte geschuldet war und er eine bequemere Position suchte oder ob ihm die ganze Diskussion unangenehm war.

»Ja, du hast ja recht«, gab er schließlich zu. »Da bin ich ein wenig übers Ziel hinausgeschossen. Aber in all den Jahren meiner Laufbahn hatte noch nie, aber auch wirklich noch nie ein Kind eine solche Rolle bei einer Entführung. Wenn man von dem Fall damals in England mal absieht.«

»James Bulger?« Ben erinnerte sich genau. Er war damals gerade erst Teenager gewesen, aber der Fall war in den Medien rauf und runter gegangen. Zwei Jungen – gerade einmal zehn Jahre alt – hatten ein Kleinkind aus einem Einkaufszentrum entführt. Die Mutter, kurz abgelenkt durch einen Einkauf an der Fleischtheke, hatte nicht bemerkt, wie die beiden Kinder ihren Sohn von ihr weggelockt hatten. Passanten waren zwar auf das weinende Kleinkind aufmerksam geworden und hatten die Kinder angesprochen, sich mit der Erklärung, dass James der kleine Bruder sei, jedoch zufriedengegeben.

Die Leiche von James wurde zwei Tage später auf einem Bahndamm gefunden. Halb entkleidet, von zwei Zehnjährigen zu Tode gequält und dann auf den Gleisen platziert. Ein Güterzug hatte das tote Kind mitgeschleift.

»Ja, genau. Der kleine James. Unfassbar grausames Verbrechen.«

»Und zwei Kinder als Täter.«

»Genau. Ich muss da immer wieder dran denken.«

»Mit dem Unterschied, dass hier Erwachsene mit im Spiel sind. Die Kinder damals haben ihr Opfer zu Fuß und spontan entführt. In diesem Fall saßen ein oder zwei Erwachsene im Auto und haben nur darauf gewartet, dass Nele ihnen zugeführt wird.«

»Nele und vielleicht auch Tommy.«

»Ja, und wahrscheinlich noch weitere Kinder.«

»Scheiße«, fluchte Ben und wünschte sich, dass die Sache weniger groß war, als es aktuell den Anschein hatte. Und vor allem, dass Nele nicht das gleiche Schicksal erwartete wie den kleinen James oder andere Kinder, die auf grausamste Weise zu Tode gekommen waren.

»Ben, schau mal da«, sagte Harald und machte ihn auf den Rastplatz in Gegenrichtung aufmerksam. Etliche Polizeikräfte sowie ein Krankenwagen und ein Notarztwagen standen dort im hinteren Bereich des Rastplatzes. Alle Fahrzeuge mit angeschaltetem Blaulicht und viele Einsatzkräfte, die hektisch durcheinanderliefen.

»Ich weiß ja nicht, wie du darüber denkst, aber vielleicht sollten wir uns das mal ansehen.«

Montag, 11.10 Uhr, Polizeipräsidium

Die Geräuschkulisse im Großraumbüro war teilweise unerträglich, die Kommunikation untereinander aber definitiv einfacher und schneller. Gerade wenn es darum ging, schnell Informationen auszutauschen, war der unmittelbare Kontakt zu anderen Kollegen unerlässlich. Sie alle waren – soweit möglich – zur Aufklärung der Entführung abgestellt. Der Streifendienst war stark eingeschränkt, in der dunklen Jahreszeit wegen vermehrter Einbrüche und der zur Abschreckung erforderlichen Polizeipräsenz aber unerlässlich.

Imke fluchte. Sie müssten etliche Kfz-Zulassungsstellen anschreiben und um Informationen aus deren Registern bitten. In Deutschland waren mehr als 47 Millionen Pkw registriert. Einige Millionen davon waren Kombis. Mit einem konkreten Kennzeichen wäre es so viel einfacher gewesen – sofern der Wagen nirgendwo als gestohlen gemeldet worden wäre. Doch selbst das hätte ihnen weitergeholfen und ihnen Informationen über das Bewegungsmuster der mutmaßlichen Entführer gegeben.

»Mein Vater fährt auch einen schwarzen Kombi«, sagte Imke mehr zu sich selbst.

»Hmm?« Der Beamte ihr gegenüber schaute von seinem Computer auf.

Imke seufzte und warf sich in ihrem Bürostuhl mit so viel Schwung zurück, dass der Stuhl bedrohlich schaukelte.

»Ich schreibe gerade die Zulassungsstellen an. Ist dir klar, wie viele Städte und Kreise es gibt, deren Kennzeichen mit M beginnt? Münster, Mannheim, München?«

»Märkischer Kreis, Müritz, Memmingen, Mülheim. Ja, ich weiß. Da werden wir nicht sonderlich weiterkommen. Abertausende Fahrzeuge, Tausende Kombis. Fast alle entweder in Weiß oder in dunklen Farben. Dazu noch geklaute Fahrzeuge, Mietwagen …«

»Immerhin die weißen Kombis können wir ausklammern, sofern der Wagen nicht umlackiert worden ist. Aber wer weiß, wie schnell wir eine Antwort von den Zulassungsstellen bekommen und inwiefern die Kollegen vor Ort die Möglichkeit haben, das alles zu überprüfen.« Das Kind war nun schon seit rund 16 Stunden verschwunden. Es hatte keine Kontaktaufnahme durch die Entführer gegeben. Und es gab noch immer kein Motiv.

»Im Ort gibt es nicht eine Überwachungskamera, oder?«

Imke schüttelte den Kopf. »Nein, das haben die Kollegen schon überprüft. Keine Überwachungskamera, deren Aufnahmen für uns interessant sein könnten. Wenn da nicht zufällig ein Hobbyfilmer etwas aufgenommen hat, das uns weiterhelfen könnte, sind wir ziemlich aufgeschmissen.«

»Gut wäre es aber.«

»Definitiv. Das ist für uns vermutlich eine größere Chance als das Überprüfen von Abertausenden von Kombifahrern. Bis wir damit durch sind, bin ich längst in Pension.«

»Und für Nele ist es dann vermutlich längst zu spät«, sagte der andere Beamte leise.

Montag, 11.17 Uhr, Rastplatz

Die Sonne kämpfte gegen die diesige Winterstimmung, versuchte, mit aller Kraft die noch schwer über der Szenerie hängenden dunklen Wolken zu vertreiben. Doch es gab eine Art von Dunkelheit, gegen die auch die hellste Sonne nichts auszurichten vermochte.

Der Bereich rund um das Toilettenhäuschen war durch Flatterband abgesperrt. Bei Tageslicht zeigte sich deutlich, wie verkommen es war. Große Spinnweben waren in den Ecken des Backsteinhauses gespannt, die Wände mit perversen Zeichnungen und Sprüchen besprüht und bekritzelt. Dazwischen die eine oder andere Telefonnummer. Nummern von Prostituierten oder Menschen, die Feinde hatten, die genau das über sie glauben lassen wollten.

Gerichtsmediziner Daniel Amsbeck zog sich ein Paar Handschuhe über und setzte sich die Kapuze seines weißen Schutzanzuges auf, bevor er in das Toilettenhäuschen ging. Ihm schlug ein bestialischer Gestank entgegen. Auf dem schmierigen Boden des weiß gekachelten Häuschens lag eine gebrauchte Drogenspritze. Hier hielt sich nur auf, wer es nicht vermeiden konnte, etwas zu verbergen hatte oder in eine schier ausweglose Situation geraten war. Blutspritzer an der WC-Abtrennung zeigten, mit welcher Wucht zugeschlagen worden war. Die Spritzer waren ebenso getrocknet wie ein Teil der blutig-matschigen Spur, die hinein in die Toilettenkabine führte, in der ein Mann im Holzfäller-Hemd kopfüber in das WC gedrückt worden war.

Als zwei Personen in Zivil auf ihn zukamen, trat Amsbeck gerade wieder aus dem Toilettenhäuschen. Er zog sich seine Schutzmaske vom Gesicht und atmete tief durch. Frische Luft füllte seine Lunge. Dennoch konnte er den Geruch von Kot und Urin ebenso wie den der Leiche nicht ganz abstreifen. Seine Nase war längst verdorben für feine Gerüche, reagierte dafür sofort auf Verwesungsgeruch und andere Sinneseindrücke, die jeden erschaudern ließen.

»Zwei Beamte einer anderen Dienststelle«, kündigte ein Polizist Ben Andersen und Harald Müller an, als diese schon fast vor Amsbeck standen. Amsbeck nickte kurz, machte aber keine Anstalten, ein Gespräch zu beginnen. Im Normalfall war immer er derjenige, der Fragen beantwortete. So war es auch dieses Mal.

»Morgen«, sagte Ben Andersen kurz. »Ein Toter?«

Amsbeck nickte, entschied sich dann aber, doch ein paar weitere Informationen preiszugeben. »Schätzungsweise um die 50 Jahre alt, von hinten mit einem schweren Gegenstand erschlagen. Die äußere Gewaltanwendung ist klar erkennbar. Der Schädel ist am Hinterkopf regelrecht zertrümmert.«

Auch dieses Mal hielt Harald sich nicht zurück, fragte nach Zeugen.

»Gehe ich nicht von aus«, antwortete Amsbeck und zuckte mit den Schultern. »Ganz genau kann ich das noch nicht sagen, aber ich bin mir ziemlich sicher, dass der Todeszeitpunkt mehr als zehn Stunden zurückliegt. Aber hier in dieser Ecke wird wohl niemand was gesehen haben. Keine Kameraüberwachung. Lohnt bei so einem abgewrackten Häuschen nicht.«

Ben folgte seinem Blick hin zu der Tür, die von Kriminaltechnikern genauer untersucht wurde. »Außer Betrieb« stand auf einem Schild, das außen an ihr hing.

»Tja, der Mann ist erst vor einer Stunde gefunden worden. Das Schild hat andere wohl davon abgehalten, die Tür überhaupt zu öffnen. Oder aber die meisten bevorzugen einfach die saubereren Toiletten in der Raststätte.« Er lächelte kurz, wurde dann aber wieder ernst. »Wenn ihr mehr Infos braucht, dann fragt die Kollegen da vorne an der Tankstelle. Die werkeln schon länger an dem Lkw herum. Der steht seit Stunden dort und gehört vermutlich dem Opfer.« Damit setzte er grußlos seine Schutzmaske wieder auf und verschwand erneut im Toilettenhäuschen.

Harald klopfte Ben kurz auf die Schulter. »Mach du das. Ich verschwinde mal eben in der Raststätte und schaue dann auch gleich, ob ich da noch was Essbares finde. Auch wenn das hier einem echt ziemlich auf den Magen schlägt.« Er rümpfte die Nase und stapfte schwerfällig auf die Raststätte zu.

»Ja, ist schon besser, dass du im Innendienst bist, Harald«, rief Ben ihm hinterher. Murmelte ein »für uns alle« und sah dann in Richtung Tankstelle, in deren Nähe der Lkw mit den längst erloschenen KURT-Buchstaben stand. Kurz zögerte er, näherte sich dann aber nicht dem Lkw, sondern der Tür des Toilettenhäuschens. Zwei Mitarbeiter eines Bestattungsunternehmens bemühten sich, den bereits starren Körper des Opfers in einen schwarzen Leichensack zu befördern.

Mindestens zehn Stunden her, dachte Ben. Ein paar Grundlagen kannte auch er. Bei passenden Temperaturbedingungen war die Leichenstarre in diesem Zeitraum nach Eintreten des Todes voll ausgeprägt. Sollte Kurt Angehörige haben, die ihn noch einmal sehen wollten, müsste der Bestatter nicht nur die Leichenstarre brechen, sondern auch die bereits sichtbaren rötlichen und bläulichen Totenflecken, die das Opfer im Bereich von Kopf und Hals aufwies, fachmännisch überschminken. In die Augen würden sie ihrem Vater, Bruder oder Onkel nie wieder blicken. Es war Ben, der den letzten Augenkontakt mit dem Toten hatte. Schreckgeweitete und starre Augen, in denen die letzten Momente wie eingebrannt schienen.

Vorabend, 20.22 Uhr

Kurt war von schmächtiger Statur. Es war keiner, der einem bulligen Typen wie Boris etwas hätte entgegensetzen können. Eine lange Narbe am spärlich behaarten Hinterkopf zeigte die Spuren des ersten Zusammenstoßes der beiden vor dem Casino von Hohensyburg. Das Treffen in dieser Nacht sollte weitaus verheerender werden. Unerheblich, dass der Mann nach Ausheilung seiner Schädelverletzung durch seine Anstellung bei einem Transportunternehmen für die Stabilität in seinem Leben gesorgt hatte, deren Fehlen ihn zuvor in die falschen Kreise getrieben hatte.

Nachdem Kurt Boris erkannt hatte, hatte er seinen Blick schnell abgewendet. Er hätte nur den Motor starten und davonfahren brauchen und hätte vielleicht eine Chance gehabt. Doch in seiner Panik hatte er sich anders entschieden. Er war aus dem Führerhaus gesprungen und hatte auch da die denkbar schlechteste Option gewählt: Verborgen von der Dunkelheit wollte er nur diesen einen Anruf absetzen und davor warnen, dass Boris zurück war.

Zügigen Schrittes hatte er sich immer weiter von seinem Lkw entfernt. Dem Gefährt, das ihm in den vergangenen Monaten zu einem treuen Begleiter geworden war und mit großen blauen Leuchtbuchstaben jedem auf der Bahn seinen Namen verriet: KURT.

Kurts Atem war so schwer gewesen und sein Herz hatte so heftig geschlagen, dass er zwar das Blut laut in seinen Ohren pulsieren gehört hatte, aber nicht die Autotür des neben ihm geparkten Wagens, die leise wieder ins Schloss gefallen war. Es waren nur noch ein paar Meter bis zum vermeintlichen Schutz des Toilettenhäuschens gewesen, als er das Display seines Handys eingeschaltet und hinter dem Häuschen Schutz in der totalen Dunkelheit gesucht hatte.

Er hatte nicht darüber nachgedacht, dass das Flackern seines Bildschirms seine Position verraten könnte. So lange nicht, bis er im Mondlicht eine Gestalt auf sich zustapfen gesehen hatte. Der Zaun hinter ihm hatte ihm jeden Fluchtweg verwehrt. Er hatte noch versucht, den verbliebenen Abstand zwischen Boris und dem Häuschen zu nutzen und zu entkommen, doch er hatte keine Chance gehabt. Boris hatte ihm die Eisenstange zunächst von hinten in die Kniekehlen geschlagen, sodass er gestrauchelt und in den Matsch gefallen war. Er hatte sich bemüht, sich irgendwie aufzurichten, auf allen vieren davonzukommen. Doch als er zu seinem Peiniger aufgeblickt hatte, war die Eisenstange bereits wieder auf ihn zugeschnellt. Das Bersten seines Nasenbeins hatte jede Einzelne seiner Nervenzellen erfasst und Schmerzen durch seinen Körper gejagt, die ihm den Atem geraubt hatten. Blut war ihm aus der Nase geschossen, er hatte gestöhnt.

Doch dieses Mal war es nicht Boris' Absicht gewesen, Kurt nur eine Lektion zu erteilen. Er hatte nach seinem Gürtel gegriffen und ihn aufgrund seines jahrelangen Krafttrainings nahezu mit Leichtigkeit in das verlassene und spärlich beleuchtete Häuschen geschleift. Dort hatte er eine der Türen aufgetreten, Kurt unter den Schultern gefasst, ihn vor das WC geschoben und seinen Kopf in die mit Kot beschmierte Kloschüssel gedrückt.

»Vielleicht hast du es immer noch nicht kapiert: Man sollte seine Nase nie zu tief in die Scheiße stecken!« Kurt hatte keine Kraft mehr gehabt und es auch nicht gewagt, sich aus dieser Lage zu befreien und zu Boris umzudrehen. Ihm war speiübel gewesen. Und gerade als er angefangen hatte, sich die Seele aus dem Leib zu kotzen, war von hinten die Eisenstange erneut auf ihn zugerast.

Montag, 11.32 Uhr, Garten der Familie Ganter

Mieke lief unruhig in ihrem Garten auf und ab. Sie wollte sich nicht zu weit von ihrem Wohnhaus entfernen, und doch ertrug sie es nicht, hier zu sein. Allein, ohne Nele. Sie sah die besorgten Blicke ihrer Eltern durch das Küchenfenster, winkte ihnen schwach zu. Dann zog sie die Strickjacke etwas fester um sich, ging den gepflasterten Weg, der an der Einliegerwohnung vorbei zu Neles Spielhaus führte, auf und ab. Vorbei an dem kleinen Teich und der zweiten Terrasse, auf der sie sich im Sommer gerne sonnte, hin zu dem pinken Spielhaus. Eine ausgebleichte Kindergießkanne lag hier achtlos auf den Boden geworfen. Den Witterungsbedingungen gnadenlos ausgesetzt, die auch die letzte Farbschicht Tag für Tag mehr zersetzten.

Bei jedem Piepton ihres Handys, bei jedem Klingeln fuhr Mieke zusammen. Unzählig waren die Nachrichten, die sie über WhatsApp und die sozialen Medien erreichten.

»Mieke, wir denken an euch.«

»Hoffentlich wird Nele bald gefunden.«

»Ist das wirklich eure Nele? Ich kann das gar nicht glauben …«

»Oh nein, bitte nicht. Wir sind entsetzt und in Gedanken bei euch! Die Daumen sind gedrückt, dass die kleine Maus bald wieder bei euch zu Hause ist.«

»Falls wir irgendwas tun können, sind wir für euch da.«

»Mieke, gibt es etwas Neues? Wir hoffen und beten so sehr.«

Erstmals seit Neles Geburt war Mieke danach, ihr Telefon einfach auszuschalten. Sie wollte nicht auf andere reagieren. Sie war mit der ganzen Situation überfordert, konnte nicht noch zusätzlich die Gedanken und Sorgen anderer ertragen oder gar auffangen. Heute gab es kein »Es wird alles wieder gut«. Mieke hoffte es so sehr, aber sie spürte diesen Sog, der sie erfasste. Sie fühlte sich wie in einem Tornado, der sie gepackt hatte, der sie herumwirbelte und noch nicht erkennen ließ, wie und in welchem Zustand er sie wieder ausspuckte.

Das Atmen fiel ihr schwer, ihr Körper war schwach. Ihre Gedanken dafür umso wacher und schärfer. Alles konnte sie sich ausmalen. Wirklich alles. Es waren ihre Vorstellung und Medienberichte zu anderen Entführungsfällen, die ihr signalisierten, dass sie sich auf das Grausamste überhaupt einstellen müsste. Dass sie Nele vielleicht nie wieder zu Gesicht bekäme.

Mieke hustete, beschleunigte ihren Schritt, lief weiter. Weglaufen jedoch war zwecklos. Ihre Gedanken holten sie ein. Nein, sie ließen sie gar nicht erst los, nahmen sie in Besitz und zermürbten sie.

Das erneute Klingeln des Telefons riss sie für einen Moment aus den Gedanken. Der Name ihres Mannes stand auf dem Display. Sie wischte darüber, es klingelte weiter. Noch einmal wischte sie über das Display. Als sie schließlich die Stimme ihres Mannes hörte, brach sie in Tränen aus. Schluchzte, konnte sich kaum beruhigen, bis sie ein »endlich« zustande brachte.

»Endlich rufst du an. Ich habe so häufig versucht, dich zu erreichen.«

Sie zog die Nase hoch, weinte hörbar. Sie ahnte, dass er sie kaum verstand. Oder aber, dass er nicht verstehen wollte, was sie sagte: »Nele ist weg. Sie haben Nele entführt.«

Und wieder: »Unser Kind. Sie haben unser kleines Mädchen.«

Stille am anderen Ende, dann ein Aufschrei. Die Bitte um die Wiederholung.

»Bitte sag, dass das ein schlechter Witz ist!«

»Nein, Thomas. Unser Mädchen ist weg. Entführt vom Spielplatz.« Sie atmete tief durch, versuchte, sich zusammenzureißen. Dann schilderte sie ihm so kurz wie möglich, was am Vortag geschehen war, wunderte sich nicht einen Moment darüber, dass er das Foto seiner Tochter noch gar nicht in den Medien gesehen hatte. Landesweit wurde über den Fall berichtet.

»Bitte, Thomas. Du musst nach Hause kommen. Du musst sofort nach Hause kommen. Ganz egal, wie, komm bitte her!«

Sie waren getrennt, aber noch nie hatte sie ihn so vermisst wie jetzt. Noch nie hatte sie sich ihm so nahe gefühlt. Sie beide hatten das Wertvollste auf der Welt verloren: ihr gemeinsames Kind. Nur er konnte ahnen, wie sie sich fühlte. Auch er würde alles dafür tun, ihre Tochter wiederzufinden. Bis zum letzten Atemzug! Sie beide würden keine Ruhe geben.

Montag, 11.38 Uhr, Nachbarschaft

Anna stand wie so oft am Fenster, hatte das Haus der Ganters genau im Blick. Es war ein rotes Klinkerhaus wie so viele hier im Neubaugebiet. Eine rot gepflasterte Auffahrt führte am Vorgarten vorbei zur Garage des Hauses, vor der ein rosafarbenes Kinderfahrrad mit Froschklingel und Stützrädern stand. Nele fuhr häufig damit die Straße rauf und runter. Jeder hier kannte sie, mochte das fröhliche Kind, das es genau verstand, andere um den Finger zu wickeln. Auch sie.

Es war leicht, etwas vom Familienleben der Ganters mitzubekommen. Von ihrem Standpunkt aus konnte sie hervorragend einen Großteil des Gartens einsehen. Im Sommer sah sie von ihrem Fenster aus, wie Nele vergnügt mit ihrem Rüschenbadeanzug über den teuren Rollrasen rannte, sich in das Planschbecken stürzte. Oder aber Nele saß auf ihrer Schaukel, spielte mit ihrer Puppe vor dem kleinen Spielhaus und rutschte quiekend die Rutsche hinab.

Selbst als während des Lockdowns die Kinderspielplätze geschlossen waren, hatte es Nele an nichts gefehlt. Sie hatte wie im Paradies gelebt – ohne Spielkameraden zwar, aber mit einem Spielplatz ganz für sie allein. Hinter einem der

Erkerfenster, die nach vorne zeigten, befand sich Neles Zimmer. Wenn das Licht gegen Abend eingeschaltet war, konnte Anna einen Teil davon gut erkennen. Das robuste Hochbett in Fensternähe, eine Hängeschaukel, bunte Wände und selbst gebastelte Schneemänner an den Fenstern. Unverkennbar das Kinderzimmer des Hauses.

Auch ein Schild im Vorgarten, das in bunten Farben gehalten war und die Form einer Schildkröte hatte, verriet unmissverständlich, wer in diesem Haus wohnte: Mieke, Thomas und Nele. Heute konnte Anna ihren Blick kaum von diesem Schild abwenden. Was, wenn Nele nicht mehr auftauchte? Was würde dann mit diesem Schild passieren? Und was mit der ganzen Post, die für Nele ankam?

Anna wusste nicht, wie oft sie den Boten schon vor dem Haus ihrer Nachbarn gesehen hatte. Während des Lockdowns fast täglich. Immer wieder hatte er neue Pakete angeschleppt. Große und kleine. Manche in anonymen Pappkartons, andere in leuchtenden Farben mit dem unübersehbaren Aufdruck von Spieleherstellern oder Verlagen.

Nur einmal hatte sie Mieke darauf angesprochen, beiläufig eine Bemerkung darüber fallen lassen, dass der Postbote bei ihnen ja ständig ein- und ausginge.

Mieke hatte gelacht. »Ja, und die Päckchen sind fast alle für Nele. Sie kann ihren Namen bereits lesen und freut sich, wenn die Pakete direkt an sie adressiert sind.«

Auch jetzt stand ein Bote vor der Tür. Dieses Mal jedoch ohne das Fahrzeug der Deutschen Post, sondern mit einem weißen Lieferwagen ohne Aufschrift. Lieferwagen wie die, die von einigen Unternehmen dann verwendet wurden, wenn das Sendungsaufkommen besonders hoch war.

Das Thermometer, das vor Anna auf der Fensterbank stand, zeigte eine Außentemperatur von drei Grad Celsius an. Anna war froh, wieder in der beheizten Wohnung zu sein und heute nicht mehr nach draußen zu müssen. Allein die Haltung des Boten ließ sie frösteln. Er hatte die Kapuze seines Hoodies weit über den Kopf gezogen. Versuchte mit einem ausladenden Wollschal, sich zusätzlich gegen die empfindliche Kälte zu schützen.

Nein, mit ihm würde sie nicht tauschen wollen. Und erst recht nicht mit Mieke, die eingewickelt in eine lange Strickjacke nach dem zweiten Klingeln die Haustür öffnete. Sie plauschte nicht wie sonst mit dem Boten, setzte lediglich fahrig ihre Unterschrift unter den Lieferschein, nahm das Paket entgegen und zog wortlos die Tür wieder hinter sich zu.

Anna wich vom Fenster zurück, als der Bote kurz zu ihrem Fenster hinaufschaute und sich ihre Blicke kreuzten. Sie war sich sicher, ihn hier noch nie gesehen zu haben.

Montag, 11.59 Uhr

Die Materialien für Nele sind sorgfältig ausgesucht, entsprechen ganz den Wünschen unserer Kunden. Wer viel Geld bezahlt, soll auch viel dafür bekommen. Kein Kind ist genau so wie das Objekt, das sich unsere Klienten in den kühnsten Träumen ausgemalt haben. Aber wir tun einiges dafür, um die Kinder so zu verwandeln, dass sie dem Ideal so nah wie möglich kommen.

Wir schminken sie, frisieren sie, bereiten sie so vor, wie es uns beschrieben worden ist. Zwei bis drei Tage haben wir Zeit, um ihren Charakter zu brechen und sie gefügig zu machen. Bei den meisten Kindern ist das schon nach dem ersten Tag geschafft. Die Trennung von Mama und Papa lässt sie so verzweifeln, dass sie sich nicht gegen uns wenden, sondern uns als ihre alternativen Bezugspersonen akzeptieren. Sie haben niemand anderen. Sie sind zu klein, um sich selbst zu versorgen, für sich einzustehen oder gar zu flüchten. Ihr Denken und Handeln ist noch begrenzt und spielt uns optimal in die Karten. Denn über ihr Denken und Handeln werden zunächst wir und später diejenigen bestimmen, die sie für viel Geld erworben haben.

Keines der Kinder besitzt Papiere oder Fotos, die von ihrer Vergangenheit zeugen. Ihre Erinnerungen werden immer mehr verblassen und bald nur noch als Schatten auf ihren Gedanken liegen. So weit entfernt, dass nichts davon belastbar ist und sie nicht die blasseste Ahnung haben, wo ihr Zuhause liegen könnte. Sie werden sich an ihre neuen Namen gewöhnen, werden andere Kuscheltiere akzeptieren und keine Fotos aus ihren ersten Lebensjahren haben. Bis auf die, die wir anfertigen werden. Sie werden nie wieder einen Kindergarten besuchen und vermutlich auch nie eine Schule von innen sehen. Aber das haben wir nicht mehr in der Hand. Sobald die Ware übergeben und komplett bezahlt worden ist, ist der Kunde König. Nur er wird entscheiden, was mit den Kindern geschieht und für welche Zwecke er sie zu sich geholt hat. Unsere Aufgabe ist mit der Übergabe abgeschlossen. Ware gegen Geld, ein Prinzip, das nach wie vor funktioniert. Erst recht dann, wenn die Ware so wertvoll und so schwer aufzutreiben ist. Doch unsere Methode hat sich bewährt – und noch nie haben Ermittler unser Vorgehen durchschaut.

Montag, 13.47 Uhr,
Erziehungsheim im Wald

Nele war in diesem Zimmer eingesperrt, das den Anschein eines ganz normalen Kinderzimmers vermitteln sollte. In den Regalen standen Kinderbücher, die vermutlich noch nie jemand vorgelesen hatte, es gab ein Puppenhaus, Bausteine und einen Spieltisch. Eine Lampe in Ballon-Form beleuchtete das Zimmer spärlich. Weiteres, schwaches Licht kam durch die nicht ganz heruntergelassenen Rollos herein.

In einer Ecke saß genauso eine Puppe wie die, die Nele sich insgeheim zu Weihnachten gewünscht hatte: eine mit Schlafaugen, die dann »Mama« rief, wenn man ihr leicht auf den Bauch drückte. Eine dieser Puppen, die man füttern konnte. Jemand hatte sie so in der Ecke drapiert, dass Nele sie nicht übersehen konnte, aber Nele traute sich nicht, das Zimmer zu erkunden.

Der Weihnachtsmann hatte ihr die Puppe leider nicht gebracht. Ihre Mama hatte ihre Tränen trocknen müssen: »Weißt du, manchmal sind die Rentiere so schnell, dass vereinzelte Päckchen aus dem Schlitten fallen. Aber die werden alle wiedergefunden. Und irgendwann liegen sie ganz überraschend vor der Tür.«

»Kommt der Weihnachtsmann dann noch einmal?«

»Nein, der ruht sich aus. Er ist schon ein alter Mann, und nach dem Weihnachtsfest ist er erst mal müde. Aber er hat ganz viele Weihnachtselfen, die ihm am Nordpol helfen und die sich auf die Suche nach den verlorenen Geschenken machen. Wenn du es dir so sehr gewünscht hast, hat der Weihnachtsmann es garantiert nicht vergessen. Gerade, weil du das ganze Jahr über so brav warst.«

Brav war Nele wirklich. Selbst ihre Erzieherin im Kindergarten sagte das immer wieder. Wie gerne wäre sie jetzt dort! Nele umklammerte den Teddy, der in dem schmalen Bett gelegen hatte, vergrub ihr Gesicht in dessen Fell, flüsterte immer wieder nur einen Namen: »Mama!«. Sie hatte so viel Angst! Noch mehr als bei Donnergrollen. Dann hätte Mama sie zu sich ins Bett geholt, sie hätten unter der Decke gemeinsam gekuschelt, und Mama hätte sie so festgehalten, dass ihr nichts hätte passieren können.

Hier war das Donnergrollen ein anderes. Nele hatte am frühen Morgen die Schreie eines anderen Kindes gehört. Ein Junge, der nach seiner Mutter gerufen hatte. Seine Mutter war nicht gekommen. Stattdessen waren seine Schreie und seine »Nein«-Rufe immer lauter geworden – bis ein Auto gekommen war und die Schreie schließlich verstummt waren.

Nele hatte versucht, sich die Ohren zuzuhalten, hatte das Lied gesummt, das sie zuletzt im Kindergarten gelernt hatten. Sie hatte ihre Arme um den eigenen Körper geschlungen und sich sanft hin- und hergewiegt.

Nur zweimal war seitdem die Tür aufgegangen. Einmal war eine Frau hereingekommen, hatte wortlos den Kopf geschüttelt, als sie die nasse Matratze gesehen hatte, und hatte Nele dann hinter sich her in einen Raum geschleift, in dem neben einer Waschmaschine und einem Trockner mehrere Schränke und eine Dusche waren. Sie hatte Nele unter das eiskalte Wasser gestellt, hatte sie abgeduscht und ihr dann wortlos neue Kleidung hingeworfen. Nele hatte sehnsüchtig auf die Tür nach draußen geschaut, aber sie hatte sie nicht geöffnet. Sie hatte Angst, dass der Mann aus der Nacht auf der anderen Seite auf sie wartete. Also hatte sie die Kleidung angezogen und war leise wieder zu dem Zimmer zurückgegangen, in der die Frau das Bett neu mit rosafarbener Bettwäsche bezogen hatte. Nele hatte sich an den kleinen Kinderspieltisch gesetzt, auf dem ein Glas Orangensaft und zwei Scheiben Brot mit Frischkäse lagen. Sie hatte nichts davon angerührt.

Stunden später hatte ihr die Frau ein Tablett mit einem Teller Nudeln mit roter Soße und etwas Wasser ins Zimmer gebracht und es ebenfalls auf den Spieltisch gestellt. Sie hatte etwas Wasser getrunken, dann war sie wütend geworden und hatte den Becher durch das Zimmer gegen die Tür geworfen. Der Mann war daraufhin ins Zimmer gekommen und hatte ihr eine schallende Ohrfeige verpasst. Das war schlimmer als der Sturz von der Rutsche vor ein paar Wochen, bei dem sie mit dem Kopf voran gerutscht und dann auf ihre Wange gefallen war. Da hatte sie Mama direkt auf den Arm genommen und ihr später zu Hause einen Kakao gemacht.

Nele fasste sich an die Wange, die immer noch glühte. Sie durfte nicht schreien. Egal, was geschah, sie müsste ab sofort leise sein. »Du bleibst bei mir, Teddy, oder?«, flüsterte sie leise und drückte den Teddybären, der schon in der Nacht an ihrer Seite gewesen war, so fest an sich, dass sie sich für einen kurzen Moment etwas weniger allein fühlte. Immerhin mit Teddy würde sie über alles sprechen können, was in der

Nacht geschehen war. Aber er dürfte es niemals jemandem verraten.

»Psssst«, machte sie deshalb und legte Teddy ihren kleinen Zeigefinger auf das Maul.

Montag, 14.06 Uhr

Der Teddy, der Nele beruhigen soll, ist der gleiche wie der, der in ihrem Kinderzimmer sitzt. Nele wird nicht mehr lange da sein. Aber in der Zeit, die ihr noch bleibt, soll sie sich einigermaßen wohlfühlen. Ich ertrage es nicht, wenn sie weint. Mit dem Teddy an ihrer Seite sollte ihr die neue Situation leichter fallen. Sie liebt ihren Teddy, nennt ihn »Dr. Bär«. Beim Einschlafen umarmt sie ihn zusammen mit dem kleinen Stofffuchs, setzt ihn neben sich an den Frühstückstisch, betüddelt ihn als Puppenmama oder versorgt ihn, wenn er sich verletzt hat. Ich kenne gefühlt jeden Winkel von Neles Zimmer. Mieke hat ein hervorragendes Händchen für die Einrichtung, auch wenn mir persönlich bunte Kinderzimmer weitaus besser gefallen als die, die komplett in Pastelltönen gehalten sind.

Alles passt hier zusammen. Der Teddy farblich zum Langflor-Bettvorleger, die Bettwäsche zur Farbe der Vorhänge, die Spielsachen zum Eindruck einer Familie, die ganz auf Montessori-Pädagogik setzt. Die weißen Kinderzimmermöbel, zu denen auch eine Rutsche und ein Bällebad gehören, die Zeichnungen eines Bergmassivs an der Wand, die sanften Schneeflocken, die als Mobile über ihrem halbhohen Bett baumeln – alles ist aufeinander abgestimmt. Ein Mond-Schlummerlicht, das am Kopfende des Bettes angebracht ist, bleibt in der Nacht meist angeschaltet, begleitet Nele zusammen mit Dr. Bär sanft in ihre Träume. Nele sieht so niedlich aus, wenn sie schläft oder sich in ihrem rosafarbenen Einteiler-Pyjama die Zähne putzt. Es ist nicht verwunderlich, dass wir für sie sofort einen Interessenten gefunden haben. Dieses Kind kommt einfach gut an. Das weiß auch Mieke und nutzt es ebenso für ihre Zwecke wie wir für unsere.

Ich schaue direkt in das Wohnzimmer der Familie. Was gäbe ich dafür, dort vor dem Kamin zu sitzen, in dem zu dieser Jahreszeit fast immer ein wärmendes Feuer lodert. Neben dem Kamin sind fein säuberlich Holzscheite gestapelt, davor steht eine gemütliche graue Veloursleder-Couch mit einer übergroßen Kuscheldecke, unter der die ganze Familie Platz hat. Die Bambusschalen auf dem in nordischem Design gehaltenen Couchtisch sind mit leckeren Weihnachtsplätzchen gefüllt, die Nele und Mieke kurz vor Heiligabend gemeinsam gebacken haben. Das Rezept habe ich auf meinem Schreibtisch. Vielleicht backe ich sie dieses Jahr nach. Wenn die Weihnachtszeit nicht wieder so stressig wird wie im vergangenen Jahr. Weihnachten ist die Zeit der Wünsche, der Reflektion, des Eingestehens. Viele Leute gestehen sich zu dieser Zeit ein, dass sie etwas oder jemanden vermissen, und nehmen sich vor, im Folgejahr daran zu arbeiten. Nicht umsonst haben wir um den Jahreswechsel herum sehr viel mehr Anfragen als sonst. Wer auf knapp bekleidete Kinder steht, hat es im Sommer leicht. Da reicht ein Besuch im Freibad, am See oder am Badestrand. Im Winter wird es komplizierter. Wer sich nicht mit Fotos zufriedengeben mag, muss andere Wege wählen. Wir fragen nie nach dem genauen Motiv unserer Kunden.

Mich fröstelt es. Meine Zehen sind kalt, und ich wünschte mir, die Schuhe ausziehen und die Zehen dem warmen

Kaminfeuer entgegenrecken zu können. Ich liebe das Knistern von brennendem Holz, den leichten Funkenflug eines Kamins, wenn Reisig und kleine Äste Feuer fangen, und ich mag Wärme, weil diese mir in meinem Leben nahezu immer gefehlt hat.

Ich hatte lange Hoffnung, dass sich etwas ändern wird. Aber ich warte schon lange, viel zu lange. Es ist Zeit, dass ich zeige, dass ich nicht alles mit mir machen lasse. Mit Nele komme ich diesem Ziel ein bisschen näher. Sie hat nur noch wenige Tage auf ihrem Zeitkonto. Bis dahin gibt es noch einiges zu tun.

Montag, 14.20 Uhr, Polizeipräsidium

Die Plastikstühle in der Dienststelle waren aufgrund des städtischen Sparzwangs die wohl unbequemsten und somit günstigsten Modelle überhaupt. Hier dauerte keine Einsatzbesprechung länger als nötig. Ben rutschte auf seinem Stuhl hin und her, versuchte, eine bequeme Position zu finden. Sein Magen knurrte, wurde aber vom ungeduldigen Stuhlscharren der Kollegen übertönt.

»Kommen wir zur Sache«, rief Walters zur Ruhe. Seine Stimme klang dabei tief und drohend. Eher geeignet zum Einschüchtern von Zeugen als zum Gespräch mit Kollegen, die ebenso wie er nur darauf brannten, die kleine Nele rechtzeitig zu finden und wieder nach Hause zu bringen.

Eine SOKO zu leiten, war eine undankbare Aufgabe. Erst recht, wenn sie wie bei der »SOKO Nele« nach wie vor im Dunkeln tappten. Einsatzleiter Karsten Walters machte sich da nichts vor: Solange es kein Fall von Kindesentzug war oder das Kind nicht freiwillig verschwunden war, endeten Entführungsfälle häufig mit den schlimmsten aller Szenarien. Ein freiwilliges Verschwinden Neles war ausgeschlossen. Der Verdacht eines Kindesentzugs nicht erhärtet. Mareike Ganter betonte, dass sie und ihr Mann zwar getrennt seien, es aber keine Sorgerechtsstreitigkeiten gebe und Nele wie vereinbart bei ihr wohne. Es bestanden keine Zweifel an ihren Angaben, da ihre beste Freundin ein gutes Verhältnis der Eheleute bestätigt hatte.

Walters mahnte die im Besprechungsraum versammelten Beamten zur Ruhe. »Es geht hier einzig und allein um Nele. Das mit den privaten Gesprächen verschieben Sie bitte auf einen späteren Zeitpunkt.«

Er war nahezu fahrig, mehr als nervös. In einem Fall mit so viel Medienecho nicht weiterzukommen, stellte ihn als Einsatzleiter infrage. Sein Name wurde zusammen mit dem von Nele genannt. Wenn er das Mädchen nicht fand, würden seine Ermittlungen fortlaufend von allen Seiten kritisiert.

Walters verschaffte sich nochmals Gehör: »Wie einige von Ihnen wissen, waren die Kommissare Andersen und Müller heute auf der A1 unterwegs, sind dort zufällig auf einen abgesperrten Tatort gestoßen. Ein ermordeter Lkw-Fahrer in einem Toilettenhäuschen. Kein Fall für uns, wenn nicht bei der Tatortbesichtigung eine durchnässte Kinderhose in einem Mülleimer gefunden worden wäre. – Ben, berichten Sie bitte weiter!«

Ben räusperte sich, ergriff dann selbst das Wort: »Harald und ich waren gerade vor Ort, als der Fund gemacht worden ist. Die Kollegen haben die in einer Tüte befindliche Kinderhose in einem Mülleimer kurz hinter dem Tankstellengelände entdeckt. Wir hätten nie einen Zusammenhang vermutet. Kleidergröße 104 bis 110, das trifft auf viele Kinder zu. Die Hose offensichtlich eingenässt – ein kleiner Reiseunfall. Allerdings war bei dieser Hose hinten ein Namensetikett eingenäht.«

»Nele«, flüsterte eine Beamtin leise. Ben nickte. Fast alle Kindergärten forderten die Eltern auf, die Kleidungsstücke ihrer Kinder zu etikettieren. Für den Fall, dass Wechselwäsche benötigt wurde oder aber Kleidungsstücke nicht eindeutig zugeordnet werden konnten.

»In diesem Fall hat die Kindsmutter zusätzlich bestätigt, dass die Hose ihrer Tochter gehört. Selbst die in der Hosentasche gefundene Kinderhaarspange konnte sie eindeutig Nele zuordnen. Die Hose wird kriminaltechnisch noch genauer untersucht, aber es gibt keinen Grund, daran zu zweifeln, dass Nele eingenässt hat und die Hose entsorgt worden ist. Aktuell besteht kein Grund zur Annahme, dass das Kind verletzt ist. Dazu haben wir keine gesicherten Erkenntnisse«, fuhr Walters fort. »Der Fund der Hose bringt uns aber immerhin einen kleinen Schritt weiter. Wir wissen nun, dass Nele gen Süden gebracht worden ist, und haben Aufnahmen aus Überwachungskameras der Tankstelle auswerten lassen. Leider wurde das Fahrzeug nicht erfasst, aber wir haben Bilder aus dem Verkaufsraum der Tankstelle.«

Ben richtete sich auf seinem Plastikstuhl auf, ignorierte das Kribbelgefühl in seinem rechten Fuß, das sich in letzter Zeit viel zu häufig zeigte. Es war still im Einsatzraum, als Walters die Bilder abspielen ließ. Ein Mann mit Kahlkopf und stämmigen Schultern betrat den Verkaufsraum, zahlte an der Kasse in bar und wandte sich dann einem Kind zu, das etwas versteckt zwischen zwei Regalen zurückgeblieben war.

»Ist das Nele?«, fragte Imke.

»Nein, davon gehen wir nicht aus«, schaltete sich Walters ein. »Das Kind hier ist größer, die Kleidung stimmt mit der überein, die Zeugen bei dem anderen Mädchen auf dem Spielplatz gesehen haben wollen. Wir arbeiten daran, die Qualität des Videos zu verbessern, aber leider ist das Kind halb verdeckt. Einen passenden Vermisstenfall haben wir bislang nicht gefunden.«

»Aber in welchem Verhältnis steht das Kind zu dem Mann?«

»Der Mann ist laut Auskunft unserer Datenbank Piotr Karolewsky, ein deutscher Staatsbürger, der zuletzt in Berlin gemeldet war und mehrfach andere Identitäten genutzt hat. Seit Jahren gibt es keine Spur von ihm. Er ist wegen verschiedener Körperverletzungsdelikte und schwerer Erpressung mehrfach vorbestraft. Kindesmissbrauch konnte ihm bislang noch nicht nachgewiesen werden. Dafür aber Kontakte zu etlichen anderen Personen des gleichen Kalibers.«

»Scheiße«, fluchte ein Kollege in der Reihe hinter Ben laut.

»Allerdings.« Walters nickte. »Wir haben Grund zur Annahme, dass er auch mit Nele nicht zimperlich umgehen wird …«

Montag, 15.04 Uhr, Erziehungsheim im Wald

Boris dachte nie viel nach. Er folgte seinem Weg – immer schon. Er setzte Anweisungen um. Und wenn ihm aufgetragen wurde, ein Kind in den Keller zu bringen, dann tat er es. Im Keller hatten sie viel mehr Equipment zur Verfügung als in den oberen Räumen des »Erziehungsheims Sonnenschein«. Boris grinste. Niemand, aber auch niemand stellte ein Erziehungsheim infrage.

Das »Erziehungsheim Sonnenschein«, in dem Boris sich aufhielt, lag in einem Waldstück. So weit ab jeglicher Zivilisation, dass sich selbst Wochenendausflügler kaum hierhin verirrten. Das Waldstück war seit Jahrzehnten in Privatbesitz und gehörte damit nicht zu den Gebieten, in denen Forstwirte regelmäßig nach dem Rechten sahen. Schwere Eisenketten sperrten die Zufahrtswege ab, ergänzt um das schlichte Schild »Privatweg«. Fast alle ließen sich davon abschrecken.

Wer sich doch in die Nähe des Erziehungsheims wagte, musste vor allem mit Kristina rechnen. Kristina war als Leiterin des Erziehungsheims eingesetzt und genoss das volle Vertrauen der Organisation. Eine adrette junge Frau mit dunklem Pagenschnitt, die es gekonnt verstand, ungewünschte

Besucher abzufertigen. Aber auch eine Frau, die mit den widerlichsten Fantasien von Menschen vertraut war und finanziell davon profitierte, wenn Kinder gegen Geld unbemerkt in eine Zwischenwelt wechselten.

»Ja, eine Resozialisierungsmaßnahme. Für Kinder aus zerstörten Familien, deren Väter sie nicht finden sollen. Deshalb sind wir hier so zurückgezogen. Behalten Sie es bitte im Sinne der Kinder für sich!«, erklärte sie dann meist mit ernster Miene. Es war nicht einmal gelogen. Die Familien dieser Kinder wären für immer zerstört. Und wehe dem, der sie hier entdecken würde.

»Wie ein Frauenhaus also?«

»So in der Art, nur dass wir uns hier ausschließlich um Kinder kümmern.«

Verständnisvolles Nicken, meist gemischt mit betroffenem Schweigen. »Das verstehe ich. Danke für Ihre Arbeit.«

»Das tun wir gern«, antwortete Kristina dann fast immer und setzte ihr schönstes Lächeln auf. Sie tat, was sie konnte.

Die erste Nacht mit dem neuen Mädchen war gemäß den Erwartungen verlaufen. Das Kind war in einen tiefen und traumlosen Schlaf gefallen – auch, weil sie ihm noch ein Beruhigungsmittel gegeben hatten. Die »Mama«-Rufe am Morgen hatten ebenfalls dem Verhaltensprotokoll entsprochen, das sie aufgesetzt hatte. Es folgten bittere Tränen im Wechsel mit Geschrei, Toben und wildem Um-sich-Schlagen.

All die Verhaltensweisen, die es auch bei verhaltensauffälligen Kindern gab. Niemand wunderte sich, wenn hier ein Kind schrie und tobte. Es war ihnen bewusst, dass sie jederzeit entdeckt werden konnten. Doch seit nunmehr drei Jahren war niemand auf sie gestoßen. Und sollte sie doch jemand auffliegen lassen, dann war die Organisation gut genug vernetzt, um dennoch weiteroperieren zu können. Wie bei einem

Kraken, dem man einen Arm abschlug. Die anderen Arme würden weiterhin durch die Gegend wabern und Beute fangen; immer bereit, die Saugnäpfe an den passenden Stellen anzusetzen und weitere Kinder in ihr Netz zu ziehen.

Sie hatten einiges dafür getan, dass das Erziehungsheim den Namen »Sonnenschein« auch verdiente. Der kleine Garten hinter dem Haus war nahezu liebevoll angelegt: gepflegte Grünflächen, Blumenbeete, Windspiele, die verheißungsvoll bei jedem Windhauch klimperten, sowie ein Klettergerüst, ein Sandkasten und eine Schaukel. Sie hatten die besten Materialien gewählt. Das Material sollte witterungsbeständig sein und einen guten Eindruck machen. Das tat es auf jeden Fall.

Das einzige Kind, das hier je gespielt hatte, war jedoch Amira. Boris erlaubte ihr ab und an, die Schaukel hinter dem Haus zu nutzen. Unter seiner Aufsicht – und ohne das übliche freudige Lachen von Kindern, die sich auf einem Spielplatz austoben konnten. Amira lachte schon lange nicht mehr.

Boris warf einen Blick auf den Überwachungsmonitor, der im Keller aufgestellt war. Zuvor hatte er oben die Funktionstüchtigkeit der Alarmanlage überprüft. Sie war den ganzen Tag über scharfgeschaltet. Es sollten weder ungebetene Gäste ins Haus kommen, noch sollte eines der Kinder heimlich das Haus verlassen können. Eine der Überwachungskameras fing den Außenbereich ein, eine weitere gab es auf Höhe der Schranke. Während diese im Sommer gut unter dem Blätterkleid der Bäume versteckt war, war es im Winter offensichtlich, dass niemand wollte, dass der Privatweg genutzt wurde. Selbst Wanderer hielten sich größtenteils daran.

Draußen war keine Bewegung wahrzunehmen. Kristina würde frühestens in einer halben Stunde hier auftauchen – und die Kinder waren meist so verschüchtert, dass sie unfähig waren, sich den Zimmertüren auch nur zu nähern. Aus Angst, dass dahinter etwas lauerte. Etwas, das nur auf sie wartete und die Situation für sie noch schlimmer machen würde.

Boris pfiff vor sich hin, summte ein altes Lied aus Kindertagen. Im »Erziehungsheim Sonnenschein« gab es weder Radio noch Fernsehen. Sie nutzten lediglich verschlüsseltes Internet und eine VPN-Verbindung, um den wahren Standort zu verschleiern. Es durfte nichts schiefgehen! Noch drei Tage! Dann würde auch dieser Deal über die Bühne gehen und sie würden Fotos ihres Neuzugangs allerhöchstens noch in Zeitungen sehen. Immer dann, wenn nach Jahren an alte, ungelöste Vermisstenfälle erinnert wurde und die Polizei krampfhaft versuchte, an das Gewissen möglicher Mitwisser zu appellieren.

Nicht ohne Stolz betrachtete Boris die Fotowand, die er hier unten im Keller gestaltet hatte. Bilder der Kinder, die bereits bestellt waren. Und weitere Bilder kurz vor der Auslieferung der Ware. Sie benötigten in allen Fällen neue Fotos der Kinder – für die neuen Pässe und für das Familienalbum. Es war Xenia gewesen, die im Keller verschiedene Fotoszenarien vorbereitet hatte. Das Kindersofa, auf dem die Kinder zusammen mit Teddybären und Puppen posieren sollten. Der Spielteppich mit den Autos und der kleinen Brio-Bahn, die als Szenario vor allem für ihre männlichen Neuzugänge herhalten musste. Oder auch der dauerhaft geschmückte Weihnachtsbaum, unter dem die Kinder mit weihnachtlichem Rentierpulli zwischen seit Jahren nicht ausgepackten Geschenken so tun mussten, als ob sie die Ankunft des Christkindes nicht hatten erwarten können.

Und dann gab es auch noch den Außenbereich sowie eine einfache blaue Wand, vor der die neuen Passbilder der Kinder geschossen wurden. Kinder, die allenfalls noch von den eigenen Eltern wiedererkannt wurden – mit getönten Haaren und einem gänzlich anderen Haarschnitt, der zumindest in der Anfangszeit ihre wahre Herkunft verschleiern sollte und die Übergabe sicherer machte. Auch Nele hatte ein paar Zentimeter Haare und vorübergehend ihre natürliche Haarfarbe lassen müssen. Wenn sie erst einmal an ihr eigentliches Ziel gelangt war, würden ein paar Haarwäschen genügen, um sie optisch wieder in das bestellte Mädchen zu verwandeln. Boris hatte geflucht, als das Kind so um sich geschlagen hatte, dass er sich mit der Schere selbst in den Daumen geschnitten hatte. Er hatte ihr mit dem flachen Handrücken daraufhin eins übergezogen, hatte das Passbild Neles am Computer später retuschieren müssen. Zu auffällig waren der Abdruck in ihrem Gesicht und der Blutfleck auf der weißen Bluse gewesen.

Nein, in dem Stil war Nele von ihrer Mutter nie gekleidet worden. Sie recherchierten vorher genau – und verstanden es, den Typ jedes Kindes so weit wie möglich zu verändern.

Wieder schaute er auf die Fotowand. Sah Kinder vor und nach ihrem Einsatz. Mal mit langen, mal mit kurzen Haaren. Mal mit peppiger, neuer Kinderkleidung. Dann wieder mit den Standardklamotten, die sie auf Lager hatten. Xenia hatte etliche Tüten mit Kinderkleidung für Kinder im Alter zwischen drei und sechs Jahren angeschleppt. Sowohl für Jungen als auch für Mädchen. Sommerkleidung, Winterkleidung, Übergangskleidung. Einen Teil davon fürs Shooting, einen anderen für den Tag der Übergabe. Falls das Kind in einem besonderen Outfit gewünscht war, dann machten sie genau das möglich.

Er legte die Kleidung, die Nele am Vorabend getragen hatte, fein säuberlich zusammen. Auch für Nele hatte es Sonderwünsche gegeben. Die weiße Bluse mit dem auffälligen Blutfleck hatte er zusammengeknüllt und in die Ecke geworfen. Kristina sollte entscheiden, was damit geschah. Ebenso wie mit dem Großteil der Kleidung, die Nele am Vorabend getragen hatte. Er war sich sicher, dass ihre Kunden weitere Kleidung für die Jungen und Mädchen bereithielten. Sie suchten sich ihre Klienten sehr genau aus. Wer den Hintergrund-Check nicht bestand und nicht deutlich zeigte, wie sehr er eins ihrer Kinder begehrte, wurde trotz der verlockenden Geldsummen abgelehnt. Sie wurden nur für diejenigen tätig, bei denen sie sich sicher waren, dass die Kinder für immer von der Bildfläche verschwinden würden. Wie ihre Klienten das anstellten, war Boris egal. Das war beileibe nicht sein Job.

Dieser Job endete für ihn in drei Tagen. Bis dahin mussten sie aus Nele endgültig eine Lilly machen. Erst dann könnte er sich um das nächste Kind an der Fotowand kümmern. Noch zwei offene Bestellungen lagen aktuell vor. Ein etwa fünfjähriges Mädchen aus dem Bereich Kassel und zwei dreijährige Zwillingsmädchen mit Sommersprossen und seitlichen Zöpfen, die adrett gekleidet und nahezu professionell lächelnd in die Kamera der Fotografin geschaut hatten. Möglich, dass er die beiden in ein paar Jahren noch einmal wiedersehen würde. Dann, wenn per Computersoftware simuliert wurde, wie die beiden älter gewordenen Mädchen aussehen könnten. Doch finden, da war er sich sicher, würde die Mädchen niemand mehr. Und nicht eine der Computersimulationen traf das Aussehen der Kinder so, dass irgendjemand sie in den Massen anderer Kinder wiedererkennen würde. Allein schon, weil sich ihre Mimik und ihr Gesichtsausdruck aufgrund ihrer umgeschriebenen Zukunft für immer verändern würden.

Montag, 15.30 Uhr, Nachbarschaft

In der Wohnstraße, in der Nele noch vor zwei Tagen Rad gefahren war und mit Malkreiden einen Schneemann auf die Straße vor dem Haus gezeichnet hatte, waren keine Kinder zu sehen. Die Farben des Schneemannes waren fast bis zur Unkenntlichkeit verblasst. Die morgendliche Eisglätte und die hohe Luftfeuchtigkeit hatten das kräftige Winterweiß der Kinderzeichnung in verblasste Spuren eines schmutzigen Weißgraus verwandelt, ließen nur das zuvor kräftige Orange der Karotten-Nase noch gut erkennen. Nele hatte mit Inbrunst und unter den Augen der Nachbarn an ihrer Straßenmalerei gesessen, hatte sich danach von ihrer Mama mit dem Schneemann fotografieren lassen. Kleine Künstler wollen Aufmerksamkeit.

Die bekam Nele auch weiterhin – wenn nur auf andere Weise. Fußgänger wählten seit dem Vortag vermehrt den Weg durch die ruhige Spielstraße, um dann wie zufällig den Schritt auf Höhe des Schneemanns zu verlangsamen, der sich unmittelbar vor dem Familienhaus befand. Ein Blick auf die Kinderzeichnung, dann auf den üppig angelegten Vorgarten, in dem die immergrünen Buchsbäume mit Weihnachtskugeln und Lichterketten verziert worden waren. Mit einem wie zufälligen Blick hoch zu Neles Kinderzimmer, in dessen Fenster passend zur Jahreszeit ausgeschnittene Schneeflocken und Schneemänner klebten.

Auf dem Bürgersteig vor dem Haus stand ein Kombi mit Kölner Kennzeichen. Dass die beiden Personen, die im Auto saßen, zu einem Privatsender gehörten, wusste Anna genau. Sie hatten vor einer halben Stunde bei ihr an der Tür geklingelt und hatten auch bereits andere Nachbarn aufgesucht.

»Guten Morgen, mein Name ist Marlen Fischer, wir sind vom Magazin ›Aktuelles aus der Region‹«, hatte die blonde Frau in ihren Mittdreißigern gesagt, als sie die Wohnungstür geöffnet hatte.

Anna war zurückgewichen, mit einem ersten Gedanken an ihr nur notdürftig und strubbelig zu einem Zopf gebundenes Haar.

»Das kennen Sie bestimmt, oder?«

»Ja, natürlich.« Anna hatte sich mehr als überrumpelt gefühlt. »Wer hat Sie denn ins Haus gelassen?«

»Oh, der nette Herr unten im Haus.«

»Herr Brinkmann?«

»Ja, genau der.« Die Frau hatte sie weiter angelächelt und versucht, einen Blick hinter sie in die Wohnung zu werfen. Anna hatte die Tür daraufhin weiter zugezogen. Sie konnte sich nicht vorstellen, dass der alte Brinkmann etwas erzählt hatte. Er war schwerhörig und kam mit seinem Rollator kaum vor die Tür. Während er in den Sommermonaten gerne auf der Bank vor dem Haus saß, hielt er sich in der kalten Jahreszeit nahezu ausschließlich in der Wohnung auf. Die Wocheneinkäufe ließ er sich liefern. Anna hatte nie hinterfragt, ob der Mann, der einmal pro Woche mit seinem Wagen auf dem Parkstreifen vor dem Haus hielt und Tüten in die Wohnung des alten Mannes schleppte, in einer verwandtschaftlichen Beziehung zu Brinkmann stand. Enkelkinder hatte Brinkmann definitiv keine. Das hatte er in einem Gespräch mit ihr einmal bedauert.

Er erfreute sich dann, wenn er auf der Bank vor dem Haus saß, in erster Linie der Kinder, die vergnügt auf der verkehrsberuhigten Straße spielten. Winkte den Jungen und Mädchen immer wieder zu, schob seinen Rollator auf das Kopfsteinpflaster, wenn eines der Kinder gestürzt war, und tröstete mit lieben Worten oder auch mal mit Bonbons. Nicht umsonst hatte er deshalb oft das eine oder andere Kind neben sich auf der Bank, sobald er dort Platz genommen hatte. Meist nur kurz. Aber doch lang genug, um einmal das Knie eines Kindes zu tätscheln oder sich eine Umarmung zu verdienen.

»Sie können sich bestimmt denken, weshalb wir hier sind?«

Anna schüttelte den Kopf. Natürlich wusste sie, dass man auf brisante Infos über Nele hoffte. Aber die würden die Journalisten nicht von ihr bekommen. Sie hatte nicht vor, mehr als nötig zu erzählen, und war froh, dass die Journalisten aus dem Hausflur keinen Blick in ihr Arbeitszimmer werfen konnten. Dann vielleicht hätten sie die Videokamera gesehen, die Tag und Nacht das Geschehen vor der Villa Ganter aufzeichnete.

»Im Haus gegenüber ist ein kleines Mädchen verschwunden. Haben Sie das mitbekommen?«

»Nele? Natürlich, darüber spricht ja jeder.«

»Sie kannten das Mädchen?«

»Wir sind direkte Nachbarn, natürlich kannte ich sie. Wie jeder hier bin ich sehr betroffen.«

Die Journalistin deutete ihrem Kollegen mit einer Handbewegung an, näher zu kommen. Der mit einer schwarzen Lederjacke bekleidete und nahezu kahle Mann, der sich als Frank Endemann vorstellte, hatte sich bislang dezent im

Hintergrund gehalten. Jetzt trat er näher heran und setzte die mitgebrachte Kamera auf die Schulter. Marlen Fischer warf einen schnellen Blick auf das Klingelschild neben der Wohnungstür.

»Wäre es okay, Frau Bartels, wenn wir uns etwas zusammensetzen und Sie vor der Kamera etwas mit uns reden? Wir wollen helfen, Nele so schnell wie möglich zu finden.« Für einen Moment wirkte sie ernsthaft betroffen.

»Hören Sie, ich habe der Polizei schon alles gesagt«, blockte Anna ab. »Und vor der Kamera spreche ich definitiv nicht mit Ihnen.« Sie hatte nicht vor, ihr Gesicht in aller Öffentlichkeit zu zeigen. Außerdem war sie sich fast sicher, dass in der Nachbarschaft niemand vor der Kamera mit Journalisten sprechen würde. Das ältere Ehepaar, das direkt neben den Ganters wohnte, hatte die vorderen Rollläden bereits heruntergelassen. Die Journalisten, die jetzt bei Anna vor der Haustür standen, waren nicht die Einzigen, die seit Sonntag auf aufregende Bilder und mitleidheischende O-Töne hofften. Die Anwohner hingegen wollten keine mediale Aufmerksamkeit.

»Bitte, es wäre auch nur ganz kurz. Wir möchten Ihnen nur ein paar Fragen zur Familie und zum Umfeld stellen. Wie ist Nele aufgewachsen? Wie verhalten sich ihre Eltern mit ihr? Spielen Mutter und Vater viel mit dem Kind? Hat sie Freunde? In welchen Kindergarten geht sie?«

»In den evangelischen«, rutschte es Anna heraus. Sie sah an der Reaktion ihres Gegenübers, dass diese Information noch nicht bekannt war.

»Glaube ich zumindest«, beschwichtigte sie. »Hier wohnen so viele Kinder in der Straße. Allerdings gibt es hier im Ort auch nur zwei Kindergärten.«

»Ist Nele gerne in den Kindergarten gegangen?«

»Welches Kind tut das denn nicht?«, stellte Anna eine Gegenfrage. »Ich weiß allerdings auch nicht, wie Sie mit solchen Informationen den Täter finden wollen.«

»Sind Sie denn sicher, dass es ein Täter ist?«

»Wieso? Wird das nun auch gegendert?«, fragte Anna bissiger als gewollt. Sie seufzte. »Ich weiß ja, dass Sie nur Ihren Job machen. Aber ich bin definitiv die falsche Ansprechpartnerin für Sie. Und eigentlich müsste ich ebenso wie Sie nun auch arbeiten. Homeoffice«, schob sie hinterher.

Sie schob die Tür noch etwas weiter zu und verabschiedete sich mit einem deutlichen und lauten »Schönen Tag noch!« Sie hatte nicht vor, mit den beiden länger als nötig zu reden. Ihr Wissen würde sie mit niemandem teilen. Ebenso wie die anderen wollte sie, dass ihre Welt wieder in Ordnung kam.

Montag, 16.18 Uhr, Erziehungsheim im Wald

Nele hatte den Großteil des Tages an einem kleinen Spieltisch sitzend verbracht. Bunte Stifte und Papier lagen vor ihr, dazu ein Malbuch. Es gäbe da einen Mann, der sich sehr freuen würde, wenn sie etwas für ihn malen würde, hatte die Frau gesagt. Sie wollte für diesen Mann nichts malen. Sie wollte nie wieder etwas malen. Nele hatte die Stifte nicht einmal angefasst. Ebenso wie sie das Frühstück und das Mittagessen nicht angerührt hatte.

Sie hatte keinen Hunger – und Mama hätte gewusst, dass sie den Toastbrotrand nicht mochte und ihr rote Soße auf ihrer Pasta nicht schmeckte. Nele wusste nicht, wie spät es war und wie lange sie schon hier war. Aber sie konnte auch noch keine Uhr lesen. In ihrem Kinderzimmer hing eine, hier aber nicht. Sie wusste nur, dass der Tag bald wieder vorbei war.

Der Vormittag war vorbei gewesen, als die Frau mit dem Teller Nudeln ins Zimmer gekommen war. Jetzt wurde es draußen wieder dunkler, und wenn jemand ihr Abendessen brachte, dann war auch der Nachmittag vorbei. Nele schluckte. Sie wollte nicht, dass es dunkel wurde. Sie hatte Angst im Dunkeln, und hier würde sie niemand beschützen.

Diese Menschen waren böse, sehr böse. Sie hatten sie einfach vom Spielplatz geklaut, und sie wollten nicht hören, als sie immer wieder gesagt hatte, dass sie nach Hause wollte. Sie wollte immer noch nach Hause. Allerdings wusste sie jetzt, dass niemand sie nach Hause bringen würde. Hoffentlich fand Mama sie hier und holte sie ab. Sie hätte doch nur mit dem Auto hinterherfahren müssen. Nele war auch mit einem Auto hergebracht worden. Warum war Mama nur immer noch nicht hier?

Nele wischte sich eine Träne aus dem Augenwinkel. Sie war wütend. Alle Mamas waren bei ihren Kindern, warum war ihre nicht bei ihr? Der Tag war so unendlich lang. Noch nie war ein Tag so lang gewesen wie dieser. Manchmal hörte sie Stimmen draußen. Auch die von dem Mädchen, mit dem sie gestern gespielt hatte.

Nele schaute wieder durchs Zimmer. Überall standen Spielsachen, sogar ein paar Bücher lagen auf dem Nachttisch neben ihrem Bett. Sie konnte noch nicht lesen. Mama las ihr immer vor. Früher hatte auch Papa oft eine Gute-Nacht-Geschichte gelesen. Manchmal auch zwei, wenn sie ihn darum gebeten hatte. Er hatte jedes Mal andere lustige Namen erfunden. Aber Papa interessierte sich schon lange nicht mehr für sie. Statt mit ihr zu spielen, stritt er lieber mit Mama.

Vielleicht würden Mama und Papa ja nicht mehr streiten, wenn sie weg wäre. Vielleicht wären beide dann wieder glücklich miteinander. Sie hatte gehört, wie Mama zu Papa gesagt hatte, dass das alles ohne sie leichter wäre. Nele hatte es ganz genau gehört: »Wenn Nele nicht da wäre, hätten wir gar keine Probleme, dann wäre jetzt jeder bei sich zu Hause.«

Ob die Polizei nach ihr suchte, wenn Mama es nicht tat? Nele wusste, dass Fremde keine Kinder mitnehmen durften. Die Polizei müsste kommen und den Mann und die Frau verhaften.

Nele biss auf ihrem Fingernagel herum, bis er blutig war. Es tat so weh. Sie fing stumm an zu weinen. Mama hätte jetzt geschimpft, aber sie hätte sie auch in den Arm genommen und ihr eins von diesen bunten Pflastern gegeben, die Nele so liebte. Manchmal, aber nur manchmal, sagte sie sogar, dass sie Schmerzen hatte, damit Mama ihr ein Pflaster auf den Arm oder die Finger klebte. Dieses Mal hatte sie kein Pflaster bekommen. Dabei hatte der Schlag ins Gesicht ordentlich wehgetan, und sie hatte sogar geblutet. Warum half Mama ihr nicht? Sie musste Mama doch auch immer helfen.

Montag, 16.40 Uhr

Es war unglaublich, wie vertraut Nele von Anfang an auf mich gewirkt hatte. Dieses Lächeln, der Augenaufschlag, die zuckersüßen Grübchen in ihren Wangen. Lange hatte ich fasziniert die Fotos von Nele gesichtet. Wir hatten etliche zur Verfügung. Die, die ich spontan in den Katalog aufgenommen hatte, hatten direkt großen Anklang gefunden.

Gleich drei ernsthafte Anfragen waren für Nele eingegangen. Wir gingen dabei nicht nach Reihenfolge vor, sondern nach Finanzkraft und Umsetzbarkeit der mit dem jeweiligen Kind verbundenen Wünsche. Die Anfrage aus Portugal hatten wir direkt abgelehnt. Je länger die Strecke war, die unsere sorgfältig ausgewählte Ware später zurücklegen musste, umso größer war die Gefahr, dass wir auffliegen könnten. Zu viele Personen und zu viele Geheimnisse hingen mit an der Organisation. Vor allem aber viele Schicksale. Sollte auch nur einer von uns einen gravierenden Fehler machen, würde das ganze Konstrukt wie ein Kartenhaus zusammenkrachen und einige von uns auf Dauer begraben.

Erst unlängst war eine Partnerorganisation der Beneluxländer aufgeflogen. Wir hatten deren Einzugsgebiet teilweise mit übernommen und den Kundenstamm vorsichtig erweitert.

Während manche nur ein einziges Mal auf unsere Dienste zurückgriffen, waren andere Klienten mit mehr als drei Abnahmen längst gute Stammkundschaft.

Es war nicht einfach, die Fassade immer aufrechtzuerhalten, aber wir profitierten davon, dass die meisten Menschen ganz auf sich fokussiert waren und nie hinterfragten, womit andere wirklich ihre Tage verbrachten. Nicht jeder, der den ganzen Tag über am Computer saß, war wirklich mit Smart Working und der Steuererklärung beschäftigt. Ich sichtete vor allem Material und die Presseberichterstattung, verschaffte mir online einen ersten Überblick über lokale Begebenheiten, recherchierte Fahrtstrecken und mögliche Zugriffspunkte.

Es kam vor, dass wir wieder abdrehten, weil sich ein Zugriff als schwierig erwies. Aber das bedeutete nicht, dass wir ein Kind nicht doch noch erwischten. Manchmal dauerte es ein paar Tage oder Wochen länger, manchmal aber auch unterbreiteten wir unseren Klienten Alternativvorschläge. Es gab so viele Kinder, die theoretisch infrage kamen. Wir ließen uns zwar Zeit mit der Auswahl möglicher Objekte, brauchten uns aber auch nie über mangelnden Nachschub zu beschweren.

Bei Nele waren es vor allem zwei Bilder gewesen, die ich direkt für unseren Katalog ausgewählt hatte: ein Foto, das sie in bester Meerjungfrauenpose in ihrem bunten Planschbecken zeigte, und eins, auf dem sie in einem knappen Kleidchen und barfuß durch den heimischen Garten lief. Selbst der Garten wäre eine Sünde wert gewesen. Was hätte es mir im Sommer gefallen, meinen Balkon gegen eine der Liegen auszutauschen, die im Schatten eines Ahornbaums und flankiert von einem blühenden Rosenstrauch im Garten der Familie standen. Ausruhen, entspannen, an nichts denken, dabei in den blauen Himmel schauen und sich fest verwurzelt fühlen. Niemand konnte seine Wurzeln so einfach kappen.

Nele würde neue Wurzeln schlagen müssen. Sie würde nie wieder in diesem Garten spielen. Ist ein Kind einmal vermittelt, verschwindet es fast immer von der Oberfläche und bleibt höchstens für diejenigen sichtbar, die Teile ihres Lebens mit größter Sorgfalt vor der Öffentlichkeit verborgen halten.

Montag, 17.40 Uhr, Erziehungsheim im Wald

Amira schlich im unteren Stockwerk des Hauses herum. Sie hätte gerne gewusst, ob Nele noch hinter dieser Tür war. Die Kinder, die zum Spielen kamen, kamen immer in dieses Zimmer oder in das am anderen Ende des Flurs. Das eine war ein Mädchenzimmer, das andere ein Jungenzimmer. Manchmal verschwand Boris mit dem Fotoapparat darin. Sie durfte nie mit rein.

Aber sie wollte auch nicht sehen, was dort geschah. Denn sie hörte die anderen Kinder häufig weinen und nach ihren Mamas fragen. Amira schüttelte den Kopf. Sie wusste, dass die Mamas nicht kommen würden. Ihre Mama kam auch nicht. Irgendwann hätten sie eine neue Familie. So wie sie mit Boris und Xenia.

Amira wünschte sich, dass die beiden noch ein Kind für immer behalten würden. Dann hätte sie dauerhaft jemanden zum Spielen und wäre nicht so allein. Hier, in diesem Haus, beschäftigte sich niemand mit ihr. Das war in dem Haus davor nicht anders gewesen. Es gab so viel Spielzeug und immer mindestens ein Spielzimmer, aber noch nie hatten Boris und Xenia sich mit ihr hingesetzt und sich mit ihr beschäftigt. Sie spielte deshalb immer allein. Meist mit dem Puppenhaus, das bei ihr im Dachzimmer stand. Es wirkte schon etwas abgenutzt, aber immerhin durfte sie es behalten. Die Sachen aus den beiden schönen Kinderzimmern im Erdgeschoss durfte sie nur manchmal ausleihen.

Ein bisschen neidisch war Amira schon. Sie hätte auch gerne in einem der Kinderzimmer unten geschlafen. Die sahen so viel schöner aus, und es gab viel mehr Spielsachen. Ob Nele wohl gerade spielte? Sie näherte sich vorsichtig der Tür. Im Nebenraum ratterte die Waschmaschine. Wenn Boris näher kommen würde, würde sie ihn nicht einmal hören. Mehr als einmal schaute sie sich um. Vielleicht waren Boris und Xenia im Keller? Vielleicht war sogar Kristina wieder da? Anfangs waren die anderen Kinder fast jeden Abend in den Keller gekommen. Sie ging nie nach unten. Sie hatte viel zu viel Angst vor der Dunkelheit und dem Schreien und Weinen, das sie aus den Kellerräumen gehört hatte. Nele hatte am Vorabend auch geschrien. Amira war kurz auf die Treppe geschlichen, als Boris sie wieder nach oben gebracht hatte. Sie hatte aus der Nase geblutet.

Nein, sie wollte nicht wissen, was in dem dunklen Keller geschah. Sie wünschte sich, dass den anderen Kindern nichts Schlimmes passierte. Noch viel mehr aber wünschte sie sich endlich jemanden zum Spielen. Es war schön gewesen, mit Nele und ihrem Freund auf dem Spielplatz zu spielen. Für einen Moment war Amira richtig glücklich gewesen. Bis sie sich an ihre Aufgabe erinnert hatte. Boris hatte ihr den versprochenen Schokoriegel tatsächlich gekauft. Eigentlich war es ein schöner Tag gewesen. Ein Ausflug mit Spielplatz und Schokolade. Das war so viel besser als die anderen Tage.

Amira legte ihre Hand auf die Türklinke, bückte sich etwas und schaute durch das Schlüsselloch in das Mädchenzimmer. Der Schlüssel war wie immer abgezogen und die Tür verschlossen. Sie selbst durfte erst seit ein paar Wochen raus. Seitdem sie Boris gesagt hatte, dass sie sich sehr vor dem Wald fürchtete und froh war, dass er sie beschützte. Manchmal ließ er sie jetzt sogar hinaus in den Garten, wich dann aber nicht von ihrer Seite.

Im Kinderzimmer war alles abgedunkelt. Amira konnte fast nichts erkennen.

»Bist du da?«, flüsterte sie leise. Und dann noch einmal etwas lauter: »Bist du da? Wollen wir spielen?«

Montag, 17.43 Uhr

Nele traute sich nicht, auf die Frage zu antworten. Sie mochte das andere Mädchen nicht. Das Mädchen hatte sie von Mama weggelockt. Wenn sie mit einem anderen Kind gespielt hätte, wäre sie nun zu Hause und nicht hier. Warum wollte das Mädchen schon wieder mit ihr spielen?

Nele biss sich auf die Unterlippe und schwieg. Sie wusste nicht, was sie sagen sollte. Sie wollte auch gar nicht mit dem anderen Kind reden.

»Bitte, lass uns spielen!«, hörte sie da wieder. Erst leise und dann noch einmal lauter. So laut, dass Nele doch antwortete.

»Nein«, sagte sie. »Ich will nie wieder mit dir spielen. Ich will meine Mama.«

Sie hörte ein Kratzen an der Tür, sah, wie die Klinke sich nach unten drückte. Die Tür öffnete sich dadurch nicht. Nele hatte gesehen, wie die Frau die Tür abgeschlossen hatte. Sie kam nicht raus und das Mädchen nicht rein. Oder hatte es einen Schlüssel?

»Bringst du mich zu meiner Mama?«, fragte Nele deshalb zaghaft und näherte sich der Tür. Sie wollte nichts mehr als zu ihrer Mama. »Dann spiele ich auch mit dir.«

»Deine Mama will dich nicht mehr«, sagte das andere Mädchen da so heftig, dass Nele erschrak.

»Nein, das stimmt nicht. Mama liebt mich.« Mama sagte ihr oft, dass sie sie liebte. Und sie sagte es nicht nur zu ihr, sondern auch zu ganz vielen anderen Leuten. Sie und Mama waren ein Team. Ein gutes. Jedes Mal, wenn sie Mama half, war Mama danach ganz besonders lieb zu ihr.

»Komm, Nele, noch fünf Minuten. Dann spielen wir.«

»Mama, ich mag nicht mehr.«

»Doch, bitte. Du siehst so zuckersüß aus. Ich zeig dir noch einmal, was du machen musst, und dann bin ich auch ganz schnell fertig. Nur noch ein paar Fotos, ja?«

Manchmal protestierte Nele dann laut, aber eigentlich machte sie immer, was Mama ihr sagte: »Schatz, bitte. Nur noch ein paar Einstellungen, und wir sind wirklich fertig. Dir gefällt das Spielzeug doch, oder?«

Nele nickte dann meist, weil Mama sonst enttäuscht von ihr war. Sie hatte ihr bereits erklärt, dass die Menschen, die die Pakete schickten, sonst traurig wären.

»Komm, Schatz. Dann darfst du dieses Spielzeug auch behalten.«

Manchmal gab es Spielzeug, manchmal ein neues Kleid und immer ganz viel Lob von Mama. Der Mann im Keller hatte sie auch gelobt. Dabei hatte sie keine Lust auf die Fotos gehabt. Aber das hatte sie häufig nicht. Sie mochte diesen Keller nicht. Und auch nicht die Kleider, die er ihr gegeben hatte. Er hatte sich nicht einmal umgedreht, als sie sich umgezogen hatte. Und einmal war er wütend geworden und hatte sie angeschrien, weil sie die Knöpfe von der Bluse nicht zubekommen hatte. Dabei konnte sie noch keine Knöpfe schließen. Zu Hause half ihr Mama, und im Kindergarten halfen ihr die Erzieherinnen. Manchmal auch der Mann aus der anderen

Gruppe. Der war noch gar nicht lange da. So kurz erst, dass sie seinen Namen immer noch vergaß.

»Meine Mama liebt mich, aber vielleicht liebt deine Mama dich nicht, weil du so böse bist«, rief Nele in Richtung Tür. Das Kind war kein liebes Kind, aber trotzdem war das andere Mädchen ihr lieber als die Erwachsenen hier.

Auf Socken ging Nele noch näher an die Tür heran, legte ihre Handfläche auf das glatte Holz.

»Wie heißt du denn?«, fragte sie. Das Mädchen hatte ihr gar nicht seinen Namen verraten.

Sie lauschte, bekam aber keine Antwort. Für einen Moment war sie enttäuscht. Das andere Kind war längst nicht mehr da und die Tür weiterhin zu. So lange, bis einer der Erwachsenen sie wieder öffnen würde.

Montag, 18.03 Uhr, Polizeipräsidium

Ben kam sich vor, als ob er vor einem dieser unlösbaren Puzzles sitzen würde. Er hatte ein entscheidendes Puzzlestück in der Hand, wusste genau, dass es eine zentrale Rolle spielte, aber er schaffte es nicht, dieses eine Stück zu verankern. Sosehr er es auch drehte und wendete: Die anderen Puzzleteile fehlten ihm. Es gab eine Verbindung zwischen Tommy Lehmann und Nele Ganter, da war er sich sicher. Ebenso eine zwischen dem Mord an Kurt Friedrichs und der Entführung von Nele. Aber sie hatten bislang keinerlei Verbindung finden können. Die Möglichkeiten waren schier unendlich, aber keine davon erschien ihm auch nur ansatzweise logisch.

Wer erschlug einen erwachsenen Mann, setzte aber gleichzeitig ein Kind ein, um ein anderes so schonend wie möglich in einen dunklen Wagen zu locken?

Welche Rolle spielte Kurt Friedrichs? Es erschien logisch, dass er ein unliebsamer Zeuge war, die lange Narbe an seinem Hinterkopf schien Zeugnis einer brutalen Auseinandersetzung. Aber was hatte der Lkw-Fahrer zu verbergen gehabt? Nach Auskunft seiner Spedition hatte er ein tadelloses Verhalten gezeigt, galt als zuverlässig und loyal. Er sei bei Kollegen und Kunden gleichermaßen beliebt gewesen. Warum also hatte er auf einer seit Wochen geplanten Tour mit dem Leben bezahlen müssen?

Warum spielte ein anderes Kind bei gleich zwei Entführungen eine Rolle? War es unbedeutend, dass Tommy Lehmanns Mutter vor der Entführung eine Kinderstimme gehört hatte? Andererseits sprachen allerorts Kinder natürlich dauernd mit anderen Kindern.

War es nicht viel zu gefährlich, mit einem Kind, das möglicherweise ebenfalls in Gefahr war, wahllos Kinder abzugreifen?

Und die wohl wichtigste Frage: Waren die Kinder wirklich Zufallsopfer?

Nele und Tommy sahen sich weder sonderlich ähnlich, noch gab es Verbindungen zwischen den beiden Familien. Die Kinder waren zu unterschiedlichen Jahres- und Tageszeiten und von unterschiedlichen Orten verschwunden. Tommy Lehmann wurde seit dem Sommer vor zweieinhalb Jahren vermisst. Bei Nele bestand mehr Hoffnung, sie zu finden. Wenn sie denn nur wüssten, wo sie nach ihr suchen sollten.

Immerhin wussten sie nun, dass das Kind vermutlich in südliche Richtung gebracht worden war. Aber dann? Jemand, der ein Kind wirklich verschwinden lassen wollte, hatte unzählige Optionen. Solange es keine Zeugen gab und solange die Täter keine entscheidenden Fehler machten, war es manchmal trotz voller Mannstärke unmöglich, ein Entführungsopfer wieder aufzuspüren. Sie hatten erste Anhaltspunkte, sie kannten einen der Täter. Das bedeutete aber nicht, dass sie ihn schnell genug fanden. Und sollte er merken, dass sie ihm auf die Spur gekommen waren, wäre Nele in noch größerer Gefahr. Das hatte der tote und brutal zugerichtete Lkw-Fahrer in der Kabine des Toilettenhäuschens deutlich gezeigt. Bei einem Kind würde weitaus weniger Gewalt genügen, um es ums Leben zu bringen.

Ben starrte aus dem Fenster des Büros seines Vorgesetzten in den nebligen Abendhimmel. Er wusste nicht, wo er suchen sollte. Er konnte jedes Teil noch so häufig betrachten und umdrehen: Er wusste nicht, wie alles zusammengehörte. Nele jedoch war darauf angewiesen, dass sie schnellstmöglich zumindest einen Teil des Puzzles durchschauten und von allen Seiten auf die vorhandenen Teile blickten.

Ben brannte ebenso wie seine Kollegen darauf, Nele rechtzeitig zu finden. Aus eigener Erfahrung wusste er zu gut, wie sehr kleine Kinder ihre Mütter vermissten. Helen hatte als Baby immer geweint, sobald seine Ex-Frau den Raum auch nur verlassen hatte. Er mochte sich gar nicht vorstellen, wie viel schlimmer es für ein Kind war, so lange ohne die Mutter und noch dazu an einem fremden Ort zu sein. Er sah auf das Display seines Handys, schaute das Foto seiner Töchter an. Ihm wurde schlecht bei dem Gedanken daran, dass jemand auch nur vorhaben könnte, ihnen etwas anzutun. Er würde sie nicht ihr Leben lang beschützen können.

Ben sah rüber zu Walters, als der geräuschvoll den Hörer auflegte.

Er fluchte und sagte dann zu Ben: »Karolewsky ist seit Jahren abgetaucht. Wir vermuten, dass er unter anderen Namen in Erscheinung getreten ist und womöglich auch nur ein Handlanger ist. Der Typ hat, so hat ein psychologisches Gutachten vor mehreren Jahren ergeben, einen unterdurchschnittlichen Intelligenzquotienten. Ein einzelner Entführungsfall wäre ihm zuzutrauen, aber der Kerl hat noch nie allein operiert. Der wird für die Drecksarbeit eingesetzt werden. Niemals ist der der Kopf der Bande.«

»Allerdings ein sehr charakteristischer Kopf«, warf Ben ein.

»Eben. Der hat einen so hohen Wiedererkennungswert, dass innerhalb von Minuten seine Identität feststand. Und dann geht er in Seelenruhe in den Verkaufsraum einer Tankstelle? Er muss doch wissen, dass es dort Überwachungskameras gibt. Er wusste auch, dass es dort keine gibt, wo er vermutlich unseren Lkw-Fahrer ermordet hat.«

»Das war zeitlich vermutlich nach dem Besuch im Verkaufsraum. Bis dahin hat er sich sicher gefühlt. Sind die Fotos von ihm an die Presse rausgegangen?«

»Nein, keine Öffentlichkeitsfahndung. Noch nicht. Die dürfen auf keinen Fall wissen, dass wir ihnen auf der Spur sind. Wir haben nun immerhin grobe Anhaltspunkte, wissen, dass Karolewsky mit drinhängt.«

»Und wenn der mit drinhängt, dann ist ein vierjähriges Mädchen irgendwo da draußen einem gestörten Typen ausgesetzt, der vor nichts zurückschreckt, äußerst gewaltbereit ist und sich nicht unter Kontrolle hat.«

Montag, 20.30 Uhr

Ich wusste nicht, wie es für mich ausgehen würde. Meine Aufgabe bestand darin, auf weitere Anweisungen zu warten und sie auszuführen. Ohne nachzufragen, ohne aufzumucken, ohne die Organisation in Gefahr zu bringen. Und ohne Achim noch mehr zu gefährden.

Wir hatten einen Pakt: Sobald er seine alten Schulden abbezahlt hätte, bekäme ich das, was ich mir am meisten wünschte.

Es war zuerst nur um ein oder zwei Kinder gegangen, doch dann waren immer weitere dazugekommen. Ich war hin- und hergerissen zwischen den Sorgen um ihn und dem Gefühl, nur ausgenutzt zu werden. Einmal hatte ich Bedenken geäußert. Er war daraufhin ausgeflippt. Nein, ich würde es nicht ertragen können, wenn er aus meinem Leben verschwand. Er war die einzige Bezugsperson, die über all die Jahre immer zu mir gestanden und mich durchs Leben getragen hatte. Außer ihm gab es niemanden, an den ich mich wenden konnte. Er zahlte die Miete für meine Wohnung, nahm mich in den Arm, hörte mir zu, wenn ich etwas besprechen wollte. Er hatte mir immer mehr bedeutet als ich ihm, aber auch er kam aus schwierigen Verhältnissen, hatte nie gelernt, seine Gefühle zu zeigen.

Wenn ich ihn nicht zu sehr drängte und ihm Zeit gab, würde er mich immer näher an sich heranlassen. So wie ich es bei ihm getan hatte. Vertrauen musste man erst aufbauen. War jemand immer nur enttäuscht worden, so fehlte ihm die Vertrauensbasis komplett. Es war nicht seine Schuld! Er war wie ich in eine Familie geboren, die das aus ihm gemacht hatte, was er nun war: ein bemitleidenswerter, aber liebevoller Mann, der in etwas hineingerutscht war, das ihm über den Kopf gewachsen war.

Seine Auftraggeber würden ihn nicht loslassen, solange es immer wieder Anfragen gab. Solange es Menschen gab, die nicht zu kontrollierende bestialische Triebe hatten. Davon gab es viele – genügend, um auch in den Weihnachtsferien keine Pause zu machen. Und es gab Eltern, die ihre Kinder nicht schützten. So wie ich nie geschützt worden war. Bei mir war es mangelnde Liebe gewesen, bei vielen anderen Kindern eine Mischung aus purem Egoismus, Profitgier, Naivität und Sorglosigkeit.

Jeder, der sich wie Mieke verhielt, setzte seine Kinder einer nicht kalkulierbaren Gefahr aus. Für mich war es leicht, jedes dieser Kinder in unseren Katalog aufzunehmen. Ein Klick genügte, und unsere sorgfältig ausgewählten Klienten hatten Zugriff darauf – wenn sie die Kinder nicht bereits selbst entdeckt hatten.

Eine Anfrage dieser Art hatte ich gerade erst hereinbekommen. Wir mussten nur noch abchecken, wo genau und wann wir das Kind abgreifen konnten. Lotte hieß das Mädchen, das ein ganz spezieller und dringlicher Kundenwunsch war. Blonde Locken, ein reizendes Lächeln und lange Beine, die auch im Winter in Strumpfhosen und kurzen Shorts perfekt in Szene gesetzt waren. Immer dann, wenn die Eltern sich nicht mehr in den Kinderboutiquen bedienten, sondern aus den Kleinen schon regelrechte Mini-Mes machen wollten. Die ersten Hintergrundrecherchen zu Lotte waren positiv ausgefallen, und die Mutter des Mädchens unterstützte uns dabei, täglich weitere Informationen zu erhalten.

Montag, 23.30 Uhr, Sportbar

Achim saß in seiner Lieblings-Sportbar. Ganz in der Nähe des Bankenviertels und mit Blick auf die Skyline der Stadt. Er mochte das Ambiente, die Mischung aus zeitgenössischem Design, Vintage-Elementen und den großen Glasfronten, in denen sich die Lichter der Stadt widerspiegelten. Müsste er einen Ort aussuchen, der zu ihm passte und an dem er sich angekommen fühlte, so war es dieser hier. Er hatte nicht immer fair gespielt, um sich diesen Luxus leisten zu können. Aber wer von den Gästen hier hatte das schon?

Da gab es Unternehmersöhne in zweiter oder dritter Generation, die mit dem goldenen Löffel im Mund geboren waren und lediglich den Chefsessel vom Papa übernehmen mussten. Begleitet wurden sie von Damen im feinsten Designerfummel, die im Leben alles darauf angelegt hatten, reich zu heiraten und nach Herzenslust Geld verprassen zu können. Am großen Marmortresen, hinter dem Barkeeper Dario gerade einen Caipirinha mischte, hatte eine seiner Kontaktpersonen mit einem Bekannten Platz genommen. Ein großer hagerer Typ, für den ein gutes Wort eingelegt worden war.

»Was soll ich sagen? Ähnliches Portemonnaie, ähnliche

Interessen«, hatte ihr Kontaktmann gesagt, und seine Stimme war mit einem leichten Giggeln fast übergekippt.

»Hintergrund?«

»Nichts Aufregendes. Studienrat, alleinstehend. Bestes Verhältnis zu Schülern und Eltern. Einer von den Typen, bei dem sämtliche Kurstreffen stattfinden, weil er einfach lockerer drauf ist als die anderen im Kollegium. Aber er ist vorsichtig. Würde sich nie was zu Schulden kommen lassen und seinen guten Ruf ruinieren. Stell dir vor«, er lachte. »Er ist sogar zum Vertrauenslehrer gewählt worden.«

Achim verzog keine Miene, das stand ihm nicht zu. Ihm war egal, welche Beweggründe ihre Klienten hatten. Ihn interessierte nur, dass sie verschwiegen und finanzkräftig waren, damit es noch viele Abende wie diesen hier gab. Achim griff nach dem Drink, der auf dem kleinen Rattan-Tischchen neben ihm stand, und nahm einen großen Schluck davon. Er ließ seinen Blick über die Stadt schweifen, zog noch einmal an seiner Zigarette und trat den Stummel dann mit seinen auf Hochglanz polierten Lederschuhen aus, bevor er in den Innenraum ging, einer Bekannten im Business-Blazer kurz zunickte und sich dann zu seinem Mittelsmann an den Tresen gesellte.

»Noch einen Whisky, bitte«, forderte er und checkte per Seitenblick den anderen Mann ab. Er war gut einen halben Kopf größer als er, hatte eine enge Jeans an und trug dazu ein leicht geöffnetes Hemd von Ralph Lauren. Scheinbar interessiert verfolgte er die Fußballpartie auf dem Bildschirm: Olympique Marseille gegen Bayer 04 Leverkusen.

Er nippte an seinem Getränk, tupfte dann mit der kleinen Serviette seinen Schnauzer ab. Achim sah ihm an, dass er nervös war. Seine Finger zitterten, als er das Glas erneut in die Hand nahm und flüchtig zu Achim herüberschaute. Achim hatte dieses Gefühl der Macht immer gemocht. Andere Personen zu verunsichern oder aber ihre Gefühlslage von seinem Verhalten abhängig zu machen, hatte ihm immer einen kleinen Kick gegeben. Insbesondere, wenn es dabei um Frauen ging. Die waren oft empathischer und somit leichter beeinflussbar.

Jemand wie er, der tatkräftige und zuverlässige Unterstützung brauchte, musste nur die entsprechenden Knöpfe drücken und käme weiter. Bei Frauen waren das meist das Vorspielen einer großen Liebe, das Versprechen gemeinsamer Unternehmungen und einer gemeinsamen Zukunft. Dabei hatte er nicht vor, sich jemals ernsthaft zu binden. Er war schon immer ohne Bindungen durchs Leben gekommen. In den seltenen Fällen, in denen ihm nach Nähe war, wusste er, wo er sich die holen konnte. Notfalls auch gegen Bezahlung.

Achim straffte die Schultern, nippte an seinem Getränk und beobachtete den Mann aus den Augenwinkeln heraus genau. Lehrer für Mathematik und Geschichte, 45 Jahre alt, alleinstehend. Ein Kind aus einer früheren Beziehung, zu dem er keinen Kontakt mehr hatte. Sie hatten seinen Hintergrund abgecheckt. Unauffällig und jemand, der sich Fehltritte nicht erlauben konnte. Würde auch nur irgendjemand ahnen, wovon der Mann fernab der Schule träumte, würde sein Leben zusammenfallen wie ein Kartenhaus. Niemand, der sich in seinem Leben etwas erarbeitet hatte, wollte das.

Achim nickte dem Barkeeper zu, der dem Mann mit dem nächsten Getränk einen Zettel rüberschob: *»Morgen, 23 Uhr, Mitfahrerparkplatz auf Höhe des alten Wasserturms an der A1 bei Münster«.*

»Meine Lieferung?«, fragte der Mann leise. Seine Stimme kippte vor freudiger Aufregung, als er nachsetzte: »Klappt es wirklich?«

»Ist bereits angekommen«, versicherte ihm Dario und winkte einer Dame zu, die die Bar gerade betreten hatte.

Das sehnsüchtige Lächeln des anderen Mannes verriet seine Absichten. Der Mann wirkte sichtlich entspannt und vorfreudig. So wie fast alle ihre Kunden, wenn der Übergabetermin näher rückte. Erst aber müsste er einen Großteil der vereinbarten Summe zum Treffpunkt bringen, um den Rest des Protokolls zu aktivieren.

Dienstag, 00.02 Uhr

Auf den Mitfahrerparkplatz am alten Wasserturm setzten wir bereits zum zweiten Mal. Große Büsche und Sträucher sorgten dafür, dass er kaum einsehbar war, er wurde nur von Berufspendlern genutzt und genoss einen Ruf, der zwar katastrophenlüsterne Personen anzog, andere aber einen großen Bogen um ihn machen ließ. Ein schlichtes Holzkreuz und eine bereits erloschene Gedenkkerze erinnerten an den Polizisten Falk Mayer, der hier erschossen worden war. Und obwohl der Täter einsaß, hielt sich hier bei Dunkelheit nur ungern jemand auf.

Es würde in der Nacht zu Mittwoch keine Beobachter geben. Keine, die nicht speziell von uns eingesetzt waren. Die Wahl dieses Parkplatzes war jedoch mehr als nur ein Treffpunkt im Verborgenen. Unser Klient wüsste allein aufgrund dieses Treffpunktes, dass wir keine Spielchen duldeten. Erst einmal war im Laufe des Prozesses eine Person abgesprungen. Und das hatte weitreichende Folgen gehabt – für ihn und für uns.

Seitdem hatten wir eine Zwischenstufe im Protokoll aktiviert, trafen die Klienten vor der Geldübergabe einmal persönlich. Dafür setzten wir unsere Mittelsmänner Gefahren aus, konnten aber selbst alle Personen einem weiteren Check unterziehen. Der Studienrat hatte diesen bestanden, die für heute Nacht vorgesehenen Personen vor Ort wussten bereits Bescheid.

Bei Amira hatte es diese Zwischenstufe noch nicht gegeben. Wir hatten alles versucht, den Kunden zu erreichen, ihn erst Wochen später erwischt. Nach dem Treffen hatte er Amira nicht mehr übernehmen können. Dass das Kind dennoch bei uns geblieben war, war Achims Idee gewesen.

»Vielleicht kann sie noch einmal hilfreich sein. Aus dem Weg räumen können wir sie später immer noch.«

Es war zu riskant gewesen, Amira weiter im Katalog zu belassen. Kunden auf der Warteliste hatte es für sie nicht gegeben. Die meisten suchten blonde Kinder. Die dunkelhaarige Amira hingegen war geblieben. Denn so wenig auch Kunden noch auf sie reagierten, so viel Vertrauen brachten ihr kleinere Kinder entgegen. Längst hatten wir sie in die ersten Testabläufe mit eingebunden. Ein Kind, das auf einem Spielplatz nach einer Fluchtmöglichkeit oder einem zweiten Ausgang suchte, erweckte kein Misstrauen. Es war lediglich ein Kind auf einem Spielplatz. Eines, das zwischen Sträuchern hindurchtauchte und Fotos machte, weil es von seinen liebenden Eltern zum Geburtstag eine Kinder-Digitalkamera geschenkt bekommen hatte und fantasievoll damit spielte. Mehr als ein gnädiges Lächeln von anderen Eltern war bei unseren Probegängen nicht zu erwarten.

Amira wurde für ihren Einsatz reichlich entlohnt. Sie hatte bei uns freie Kost und Logis – und solange nichts Unvorhergesehenes passierte, stand sie unter unserem Schutz.

Dienstag, 1.06 Uhr, Erziehungsheim im Wald

Sie durfte in der Nacht kein Licht anmachen. Amira lag in tiefster Dunkelheit in ihrem Zimmer, hatte sich die Bettdecke bis zu den Schultern hochgezogen. Wenn sie fest die Augen zusammenkniff, dann erahnte sie noch die Hand ihrer Mutter, die ihr sanft die Locken aus dem Gesicht strich. Amira verdrängte diese Erinnerung oft, doch die wenigen Male, die sie mit anderen Kindern spielen durfte und deren Mütter sah, war die Erinnerung wieder ganz präsent. Sie träumte sich in ihr Prinzessinnen-Bett zurück, in dem sie zwischen rosafarbenen Laken mit kleinen Herzchen geschlafen hatte, bildete sich ein, dass das Geschirrklappern aus dem Erdgeschoss aus der kleinen Küche ihrer Eltern kam. Die Küche war schlicht gewesen, alles in Beige mit einer Kühlschranktür, die immer etwas quietschte, wenn man sie öffnete. Aus dem Fenster heraus hatte sie auf einen Spielplatz vor dem Haus geguckt. Manchmal, wenn sie auf der Schaukel saß, richtig hoch hinaus schaukelte und sich weit zurücklehnte, dann sah es aus, als ob ihre Füße das Küchenfenster berühren könnten. Im Küchenfenster hatten zuletzt Regenbogen gehangen, die sie zusammen mit Mama gebastelt hatte. Insbesondere bei Regenwetter hatten sie Stunden damit verbracht, aus Papier, Pappe, Knöpfen, Wolle und Pailletten kleine Kunstwerke anzufertigen. Die Kastanienmännchen hatte sie im Herbst besonders geliebt. Kastanien ließen sie so sehr an zu Hause denken, dass sie wütend wurde, wenn sie hier im Wald welche entdeckte. Am liebsten zertrampelte sie sie dann mit beiden Füßen, damit es sich besser anfühlte.

Nur eine einzige Kastanie hatte sie aufgehoben. Die war glatt und ebenmäßig und passte genau in die Mulde ihrer Hand. Niemand hatte sie bisher entdeckt. Nachts lag sie meist unter ihrem Kopfkissen – und immer, wenn Amira sich besonders einsam oder ängstlich fühlte, schob sie ihre Hand unter das Kissen, spürte die angenehm kühle Oberfläche der Kastanie und legte sie an ihre Wange.

Auch jetzt drehte sie die Kastanie in der Hand. Sie hatte Angst davor, einzuschlafen, weil sie nicht wusste, ob Boris oder jemand anders im Zimmer stehen würde, wenn sie wieder aufwachte. Und doch war der Schlaf auch ihr bester Freund, brachte sie zumindest für einige Stunden am Tag in eine andere Welt, die selten schlechter war als diese hier.

Amiras Augenlider wurden schwer. Sie schloss ihre Finger fest um die Kastanie und kroch so tief wie möglich unter die wärmende Bettdecke. Vielleicht könnte sie sich wenigstens kurz zu ihrer Familie träumen. Sie hatte Angst, dass sie sich irgendwann nicht mehr an ihre Gesichter und Stimmen erinnern würde. Die Stimmen, die sie hier hörte, würde sie hingegen nie vergessen.

Dienstag, 4.23 Uhr, Villa der Familie Ganter

Das Gewicht der Bettdecke erdrückte Mieke nahezu, schien ihr die Luft zum Atmen zu nehmen. Ihre Arme fühlten sich an wie Blei, ließen sich auch mit aller Kraft kaum bewegen. Während sie sonst in der Früh aus dem Bett sprang, um Nele zu wecken und mit ihr zu frühstücken, hatte sie keinen Grund mehr aufzustehen. Der Hunger war ihr längst vergangen und der anfängliche Tatendrang, um Nele zu finden, einer großen Lethargie gewichen. Immer und immer wieder ging sie den Nachmittag auf dem Spielplatz durch, sah Nele viel zu weit weg mit dem anderen Mädchen.

Sie schrie, Nele lief weiter.

Was, wenn sie die beiden Mädchen schon vorher bemerkt hätte? Was, wenn sie nicht so sehr in das Gespräch mit Denise vertieft gewesen wäre? Oder aber, wenn sie bei dem Wetter einfach zu Hause geblieben wären? Ein gemütlicher Nachmittag auf der Couch mit einem Film und Popcorn – und mit Nele an ihrer Seite.

Das Kreisen ihrer Gedanken zermürbte sie, ließ sie sich schuldig fühlen. Hatte sie als Mutter wirklich versagt, wie es ihr in einigen Kommentaren vorgeworfen wurde? War sie

Nele nicht würdig, weil sie sich an diesem Nachmittag nicht komplett auf ihre Tochter konzentriert hatte?

Mieke war schrecklich kalt, sie zog die Bettdecke mit Anstrengung etwas höher, rollte sich immer weiter zusammen. Sie fand keinen Trost, keine Wärme, keine Erleichterung. Stattdessen bahnten sich die Tränen ihren Weg, begleitet von Schluchzern, die Mieke nicht unterdrücken konnte. Sie zitterte am ganzen Körper. Wer nur tat ihr und Nele so etwas an? Warum Nele? Warum sie? Und was hatten sie mit ihrer Tochter vor?

Sie hatte schlecht geträumt, wilde Fantasiefragmente hatten sie stündlich aus dem Schlaf gerissen. Nele, die nach ihr rief.

Nele, die von einer knöchrigen Kinderhand in einen dunklen Keller gezogen wurde.

Die Augen ihrer Tochter: schreckgeweitet, ängstlich, später ausdruckslos und nahezu totenstarr.

Und Schreie. Immer wieder markerschütternde Kinderschreie. Sie spürte noch eine Verbindung zu Nele. Nele war noch am Leben, sie wusste es. Aber die Schreie, die sich immer wieder den Weg in ihr Bewusstsein bahnten, ließen Schlimmstes vermuten.

Dienstag, 06.16 Uhr, Nachbarschaft

Der Gedanke hatte sie die ganze Nacht über gequält. Etwas, das bislang bei ihr nur für Verwunderung gesorgt hatte, hatte sich seit dem Vortag als fixe Idee manifestiert. Die Hütte im Wald war so viel mehr als nur eine Hütte. Anna wusste nicht, was sich darin verbarg, aber sie ließ das Gefühl nicht los, dass die Hütte für den Fall Nele weitaus interessanter war, als Mark von Gegenüber sie hatte glauben lassen wollen.

Mehr als einmal hatte sie gesehen, wie er mit Anbruch der Dunkelheit in das Waldstück hinter der Siedlung gestapft war, auch am Vorabend nach der Suchaktion. Sie hatte sein Verhalten nie hinterfragt, hatte es lediglich als Spleen abgetan. Andere Dorfbewohner gingen auch in den Wald. Gemächlichen Schrittes, teils mit Laufstöcken in der Hand oder aber mit einem Vierbeiner an der Leine. Mark war eher an Zweibeinern interessiert. An solchen mit besonders langen Beinen und Designerklamotten. Weniger an Frauen wie ihr, die ein paar Kilos zu viel auf den Hüften hatten und auch mal Kleidung aus dem Discounter trugen.

Ihr war nicht verborgen geblieben, mit welchen Blicken Mark Mieke bedachte. Sie wusste nicht, ob es Zufall war, dass er auf Mieke getroffen war, oder aber nichts unversucht gelassen hatte, um genau diese Wohnung zu bekommen. Mark Mende war schätzungsweise Anfang 30 – zu jung eigentlich, um ohne Familie in einer Einliegerwohnung in einem eingeschworenen Stadtteil wie diesem zu wohnen. Erst recht dann, wenn man nicht hier aufgewachsen war. Anna war ebenfalls zugezogen und wusste, wie mühsam es für Außenstehende war, sich im Münsterland in die Gemeinschaft zu integrieren. Nicht umsonst wurden die Westfalen als äußerst stur und unnahbar bezeichnet.

Wer hier nicht zur Schule gegangen und nicht zur Landjugend gehört hatte, hatte es schwer, Kontakte zu knüpfen. Anna hatte anfangs viel versucht, sich dann aber ganz auf das Wesentliche konzentriert: Mit ihrem aktuellen Gehalt konnte sie sich keine großen Sprünge leisten, und die ländlich gelegenen Wohnungen waren weitaus günstiger als die Wohnungen in der Stadt. Wer direkt in Münster wohnen wollte, musste mehr als tief in die Tasche greifen. Für sie wäre das unbezahlbar. So blieben ihr nur die frische Landluft, der Blick auf eine Wohnstraße und die Hoffnung darauf, es irgendwann einmal besser zu haben.

Dafür müsste sie nur noch etwas durchhalten und ausreichend Geld zur Seite legen. Dann würde es auch ihr gelingen, den Absprung zu schaffen. Einen Absprung, den Mark nicht wollte. Die Blicke, die er Mieke und Nele zugeworfen hatte, die scheinbar zufälligen Treffen und die überhetzten Spaziergänge in den Wald sprachen nicht dafür, dass er andere Pläne hatte als die, ihren Nachbarn nahe zu sein. Und sie ahnte, dass er nicht vorhatte, wirklich bei der Suche nach Nele zu helfen. Dafür aber brauchte sie eine Bestätigung. Sie vermutete, dass sie einen Teil der Erklärung für sein Verhalten in der Hütte finden würde.

Draußen nieselte es leicht. Es war genau das Wetter, das passend dafür war, sich im warmen Bett noch einmal umzudrehen und die Decke über den Kopf zu ziehen. Wenn von außen der Regen an die Fenster prasselte und die Wärme der eigenen vier Wände einen sanft umhüllte, konnte man perfekt ausblenden, was auf der anderen Seite der Scheibe geschah. Anna war jedoch längst aufgestanden, hatte gefrühstückt und sich angezogen. Nachdem sie ihre Schuhe geschnürt hatte, ging sie in den großzügigen Flur der Wohnung, griff nach ihrem seit Jahren geliebten und bereits leicht speckigen Wintermantel und verschwand nur Minuten später mit einer Taschenlampe in der Hand im Waldgebiet hinter der Siedlung. Bis die ersten Frühaufsteher im Wald auftauchten, wäre sie längst wieder mit einer Tüte frischer Brötchen in ihrer Wohnung.

Dienstag, 6.39 Uhr, Erziehungsheim im Wald

Neles Hals fühlte sich trocken an. Sie räusperte sich leise, fühlte die klebrig-nassen Haarsträhnen an ihrem Gesicht. Ihr war in der Nacht so warm gewesen. Mal warm und dann wieder so bitterkalt. So kalt, dass sie sich nichts mehr gewünscht hatte, als sich an Mama zu kuscheln.

Sie hatte das Gefühl, kaum Luft zu bekommen. Sie traute sich aber auch nicht, richtig Luft zu holen. Nele wollte nicht in diesem Zimmer sein. Aber sie hatte auch Angst vor dem, was sie außerhalb des Zimmers, jenseits der abgeschlossenen Tür, erwartete.

Vielleicht hätte sie einfach aus dem Fenster klettern können. Aber dann? Sie hatte Angst im Dunkeln! Hier noch mehr als zu Hause. Doch zu Hause war Mama. Zu Hause würde sie jemand in den Arm nehmen. Mama würde ihr Haar streicheln und ihr ins Ohr flüstern, dass alles gut werden würde.

Nele wusste nicht, warum sie hier war. Sie wusste nur, dass sie nach Hause wollte. Weder der Mann noch die Frau sprachen viel mit ihr. Sie sagten ihr, dass sie essen sollte oder dass sie auf Toilette sollte. Und manchmal machten sie Fotos von ihr. Dann musste sie sich fein anziehen und lächeln. Doch

Nele wollte nicht lächeln. Man lächelte nur, wenn man froh war.

»Wann darf ich nach Hause?«, hatte sie den Mann einmal leise gefragt. Mit der Frau sprach sie nicht. Sie mochte ihre Stimme nicht. Die war so schrill.

Der Mann hatte ihr nicht geantwortet. Und sie hatte sich nicht getraut, noch einmal zu fragen.

Am Abend hatte sie noch einmal das andere Mädchen gehört, draußen, vor dem Zimmer. Aber sie hatte nicht verstanden, was es gesagt hatte. Mit dem anderen Mädchen fühlte sie sich weniger allein. Hier hatte sie nur den Teddy, der sie anstarrte.

Ihre Augen hatten sich längst an die Dunkelheit gewöhnt. Ein Licht in der Steckdose hatte das Zimmer in ein bläuliches Licht getunkt, ließ sie den kleinen Spieltisch und den Schrank ebenso erkennen wie die Zimmertür und ihr Bett. Auch zu Hause gab es so ein Licht im Flur. Damit Nele nicht fiel, wenn sie nachts aufstand. Hier saß sie die meiste Zeit über zusammengekauert im Bett. Sie wusste nicht, wie spät es war, aber durch die Ritzen in den Rollläden kam kein Licht nach drinnen. Mama würde sagen, dass Kinder dann schlafen müssen. »Wenn es dunkel ist, müssen Kinder schlafen.« Aber Nele konnte nicht schlafen. Sie hatte Angst, einzuschlafen, weil sie nicht wusste, was geschah, wenn sie wieder aufwachte. Und weil das Aufwachen schlimm war. Nicht sofort, wenn sie die Augen aufmachte. Aber dann, wenn sie verstand, dass sie woanders war.

Dienstag, 6.43 Uhr

Boris war in der Nacht mit beiden Mädchen allein im Haus. Er wusste nicht, wo Kristina und Xenia wohnten, was für Freundeskreise sie hatten und warum genau sie für die Organisation ausgesucht worden waren. Es war seine Taktik, nicht mit beiden zu sprechen. Zu viel hätte er dann auch über sich preisgeben müssen. Darüber, warum er diesen Job machte, und auch darüber, dass er Freunde hatte, die ihm jederzeit helfen würden, wenn die Situation für ihn brenzlig wurde.

Er hatte Ohropax in beiden Ohren, blendete so das laute Weinen des letzten Neuzugangs aus. Er hatte nicht vor, Nele zu trösten, und saß die Sache lieber aus, bis sich das Wehklagen von selbst erledigt hatte, bis das Kind in spätestens zwei Tagen aus diesem Haus verschwunden war. Schon in wenigen Stunden würde er sich mit einem Boten treffen, der ihm den neuen Pass für Lilly Schneider geben würde.

Kinderreisepässe waren seit Anfang 2021 nur noch ein Jahr lang gültig. In dem Jahr könnte Nele jederzeit ins Ausland gebracht werden. Vermutlich würde es jedoch keine Visaeinträge oder Stempel ferner Länder geben. Die Reise, die für Nele geplant war, war eine ganz andere, die an weitestgehend unbekannte Orte führen würde. Für die Anfangszeit war ein kleiner Koffer für Nele gepackt. Für weitere Bekleidung oder Kinderausstattung war Boris nicht zuständig. Das lag allein im Ermessen desjenigen, der das Mädchen übernehmen würde.

Irgendwann hätte das Kind keine Tränen mehr. Boris zweifelte daran, dass die Tränen des Kindes bereits hier versiegen würden, doch irgendwann würde auch Nele ebenso wie Amira resignieren und sich in ihr neues Schicksal fügen.

Dienstag, 6.54 Uhr, Hütte

Mit einem schweren Stein schlug Anna einmal gegen das Schloss der Holzhütte, die Mark am Vortag so vehement vor den Blicken der anderen geschützt hatte. Sie brauchte mehrere Versuche, bis das Schloss schließlich aufsprang und den Blick auf das Innere der Hütte freigab. Sie ließ den Strahl ihrer Taschenlampe über Boden und Wände huschen, erfasste jedes einzelne Detail. Die schmuddelige und klamme Matratze auf dem Boden, auf der eine dicke Wolldecke zusammengerollt war, die Baumstämme, die als Ablage für Fotoequipment dienten. Schalen sowie Behälter mit Entwicklerflüssigkeit und Fixierer standen dort, daneben ein Korb mit Zangen und Wäscheklammern.

Fassungslos starrte Anna auf die Fotos, die an einer quer durch die Hütte gespannten Leine hingen. Andere waren an die halb morschen Bretter der Innenwände gepinnt. Mieke und Nele, Nele und Mieke. Mieke beim Föhnen ihrer Haare auf dem Ehebett, Mieke beim Vorbereiten des Frühstücks für Nele, Mieke beim Gespräch mit dem Postboten. Nele am Fenster ihres Zimmers, auf einem anderen Bild spielend im Planschbecken im Garten. Ein Großteil der Bilder war jedoch

Mieke gewidmet. Mit Teleobjektiv gemachte Detailaufnahmen, auf denen Konturen und Kurven besonders gut hervorgehoben wurden. Anna zupfte mit spitzen Fingern ein Bild ab, das Mieke beim Ankleiden zeigte. In Spitzendessous saß sie am Fußende des Ehebettes, hatte den rechten Fuß auf einen mit Kunstfell überzogenen Hocker gestellt und lackierte sich ihre Zehennägel. Wegen der winterlichen Feuchtigkeit in der Hütte war dieses Bild wie fast alle anderen gewellt. Die im Herbst gemachten Aufnahmen ebenso wie die Fotos aus dem Spätsommer, die Mieke und Nele in kurzen Kleidchen im Garten zeigten.

Anna strich einen Teil der Bilder glatt, um ihn besser betrachten zu können, fuhr mit ihrem Finger die Konturen von Miekes Gesicht nach. Was hätte sie darum gegeben, so auszusehen wie ihre Nachbarin und so unsagbar viele Komplimente für ihr Äußeres zu bekommen. Sie strich sich mit der rechten Hand eine Strähne ihrer widerspenstigen Locken hinter das Ohr, steckte eines der Fotos in ihre Manteltasche.

Als Anna draußen das Knacken eines Zweiges hörte, ließ sie ihre Taschenlampe sinken und trat aus der Hütte, nur um keine Minute später wieder zurückzukehren. Niemand dürfte jemals erfahren, dass sie hier gewesen war. Sie wollte alles so hinterlassen, wie sie es aufgefunden hatte. Doch das Schloss war zerstört, die Bilder trugen ihre Fingerabdrücke. Anna dachte nicht lange nach, sondern begann damit, alle Fotos mit schnellen Bewegungen von der Leine zu ziehen. Zusammen mit denen, die an die Innenwände gepinnt waren, sammelte sie die Bilder ein, warf sie vor der Hütte auf den feuchten Waldboden. Dann nahm sie die Haushaltsrolle, die zwischen dem Fotoequipment stand, riss etliche Blätter ab, warf sie auf die Fotos. Sie zögerte nur kurz, als sie das Streichholzheftchen aus ihrer Jackentasche öffnete, eines der kleinen Hölzer löste und es schnell über die Reibefläche an der Seite zog. Fasziniert blickte sie in die Flamme und warf das Streichholz auf die Bilder. Die Fotos begannen sich zusammenzuziehen wie krampfende Körper. Miekes und Neles Gesichter verzogen sich zu Fratzen, von denen später kaum noch etwas übrig bleiben würde. Schönheit war absolut vergänglich.

Dienstag, 10.33 Uhr, Polizeipräsidium

»Es muss eine Verbindung geben. Nicht nur zwischen Tommy und Nele, sondern auch zwischen Nele und dem anderen Mädchen.«

Walters stand vor der Pinnwand, an die die Fotos der drei Kinder angebracht waren, sah die strahlenden Gesichter von Tommy und Nele und das ausdruckslose und verschwommene Gesicht des anderen Mädchens. Die beiden entführten Kinder waren blond, das andere Kind hatte dunkle, zum Ende hin fast schon fransige Locken und war an die drei Jahre älter als die anderen beiden Kinder.

Er war sich sicher, dass auch Tommys Lächeln erloschen war – er wusste nur nicht, ob er bereits dauerhaft jede Mimik verloren hatte oder sich ebenso wie Amira in einem Zwischenstadium befand. Entführt und gequält, um erst Jahre später ermordet zu werden. Solche Fälle hatte es bereits mehrfach gegeben – manchmal war das Kind unauffindbar gut versteckt gewesen, und manchmal waren Ermittlungsfehler im Spiel gewesen. Kriminalbeamte, die zu früh eine vielversprechende Spur ausgeschlossen hatten, oder Zeugenhinweise, die nicht ernst genommen worden waren.

»Es gibt wirklich gar keine Zeugenaussage, die uns irgendwie weiterhelfen könnte?«

Ben schüttelte den Kopf. »Wir sind alles unzählige Male durchgegangen. Bis auf die vage These, dass auch Tommy von einem Kind weggelockt worden sein könnte, ist da wirklich nichts.«

Walters verschränkte beide Arme vor der Brust, ging unruhig im Besprechungszimmer auf und ab.

»Mir gefällt das alles ganz und gar nicht.«

»Mir auch nicht, aber wir haben kaum Anhaltspunkte. Die Fahndung nach dem Wagen läuft, wir bekommen unzählige Anrufe, aber haben Sie eine Ahnung, wie viele Kombis allein im Stadtgebiet unterwegs sind?«

»Wie ist der Stand bei Neles Mutter?«

»... kann sich das alles nach wie vor nicht erklären.«

»Kein verdächtiger Kontakt, keine Missgunst im Umfeld?«

Ben schüttelte den Kopf. »Und auch kein Kontakt zur Familie Lehmann. Sie hatte die Geschichte mit Tommy nicht einmal verfolgt. Anke Lehmann hingegen ist gleich auf die Idee gekommen, dass es etwas mit Nele zu tun haben könnte.«

Die Entführung Neles war nach wie vor bestimmendes Thema der Nachrichten. Journalisten bemühten sich um exklusive Informationen, löcherten Nachbarn und Freunde der Betroffenen, versuchten, wertvolle Hinweise zu ergattern und in der Berichterstattung einen Schritt voraus zu sein. Pressesprecher Thorben Neuhaus, der aus der benachbarten Kleinstadt gewechselt hatte, war in stetem Kontakt mit den Medien. Es wäre nicht das erste Mal, dass ein Journalist eine Information gesteckt bekam, die der Polizei noch fehlte. Zeugen, die über brisantes Wissen verfügten, machten sich Sorgen, dass ihre Namen trotz zugesagter Anonymität in den

Ermittlungsakten auftauchen könnten. Sie fürchteten Repressalien und hatten meist schlichtweg Angst.

Dabei gab es in nahezu jedem Fall mindestens einen Mitwissenden oder aber eine Person, die Verdächtiges bemerkt hatte. Die jedoch hatten häufig ein eigenes Interesse daran, dass keine dieser Taten jemals aufgeklärt wurde.

Walters reagierte sofort, als sein Handy, das er auf dem staubigen Fensterbrett abgelegt hatte, geräuschvoll vibrierte.

»Walters? Endlich rufen Sie zurück! Ich habe etliche Male versucht, Sie zu erreichen. Wir brauchen Sie hier.« Kurz fasste er den aktuellen Ermittlungsstand zusammen, wirkte sichtlich erleichtert, als er das Gespräch schließlich beendete.

»Krings kommt aus dem Urlaub zurück.«

»Marten, der IT-Experte?«, hakte Ben nach.

Walters nickte. »Ja, Skiurlaub. Kein Netzempfang.«

Dienstag, 14.45 Uhr, Nachbarschaft

Das große Medieninteresse war vielen Nachbarn ein Dorn im Auge. Journalisten von Printmedien und Fernsehsendern versuchten in der Straße weiterhin, ihre Geschichten und Beiträge zu bebildern und mit exklusiven Informationen anzureichern.

»Sie könnten bei der Aufklärung des Falls helfen. Jedes noch so kleine Detail könnte dazu beitragen, Nele wiederzufinden.«

»Wir wollen, dass Nele nicht in Vergessenheit gerät. Wenn Sie uns weitere Informationen zu Nele und ihrer Familie geben, können wir dafür sorgen, dass sie die Aufmerksamkeit erhält, die sie benötigt.«

»Wir sind auch gerne bereit, ein kleines Honorar für den Aufwand zu zahlen.«

»Es sollte im Interesse jedes Einzelnen sein, zur Aufklärung des Falls beizutragen.«

Am Tag eins nach Neles Entführung hatten die ersten Nachbarn noch mit der Presse gesprochen, hatten bereitwillig Auskunft gegeben und sogar in die Bildberichterstattung eingewilligt. Selbst der alte Herr Brinkmann hatte sich vor die Kameras gestellt und erklärt, wie betroffen er sei. Die Aufnahme hatte nach dem ersten Take im Kasten gesessen. Seine Betroffenheit war ehrlich, er wirkte sichtbar geschockt.

»Wissen Sie, ich kenne Nele von klein auf. Ich habe damals in ihren Kinderwagen geschaut, sie hat mir auf dem Weg in den Kindergarten zugewinkt und manchmal hier neben mir auf der Bank gesessen.« Er hatte traurig auf die freie Stelle neben sich geklopft. »Genau hier hat sie immer gesessen und hat sich mit mir unterhalten.«

Seine Augen hatten geglänzt, und er hatte den Blick gesenkt. Schon lange hatte er nicht mehr so ein Gefühl der Beklemmung gespürt, schon lange nicht mehr so eine Angst gehabt. Er wäre mit seinen fast neunzig Jahren bereit zu gehen, aber doch nicht ein kleines Kind wie Nele.

»Haben Sie ein Foto von Nele für uns?«

Er hatte den Kopf geschüttelt. »Nein, das habe ich nicht. Aber der Nachbar gegenüber hat immer sehr viel fotografiert. Vielleicht fragen Sie ihn mal.« Dass auch sein Sohn ein Interesse an Fotografie hatte, verschwieg er. Steffen wohnte zwei Orte weiter, war unverheiratet und hatte, sofern sein Vater sich nicht täuschte, noch nie eine Beziehung gehabt. Wenn er der Presse gegenüber erwähnte, dass sein Sohn mit Anfang 50 Probleme hatte, sich mit erwachsenen Menschen auseinanderzusetzen und ein großes Interesse an Gesprächen mit Kindern wie Nele hatte, würde er ihn in den Fokus rücken.

»Können Sie sich vorstellen, was passiert ist?«

Wieder hatte er den Kopf geschüttelt. »Nein. Wenn ich auch nur die leiseste Ahnung hätte, hätte ich mit der Polizei gesprochen. Die werden ihre Arbeit schon machen. Ich bin pensionierter Steuerberater, wissen Sie. Da braucht es keine Fantasie.« Über seine Fantasien rund um seinen Sohn hatte er deshalb auch mit niemandem gesprochen – auch nicht mit der Polizei.

Seinen Platz auf der Bank, den er im Winter bei trockenem Wetter, dick eingemummelt und mit Decke, ebenfalls nutzte, hatte er danach gemieden. Er tat es seitdem vielen Nachbarn gleich und hatte die Jalousien, die zur Straße zeigten, geschlossen. Ab und an klingelte es trotzdem an der Tür, aber er fühlte sich nicht genötigt, die Tür noch einmal zu öffnen. Die geschlossenen Rollläden waren Signal genug, dass er und die anderen mit niemandem mehr sprechen wollten.

Auch im Haus der Ganters waren die Jalousien neben der Hauseingangstür halb geschlossen. Der Übertragungswagen, der auf dem Parkstreifen gegenüber dem Haus platziert war, ließ nicht darüber hinwegtäuschen, dass in dieser Straße etwas Gravierendes passiert war.

Dienstag, 15.01 Uhr, Polizeipräsidium

Marten war es Walters gegenüber sichtlich unangenehm, nicht greifbar gewesen zu sein. Doch dann, wenn er seine Bretter unterschnallte und die Piste hinabsauste, sei die Polizeiarbeit sein letzter Gedanke, erklärte er dem SOKO-Leiter.

»Es tut mir leid, dass ich nicht sofort zur Verfügung gestanden habe.«

Walters winkte ab. »Sie glauben gar nicht, wie viele Ihrer Kollegen ich aus dem Urlaub zurückbeordert habe. Über die Weihnachtsfeiertage habe ich wegen möglicher Familientragödien nur wenige Urlaubsanträge genehmigen lassen, Sie waren nicht der Einzige, der jetzt zum Jahresbeginn in den wohlverdienten Urlaub gestartet ist.«

Walters wollte erst im Februar eine Auszeit nehmen und dann auf die Kanaren fliegen. Damit blieben ihm noch drei Wochen Zeit, diesen Fall aufzuklären. War ihm das bis dahin nicht gelungen, müsste er seinen Urlaub wohl oder übel um ein paar Wochen verschieben und ihn dann nutzen, um den enttäuschten Blicken der Bevölkerung zu entgehen. Noch war der Zeitpunkt nicht gekommen. »Wir suchen nach einer Verbindung zwischen Tommy Lehmann und Nele Ganter.

Irgendwas, das uns weiterhelfen kann. Sie könnten sich also …«

»An die Arbeit machen«, ergänzte Marten und lächelte. Er wusste genau, was nun zu tun war und wo er suchen musste. Im Darknet kannte er sich aus.

Dienstag, 16.08 Uhr, Nachbarschaft

Die quietschenden Reifen entgingen in der Nachbarschaft niemandem. Erst recht nicht jetzt, da alle mit einer Mischung aus Betroffenheit und Sensationslust auf das Haus der Ganters schauten. Zusammen mit Pressevertretern, die nach wie vor jeden ansprachen, den sie zu fassen bekamen.

»Kannten Sie das Mädchen? Erzählen Sie doch mal: Hat Nele mit anderen Kindern auf der Straße gespielt? Was war ihr liebstes Hobby?«

»Können Sie uns etwas zu den Familienverhältnissen sagen?«

Die Nachbarn hatten zur letzten Frage geschwiegen. Jeder hier wusste, dass Neles Eltern nicht in Freundschaft auseinandergegangen waren. Und jeder kannte das Auto mit Münsteraner Kennzeichen, das nun auf die Auffahrt zum Haus bog.

Jetzt würde auch der Pressemeute nicht verborgen bleiben, wie es um die Familienverhältnisse bestellt war. So liebevoll, wie Mieke die Familie nach außen darstellte, war es hier nie gewesen. Kein Familienleben in Pastellfarben. Thomas Ganter stieg mit nahezu aggressivem Schwung aus seinem Auto, ging auf die schmiedeeiserne Haustür zu und hämmerte mit der rechten Faust fest dagegen. Sein Haar war länger als noch vor ein paar Monaten, sein Kleidungsstil weniger leger, als es hier viele gewohnt waren.

Anna sah die Szene aus ihrem Fenster, sah, wie aufgeregt und wütend er war. Seine Körpersprache zeigte das mehr als deutlich. Er war angespannt, wirkte eher aufgebracht denn betroffen und wie ein ängstlicher Familienvater. Als sein Schwiegervater die Tür öffnete, schob er ihn mit dem Arm zur Seite, verschaffte sich Zugang zu dem Haus, das er selbst entworfen hatte. Doch mit einem abgebrochenen Architekturstudium hatte er es schwer gehabt, in einer anderen Stadt eine gute Anstellung zu finden – bis er aufgrund seiner hervorragenden IT-Kenntnisse einen Job in einem besonders bekannten Architekturbüro in Hamburg gefunden hatte. Als das Angebot aus Hamburg gekommen war, hatte er nicht lange gezögert und den Vertrag trotz aller Zweifel und Einwände seiner Ehefrau unterschrieben. Es war sein Traum – und den wollte er leben –, ebenso wie Mieke eine Seite an sich in aller Öffentlichkeit auslebte, die ihm nie behagt hatte.

Thomas schrie, aber bis auf einzelne Wortfetzen verstand Anna auch bei offenem Fenster kaum etwas: »Wie kannst du nur?« – »Nele.« – »Rabenmutter.« – »Immer du.« – »Ich werde …«

Dann fiel die Tür ins Schloss. Das Türschild wackelte. »Hier wohnen Mama, Papa und Nele«, stand darauf.

Jetzt nur noch einer von ihnen. Ganz schlechte Quote, dachte Anna und schloss das Fenster wieder. Was im Inneren des Hauses geschah, konnte sie ab jetzt nur noch erahnen.

Dienstag, 16.23 Uhr, Einliegerwohnung in der Villa

Mark hatte in der Einliegerwohnung die herannahenden Scheinwerfer des Familienautos gesehen. Er ließ die Rollos zu seiner Zwei-Zimmer-Wohnung nur selten herunter. Er hatte nichts zu verbergen – hier nicht. Er konnte nicht riskieren, dass Mieke oder ihr Mann den Zweitschlüssel zu seiner Wohnung einsetzten. Das war ganz am Anfang einmal geschehen, als in seiner Wohnung der Feuermelder losgegangen war. Damals, als Mieke noch keine große Rolle in seinem Leben gespielt hatte. Er konnte sich kaum noch daran erinnern, wie es gewesen war, bevor sie begonnen hatte, seine Gedanken zu beherrschen. Anfangs hatte er noch versucht, sich dagegen zu wehren, aber er konnte sie nicht ausblenden. Er hörte Neles Lachen im Garten, das Klackern von Miekes Absätzen auf dem Fußboden über ihm, er kannte ihre Gewohnheiten.

Dass er zusätzlich laufend neue Einblicke in ihr Leben erhielt, machte es nicht einfacher. Er brauchte nur die Augen zu schließen, um sich selbst auf der einladenden Couch vor dem Kamin wiederzusehen. Arm in Arm mit Mieke, mit der spielenden Nele auf dem Langflorteppich zu ihren Füßen. Es beruhigte ihn, dass er über sich nur aufgeregte Stimmen hörte, dass Mieke und ihr Mann wieder einmal stritten. Ihr Mann! – Mark war sich sicher, dass Thomas und Mieke nie wieder ein Paar werden würden. Das Verschwinden von Nele, die Ungewissheit, Miekes folgenschwere Unachtsamkeit – all das würde zu einem endgültigen Bruch zwischen den Eheleuten führen. Aber ihm tat das nicht leid.

Er hatte gesehen, wie verzweifelt Mieke gewesen war. Falls sie eine tröstende Schulter benötigen würde, wäre er zur Stelle. Er war ihr immer nah. So nah, dass sie es spüren musste. Ein Foto ihres Schlafzimmers, auf dem sie mit Nele im Bett kuschelte, hatte er auf seinem Bildschirm als Hintergrund abgespeichert, träumte nur davon, mit den beiden unter die Bettdecke zu schlüpfen. Mit Nele und Mieke – oder auch nur mit Mieke. Es wäre nicht leicht, Nele jemals wiederzufinden.

Er hatte Glück gehabt, dass niemand darauf bestanden hatte, die Hütte erneut zu durchsuchen. Sosehr die Anwohner auch interessiert waren, bei der Suche nach Nele zu helfen, so erleichtert waren sie, nun ihren Teil beigetragen zu haben. Sie konnten sich vor Freunden und Bekannten damit brüsken, aktiv bei der Suche geholfen zu haben und ein ehrliches Interesse am Schicksal von Nele zu haben. Das hatte er auch. Auch Nele lag ihm am Herzen. Mehr, als andere erahnen konnten. Was hätte er dafür gegeben, Nele bei sich zu haben, sie am Abend ins Bett zu bringen. Er hätte ihr ihren Teddy oder den kleinen Stofffuchs in den Arm gedrückt, hätte sie mit ihrer Einhorn-Bettwäsche zugedeckt und ihr noch einen Kuss gegeben. Erst danach hätte er sich um ihre Mutter gekümmert.

Mieke fühlte sich in ihrem Haus sicher. Das wusste er, da sie erst spät die Rollos runterließ. Die rückwärtige Gläserfront des Hauses bot dabei Einblicke, die eigentlich nicht für die Außenwelt bestimmt waren. Eines der Fotos, das

Mieke beim Ankleiden im Schlafzimmer zeigte, trug er wie einen Schatz bei sich. Die sportliche Figur, die aufreizende Unterwäsche, das farblich dazu passende Satin-Nachthemd. Nichts überließ sie dem Zufall, war ganz darauf bedacht, eine gute Außenwirkung zu haben. Sie seit Monaten zu beobachten und Einblick in ihre intimsten Momente und Gefühle zu haben, half ihm dabei, sie zu durchschauen. Er hatte es hier mit einer Frau zu tun, die im Grunde ihres Charakters unsicher war, ein immenses Mitteilungsbedürfnis hatte und deren Selbstsicherheit von den Reaktionen der Außenwelt abhing. Nur zu gerne hätte er ihr gesagt, wie sie auf ihn als Mann wirkte, wie gerne er ihr den Träger ihrer Spitzenunterwäsche wieder von der Schulter geschoben hätte.

Doch ihm gegenüber war Mieke stets distanziert geblieben. Sich ihr offen zu nähern, wäre eine Grenzverletzung gewesen, die er nicht riskieren wollte. Stattdessen begnügte und vergnügte er sich damit, ihr so oft wie möglich nah zu sein. Bei ihr zu Hause und in der Hütte.

Dienstag, 16.24 Uhr, Nachbarschaft

Anna kannte sie alle: die Einblicke in Miekes Schlafzimmer, ihren Wuschelkopf, wenn sie noch schlaftrunken an ihrer Kaffeetasse nippte oder zusammen mit Nele unter der Decke kuschelte.

Als das Feuer langsam die Gesichter und Körper von Nele und Mieke gefressen hatte, hatte sie sich für einen Moment wie befreit gefühlt. Sie wollte nicht zulassen, dass sich in der Nachbarschaft alles um Nele und Mieke drehte. Sich von seinen Andenken zu trennen, würde auch für Mark zu einer Zäsur führen. Er hatte die Bilder vermutlich in seinem Herzen – und auf seiner Festplatte. Zusätzlich gesichert in seiner Cloud, falls er keinen Zugang mehr haben sollte. Selbst wenn er aufhören würde, Mieke per Teleobjektiv näher in seine Welt zu holen, würde er neue Bilder bekommen. Er könnte sie nicht vollständig ausblenden – niemals. Auch Nele nicht. Diese Grübchen, die sie von ihrer Mutter hatte, das aufrichtige Lächeln, das sie ihm jedes Mal geschenkt hatte, wenn sie sich draußen begegnet waren – und die gemeinsame Zeit im Familiengarten, in der dieses Gefühl so greifbar gewesen sein mochte, selbst Familienvater zu sein und sich ganz der Ehefrau und Tochter widmen zu können.

Mark hätte definitiv ein Motiv. Ohne Nele wäre sein Weg zu Mieke frei. Anna zweifelte daran, dass sich die hübsche Nachbarin auf einen jungen, scheinbar mittellosen Mann einlassen würde, aber Mark würde nichts unversucht lassen. Sie war sich nicht nur sicher, dass die scheinbar zufälligen Begegnungen vor dem Haus an Intensität zunehmen würden. Sie wusste auch, dass er darauf aus war, Mieke zu trösten und ihr Halt zu geben. Psychisch labile Menschen waren leicht manipulierbar, ließen sich schneller auf falsche Freunde ein und hatten meist nicht die Kraft, helfende Hände von sich zu weisen. Auch dann nicht, wenn ihnen ihr Bauchgefühl etwas anderes sagte.

Anna hatte das Licht in ihrem Arbeitszimmer ausgeschaltet und sich in Fensternähe auf die Armlehne ihres Lesesessels gehockt. Von hier konnte sie bequem auf das Haus der Ganters schauen. Sie nippte an ihrer Tasse heißem Tee. Mit dem Daumen fixierte sie den Teebeutel, auf dessen Schildchen etwas von »Gelassenheit« und »Melisse« stand. »Melissa« – der Name hätte viel besser zu Nele gepasst. Wenn sie ein eigenes Kind gehabt hätte, hätte ihr dieser Name gefallen. Aber jetzt war sie fast 40. Die Chance, in ihrem Leben noch ein eigenes Kind zu bekommen, sank mit der Qualität ihrer Eizellen rapide.

Als Minuten später im Garten der Ganters kurz das Außenlicht anging und Mark aus seiner Einliegerwohnung trat, reckte Anna den Hals, um besser sehen zu können. Mark war dunkel gekleidet, sein Hals bei der klirrenden Kälte in einen gestrickten schwarzen Loopschal gewickelt. Die dazu passende Mütze hatte er tief ins Gesicht gezogen. Im Haus brannte Licht, ebenso wie Anna würde auch Mark am Fenster des Wohnzimmers Mieke und Thomas sehen. Die beiden gestikulierten wild, waren sichtlich aufgebracht. Mark beobachtete die Szene für einige Minuten, halb verdeckt durch einen Rhododendron-Busch, schaltete dann seine Taschenlampe ein und stapfte den gleichen Weg in den Wald hinein, den Anna in den frühen Morgenstunden genommen hatte. Anna griff nach ihrem Telefon. Sie würde dafür sorgen, dass er dort Besuch bekam.

Dienstag, 16.40 Uhr,
Villa der Familie Ganter

Thomas hatte nicht vor, sich hinzusetzen. Er lief unruhig im Wohnzimmer auf und ab, registrierte die Veränderungen der vergangenen Wochen. Das zuvor gemütliche Wohnzimmer mit seinem gesunden Chaos war zu einem Katalog-Wohnzimmer verkommen. Kein Spielzeug lag im Raum herum, alles war an Ort und Stelle. Nur Nele nicht.

»Wie verdammt noch mal konntest du Nele aus den Augen lassen?«

»Ich … Es ging alles so schnell. Das andere Kind, die Hand … Sie war viel zu weit vor mir.«

»Sie ist vier Jahre alt. Es ist deine Aufgabe, auf sie aufzupassen!« Er schrie sie mit hochrotem Kopf an, fuhr sich dabei mit den Händen immer wieder durch sein Haar.

Mieke schluchzte.

»Es will mir einfach nicht in den Kopf, dass eine Vierjährige vor den Augen der eigenen Mutter entführt werden kann. Wo bitte warst du denn mit deinen Gedanken?«

»Ich …«

»Nein, lass es! Ich will es gar nicht hören. Du hast als Mutter versagt! Du hattest dieses Kind nie verdient, zu keiner

Zeit. Ich wollte sie mit nach Hamburg nehmen, aber du warst dagegen.«

»Weil sie hier ihren Kindergarten und ihre Freunde hat.«

»Hat sie das? Wo ist sie denn dann jetzt? Wenn ich sie mit nach Hamburg genommen hätte, wenn ihr mich begleitet hättet, dann wäre das alles nie passiert! Dann wäre sie noch da.«

»Thomas, bitte«, mischte sich sein Schwiegervater ein, der unbeholfen in der Tür zur Küche stand. »Mieke macht sich schon genug Vorwürfe.«

Thomas fuhr herum und herrschte seinen Schwiegervater an. »Und nun soll ich Mitleid haben, oder wie? *Meine* Tochter ist verschwunden. Und *deine* Tochter ist daran schuld, weil sie nicht wie andere Mütter Verantwortung für ihr Kind übernommen hat.« Er redete sich immer mehr in Rage. »Das ist so klar, dass du sie verteidigst, aber denk doch mal drüber nach: Wenn Mieke auch nur einmal wirkliches Interesse an Nele gezeigt hätte, dann wäre dein Enkelkind noch hier. Aber ich kann mir schon vorstellen, wie das gelaufen ist und dass du mal wieder abgelenkt warst. Diese Scheiß-Parallelwelt hat unsere Ehe ruiniert und nun auch noch unser Kind als Opfer gefordert.«

»Ich habe Nele nicht geopfert!« Miekes Stimme überschlug sich. »Und ich habe auch in keiner Parallelwelt gelebt. Ich wollte nicht nach Hamburg, das ist alles. Weg von meiner Familie, weg aus diesem Haus. Und überhaupt: ich in einer Großstadt? Das hätte nicht gepasst. Und Nele ist auf dem Land weitaus behüteter als in einer …«

Thomas lachte bitter. »Als in einer Großstadt? Sie ist hier bei dir auf dem Land verschwunden. Vor deinen Augen! Eins sag ich dir, das war es mit uns. Ich will endgültig die Scheidung und das alleinige Sorgerecht für Nele!«

Mieke zitterte. Thomas hatte selten so mit ihr gesprochen, aber er würde nicht davon ablassen. Wenn er sich einmal etwas in den Kopf gesetzt hatte, hielt er daran fest und würde sein Ziel mehr als verbissen verfolgen.

»Aber du kannst nicht …«

»Doch, und ob ich das kann! Und wenn du nicht alles dafür tust, meine Tochter wiederzufinden, dann wird dir noch etwas ganz anderes blühen. Dann mache ich dich fertig, darauf kannst du dich verlassen.«

Mieke schluckte. Sie wusste, dass er es ernst meinte. Bevor sie jedoch etwas erwidern konnte, stürmte Thomas aus dem Haus und schlug die Tür hinter sich zu.

Dienstag, 16.58 Uhr, Erziehungsheim im Wald

Es war schon wieder dunkel. Das Mädchen war kurz bei ihr gewesen, als es noch hell gewesen war. Sie hatte auf der anderen Seite der Tür gestanden. Nele hatte es genau gehört. Sie hatte die Luft angehalten, weil sie gedacht hatte, dass der Mann sie wieder in den Keller bringen wollte, aber dann hatte sie die Stimme des anderen Kindes gehört.

»Ich bin es. Bist du wach?«

Nele war die ganze Zeit wach. Sie wollte es nicht verschlafen, wenn Mama doch käme. Falls sie draußen nach ihr rufen würde, würde sie ganz laut schreien, damit Mama sie sofort finden würde. Am Vortag hatte sie auch so geschrien, aber dann war diese Frau in ihr Zimmer gestürmt und hatte ihr eine geklatscht.

Instinktiv fasste Nele sich an die Wange, auch wenn die gar nicht mehr wehtat. Nur ihre Brust tat weh, beim Atmen. So etwas hatte sie nur das eine Mal gespürt, als sie bei einer Freundin aus dem Kindergarten übernachtet hatte. Sie hatte sich nicht getraut zu sagen, dass sie heim wollte. Sie wusste nicht, wie die Eltern von Emma reagiert hätten. Emma hatte tief und fest geschlafen, und sie hatte sich die ganze Zeit damit getröstet, dass immerhin Emma bei ihr war.

Aber das Mädchen hier war nicht ihre Freundin. Trotzdem hatte es genau das gefragt:

»Wollen wir Freundinnen werden?«

Ob das Mädchen eine gute Freundin war?

»Wie heißt du? Ich bin Nele«, hatte Nele geantwortet.

Das Kind hatte erst nicht antworten wollen, aber dann »Amira« gesagt.

»Das ist ein schöner Name.«

»Nele ist auch schön.«

Für einen kleinen Moment hatte sich Nele ein bisschen besser gefühlt. Sie war nicht mehr so allein. Sie hatte ihre Wange an die Tür gelehnt und sich gewünscht, dass Amira bei ihr im Zimmer wäre.

»Die Tür ist zu. Ich kann so nicht mit dir spielen«, hatte sie gesagt. »Wir brauchen den Schlüssel.«

Ihr Herz hatte gleich etwas schneller geschlagen. Vielleicht konnte sie mit Amira zusammen zu Mama. Vielleicht würde sie Amira hier rausbringen. Doch dann hatte sie die Schritte des Mannes im Flur gehört und wusste, dass sie wieder in den Keller musste.

Dienstag, 17.17 Uhr, Hütte

Mark hatte nicht damit gerechnet, die Tür zur Hütte offen vorzufinden. Er war die letzten Meter in einen Laufschritt verfallen, hatte die halb geöffnete Tür aufgeschoben und mit der Taschenlampe Boden und Wände abgeleuchtet. Die untere Außenwand war etwas verrußt, doch die Hütte selbst hatte den Versuchen eines Brandstifters standgehalten. Sie war zu morsch und zu feucht, als dass sie komplett dem Flammenfraß zum Opfer gefallen wäre.

Dass der Brandstifter es jedoch nicht auf die Hütte, sondern auf die Fotos abgesehen hatte, sah er erst auf den zweiten Blick. Sämtliche seiner Fotos lagen auf dem Boden unmittelbar vor der Eingangstür, waren zu einer nahezu klumpigen Masse verschmolzen.

Die Hütte im Wald war sein und Miekes Refugium. Manchmal auch das von Nele, von der jedoch nur noch Schnipsel übrig waren, die als klebrige Reste auf dem feuchten Waldboden lagen.

Mark zog einen seiner Handschuhe aus und sammelte die Überreste der Bilder ein, spürte die feuchtkalte Erde, die durchsetzt war mit vermoderten Blättern und geschmolzenen Fotoresten. Anna war ihm auf die Spur gekommen, sie kannte sein Versteck. Er hatte ihr Misstrauen bemerkt, als er von der Hütte hatte ablenken wollen. Er hatte seine Gründe gehabt. Hätte aber jemand auch nur ansatzweise in seine Gedankenwelt gucken können, so wäre er geächtet worden und hätte Mieke nur noch aus Kilometern Entfernung beobachten können. Doch er wollte ihr näher sein und noch mehr Einblicke bekommen als andere. Genau deshalb hatte er immer nach zusätzlicher Privatsphäre gesucht.

Schon oft war er hierhergekommen, meistens in der Nacht. Er liebte den Geruch, der beim Entwicklungsprozess entstand, und war jedes Mal aufs Neue fasziniert, wenn in der Flüssigkeit Menschen allmählich Konturen bekamen und Gestalt annahmen. Insbesondere, wenn Mieke Gestalt annahm. Es war wie ein intimer Moment zwischen ihnen beiden, den er gerne in Abgeschiedenheit erlebte. Dort, wo sie niemand stören würde und er nicht befürchten musste, dass ausgerechnet der Ehemann mit dem Zweitschlüssel seine Wohnung betrat oder seine Eltern plötzlich auf der Matte standen und nach Erklärungen fragten.

Bedauernd schaute er auf die kleine Hütte, auf sein Paradies. Mit dem Daumen strich er nahezu liebevoll die Asche von einem Fotoschnipsel von Mieke. Ihre Haare waren geschmolzen, nur der sinnliche Mund und die Nasenpartie waren noch erhalten. Von ihren blauen Augen sah er nichts mehr. Dann aber, wenn er die Augen schloss …

Mark schreckte auf, als er schnelle Schritte hörte, schließlich ein lautes »Was machen Sie da?«. Er rappelte sich auf, die Überreste der Fotos immer noch fest in der Hand, schaute sich um, sah in der Dunkelheit nur schemenhaft die Gestalt, die sich ihm mit Taschenlampe näherte.

Er antwortete nicht, er lief los. Rannte, so schnell ihn seine Beine in der Dunkelheit trugen, so schnell, wie es der nasse und glitschige Waldboden nur zuließ. Die Stimme, die ihm etwas zurief, kannte er nicht. Und doch konnte er sie schon bald zuordnen:

»Stehen bleiben, Polizei!«

Dienstag, 17.24 Uhr, Erziehungsheim im Wald

Nele wollte nicht wieder in den Keller. Und sie wollte auch nicht, dass der Mann ohne Haare sie wieder anfasste. Sie schrie, als er sie mit seinen großen Pranken packte und aus ihrem Bett zur Zimmertür zog. Mit beiden Händen griff sie nach dem Türrahmen, versuchte sich festzuhalten. Doch er löste ihre Hände mit Leichtigkeit, hielt ihre Arme dann so fest, dass sie sich kaum noch bewegen konnte.

Ihre Hände ballte sie zu Fäusten, versuchte sich freizustrampeln. Er hielt sie zu fest. Sie wollte nicht wieder in den Keller. Doch der Mann ging auf die Tür zu, die nach unten führte.

Der Mann sprach nicht mehr als nötig mit ihr. Er machte das Licht an und ging mit ihr die Treppe hinab. Jeder seiner Schritte war laut und stampfend. Nele wollte sich die Ohren zuhalten, aber sein Griff war genauso fest wie vorher. Sie hatte keine Kraft mehr, sich zu wehren, und erschlaffte in seinen Armen. Sie konnte nur noch weinen und würde nie wieder damit aufhören.

Dienstag, 17.26 Uhr, Hütte

Er hatte den Mann viel zu früh alarmiert, hätte ihn nicht auf die Entfernung vorwarnen dürfen. Die Angaben zur Hütte waren so genau gewesen, dass Ben sie problemlos gefunden hatte, auch weil der Lichtschein der Taschenlampe ihm den Weg gewiesen hatte. Wie ein Leuchtturm in der Ferne, der auch in der dunkelsten Nacht bestmögliche Orientierung bot.

Der feuchte und modrige Waldboden brachte den Fliehenden ins Straucheln, war Verfolgtem und Verfolger gleichermaßen von Nachteil. Ben jedoch gelang es, sich im schwachen Umgebungslicht besser zu orientieren als der Mann, der in die Nacht hineinlief.

»Stehen bleiben, Polizei!«, rief er noch einmal. Fliehende hatte dieser Ruf noch nie aufgehalten.

Ben beschleunigte seinen Schritt, achtete auf den Untergrund und darauf, den Fuß richtig abzurollen. Ein falscher Tritt, und er würde auf dem Waldboden liegen, unfähig, den Fliehenden noch einzuholen. Die Anruferin hatte den Namen des Mannes nicht genannt. Entweder aus Angst oder aber um unerkannt zu bleiben, weil sie aus seinem direkten Umfeld stammte. Sie könnte Folgen für sich befürchten oder aber

Mitwisserin sein. Mitwisserin im Verschwinden der kleinen Nele.

Er glaubte nicht, den Fall hier in diesem Waldstück aufklären zu können. In seiner Dienststelle wussten sie Bescheid, dass Nachbarn in einer verzweifelten Aktion das Waldstück hinter dem Haus durchsucht hatten. Die Nachbarn wussten jedoch nicht, dass Nele weit weggebracht worden war, dass sie längst eine Spur hatten. Dass sie zumindest wussten, dass Nele von einem Schwerkriminellen entführt worden war. Zusammen mit einem anderen Kind, das in Deutschland und im Gesamtgebiet der EU nicht vermisst gemeldet war. Ein Kind, das bislang keiner von ihnen zuordnen konnte.

Vielleicht hatte der Mann eine Ahnung. Vielleicht war ihm klar, wer Nele entführt hatte. Wenn er Grund zur Flucht hatte, dann musste er etwas wissen. Etwas, das sie möglicherweise entscheidend weiterbringen würde.

»Jetzt bleiben Sie doch stehen, verdammt!«, rief Ben, brachte den Mann immerhin dazu, dass er sich panisch umdrehte, dabei ins Straucheln kam und auf dem Waldboden ausrutschte. Nur noch wenige Meter, und Ben würde ihn endlich packen können.

Dienstag, 18.10 Uhr

Ich wusste, wie wichtig Achim diese Nacht war. Wie angespannt er vor den Übergaben war, wie viele Sorgen er sich machte, dass es Probleme geben könnte. Wie gerne hätte ich ihm beigestanden, hätte er es nur zugelassen. Er wollte mich nicht mehr als nötig gefährden, wollte mich aus allem raushalten. Er markierte stets den starken Mann, ließ keine Schwäche zu und bestrafte andere, die zu viel davon zeigten. Das Leben hatte ihn so hart gemacht. Seinen weichen Kern zeigte er nur wenigen.

»Ich mag dich viel zu gern, als dass ich dich diesem Risiko aussetzen würde«, hatte er gesagt.

Dabei kannte ich das Risiko, lebte jeden Tag mit der Angst vor Entdeckung. Allerdings genoss ich auch den Nervenkitzel, der in der Beziehung zwischen mir und Achim auch nach all den Jahren noch präsent war. Nie wusste ich, wann ich ihn wiedersah, was die nächste Aufgabe sein würde, wann das Spiel enden würde. Ich kannte nur einzelne Etappen. Diese hier war bereits eine der finalen. Sobald das Geld aus der Übergabe sicher deponiert war, könnten wir alle aufatmen. Nele würde nicht fliehen, sie würde sich nicht trauen, uns zu verraten, und bekäme keine Gelegenheit dazu. Ein falsches

Wort, ein Ausbruchsversuch aus diesem Spiel, und die Rollen würden sich neu verteilen. Vom Jäger zum Gejagten. Das galt für uns ebenso wie für die Kinder, die bei uns eine warme und wohlige Zwischenstation bekamen und Kräfte tanken konnten für die Zeit danach.

Ich wusste, wie kräftezehrend und schwierig die Trennung von Bezugspersonen war. Noch viel schlimmer aber war es, wenn einen danach überhaupt niemand wollte. Zumindest dieses Schicksal musste keines der Kinder teilen. Bei jedem von ihnen gab es jemanden, der sich nach ihnen verzehrte.

Dienstag, 21.21 Uhr, Polizeipräsidium

Mark Mende saß im Vernehmungsraum der Polizeidienststelle. Die meisten Dienststellen waren längst zu Verhören im Büro übergegangen – sofern keine besondere Gefahr von der zu befragenden Person ausging. Hier aber setzte man nach wie vor auf den kahlen und unpersönlichen Raum, den es schon gegeben hatte, bevor die meisten Kollegen überhaupt mit der Polizeischule angefangen hatten. Lediglich die Stühle waren zuletzt vor ein paar Wochen ersetzt worden, da die alten bei jeder noch so leichten Bewegung gequietscht und geknarzt hatten.

Durch den einseitig durchsehbaren venezianischen Spiegel erkannten Ben und Imke, wie nervös Mende war. Er knetete seine Finger durch, schaute immer wieder auf seine Armbanduhr. Die alte Bahnhofsuhr, die sich hinter Ben befand, zeigte an, dass es bereits weit nach 21 Uhr war. Selbst wenn die Befragung des Mannes wichtige Hinweise auf Neles Aufenthaltsort ergeben sollte, würden diese Informationen zumindest am heutigen Tag nicht mehr an die Medien weitergegeben werden. Bei den meisten Zeitungen waren um diese Zeit schon die Druckmaschinen angelaufen.

Ben hatte manchmal das Gefühl, dass Medien und Polizei sich in einem Wettbewerb befanden. Erschwert durch die Tatsache, dass es immer wieder Zeugen gab, die sich für ein Honorar lieber mit Journalisten als mit Polizisten unterhielten und so Informationen in den Medien auftauchten, die die Polizei aus ermittlungstaktischen Gründen noch zurückgehalten hatte. Auch deshalb hatten sie Mareike Ganter extra ermahnt, nicht mit der Presse zu sprechen. Informationen, die die Öffentlichkeit erhalten durfte, würden der Polizeipräsident und die Staatsanwaltschaft zu gegebener Zeit gefiltert weitergeben.

Ben nippte an seinem Kaffee, der ihn genauso anwiderte wie der am Nachmittag. Er kippte das Gebräu schließlich in eine verdorrte Pflanze auf einem Aktenregal, die genau wie die Kaffeemaschine längst entsorgt gehört hätte.

»Dann will ich mal«, sagte er zu Imke und ging durch die Tür in den Verhörraum. Trotz der vorhandenen Videoüberwachung schaltete er wie gewohnt auch das Aufnahmegerät ein.

»Sagen Sie mir bitte zuerst Ihren vollständigen Namen.«

»Mark Mende.«

»Geburtsdatum und Geburtsort?«

»5. Juli 1991 in Dortmund.«

»Machen wir es kurz: Wo ist das Kind?« Ben hatte nicht vor, sich mit unnützen Fragen aufzuhalten.

»Welches Kind?« Mende zog die Stirn kraus und bemühte sich sichtlich, verwirrt auszusehen.

»Jetzt kommen Sie aber! Nele Ganter, vier Jahre alt. Das Kind wohnt direkt über Ihnen und ist seit zwei Tagen verschwunden. Tun Sie doch nicht so, als ob Sie davon nichts mitbekommen hätten!« Er schlug mit der Faust auf den Tisch, ärgerte sich, dass er einen Idioten befragte, statt aktiv nach dem Kind zu suchen. Am Schreibtisch hatten sie noch nie einen Fall geklärt. Doch die Zuständigkeiten erlaubten es nicht, kreuz und quer durch die Republik zu reisen. Dafür gab es andere Präsidien, andere Dienststellen.

»Ja, aber Sie wollen mir doch keine Kindesentführung vorwerfen?« Der Mann sah erschrocken aus, starrte Ben fragend an.

»Ich will einfach wissen, was Sie mit dem ganzen Mist zu tun haben! Sie verbrennen doch nicht umsonst im Wald ausgerechnet von diesem Kind Fotos, wenn Sie nichts zu verbergen haben!«

»Wirklich, ich habe Nele nicht!« Mende schwitzte, stand schließlich auf und ging unruhig im Raum umher.

»Herr Mende, setzen Sie sich wieder hin.«

Mende ließ sich kurz darauf auf den Stuhl fallen, seufzte theatralisch. Er stützte die Ellenbogen auf der glatten Tischplatte ab, auf der ein brauner Ring noch immer stummer Zeuge des vorherigen Verhörs war, bei dem der Befragte nach zwei Stunden um einen Kaffee gebeten hatte. Fahrerflucht – keinerlei Verbindung zur Entführung. Bei Mende sah das anders aus, er kannte das Opfer, dessen Mutter, hatte die beiden offensichtlich gestalkt und versucht, Spuren zu verwischen.

Sie hatten die KTU in die Hütte geschickt, und Ben war sich sicher, dort noch Beweismaterialien zu finden, die eine ganz andere Geschichte erzählen würden als die, die Mende ihnen vielleicht auftischen wollte.

Der Mann wischte sich mit der rechten Hand über die Augen. Bens Anwesenheit könnte er damit nicht ausblenden. Er griff sich mit beiden Händen an den Hinterkopf und begann, sich kräftig zu kratzen.

Zustand psychischer Anspannung, dachte Ben, überprüfte das auf dem Tisch liegende Aufnahmegerät und zog es dann näher an sich heran: »Befragung Mark Mende, geboren am 5. Juli 1991. Der Befragte äußert sich wie folgt zur Sache …«

Mende sprang erneut auf und warf dabei seinen Stuhl um, der mit einem lauten Scheppern auf den alten Fliesenboden fiel.

»Hören Sie, ich bin sicherlich ein großes Arschloch, aber ich habe garantiert kein Kind entführt. So etwas würde ich nie tun! Ja, es stimmt, ich habe Fotoreste zusammengerafft, und auf den Fotos ist genau dieses Kind zu sehen, aber ich habe mit der Entführung nichts zu tun. Ich habe einfach … Panik bekommen.«

»Sie haben Panik bekommen?«, fragte Ben spöttisch nach.

Mende richtete den Stuhl wieder auf und setzte sich hin. Er war blass, trotz der angenehmen Raumtemperatur standen ihm die Schweißperlen auf der Stirn.

»Ja, weil ich gesehen habe, dass jemand die Hütte aufgebrochen und die Fotos verbrannt hat. Ich habe Nele nicht, aber jetzt sieht natürlich alles so aus, als ob ich ein Motiv hätte, oder?«

»Haben Sie denn ein Motiv?«

»Ich … nein, das heißt, ja. Also eigentlich nicht«, er kam ins Stottern. »Sie denken doch vermutlich, dass ich ein Motiv habe?«

»Sagen Sie es mir!« Ben schaute ihn herausfordernd an. »Sie stalken eine Mutter und ihr Kind, machen von beiden versteckte Aufnahmen. Und das ist Ihnen jetzt mehr als unangenehm.«

»Natürlich ist mir das unangenehm«, antwortete Mende fahrig und kratzte sich nervös die Wange. »Mir ist vollkommen klar, dass das nicht in Ordnung ist.«

»Nicht in Ordnung und strafbar«, entgegnete Ben trocken.

»Ja, verdammt. Das weiß ich doch. Aber ich konnte nicht anders.«

»Sie konnten nicht anders, weil Ihre Gedanken an das kleine süße Mädchen sich nicht beherrschen ließen und Sie ihm so nah wie möglich sein wollten?« Ben wurde allein beim Gedanken daran übel, und er musste sich zusammenreißen, um Mende nicht zu packen.

»Ja, genau. – Was? Nein! Nicht das Kind. Verdammt! Nicht das Kind! Ich bin doch kein Pädophiler, ich habe mich in die Mutter verknallt – in Mieke.«

Ben lachte bitter auf. »Sie wollen sich in die Mutter verliebt haben? Und dann dringen Sie auf widerlichste Weise in das Leben genau dieser Frau ein und verbrennen später ihre Fotos?«

»Die hätte ich doch nie verbrannt! Anna Bartels hat sie angerufen, oder? Dieses verbitterte Stück, mir ist so klar, dass sie damit etwas zu tun hat. Sie steht den ganzen Tag über am Fenster und gafft.«

»Das tut überhaupt nichts zur Sache, wer angerufen hat. Und wenn es die geschlossene Nachbarschaft gewesen wäre: Warum haben Sie die Fotos entsorgen wollen? Um Spuren zu beseitigen?«

Mende antwortete nicht sofort. Ganz so, als ob er eine Fangfrage fürchtete. Dann atmete er tief durch: »Ich habe die Spuren beseitigt, weil die Fotos sowieso hinüber waren und ich außerdem vermeiden wollte, dass ich in der Nachbarschaft als notgeiler Spanner dastehe. Früher oder später hätte jemand in die Hütte geguckt. Die kennt jeder, der an dieser aussichtslosen Suchaktion teilgenommen hat. Ich habe sie doch direkt hingeführt. Warum sollte ich das machen, wenn ich etwas mit Neles Verschwinden zu tun hätte?«

»Sie wollten immerhin ihre Fotos verschwinden lassen!«

»Ja, aber doch nur, um nicht wie ein Perverser vor allen dazustehen. Wirklich, ich bin übers Ziel hinausgeschossen, ich habe Nele und Mieke aufgelauert, ich war sogar in der Nähe des Spielplatzes …« Er stockte, als er Bens Reaktion bemerkte.

»Sie waren am Spielplatz und haben es nicht für nötig befunden, uns das mitzuteilen? Trotz der Aufrufe in den Medien? Trotz der Verzweiflung der Frau, in die Sie sich angeblich verliebt haben?«

»Ich habe nichts gesehen, wirklich nicht. Wenn ich mehr mitbekommen hätte als die anderen Zeugen, dann hätte ich Sie das irgendwie wissen lassen. Aber ich hätte bei einer Aussage doch sagen müssen, warum ich da war.«

»Und? Warum waren Sie da?«

»Weil ich Mieke treffen wollte, zufällig. Um sie und Nele für den Nachmittag zu mir einzuladen.«

»Und da können Sie nicht einfach nach oben stiefeln, klingeln und fragen?«

»Das wäre doch zu offensichtlich …«

»Zu offensichtlich wozu?«

»Verdammt!« Mende hob die Stimme: »Ich hatte niemals vor, Mieke überhaupt von meinen Gefühlen zu erzählen. Sie ist verheiratet oder … war zumindest verheiratet. Sie hat gewaltigen Stress mit ihrem Ehemann. Und da komme ich dann daher und sage: Hey, lass es uns doch mal versuchen?«

»Warum nicht? Das hätte ihr sicher besser gefallen, als sich von Ihnen fotografieren zu lassen.«

Mende schnappte nach Luft. Ben sah dem Mann an, dass er ihn immer mehr in Rage brachte. »Widerliche Vorstellung, sich tagtäglich von einem Mieter begaffen und ausspionieren zu lassen. Ein Mann, der vorgibt, verliebt zu sein, aber die Privatsphäre gerade dieser Person nicht zu wahren weiß.«

»Privatsphäre?« Jetzt war es Mende, der laut auflachte. »Sie können mir unterstellen, was Sie wollen, aber nicht die

Verletzung der Privatsphäre. Nicht bei Mieke. Gerade sie stellt sich Gott und der Welt zur Schau.«

»Sie haben die Fotos weiterverbreitet?«

»Weiterverbreitet? Ich?« Wieder lachte Mende bitter. »Ich habe meine Fotos ganz für mich in dieser Hütte entwickelt, habe sie da angesehen. Und ja, vielleicht habe ich mir dabei auch mal einen runtergeholt. Aber diese Fotos waren für mich ganz privat. Die anderen, die stellt Mieke selbst ins Netz. Weitaus freizügiger als die, die ich von ihr gemacht habe.«

Ben horchte auf.

Für einen kurzen Moment schien der Mann sich zu entspannen: »Klappen Sie einfach Ihren Laptop auf und suchen nach Miekes Online-Profil: *NelesMama85*. Da werden Sie genau das zu sehen bekommen, was neben mir auch die ganze Welt sehen darf: Mieke beim Rasieren ihrer Beine, Mieke mit Nele im Schwimmbad, Mieke im neuen Bikini. Glauben Sie mir, ein paar Klicks genügen, und Sie werden mehr Fotos von Mieke haben als von Ihrer eigenen Frau. Aber ich wollte noch Fotos von ihr, die nicht die ganze Welt zu sehen bekommt, die ich nur für mich habe. Natürliche Fotos und nicht diese gestellten, die sie immer postet.«

Ben hatte nicht vor, ihn zu unterbrechen. Mende schien in Rage und vor allem darum bemüht, jedwede Schuld von sich abzuweisen – ganz gleich, in welches Licht er Mieke damit auch rückte:

»Mieke lebt im Netz und für das Netz. Sie mag bestens in die Dorfgemeinschaft integriert sein, aber auch das nur, um der Außenwelt dann mitzuteilen, wie beliebt sie eigentlich ist oder wo sie gerade ist. Glauben Sie etwa, ich habe sie am Spielplatz nur zufällig gesehen? Sie hat doch vorher mal wieder kommuniziert, wo sie und Nele später anzutreffen sind – nur für den Fall, dass ein anderes Kind zum Spielen kommen möchte.«

Und genau das ist dann ja passiert, dachte Ben, sprach aber seinen Gedanken nicht aus.

»Sie hat es regelrecht herausgefordert. Sehen Sie in mir den Stalker, der ich sein mag, aber pädophil bin ich sicher nicht. Ich mag Kinder, aber nicht so. Bei manchen Bildern im Netz könnte man allerdings vermuten, dass Eltern mit irgendwelchen widerlichen Fantasien gar keine Probleme haben. Geben Sie doch mal den Hashtag #meinkind ein. Oder #meinmädchen, #mamablogger oder was auch immer. Da werden Sie sehen, was da abgeht. Unzählige Eltern, die laufend ihre Kinder zur Schau stellen – ganz gleich, ob in dicken Winterklamotten, im knappen Bikini, nackt in der Badewanne oder beim Töpfchentraining. Es gibt so viele Eltern, die ihre Kinder regelrecht vermarkten. Wehrlose Kinder in jedem Alter, die nichts dagegen machen können und noch aufgefordert werden, so süß wie nur möglich in die Kamera zu lächeln.«

Dienstag, 22.59 Uhr, Mitfahrerparkplatz

Das Liebespaar im Auto, das scheinbar ungestört herumknutschte, war kein wirkliches Liebespaar. Sobald das Geld platziert war, würde einer von beiden aussteigen, in der Mülltonne nach dem Geld fischen und die Summe noch in der Nacht Achim zukommen lassen. Er würde nicht selbst in Erscheinung treten, sondern einen Mittelsmann vorschicken. Nur wenige kannten seine genaue Rolle, wussten, wie sie ihn direkt erreichen konnten. Er durfte weder sich selbst noch die Organisation gefährden.

Achim ließ es sich aber nicht nehmen, die Geldübergabe aus sicherer Entfernung zu beobachten. Die kleine Kamera, die im Auto des vermeintlichen Liebespaares platziert war, übertrug die Bilder vom Parkplatz direkt auf seinen Bildschirm, das installierte Mikrofon gab ihm die Möglichkeit, sich direkt an die Mitarbeiter vor Ort zu wenden.

»Alles ruhig«, teilte ihm die Männerstimme mit. Er hatte das Paar vor Ort nicht selbst rekrutiert, hatte sich bei dessen Auswahl auf die Expertise von Kristina verlassen.

Nur Minuten später sah er den weißen Mittelklassewagen, der auf den Mitfahrerparkplatz fuhr. Um die Zeit waren selten Autos hier abgestellt. Nur wer abends noch mit Kollegen unterwegs war oder Überstunden vorgab, um sich noch ein paar Stunden mit seiner heimlichen Affäre treffen zu können, würde zu später Stunde noch hier auftauchen. Bei Dunkelheit würde jedoch niemand auf den kleinen Gegenstand aufmerksam werden, den ihr Kunde hier entsorgen würde: eine unscheinbare Brotbox mit mehreren Tausend Euro in bar. Eine weitere Summe in ähnlicher Höhe wäre bei der Übergabe des Kindes erforderlich.

»Zielperson ist eingetroffen«, hörte er über den Lautsprecher.

Er hatte den Mann am Vorabend selbst gesehen und sich einen ersten Eindruck von ihm verschafft. Die Fassade, die er als engagierter und schülerfreundlicher Studienrat nach außen zeigte, täuschte nicht darüber hinweg, dass der Mann einen innerlichen Kampf mit sich ausfocht. Den zwischen seinen widerlichen Neigungen und der Angst, seine Integrität zu verletzen. Aber da war auch dieser Ausdruck freudiger Erregung. Er hatte seine Gegenwehr aufgegeben, war bereit, für das Ausüben seiner Neigungen seine Karriere und seine Freiheit zu riskieren. Er war so nah dran: Wenn jemand zur Geldübergabe auftauchte, würde er keinen Rückzieher machen.

Als die Brotdose mit dem Geldbündel in den Mülleimer geworfen wurde, hatten sie die Aufnahmen, die sie benötigten: Der Studienrat war mitsamt der Dose in der Hand perfekt von der Kamera eingefangen worden. Einen Chip mit den Aufnahmen der Geldübergabe würde der beliebte Mathematik- und Geschichtslehrer zusammen mit dem Kind und den benötigten Unterlagen bekommen. Eine Absicherung dafür, dass er nicht über die Organisation auspackte und Nele für immer verschwunden blieb.

Dienstag, 23.34 Uhr, Erziehungsheim im Wald

Boris schloss die Augen und atmete tief durch. Schrille Stimmen hatten ihn schon immer nervös gemacht. Die seiner Mutter, aber auch Kinderstimmen. Es fiel ihm schwer, die Kontrolle über seine Aktionen zu behalten, wenn er nervös war.

»Wehe, du krümmst den Kindern auch nur ein Haar.«

»Unsere Ware muss unbeschädigt bleiben. Wir wollen keine Reklamationsansprüche. Unzufriedene Kunden bringen unseren Ruf und unsere Organisation in Gefahr.«

»Hol alles aus den Kleinen raus, was auch nur irgendwie geht.«

Er drückte Nele ein Kühlpad gegen die Nase. Er hatte erneut kurz mit dem Handrücken ausgeholt, weil sie einfach keine Ruhe geben wollte. Weil sie sich geweigert hatte, entsprechend den Vorgaben in die Kamera zu lächeln.

Mit Engelszungen hatte er auf sie eingeredet, hatte immer wieder versucht, sie zu ein paar weiteren Aufnahmen zu überreden. Der Kunde wollte Nele spielend in ihrem Zimmer, beim Malen von Kinderbildern. Ganz so, als ob er Bilder aus dem Kindergarten gesammelt hätte. Bilder, die einem stolzen Vater das Herz aufgehen ließen.

Nele hatte nicht einmal den Stift in die Hand nehmen wollen. Schließlich war es Boris gewesen, der möglichst kindgerecht ein Strichmännchen gezeichnet hatte. In bunten Farben, mit einem Luftballon in der Hand und einer strahlenden Sonne in der Ecke.

»So, jetzt ist es doch ganz einfach. Nimm den Stift in die Hand und tu wenigstens so, als ob du malen würdest.« Er hatte das Mädchen nahezu gezwungen, den Stift überhaupt anzufassen. Und dann, als er gerade auf den Auslöser drücken wollte, hatte Nele den Stift genommen und mit wütenden und festen Strichen immer wieder über seine Zeichnung gemalt.

Er hatte nicht anders gekonnt, seine Hand war ihm direkt ausgerutscht. Nele hatte nicht geschrien, sie hatte ihn erschrocken und verängstigt angeguckt und war dann in lautes Schluchzen ausgebrochen.

Nein, er durfte sich nicht gehen lassen, nicht schon wieder. Doch als Nele nicht aufhören wollte zu weinen, war ihm klar, dass ihm das mehr als schwerfallen würde.

Mittwoch, 5.10 Uhr, Bens Privatwohnung

Den Anruf, dass eine Kinderleiche in den Niederlanden gefunden worden war, erhielt Ben noch vor Tagesanbruch. Er hatte sein Handy wie immer nachts auf seinem Nachttisch liegen. Über Stunden hatte er nicht richtig geschlafen, war deshalb sofort nach dem ersten Klingeln am Apparat.

»Ben?«, fragte Imke am anderen Ende.

»Ja.« Seine Stimme klang etwas belegt.

»Wir haben eine Kinderleiche – in den Niederlanden.«

»Nele?«

»Möglich. Ich weiß noch nicht viel mehr. Kleines Mädchen, etwa vier bis fünf Jahre alt. Jugendliche haben das Kind nach einer Party in der Nähe des Almelose Kanaals in Zwolle gefunden.«

»Das ist keine zwei Stunden von hier.«

»Eben, das habe ich mir auch gedacht.« Sie seufzte.

»Hast du schon mit den Beamten vor Ort gesprochen?«

»Nein, ich bin auch gerade erst informiert worden. Wenn wir einen schnelleren Einblick in die dortige Ermittlungsarbeit erhalten wollen, sollten wir hinfahren.«

»Einverstanden, ganz deiner Meinung.« Ben schaute auf

die Uhr. Es war kurz nach 5 Uhr. »Ich versuche, meine Babysitterin zu erreichen, dann können wir eventuell etwas früher los.«

Ben lebte seit der Trennung von seiner Frau mit seinen Töchtern allein. Er konnte seine Frau verstehen, dass sie nicht mehr mit ihm zusammen sein wollte, aber er würde ihr nie verzeihen, dass sie sich gegen ihre Töchter entschieden hatte. Die Mädchen brauchten ihre Mutter. Und es tat ihm in der Seele weh, dass er gerade in den vergangenen Wochen so oft auf die Babysitterin angewiesen gewesen war – auch wenn die Mädchen Gertrud über alles liebten und auch die ältere Dame sich freute, mit ein paar Stunden pro Woche ihre Rente etwas aufbessern zu können. Viel wichtiger war, dass sie die Zeit mit seinen Mädchen wirklich genoss. Sie konnte zwar nicht die Mutter ersetzen, bemühte sich aber, den Kindern wenigstens eine Art Ersatz-Oma zu sein. Er wusste, dass er sie jederzeit anrufen konnte und sie keine Probleme damit haben würde, die Kinder in den Kindergarten und die Grundschule zu bringen – im Gegenteil.

»Wir sehen uns gegen 7 Uhr an der Wache«, sagte er deshalb. »Falls ich mich verspäten sollte, melde ich mich rechtzeitig bei dir.«

»Kein Ding. Ich bin sowieso schon hier. Das alles hat mir keine Ruhe gelassen. Ich wollte noch einmal unsere bisherigen Zeugenaussagen durchgehen, aber bislang finde ich einfach keinen richtigen Ansatzpunkt.«

Sie klang zerknirscht. Obwohl sie einige Jahre jünger war als Ben und noch nicht so lange im Polizeidienst, schätzte er sie als Kollegin sehr und freute sich auf die Zusammenarbeit mit ihr. Auch sie würde alles in ihrer Macht Stehende tun, um die kleine Nele so schnell wie möglich wiederzufinden und ihre Entführer auszumachen. Ben hoffte inständig, dass das in Zwolle gefundene Kind nichts mit ihrem Vermisstenfall zu tun hatte, wusste aber auch, dass dies der Moment war, in dem irgendwo eine Mutter und ein Vater den letzten Funken Hoffnung verlieren würden und ihre schlimmsten Befürchtungen bittere Realität wurden.

Ben hatte es sich abgewöhnt, Schicksalsgeschichten oder Interviews mit Betroffenen zu lesen. Er versuchte, sich ganz auf seine eigenen Fälle zu konzentrieren. Es war nicht so, dass er kein Mitgefühl empfand, aber er wusste mehr als jeder andere, dass Gefühle den objektiven Blick auf das Gesamtgefüge einer Tat verschleierten. Wer als Polizist zu viele Gefühle zuließ, riskierte, wichtige Ermittlungsansätze nicht wahrzunehmen und sich durch Tränen oder Emotionen täuschen zu lassen.

Er atmete einmal tief durch, stand aus dem Bett auf und setzte die nackten Füße auf den eiskalten Boden. Sobald er die definitive Bleibe für sich und die Mädchen gefunden hätte, würde er auf Fußbodenheizung bestehen. So wie sie es zuvor in ihrem Eigenheim gehabt hatten. Warm, wohlig und ein Ort für die ganze Familie. Das hier durfte nicht mehr als nur eine Behelfslösung sein.

Er suchte nach seinen Hausschuhen und fluchte, als er nur einen Pantoffel fand und den anderen nicht ertasten konnte. Vermutlich war der wieder unter sein Bett gerutscht oder Mischlingsrüde Oskar hatte ihn verschleppt. Der Hund tigerte die ganze Nacht über durch das Haus. Kein Wunder, dass er nach dem morgendlichen Spaziergang den ganzen Vormittag verschlief.

Auch hier war Verlass auf Gertrud. Sobald sie die Mädchen weggebracht hätte, würde sie Oskar ausführen. Immerhin täte Bewegung ihren alten Knochen gut, betonte sie immer wieder. Sosehr Bens Leben in den vergangenen Monaten auch aus den Fugen geraten war: Gertrud war definitiv der Ruhepol, den er benötigt hatte und für den er immer dankbar sein würde.

»Na klar komme ich«, sagte sie nur Minuten später noch recht schläfrig am Telefon. »Reicht dir das, wenn ich gegen 6.30 Uhr bei euch bin? Dann kann ich noch schnell beim Bäcker vorbei und Croissants für die Kinder holen. Die mögen sie doch so gerne. Und für dich vielleicht einen doppelten Espresso?«

»Das wäre super«, sagte Ben dankbar. Gertrud wusste immer, wie sie der Familie etwas Gutes tun könnte. »Ich muss heute leider wirklich früh los.«

»Kein Problem«, beschwichtigte Gertrud. »Ich weiß doch, dass ihr momentan viel zu tun habt.« Sie zögerte kurz: »Geht es um das kleine Mädchen, das vermisst wird?«

»Ja, ich fürchte es.« Noch immer hoffte Ben auf einen anderen Ausgang, aber jedes Mal, wenn eine Leiche gefunden wurde, die nur annähernd auf eine Vermisstenbeschreibung passte, mussten sie mit dem Schlimmsten rechnen. Erst recht in diesem Fall. Zwischen 245 und 497 Mordopfer hatte es nach Angaben des Bundeskriminalamtes in den vergangenen Jahren jährlich gegeben – und das nur in Deutschland. Nur ein Bruchteil davon, nämlich zwischen 15 und 52, waren im gleichen Zeitraum Kinder im Alter unter 14 Jahren gewesen.

Versuchte Mord- oder auch Totschlagsdelikte flossen in diese Statistik nicht mit ein. Leichenfunde und Taten im benachbarten Ausland ebenfalls nicht. Dabei lagen zwischen dem Fundort der Kinderleiche und dem Entführungsort der kleinen Nele nur knapp 150 Kilometer. So eine Strecke könnte man ohne Probleme in weniger als zwei Stunden zurücklegen.

Ben öffnete die Tür zu dem Kinderzimmer, das sich seine Töchter aktuell teilen mussten, und war froh, dass sie beschützt zu Hause in ihren Betten lagen und nicht wie das andere Mädchen bei Minustemperaturen irgendwo im Schilf eines Kanals. Gerade wenn es um Kinder ging, konnte er die sonst übliche Professionalität nicht beibehalten. Sollte er einen dieser Kindsmörder vor sich haben, müsste er sich mehr als zusammenreißen, um ihm mit dem laut Polizeistatuten geforderten und doch absolut nicht möglichen Respekt gegenüberzutreten. Denn das, was er am liebsten mit einem Kindsmörder anstellen würde, ließ sich mit seinem Berufsbild nicht vereinbaren. So riskierte er nur, auf Dauer aus dem Polizeidienst entlassen zu werden.

Mittwoch, 5.20 Uhr,
Erziehungsheim im Wald

Amira hatte die Tür gehört. Jeder der Tage hier war gleich. Boris stand immer zur gleichen Zeit am Morgen auf, öffnete die quietschende Tür zu seinem Zimmer, stapfte den Gang entlang und blieb jedes Mal kurz vor ihrer Tür stehen. Amira wachte jeden Morgen durch das Quietschen auf und hielt den Atem an, wenn er vor ihrer Tür verharrte.

Hoffentlich kam er nicht rein, hoffentlich ging er weiter! Sie mochte es nicht, wenn Boris ins Zimmer kam. Manchmal stellte sie sich schlafend, dann ging er wieder.

Sie wollte nicht, dass er auch zu Nele ging. Gestern hatte sie gesehen, wie Kristina die Schlüssel zu Neles Tür in eine der Tassen in der Küche legte. Wenn sie doch nur die Möglichkeit bekäme, die Schlüssel zu holen und mit Nele wegzulaufen. Sie würde sie an die Hand nehmen, wie sie es schon auf dem Spielplatz getan hatte, und dann würden sie ganz schnell laufen. So lange, bis sie nicht mehr konnten. Vielleicht könnten sie am Abend weglaufen, dann würde sie niemand finden. Amira hatte im Dunkeln Angst, aber zu zweit war es sicher nicht ganz so schlimm. Sie könnten aufeinander aufpassen und sich besser verstecken. Nele hatte eine pinke Jacke.

Tagsüber würde jeder im Wald sofort eine pinke Jacke sehen. Nachts aber waren fast alle Farben gleich.

Amira kniff die Augen zusammen, hatte die Bettdecke über ihren Kopf gezogen. Wenn Boris zur Tür reinschaute, würde er denken, dass sie noch schlief. Dann würde er hoffentlich wieder gehen. Sobald er abends im Keller war, könnte sie zu Nele. Kristina war am Nachmittag nicht immer im Haus. Dann war Boris mit ihnen allein. Sie müssten nur laufen, laufen und laufen. Und irgendwann würden sie an einem Haus anklopfen, von Boris, Kristina und Xenia erzählen und die Leute bitten, die Polizei zu rufen.

Die Schritte entfernten sich, und irgendwann hörte sie am knarzenden Geräusch der steilen Holztreppe, dass er nach unten ging. Plötzlich fühlte Amira sich innerlich so ruhig wie schon lange nicht mehr. Sie würde heute eine Strumpfhose unter ihre Jeans ziehen. Im Wald war es kalt. Sie wollte heute Nacht nicht frieren. Amira schlüpfte unter der Bettdecke hervor, öffnete ihren Kleiderschrank und holte die Strumpfhose und einen dicken Pullover hervor. Boris würde wütend werden, wenn er etwas von ihren Plänen ahnte. So richtig wütend. Nele und sie müssten schnell sein. Sie hatten nur diese eine Chance. Hoffentlich war Nele noch da und nicht wie die anderen Kinder bereits verschwunden.

Mittwoch, 8.50 Uhr, Bank

Noch zwei Stationen bis zum Hauptbahnhof. Mit dem Koffer in der Hand saß er auf einem Fenster-Einzelplatz in der Straßenbahn. Mit dem Handrücken wischte er über die beschlagene Scheibe. Versuchte so, einen Blick auf die Häuser rechts und links der Schienen zu werfen. 60er-Jahre-Bauten, deren Putz allmählich abgeblättert war und die nur wegen der noch verbliebenen Weihnachtsbeleuchtung so viel freundlicher aussahen als in den übrigen Wintermonaten.

Mit einem Rucken hielt die Straßenbahn an der nächsten Haltestelle, spuckte eine Ladung müde wirkender Personen in grauen Mänteln aus und nahm eine Gruppe ebenso missmutiger Menschen auf, die im feinen Nieselregen vermutlich viel zu lange auf die nächste Bahn gewartet hatten. Tropfende, erst auf Türhöhe zusammengefaltete Schirme ließen andere Passagiere zur Seite weichen. Das auf den Boden rinnende Wasser vermischte sich mit den Schlieren dreckiger Fußspuren, verwandelte den Bodenbelag der Tram in eine rutschige Fläche.

Die alte Dame, die in leicht gebückter Haltung in die Straßenbahn stieg, zog einen blaugrün karierten Trolley hinter sich her. Nur ihre dünnen Beine ließen vermuten, dass sie nicht so robust und wuchtig war, wie sie in diesem dicken Mantel wirkte. Als die Bahn mit einem weiteren Ruck wieder anfuhr, verlor sie das Gleichgewicht und schaffte es gerade noch, nach der Haltestange zu greifen. Der Trolley rutschte ihr weg, landete fast vor seinen Füßen.

Er griff nach dem Gepäckstück, richtete es auf und griff dann der Frau unter die Arme.

»Kommen Sie, ich helfe Ihnen. Nehmen Sie meinen Platz.«

Er bot ihr seinen Arm an und legte seine Hand schützend über ihre, als sie sich bei ihm unterhakte.

»Vorsichtig! Nicht, dass Sie noch fallen.«

Die Dame nickte freundlich, ging mit kleinen Trippelschritten auf den freien Platz zu und ließ sich von ihm auf den Sitzplatz helfen. Als die Straßenbahn in die Kurve fuhr, fiel sie kurz gegen ihn, entschuldigte sich und ließ sich dann seufzend auf den Sitz fallen.

»Danke«, hauchte sie und sah ihn lächelnd an.

Er erwiderte das Lächeln, tätschelte noch einmal ihre Hand und bugsierte dann den Trolley direkt neben sie. »Wissen Sie, das Alter …«, sagte sie, brach dann aber ab, als er sich von ihr abwendete. Er hatte kein Interesse, hier ein Gespräch mit jemandem zu beginnen.

»Meine Haltestelle kommt gleich«, sagte er deshalb nur kurz und positionierte sich in der Nähe der Ausgangstür. Die letzten Meter würde er zu Fuß laufen. Ihm war heiß. Noch immer trug er in öffentlichen Verkehrsmitteln freiwillig eine Maske, schützte so sich selbst und die Organisation. Die Maske half ihm dabei, seine Anonymität zu wahren. Sein Gesicht blieb somit austauschbar. Niemand würde sich an ihn erinnern oder ihn wiedererkennen. Weiße FFP2-Maske. Standardmodell. So wie es viele über lange Zeit getragen hatten.

Niemand sah dadurch das auffällige Muttermal an seinem Kinn. Niemand würde ihn von anderen Männern im Anzug unterscheiden können.

Als der Finanzdistrikt näher kam, schlossen sich seine Finger fester um den Griff seines Aktenkoffers. Mit der anderen Hand rückte er seine Krawatte zurecht. Kaum hatte die Bahn gehalten und die Türen waren geöffnet, stieg er zügig aus und ging entschlossenen Schrittes auf das gläserne Gebäude der Bank zu. So wie es täglich viele andere taten. Finanzgeschäfte, nichts Ungewöhnliches in einer Bankenhochburg. Nur, dass seine Bankgeschäfte nicht ganz so transparent waren wie die anderer. Er grinste. Mit Immobilien hatte er nur bedingt zu tun. Und doch ermöglichten ihm die fingierten Einkünfte aus Immobilienvermietungen im Ausland den glaubhaften Transfer größerer Bargeldmengen. So wie heute.

In der Glasfront des Gebäudes spiegelte sich seine Gestalt. Er ging aufrecht und schnellen Schrittes, wirkte wie jeder andere, der einen ganz normalen Geschäftstermin hatte. Wenn er etwas gelernt hatte, dann war es, sich nicht verdächtig zu verhalten. Jeder, der zögerte, sich umschaute, seinen Blick zu ausufernd über Menschenmassen schweifen ließ, hatte entweder etwas zu verbergen oder Angst. Angst kannte er nicht. Aber er wusste, dass seine Klienten sie verspürten. Denn das, was sie zu verbergen hatten, war so groß und gewaltig, dass jeder falsche Schritt verheerende Folgen für sie hätte. Also schwiegen sie.

»Guten Morgen«, rief er fröhlich, als er das Gebäude betrat und an der Empfangsdame vorbei direkt die Treppe nach oben nahm. »Termin bei Berger«, rief er ihr zu. »Ich bin bereits angemeldet.«

Der grüne Teppich, der im gesamten Bankgebäude ausgelegt war, schluckte seine Schritte, ließ ihn nahezu lautlos in die zweite Etage gelangen. Den beiden Angestellten, die ihm auf der Treppe begegneten, nickte er freundlich zu, schaute ihnen aber nur beiläufig in die Augen. Wie bei einer flüchtigen Begegnung, an die sich im Nachhinein niemand mehr erinnern könnte. Verschluckt von der Anonymität der heutigen Gesellschaft, in der nur noch auffiel, wer sich Gehör verschaffte. Genau das tat er nicht.

Behutsam klopfte er an den Türrahmen des geöffneten Büros, an dem seitlich Bergers Name angebracht war: *Chris Berger, Geschäftskundenberater.*

Berger, ein großer, nahezu drahtiger Mann mit akkuratem Haarschnitt, saß hinter seinem ergonomischen weißen Hochglanz-Schreibtisch. Er zwinkerte ihm zu, bedeutete ihm dann, ihm gegenüber Platz zu nehmen. Mit der einen Hand deckte er die Muschel des Telefonhörers ab. »Kleinen Moment noch. Ich bin gleich ganz für Sie da.«

Während Berger das Gespräch weiterführte, nahm er in einem der mit Kunstleder bezogenen Stühle Platz, legte seinen Aktenkoffer auf die Tischplatte vor sich und strich mit der linken Hand darüber. Mit der rechten lupfte er kurz seine FFP2-Maske, um etwas besser Luft zu holen. Er beobachtete Berger ganz genau. Jede Geste, die Mimik. Er achtete auf jeden Unterton in der Stimme. Das hatte er sich schon als Jugendlicher angewöhnt. Sobald irgendwas seinen Argwohn weckte, würde er hier abbrechen und verschwinden.

Sollte Berger Schwierigkeiten machen wollen, so überspielte er das perfekt.

»Natürlich. Sobald die Verträge unterzeichnungsfertig sind, werden wir uns bei Ihnen melden. – Ja, ich gebe Ihnen mein Wort.«

Berger schaute ihn an. Formte mit den Lippen eine kurze Entschuldigung.

»Ich vermute, ein paar Tage. Ja, das werde ich noch mit meinem Vorgesetzten besprechen.«

Seine Stimme klang ruhig und beschwichtigend. Sein Gesprächspartner fühlte sich vermutlich gut beraten. Sah nicht, wie Berger kurz die Augen verdrehte und mit der rechten Hand den Cursor der Maus bewegte.

Er klickte auf dem Bildschirm etwas an, verabschiedete sich schließlich von seinem Gesprächspartner und wandte sich dann endlich ihm zu.

»Entschuldigung, dass Sie so lange warten mussten«, sagte er, stand auf und schloss die Tür. Jetzt waren sie beide allein – in einem mit grünem Teppichboden und hochwertigen Möbeln ausgestatteten Raum, der suggerieren sollte, dass hier nicht nur auf die sorgfältige Einrichtung, sondern auch auf einen sorgfältigen Umgang mit Geld geachtet wurde.

Er nickte kurz, legte dann seinen Aktenordner auf den Tisch. Mit der rechten Hand strich er nochmals sorgsam über das hochwertige Leder. Etwas anderes als die abgenutzten Materialien, die er in seiner Jugend immer um sich gehabt hatte. Getragene Kleidung, gebrauchte Gegenstände – mehr war für schwer erziehbare Jugendliche nicht zu erwarten gewesen. Dabei war er gar nicht schwer erziehbar gewesen. Es hatte sich nur nie jemand um ihn gekümmert.

»Wie laufen die Geschäfte?«, fragte Berger und nahm wieder Platz. »Wir haben uns ja schon seit einiger Zeit nicht mehr gesehen.«

»Pandemiebedingt«, antwortete er kurz. »Durch Corona sind uns einige Kunden weggeblieben.«

»Kein Interesse an Vermietungen?«

»Ich glaube gar nicht, dass es an mangelndem Interesse liegt. Sondern vielmehr an den anderen Einschränkungen. Verringerte Reisemöglichkeiten, mehr Kontrollen an den

Grenzen, um die Einhaltung der Einreisebestimmungen zu überprüfen. Das tut sich nicht jeder an. Es macht das Reisen generell viel schwieriger und den Aufwand größer.«

Berger nickte verständnisvoll. »Ja, das berichten viele Kunden. Wir haben uns auch sehr zurücknehmen müssen. Aber es hat sich ja vieles endlich wieder eingependelt.«

Dann lehnte er sich in seinem schwarzen Ledersessel zurück. Obwohl er vermutlich schon den ganzen Tag über hier saß, wirkte sein Anzug nahezu faltenfrei, gar aalglatt wie der ganze Typ. Es war nicht das erste Mal, dass er auf Berger traf. Er schätzte an ihm seine Verschwiegenheit. Seine Fragen wirkten wie bloßes Geplänkel. Also stieg er darauf ein, verlor sich ebenso in Belanglosigkeiten wie sein Gesprächspartner, der sich nach ein paar Minuten vornüberbeugte.

»Wie machen wir es mit dem Geld?«

»Ich würde es auch dieses Mal am liebsten wieder im Schließfach deponieren. Seit der Pleite von Lehman Brothers habe ich das Gefühl, dass es da einfach besser aufgehoben ist.« Er war sicher, dass sein Lachen viel zu nervös klang.

Doch Berger nickte verständnisvoll. »Den Gedanken kann ich gut nachvollziehen. Wenn Sie nichts dagegen haben, werde ich Sie persönlich in den Tresorraum begleiten.«

Ohne eine Reaktion abzuwarten, stand er auf und griff nach dem großen Schlüsselbund, den er in der obersten Schreibtischschublade abgelegt hatte. Sein Blick streifte ihn nur kurz, ließ keinerlei Zweifel an seinen Absichten erkennen.

»Sollen wir dann?«, fragte Berger und wartete, bis er sich erhoben hatte.

Seine Finger schlossen sich erneut fest um den Griff seines Lederkoffers. Sobald er das Geld sicher deponiert hatte, könnte er sich entspannen. Er war froh, dass er sich auf seine Leute verlassen konnte. Selbst dann, wenn eine Übergabe schieflaufen sollte, war er sich sicher, dass sie ihn nicht verraten würden. Dass vor allem Xenia ihn nicht verraten würde.

Berger ging ihm voraus, öffnete die Tür zu einem weiteren Treppenhaus und hielt sie auf, bis er hindurchgeschlüpft war. »Im Untergeschoss«, sagte er kurz und schwieg, bis sie vor dem Tresorraum angekommen waren. Er gab schnell eine Zahlenfolge ein, und ein leises »Klack« kündigte das Öffnen der stählernen Tür an. Automatisch sprang im Inneren des Raumes eine Neonbeleuchtung an, tauchte den Raum in ein viel zu grelles Licht, das sich auf den metallenen Oberflächen der Schließfächer widerspiegelte.

Er hatte sein Fach gleich entdeckt, nannte die dazugehörige Nummer und wartete, bis Berger die Geldkassette auf den schlichten Tisch in der Raummitte gelegt hatte. Berger drehte sich nicht um. Er fixierte ihn nahezu, sodass er gezwungen war, das Geld vor seinen Augen aus seinem Aktenkoffer zu nehmen. Große Scheine, nicht durchnummeriert. Alles aufgeteilt in zehn gleichwertige Geldbündel, die er sorgfältig noch einmal durchsah.

»Falls Bedarf besteht …«, bot er ihm an.

Doch Berger winkte ab: »Momentan nicht. Aber ich höre mich weiter um. Es gibt immer mal wieder jemanden, der urlaubsreif ist und gerne auf das Angebot zurückkommt.« Er lachte.

Dann griff Berger nach einem der zehn Bündel und schob es sich in die Innentasche seines Sakkos. »Die Firma dankt«, sagte er. »Persönlich bin ich bislang auch sehr zufrieden. Einwandfreie Ware.« Er grinste.

»Das freut mich, wenn es bislang nichts zu bemängeln gibt.«

Berger winkte ab. »Absolut nichts. Wie gesehen, so gekauft. Wirklich ein hübsches kleines Ding.«

Mittwoch, 9.19 Uhr, Niederlande

Die Fahrt in die Niederlande dauerte wie vermutet keine zwei Stunden. Über weite Strecken war Bodennebel hartnäckiger Begleiter der beiden Polizisten. Ben und Imke sprachen während der Fahrt nicht viel miteinander. Imke hatte die meiste Zeit über die Augen geschlossen. Die einzige Stimme, die die Stille ab und an unterbrach, war die des Navigationsgerätes, das sie zielsicher zur zuständigen Behörde von Oost Nederland brachte. Commissaris Ruben Peeters erwartete sie bereits in seinem Büro.

»Welkom«, sagte er und streckte erst Imke und dann Ben die Hand entgegen. Er war groß gewachsen und hatte blonde, leicht verstrubbelte Haare. Von seinem jugendlichen Charme hatte er – auch dank seiner Sommersprossen – nichts eingebüßt. Commissaris Ruben Peeters lachte. »Keine Bange, ich spreche ganz gut Deutsch. Hier ist das ein geläufiges Schulfach. Man kommt fast nicht drum herum.«

Auf einem der mit Kunstleder bezogenen und leicht verschlissenen Besprechungsstühle in seinem Büro saß ein weiterer Polizist, der sich zur Begrüßung kurz erhob.

»Darf ich vorstellen? Commissaris Tjark Verhoeven. Er ist mit dem Fall betraut.«

Er bedeutete Ben und Imke, Platz zu nehmen, schenkte ihnen Kaffee ein und schob den deutschen Kollegen den Teller mit den Stroopwafels hin.

»Hier, probieren Sie das. Niederländische Spezialität. Die hat meine Mutter zubereitet. Ich bin beleidigt, wenn Sie nicht wenigstens eine essen.« Dann wurde er ernst. »Nientje ist vor ein paar Wochen von einem Spielplatz in Zwolle verschwunden. Vieles daran erinnert an Ihren Fall und das Verschwinden von …« Er druckste herum, schüttelte dann aber den Kopf.

»Nele Ganter, vier Jahre alt«, half ihm Ben auf die Sprünge.

»Ähnliches Alter«, bestätigte Commissaris Tjark Verhoeven.

»Genau, Nientje Leeuwen war knapp fünf Jahre, als sie vermisst gemeldet worden ist. Sie hatte mit anderen Kindern aus der Siedlung auf einem Spielplatz in der Nähe der Reihenhausanlage gespielt, in der sie mit ihren Eltern und ihrem kleinen Bruder Liam gewohnt hat. Der Spielplatz ist eingebettet in die Siedlung, kaum Durchgangsverkehr. Vielfach ein Katzensprung für die Kinder, einige Mütter haben von ihren Küchenfenstern oder Balkons direkten Blick auf die Anlage. Es ist also absolut nicht ungewöhnlich, dass Kinder hier ohne Aufsicht ihrer Eltern spielen. Das Sozialgefüge in der Wohngegend wird allgemein als gut beschrieben, Familien der Mittelschicht oder darüber, keine Kriminalität – von Automatenaufbrüchen einmal abgesehen. Übereinstimmend haben Eltern ausgesagt, dass sie ihre Kinder immer in Sicherheit geglaubt hätten. Der Spielplatz ist in Ruf- oder Sichtweite vieler Häuser, ältere Kinder der Siedlung hätten immer auch ein Auge auf die Jüngeren gehabt.«

»Und trotzdem ist Nientje eines Tages verschwunden.« Ben wirkte betroffen.

»Genau. Nientje hat den Nachmittag mit mehreren anderen

Kindern auf dem Spielplatz verbracht. Als ihre Mutter sie mit Einbruch der Dämmerung abholen wollte, war sie nicht mehr da. Keines der anderen Kinder hatte Nientje zu dem Zeitpunkt vermisst. Die Kinder, die befragt werden konnten, hatten entweder nicht auf Nientje geachtet oder waren davon ausgegangen, dass das Mädchen die paar Meter nach Hause gelaufen sei. Nientjes Mutter hat erst mit einigen Nachbarn die nähere Umgebung abgesucht, weil sie sicher waren, dass Nientje sich irgendwo versteckt hätte. Sie hat zu dieser Zeit gern Verstecken gespielt. Als sie die Polizei gerufen hat – das haben unsere Ermittlungen später ergeben –, war das Mädchen bereits mindestens zwei Stunden verschwunden.«

»Viel zu lange«, resümierte Imke kurz.

»Ja, leider ist das hier nicht anders als bei euch. Gerade bei Kindesentführungen zählt jede Minute.« Wohl eher unbewusst schaute Commissaris Ruben Peeters dabei auf die schlichte Bahnhofsuhr über der Bürotür, deren Sekundenzeiger unaufhörlich fortschritt.

»Wir haben zwar eine Vermisstenmeldung herausgegeben und auch zügig den Amber-Alert ausgelöst, haben aber vor allem im erweiterten Umfeld nach dem Mädchen gesucht. Es gab für uns keinerlei Anhaltspunkte, dass das Kind entführt worden sein könnte.«

»Zunächst nicht«, warf Commissaris Tjark Verhoeven ein.

Sein Kollege nickte. »Natürlich hatten wir einen leisen Verdacht, aber da alle Kinder betonten, dass keine fremden Erwachsenen auf dem Spielplatz gewesen seien, und auch Anwohner niemanden bemerkt hatten, der sich auffällig verhalten hätte oder vielleicht von einem Wagen aus die Kinder beobachtet hätte, haben wir sogar mit Tauchern Teile des Almelose Kanaal abgesucht. Der Spielplatz liegt nicht weit entfernt, es wäre nicht das erste Mal gewesen, dass ein Kind zu nah an eine Uferböschung gelangt und in ein Gewässer stürzt. Die Suche blieb jedoch erfolglos.«

Commissaris Ruben Peeters seufzte. »Erst am kommenden Morgen hat sich der Vater eines älteren Jungen bei uns gemeldet. Es sei vermutlich gar nicht von Bedeutung, aber sein Sohn kenne Nientje, und Nientje hätte mit einem Mädchen gespielt, das er nie zuvor gesehen hätte. Das andere Kind sei vermutlich mindestens zwei oder drei Jahre älter gewesen und hätte ausschließlich mit Nientje, nicht aber mit den anderen Kindern gespielt. Daraufhin haben wir die Kinder, deren Namen wir hatten, noch einmal befragt. Tatsächlich teilten zwei weitere Kinder die gleiche Beobachtung. Eins meinte nach mehreren Nachfragen sogar, dass das Mädchen sich Hand in Hand mit Nientje immer weiter von den anderen Kindern entfernt hätte.«

Der Commissaris machte eine kleine Pause. Die Erinnerungen an den Fall bewegten ihn sichtlich.

»Natürlich war nicht ausgeschlossen, dass auch zwei Kinder in den Almelose Kanaal gefallen sein könnten, aber der ist um die Zeit im Uferbereich oft gut von Joggern oder Spaziergängern mit Hund besucht. Zwei Kinder, die in den Kanal stürzen, hätte garantiert jemand gemeldet. Wir haben aber weder entsprechende Rückmeldungen noch ernst zu nehmende Reaktionen auf den abgesetzten Amber-Alert erhalten.«

Er streckte die Hand aus und ließ sich die graue Mappe geben, die Commissaris Tjark Verhoeven die ganze Zeit über in den Händen gehalten hatte. Er holte einen Stapel Fotos hervor, schaute sie durch und legte eines der Bilder vor Ben und Imke auf den Tisch. Es zeigte ein kleines Mädchen mit seitlich gebundenen Zöpfen, Stupsnase und blonden Locken.

»Das ist Nientje etwa eine Woche vor ihrem Verschwinden. Den Anorak mit den Teddy-Reflektoren sowie eine ähnliche

Hose hat sie laut Aussage der Mutter auch am Tag ihres Verschwindens getragen.«

Er holte weitere Fotos aus der Mappe heraus – Tatortfotos. »Das hier ist das Kind, das heute Nacht entdeckt worden ist. Ein festliches Kleid, ein adrett geflochtener Zopf, dunkle Haare. Eigentlich ist Nientje blond. Auf den ersten Blick könnte es sich dabei aber um so ziemlich jedes Mädchen in dem Alter handeln.«

Imke wendete ihren Blick ab. Die Kälte hatte den toten Körper konserviert und die natürlichen Zersetzungsprozesse verlangsamt. Doch die todbringende Verletzung war ebenso wenig zu übersehen wie die Totenflecken, die das ehemals so rosige Kindergesicht mit den typischen rot-violetten und blaugrauen Schattierungen überzogen hatten.

»Totschlag«, stellte Ben äußerlich unbeeindruckt fest. Innerlich spielten sich in ihm ganz andere Szenarien ab. Eine seiner Töchter war im gleichen Alter. Jeder Erwachsene könnte ein Kind problemlos so zurichten.

Commissaris Ruben Peeters nickte. »Wir haben es hier definitiv nicht mit einer Affekthandlung zu tun. Die sehen anders aus. Es hat aber kein Übertöten des Mädchens gegeben. Dennoch handelt es sich um erhebliche Gewalteinwirkungen, die unmittelbar zum Tod des Kindes geführt haben.«

»Wissen wir etwas zum Täter?«, fragte Ben.

Commissaris Ruben Peeters schüttelte bedauernd den Kopf. »Leider noch nicht. Wir können möglicherweise noch DNA-Spuren sichern, aber ohne die wird es vermutlich schwierig. Es gibt keine offensichtlichen Abwehrverletzungen des Kindes. Das Mädchen ist entweder komplett überrumpelt worden …«

»Oder hatte keine Chance, sich zur Wehr zu setzen«, ergänzte Imke mit leiser Stimme.

»Absolut. Die Kräfteverhältnisse standen hier sicher in keinerlei Verhältnis.«

»Der Tatort?«

»Der Fundort ist mit hoher Wahrscheinlichkeit nicht der Tatort. Wir gehen davon aus, dass das Mädchen erst später abgelegt worden ist. Die Leiche lag im Schilf. Es ging niemandem darum, das Kind zu verstecken. Sie wollten die Leiche nur so schnell wie möglich loswerden.«

»Weiß man bereits Genaueres zur Todesursache?«

»Das Kind befindet sich noch in der Rechtsmedizin. Die ist nur ein paar Straßenblöcke weiter. Wir können gerne gemeinsam mit dem Rechtsmediziner sprechen.«

Mittwoch, 11.17 Uhr

Der Rechtsmediziner des Krankenhauses zog den Reißverschluss des Leichensackes zu. Er hatte die Leichenschau des Mädchens beendet. Mit dem Handrücken wischte er sich über die Stirn. Die Obduktion von Kindern war etwas, das ihn weitaus mehr mitnahm als die Begutachtung von älteren Leichen, bei denen die Skelettmuskulatur altersbedingt bereits abgebaut hatte und bei denen Grunderkrankungen und chronische Leiden zu einer Abnahme der Körperfettmasse und zu einem fortschreitenden Gewichtsverlust geführt hatten. Bei den meisten seiner Leichenschauen konnte er feststellen, dass der körperliche Verfall bereits eingesetzt hatte – unabhängig von der späteren Todesursache. Viele hatten den Großteil ihres Lebens gelebt. Bei einem Kind war das anders. Kinder fingen gerade erst an, ihre Freiräume zu entdecken, auszuschwärmen und zu begreifen, welche Möglichkeiten ihnen ihr Leben bot. Bis dann jemand kam und meist willkürlich und zur Befriedigung seiner Triebe beschloss, sie genau aus diesem Leben zu reißen.

Das Kind, das er in den Stahlkörperbehälter des Leichen-Kühlschrankes schob, wäre jetzt fünf Jahre alt. Die Rollen quietschten leicht, als er das Tablett mit dem Mädchen wieder in die Leichenkühlzelle einfuhr. Er wartete, bis er den Widerstand der Stopp-Rolle am Ende der Zelle spürte, und schloss dann die Tür. Das Mädchen war hier nicht allein. In der Zelle unter ihm lag ein Verkehrsunfallopfer, das gerade erst seinen Führerschein gemacht hatte, auf gleicher Höhe daneben eine ältere Frau, die einer Krebserkrankung erlegen war.

Der Rechtsmediziner zog sich seine Einweg-Handschuhe ab und warf sie in den dafür vorgesehenen Müllbehälter. Dann ging er aus dem Raum und schaltete das Licht aus. Es war später Vormittag, und er hatte Stunden mit dem Mädchen in einem Raum verbracht. Manchmal sprach er mit den Leichen, redete ihnen gut zu, sagte ihnen, dass ihnen nun niemand mehr etwas tun würde. Dass er selbst das Skalpell ansetzte und damit die Schädel, Brust- oder Bauchhöhlen öffnete, war für ihn keine weitere Qual, sondern vielmehr die Möglichkeit, gerade Mordopfern posthum noch Gerechtigkeit widerfahren lassen zu können und Angehörigen die Antworten zu liefern, nach denen sie sonst ein Leben lang verzweifelt gesucht hätten.

Aber bei Kindern gab es keine Antworten, die zu innerem Frieden führen würden.

Der Rechtsmediziner ging den Flur entlang und ließ die schwere Stahltür hinter sich ins Schloss fallen.

Commissaris Ruben Peeters von der Politie Zwolle wartete bereits auf ihn. »Neuigkeiten?«, fragte er kurz.

»Mit Gewalt durchgedrückter Kehlkopf, zudem stumpfe Gewalteinwirkung auf den Schädel. Da wollte jemand sichergehen, dass zumindest eine der beiden Verletzungen tödlich ist. Keine offensichtlichen Spuren eines sexuellen Missbrauchs, aber es stehen noch ein paar Laboruntersuchungen aus.«

Es war nicht der erste Fall dieser Art, den der Rechtsmediziner auf seinem Seziertisch hatte. Doch oft zeigten ermordete Kinder bereits alte Spuren von Missbrauch, hatten schlecht verheilte Knochenbrüche, Prellungen. Er wünschte manchmal, er könnte in den Augen der Kinder lesen, und war doch froh, dass genau das nicht möglich war. Seine Fantasie war schlimm genug. Alte, schlecht verheilte Knochenbrüche, Striemen auf dem Körper und Spuren sexuellen Missbrauchs erzählten stumm Geschichten, die unerträglich waren.

»Wen suchen wir?«

»Aufgrund der Lage der Striemen am Hals einen mindestens 1,75 Meter großen Täter oder aber eine Täterin. Sehr viel mehr kann ich dazu leider nicht sagen.«

»Todeszeitpunkt?«

»Das Kind ist vermutlich schon seit mehreren Tagen tot. Auf den Tag eingrenzen kann ich das nicht. Es ist draußen empfindlich kalt, dazu kommt eine hohe Luftfeuchtigkeit. Der Verwesungsprozess schreitet damit langsamer voran. Es handelt sich definitiv um die kleine Nientje. Der DNA-Abgleich ist seit ein paar Minuten da.«

»Also nicht Nele«, sagte Ben knapp. Dieses Kind war vermutlich bereits tot gewesen, als Nele noch wohlbehütet bei ihrer Mutter gewesen war. Es gab noch immer keine Spur von dem kleinen Mädchen aus Deutschland – aber durchaus Zusammenhänge zu dem Fall Nientje Leeuwen: Ein älteres Kind spricht ein jüngeres an, verwickelt es in ein Spiel, lockt es aus der sicheren Umgebung. Für Nientje hatte das Spiel einen tödlichen Ausgang genommen. Für Nele gab es noch Hoffnung. Erleichterung machte sich bei Ben jedoch keine breit. Hier waren es andere Eltern, die nun vom viel zu frühen Tod ihrer kleinen Tochter erfahren mussten.

Mittwoch, 11.48 Uhr, Villa der Familie Ganter

Nele war seit mehr als drei Tagen verschwunden. Das waren mehr als 72 Stunden, in denen Mieke ihr Kind nicht mehr in den Armen gehalten hatte. Sie spürte ihre Tochter noch wie einen leichten Windzug, der sie umhüllte.

Sie musste tätig werden, auch wenn die Polizei sie eindringlich aufgefordert hatte, alles den Beamten zu überlassen. Doch was war schon passiert? Noch immer gab es keinen Anhaltspunkt für Neles Aufenthaltsort, noch immer wusste sie nicht, ob ihr kleines Mädchen überhaupt noch lebte. Niemandem, aber auch wirklich niemandem, war Nele so wichtig wie ihr. Während die Polizisten irgendwann Feierabend hatten, dachte sie jede Sekunde ihres Lebens daran, wie sie Nele finden könnte. Genau deshalb konnte sie nicht tatenlos herumsitzen. Es gab eine Verbindung zwischen den beiden Mädchen. Vielleicht kannte jemand dieses Mädchen ganz genau und könnte sie so problemlos zu Nele führen.

Die Zeit rannte ihr davon, das spürte sie. Mit jeder Stunde der Trennung war es unwahrscheinlicher, dass Zeugen noch wertvolle Hinweise geben oder aber Nele finden würden. Mieke lief unruhig im großzügigen Wohnzimmer des Hauses auf und ab. Sie war wütend auf sich und die Polizei und verspürte eine Unruhe, die jede Faser ihres Körpers quälte. Ihr gedankliches Chaos stand im enormen Gegensatz zu der peniblen Ordnung im Haus. Neles Spielzeug stand starr an seinem Platz. Keine Unordnung, keine Kekskrümel auf dem Boden, kein durch Kinderhand verursachtes Chaos, das vor allem die Mütter regelmäßig in die Verzweiflung trieb. Mieke war bei der Einrichtung ihres Hauses sehr darauf bedacht gewesen, dass alles hell wirkte und die ganze Einrichtung Ton in Ton war. Sie mochte kräftige Farben kaum und liebte Grau- und Pastelltöne – auch bei Spielzeug.

Wie konnte man nur so oberflächlich sein? Wie hatte sie sich so sehr auf Kleinigkeiten konzentrieren können, wenn doch eigentlich das Glück des Kindes im Vordergrund stand? Was hätte sie nun für Chaos und bunte Farben gegeben … Mieke ballte ihre Hände zu Fäusten, beugte den Oberkörper vor und schrie sich die Seele aus dem Leib. Ein Moment der Unaufmerksamkeit, und schon konnte man zum Zufallsopfer werden. Hätte sie doch nur den Blick auf ihre Tochter gelenkt und nicht auf ihr Smartphone, das eine viel zu große Rolle in ihrem Leben spielte.

Sie griff nach ihrem Handy, das auf dem großen grünen Couchkissen lag, an das sich Nele abends beim Fernsehen immer anschmiegte, spürte diese unbändige Wut, die sie auf sich und das Telefon hatte. Das Handy war schuld, ohne die ständige Ablenkung wäre Nele noch bei ihr. Sie schleuderte das Telefon mit aller Kraft gegen den Kaminsims, fühlte sich endlich befreit und hatte doch eine wichtige Verbindung zu ihrer Tochter gekappt.

Mittwoch, 11.52 Uhr, Erziehungsheim im Wald

Boris las die Nachricht über den Fund der Kinderleiche in den Niederlanden auf seinem Smartphone. Mit seinen fleischigen Fingern scrollte er über das Display, überflog den Erkenntnisstand der niederländischen Polizei. Er kannte den Fundort des Mädchens weitaus genauer, als er hier beschrieben war. Wenn er die Augen schloss, waren die Erinnerungen an den feucht-modrigen Geruch wieder da. Das Mädchen in seinen Armen hatte sich angefühlt wie ein Federgewicht. Er hatte es in eine Decke gewickelt und es vom Parkplatz, der gerne für Drogengeschäfte genutzt wurde, in das Schilf direkt am Ufer getragen. Seine Schuhe hatten bei jedem Abrollen im schlammigen Boden ein schmatzendes Geräusch von sich gegeben. Kurz hatte er überlegt, das Kind in den Fluss zu werfen. Allein seine Abneigung gegen aufgequollene Wasserleichen hatte ihn davon abgehalten. Unbeholfen hatte er dem Kind das Haar getätschelt, so etwas wie eine Entschuldigung gemurmelt. Zunächst hatte er versucht, das Kind wiederzubeleben, aber Xenia hatte ihn davon abgehalten.

»Willst du ihr deine DNA auch noch ins Gesicht pusten? Sie atmet nicht mehr. Vielleicht auch schon länger nicht.

Du glaubst doch nicht ernsthaft, dass wir die so noch loswerden?«

Er hatte geschwiegen.

Noch immer sah er die schreckgeweiteten Augen der kleinen Nientje vor sich. Weit aufgerissen, voller Angst und Panik. Sie hatte den Kopf nach hinten geworfen, als er sie aus dem Auto heraus gepackt hatte, hatte sich panisch umgesehen. Ihre Mama-Rufe waren aber bald unter seiner Hand erstickt. Amira war wie bei anderen Aktionen mit gesenktem Kopf und lautlos ins Auto geschlüpft. Sie baute keine starke Bindung zu den anderen Kindern auf. Mit Tommy hatte sie es versucht. Als der Junge ein paar Tage später verschwunden war, hatte sie tagelang nicht gesprochen und sich in ihr Zimmer zurückgezogen.

Amira hatte angestrengt aus dem Fenster geschaut, die Stirn in Falten gelegt, als das andere Mädchen wild um sich getreten, sich gewehrt und geschrien hatte. Andere Kinder waren nahezu lethargisch, weinten nur leise. Nientje jedoch hatte wie eine Löwin gekämpft. Und so sehr im Auto rebelliert, dass sie das erste Mal wirkliche Bedenken hatten, mit ihrer Familienkutsche aufzufliegen.

Was hätten sie sagen sollen? Dass das Mädchen ihre Tochter und in der Trotz-Phase war? Niemand hätte ihnen geglaubt. Nientje war bereits fast fünf Jahre alt. Sie sprach, sie erzählte, sie erinnerte sich. Die Entführung älterer Kinder war mit einem größeren Risiko und höheren Kosten verbunden. Auch für Nientje fiel bereits ein höherer Satz an. Er wusste nicht, wie viel, aber die Geschäfte liefen mehr als gut. Auch er konnte sich über seinen Verdienst und sein Schweigegeld nicht beschweren. Es war mehr als genug, um sich das Pflegeheim für seinen dementen Vater in Krakau leisten zu können. Seit mehr als zwei Jahren hatte er seinen alten Herren nicht besucht, sprach aber alle paar Wochen mit seinen Ärzten. Dem Mann ginge es den Umständen entsprechend gut, auch wenn er kaum noch helle Momente hätte und meist ziellos durch das Pflegeheim liefe.

Boris konnte sich über Ziellosigkeit nicht beschweren. Er hatte das hier schon viel zu lange gemacht. Er wollte aussteigen, irgendwo eine Bar für Trucker eröffnen. Vielleicht würde er sie sogar »Kurt« nennen. Boris grinste bei der Erinnerung an die unerwartete Begegnung mit dem Lkw-Fahrer. Das Geräusch berstender Knochen war eins, das ihm immer noch einen leichten Adrenalinkick versetzte.

Mit den Kindern jedoch musste er vorsichtig umgehen. Sie waren so zart und zerbrechlich. Aber sie hatten auch unglaublich viel Energie. Nientje hatte sich auf dem Weg zur Übergabe gewehrt. Sie hatte geschrien, ihn sogar gekratzt. Er war überfordert gewesen, hatte einen kurzen Stopp gefordert und das Kind aus dem Auto gezogen. Als Nientje ihn angespuckt hatte, waren bei ihm die Sicherungen durchgebrannt. Er hatte seine Pranken um ihren Hals gelegt und ihren Schädel einmal heftig gegen den Kotflügel geschlagen. Zu heftig, wie er mittlerweile wusste.

Mittwoch, 11.55 Uhr, Niederlande

Die Stimmung zwischen Commissaris Ruben Peeters und den beiden deutschen Polizisten war gedrückt. Mit gesenktem Kopf verließ Ben die Gerichtsmedizin, warf einen Blick zu Imke, die ein paar Schritte hinter ihm lief und sich eine Träne aus dem Augenwinkel wischte. Das tote Mädchen zu sehen, hatte sie alle sichtlich mitgenommen.

»Sie haben auch Kinder?«, wandte sich Commissaris Ruben Peeters beim Verlassen des Gebäudes an Ben, der bei dem Gedanken an seine beiden Mädchen schlucken musste.

»Zwei Mädchen«, sagte Ben. »Knapp fünf und acht Jahre alt.«

»Gleiches Alter«, resümierte der Niederländer und hielt Ben und Imke die Tür auf. »Wissen Sie, ich habe auch Kinder. Zwei Jungs und ein Mädchen. Und immer wenn ich so etwas wie das hier sehe, kommt in mir eine unbändige Wut auf. Es hätten meine Kinder sein können, verstehen Sie?«

Ben nickte und ballte in seiner Jackentasche die rechte Hand zur Faust. »Wenn wir nur mehr tun könnten! Ich habe das Gefühl, uns rennt die Zeit davon.«

»Extrem gewaltbereiter Täter«, sagte Peeters und schlug einen kleinen Fußweg ein, der weg vom Gebäude führte. »Wer Kindern so etwas antut, wird auch bei anderen Menschen nicht vor Gewalt zurückschrecken. Bei Kindern braucht man schon eine sehr niedrige Hemmschwelle, um ihnen gegenüber gewalttätig zu werden.«

»Aber warum?«, fragte Imke, die mittlerweile zu ihnen aufgeschlossen hatte. »Wer entführt zuerst ein Kind und wirft es dann einfach weg? Und zwar so, dass es später gefunden wird?«

»Wenn ich etwas trotz meiner jahrelangen Erfahrung nicht geschafft habe, dann ist es, dass ich einem Täter nach wie vor nicht in den Kopf sehen kann. Fast alle Menschen haben ihre Gefühle unter Kontrolle. Nicht so sehr, dass es nie einen Ausraster gibt, aber das hier ist etwas anderes. Und ich werde niemals begreifen, warum jemand so etwas tun kann.« Er schüttelte angewidert den Kopf.

»Aber wir brauchen irgendeinen Schlüssel. Irgendwas, das uns weiterbringt«, sagte Ben.

»Das andere Mädchen«, warf Peeters ein. »Wir haben die Spur mit dem anderen Mädchen nie richtig verfolgt. Ja, die beiden Mädchen haben zusammen den Spielplatz verlassen. Aber es waren Kinder.«

»Und eins davon ist vermutlich auf Entführungen abgerichtet«, folgerte Ben.

»Ja, das vermute ich jetzt auch«, pflichtete Peeters ihm bei und zeigte auf eine Imbissbude. »Frikandel?«, fragte er.

Imke schüttelte den Kopf. »Nein, danke. Mir hat es komplett den Appetit verdorben.«

Ben konnte das lautstarke Grummeln seines Magens hingegen nicht ignorieren. »Ja, gerne«, sagte er deshalb und ließ es zu, dass Peeters auch für ihn eine Frikandel und eine Pommes Spezial bestellte.

»Aber wie bringt man ein Kind dazu, ein anderes Kind vom Spielplatz zu locken? Selbst wenn das Mädchen zwei oder drei Jahre älter ist – oder vielleicht auch vier: Kinder in dem Alter haben längst ein Bewusstsein von Recht oder Unrecht. Sie wissen, dass Kinder zu ihren Eltern gehören. Dass man sie nicht einfach mitnehmen kann.«

»Welche Möglichkeit hat ein Kind denn, sich gegen Erwachsene zu wehren?«, warf Imke ein, die sich lediglich einen Kaffee bestellt hatte. »Vermutlich ist das andere Kind komplett eingeschüchtert.«

»Oder aber genauso aufgewachsen«, grübelte Commissaris Peeters und trug die Pappschälchen mit dem Mittagessen an einen Stehtisch rüber. »Wir kennen es doch von vielen Tätergeschichten: Wer mit Gewalt aufwächst, wird später auch oft gewalttätig. Wer als Kind nicht geliebt wird, ist als Erwachsener selten in der Lage, selbst zu lieben oder anderen gegenüber liebevoll zu sein.«

»Und wenn das Kind doch nicht für die eigene Familie arbeitet?«, bohrte Imke nach. »Es kann ja ebenfalls gezwungen werden.«

Comissaris Peeters spießte mit der Holzgabel ein Stück Frikandel auf. »Das Mädchen ist definitiv der Schlüssel. Die Beschreibung, die wir haben, passt auch auf das Mädchen, das die kleine Nele vom Spielplatz gelockt haben soll, oder?«

»Ja«, Ben nickte. »Etwa 120 bis 130 Zentimeter groß, helle Haut, dunkle, lockige Haare. Diese Beschreibung trifft aber vermutlich auf jedes dritte oder vierte Mädchen in dem Alter zu.«

»Fotos?«, hakte Peeters nach.

»Haben wir. Zwar grobkörnig in der Auflösung, aber die haben wir. Eine Freundin der Mutter des entführten Kindes hatte Fotos auf ihrem Handy, die das Mädchen in der Entfernung zeigen.«

»Habt ihr sie veröffentlicht?«

»Nein.« Ben schüttelte den Kopf. »Wir wussten nicht von Anfang an von den Bildern und haben auch die Informationen zu dem Kind nicht an die Presse weitergegeben. Falls das Mädchen ebenfalls Opfer ist, wollen wir es nicht in Gefahr bringen.« Er hatte Denise Maier und Mareike Ganter extra eingetrichtert, die Fotos nicht zu verwenden.

»Sehr gut«, sagte Peeters. »Dann schauen wir mal, ob unsere oder eure Techniker noch mehr aus den Bildern rausholen können, und verbreiten sie bei den Polizeidienststellen beider Länder. Vielleicht können die mal abchecken, ob es ähnliche Fälle gegeben hat oder irgendwelche derartigen Beobachtungen gemeldet worden sind.«

»Wer meldet schon spielende Kinder?« Imke wirkte hoffnungslos. »Das scheint mir kein Fall, den wir ruckzuck aufklären.«

»Leider nein«, zeigte auch Ben sich nicht gerade überzeugt von einem schnellen Ermittlungserfolg. »Aber wir dürfen nichts unversucht lassen. Wenn unsere Mutmaßungen stimmen, dann ist nicht nur Nele in Gefahr, sondern womöglich auch das andere Kind. Wir müssen behutsam vorgehen.«

»Keine Fotos vom anderen Mädchen!« Peeters wirkte entschlossen.

»Ja«, sagte Ben. »Definitiv keine Fotos des anderen Kindes. Sonst bringen wir nur beide in noch größere Gefahr.«

Mittwoch, 11.57 Uhr, Villa der Familie Ganter

Es war keine gute Idee gewesen, ihr Handy vor den Kaminsims zu knallen. Nach einem kurzen Moment der Erleichterung stürzte Mieke nun panisch ihrem Telefon hinterher.

Sie brauchte ihr Handy! Was, wenn ihr jemand einen Hinweis schickte? Wenn Nele anrief? Oder aber doch noch jemand eine Lösegeldforderung stellte? Die Polizei hatte ihr zwar mitgeteilt, dass Entführer sich schnell melden würden, wenn sie Lösegeld wollten, aber es waren sicherlich nicht alle Entführer gleich. Vielleicht wollte man sie nur weichkochen. Dabei würde sie alles für Nele tun.

Bitte, bitte, lass das Telefon nicht kaputt sein, sandte sie ein kleines Stoßgebet gen Himmel.

Ein leichter Riss zog sich über das vollkommen schwarze Display ihres Handys. Mit zitternden Fingern und Tränen in den Augen drückte Mieke auf die Anschalttaste im seitlichen Bereich. Nichts, das Display blieb dunkel. Erst nach einem weiteren Versuch flackerte es wieder, forderte die Eingabe eines Passwortes. Mit angehaltenem Atem gab Mieke Neles Geburtsdatum ein, atmete erleichtert auf, als zunächst Neles

Bild erschien und sie dann wie gewohnt auf ihre Applikationen zugreifen konnte.

Ihr Postfach quoll über. Sie erfuhr so viel Solidarität, dass es ihr noch mehr Tränen in die Augen trieb. Sie musste ihre Kontakte nutzen. Es gab so eine große Community, die sich an der Suche nach Nele beteiligte, dass es eine einmalige Chance war. Wie sonst könnte sie so viel Aufmerksamkeit bekommen? Sie hatte keine Zweifel daran, dass sie die Wirkung sozialer Medien weitaus besser einschätzen konnte als die Polizei. Wenn sie ihre Tochter finden könnte, dann vermutlich über das andere Kind. Sie wollte nicht verstehen, warum die Polizei diese Spur nicht nutzte. Sie würde es sich nie verzeihen können, wenn sie nicht alles versucht hätte.

Mieke rief ihren Instagram-Account auf und zögerte nicht einen Moment, die Fotos hochzuladen, auf denen im Hintergrund auch das andere Mädchen zu erkennen war.

»Ihr Lieben, ich brauche dringend eure Hilfe! Wie ihr wisst, ist Nele seit Sonntag verschwunden. Möglicherweise gibt es aber eine Spur. Seht ihr das Mädchen mit dem blauen Parka auf dem Bild? Die Auflösung ist leider schlecht, aber sie war es, die Nele vom Spielplatz und zum Auto gelockt hat. Sie ist der Schlüssel. Bitte helft mir! Wer kennt sie? Wer hat das Kind schon einmal gesehen? Wo ist Nele? Mir zerbricht es das Herz, nicht zu wissen, wo meine Tochter ist. Ihr wisst, ich bitte euch selten um etwas, aber bitte teilt das Bild. Teilt es überall! Wenn wir das Mädchen finden, finden wir sicher auch Nele! Sie braucht mich doch!«

Mieke kroch auf dem Boden zu ihrer grünen Mikrofaser-Couch und lehnte sich mit geschlossenen Augen an die Armlehne. Das Piepen, das den Eingang erster Kommentare ankündigte, ließ nicht lange auf sich warten. Ein müdes Lächeln quälte sich über Miekes Lippen. Wie sehr sie diesen Ton liebte. Sichtbarkeit und Reichweite waren womöglich noch nie so wichtig gewesen wie in diesem Moment – und doch machte sie sich darauf gefasst, dass es nicht nur positive Kommentare geben würde. Doch egal ob negative oder positive Reaktionen: Jede einzelne würde dazu beitragen, die Suche nach Nele zu erleichtern.

»Unglaublich, wie die Welt geworden ist.«

»WTF! Ernsthaft? Ein Kind lockt ein anderes vom Spielplatz?«

»OMG! Es gibt so kranke Menschen auf dieser Welt!«

»Meine Güte! Da sieht man mal etwas fremdländisch aus und ist direkt wieder unter Generalverdacht. Das ist ein Kind! Was sollen Kinder anderen schon antun?«

»Hoffentlich ist das alles ein Irrtum! Das erinnert mich gerade so krass an die Geschichte von James Bulger!«

»James Bulger? Das sagt mir gar nichts. Was ist das denn für eine Geschichte?«

»Der ist von zwei Kindern ermordet worden. Gib es doch einfach in eine Suchmaschine ein. Dann findest du es schon!«

»Ich habe gerade geschaut. NEIN! Wie schrecklich. Und zu so was sind Kinder in der Lage? Das hätte ich nie für möglich gehalten …«

Ich auch nicht, dachte Mieke, als sie die Zeilen las. *Ich auch nicht. Warum sollte denn ein anderes Kind meinem Kind etwas antun wollen?*

»Haha. Genial. Erst nicht auf das Kind achten und dann auf die Tränendrüse drücken. Hättest du mal von Anfang an besser aufgepasst!«

»Da möchte man nicht wissen, was das Kind für Eltern hat.«

»Es tut mir so leid, dass ihr das gerade durchmachen müsst. Wir denken fest an Nele und hoffen, dass du sie bald wieder in deine Arme schließen kannst.«

»Leute, vielleicht täusche ich mich ja. Aber ich meine, ich hätte das andere Kind schon einmal gesehen. Wenn das Bild doch nur eine bessere Auflösung hätte …«

Mittwoch, 12.14 Uhr, Nachbarschaft

Anna wusste mehr über die Familie, als alle dachten. Sie ließ sich von der Scheinwelt nicht blenden, die Mieke allen vorlebte. Sie hatte andere Dramen gesehen: den großen Streit im Sommer, als Mieke und Thomas lautstark gestritten hatten und sie seine Sachen vor die Tür geworfen hatte. Sein wutverzerrtes Gesicht, als er sie an den Schultern gepackt und geschüttelt und dann doch von ihr abgelassen hatte. Er war in sein Auto gestiegen und mit quietschenden Reifen davongefahren. Danach hatte sie ihn nur noch selten gesehen.

Mieke hatte auf Instagram gepostet, dass sie und ihr Mann sich einvernehmlich und zum Wohle von Nele getrennt hätten. Sie würden weiter Freunde bleiben und sich gemeinsam als liebende Eltern um die Tochter kümmern. Anna wusste, dass das nicht stimmte. Sie folgte ihrer Nachbarin auf Instagram, aber sie kommentierte deren Leben nicht. Sie hätte sich viel zu sehr zusammenreißen müssen, um sie nicht mit der ganzen Wahrheit zu konfrontieren. Auch wenn sie gern gesagt hätte: »Thomas kümmert sich kaum um Nele. Selbst Weihnachten habt ihr nicht zu dritt gefeiert. Wäre das nicht das, was liebende Eltern, die in Freundschaft auseinandergegangen sind, zum Wohle ihres Kinds tun würden?«

Scheinheiliges Getue!

Die angeblichen Überreste der Geburtstagsparty! Sie hatte von ihrem Fenster aus sehen können, wie Mieke den Tisch eingedeckt hatte. Niemand war gekommen. Aber sie dankte ihren guten Freunden, die den Tag so besonders gemacht hatten. Ja, Freundschaft zählte viel – wenn man denn Freunde hatte.

Die teure Kleidung von Nele? Kooperationen! Sie glaubte nicht, dass Mieke davon auch nur ein Teil selbst kaufte. Mit mehreren Tausend Followern brauchte man das nicht. Nur eine klitzekleine Gegenleistung war für Kleidung und Spielsachen gefragt: das eigene Kind als kostenfreies Werbeobjekt zu nutzen. Bestens in Szene gesetzt, um Verkäufe zu generieren und anderen etwas von einer neuen Lieblingsmarke vorzugaukeln.

Anna hatte Mieke sogar einmal darauf angesprochen: »Wie entzückend Nele immer gekleidet ist …«

»Oh ja, ich kann mir nichts Schöneres vorstellen, als die Maus Tag für Tag wunderschön anzuziehen.«

»Meine Nichte ist im gleichen Alter …«

»Wirklich? Das ist großartig. Falls du Neles Kleidung nachkaufen möchtest, sag Bescheid. Ich hätte auch einen Rabattcode für dich.«

Dass Mieke das nicht aus reiner Nächstenliebe anbot, sondern bei der Verwendung jedes Codes ordentlich mitverdiente, blieb unerwähnt. Anna schüttelte den Kopf. Für jeden Job gab es eine Entlohnung. Warum also nicht zugeben, dass man all das viel mehr für Geld und weniger für warme Worte tat?

Warme Worte aber bekam Mieke aktuell genug. Nur wenige vorwurfsvoll, die meisten triefend vor Nettigkeiten, hinter denen sich die wahren Ansichten der Nutzer versteckten. Anna zog die Vorhänge wieder zu und setzte sich vor ihren Computer. Einen Tab mit dem Foto von Nele hatte sie die ganze Zeit über geöffnet, brauchte nur auf den Aktualisierungs-Button klicken, um jederzeit mit den neuesten Informationen versorgt zu werden.

Donnerstag, 12.32 Uhr

Was nervt mich diese verzerrte Welt. Aufgesetztes Lächeln, falsche Komplimente, das Präsentieren von Scheinwelten, die andere vor Neid erblassen lassen. Wie viele Personen mögen wohl depressiv sein, ohne anderen gegenüber auch nur den Anschein zu erwecken? Ein Selfie, bei dem man grenzdebil in die Kamera grinst, ist schnell gemacht. Das Tränenmeer danach, das Schluchzen unter der Bettdecke, die tiefen Augenringe – all das bekommt niemand mit.

Aus den Phasen meines Lebens, in denen ich besonders verzweifelt war, gibt es mehrere Fotos. Auf nahezu allen lächele ich und zeige die Unverwundbarkeit eines damals noch jungen Menschen. Stark, jung, mit besten Perspektiven für die Zukunft. Die Narben auf meiner Seele versteckt hinter einem aufgesetzten Lächeln und 0815-Kleidung, die mich in der Masse verschwinden ließ. So wie nun mein Business-Look. Unauffällig bleiben, bloß keine Aufmerksamkeit auf sich ziehen. Oder aber zumindest nicht ins Visier der falschen Personen geraten. Achim hat das getan. Er war beeinflussbar, ist in die falschen Kreise geraten. Zunächst fasziniert von der scheinbaren Leichtigkeit der Gruppe um Bastian, die von den schönsten Mädchen und den geilsten Karren umgeben war.

Er hatte dazugehören wollen, hatte sich verbogen, um zu ihnen zu passen. Bis sie ihn bei einem Einbruch gefangen hatten und nach langen Ermittlungen auch Bastian im Knast gelandet war. Achim hätte ihn nie verpfiffen, doch Bastian hatte ihm nicht geglaubt und ihm gedroht, ihm sein Leben zur Hölle zu machen. Nein, ich zweifele nicht daran, dass er seine Drohung wahr gemacht hätte. Ich kenne ihn und die anderen.

Achim hatte keine andere Chance, als zu kooperieren und seine Schulden abzutragen. Ich zweifele nur daran, dass er seine Schuld in Bastians Augen jemals abgegolten haben und wirklich frei sein wird. Ganz gleich, was Bastian behauptet.

Versprechen! Wie viele Versprechen sind in meinem Leben schon gebrochen worden? Und wie oft hat man mir dabei mit falschem Bedauern ins Gesicht gelogen: »Hör zu, es geht leider wirklich nicht. Wenn ich könnte, dann wäre ich bei dir. Es tut mir so leid.« Nichts tat diesen Personen leid. Wenn jemand bei jemand anderem sein oder ihn unterstützen wollte, dann fand er einen Weg. Und wenn das bedeutete, Schwierigkeiten und Probleme zu lösen: Einen Ausweg gab es immer. Zumindest dann, wenn der andere einem so wichtig war, dass man Unannehmlichkeiten auf sich nahm.

Jeder Mensch trifft seine eigenen Entscheidungen. Meist für das eigene Wohl und manchmal sogar auf dem Rücken seiner wehrlosen Kinder. Für die Karriere, für Geld, für Likes. Unabhängig davon, was das für die eigene Brut bedeutet.

Dieses Mal ging es auf Kosten von Amira. Ich musste das melden. Das Kind war ein Risiko für das Fortbestehen der Organisation. Mit der Hetzjagd, die im Internet begann, würde ihr Foto nun ebenso verbreitet werden wie das von Nele. Wir mussten uns von ihr trennen – so schnell wie möglich.

Mittwoch 15.08 Uhr, Erziehungsheim im Wald

Amira fühlte sich weniger allein, seit Nele auch im Haus war. Nele, Lilly, Nele, Lilly. Nele würde sich daran gewöhnen müssen, dass sie bald anders hieß. Sie wusste nicht, warum sie das machten, aber auch sie hatte vorher einen anderen Namen gehabt. Nie wieder dürfte sie ihren alten Namen verwenden, hatte Boris ihr gesagt. Manchmal träumte sie noch davon, aber seit sie hier war, hatte sie niemand mehr anders angesprochen als mit »Amira«.

Ihr war es egal, ob sie nun mit Nele oder mit Lilly befreundet war. Ihr war nur wichtig, endlich nicht mehr allein zu sein. Seit sie mit Nele gesprochen hatte, fühlte sie sich viel fröhlicher. Es gab nicht nur Boris und den Garten, jetzt gab es auch das andere Mädchen. Amira hatte ihr ein Bild gemalt und wollte es ihr unter der Tür durchschieben.

Wenn niemand unten war, könnte sie auch nach dem Schlüssel suchen. Wenn sie ihn fand, könnte sie Nele aus dem Zimmer lassen und endlich mit ihr spielen. Entweder hier oder aber im Wald. Vielleicht war der Wald eine bessere Idee. Boris und Kristina würden wütend werden, wenn sie einfach so in das andere Kinderzimmer ging. Sie durfte nur in Begleitung dort hinein und nie, wenn ein anderes Kind im Haus war. Wenn sie weglaufen würden, dann könnte ihr niemand mehr Nele nehmen. Sie könnten die ganze Nacht im Wald bleiben und am nächsten Morgen zu einer Straße laufen. Vielleicht nahm sie dann jemand mit und brachte sie an einen Ort, an dem sie für immer Freundinnen sein könnten.

Amira hatte Angst, dass auch Nele bald wieder weg war. Alle Kinder waren nur kurz hier. Sie waren entweder im Kinderzimmer oder im Keller. Wenn ihre Zeit vorbei war, brachte Boris sie im Auto weg. Manchmal fuhren Kristina oder Xenia mit. Sie wusste nicht, wohin, aber Boris hatte ihr gesagt, dass sie in andere Familien kämen. Manchmal wollte Amira auch eine andere Familie. Eine, in der sie Geschwister hatte wie früher. Sie vermisste ihren kleinen Bruder immer noch. Ob er auch manchmal an sie dachte? Hatten Mama und Papa ihn behalten?

Amira hielt ihr gemaltes Bild in der Hand und setzte zögerlich den ersten Fuß auf die Treppe. Wenn jemand sie sehen würde, könnte sie einfach sagen, dass sie einen Stift gesucht hätte. Vielleicht sagte sie aber auch einen Teil der Wahrheit und dass das Bild für Nele war. Boris hatte sich nie für ihre Bilder interessiert. Nicht einmal hatte er »Danke« gesagt.

Plötzlich hörte sie Boris' Stimme ganz laut. Er diskutierte mit Kristina. Beide klangen aufgeregt und stritten heftig. Sie wusste nicht, um was es ging, aber sie hörte immer wieder ihren Namen: »Amira« und noch einmal »Amira«.

Mittwoch, 15.55 Uhr

Amira war das erste Kind, an dessen Entführung ich beteiligt war. Ich habe keine dieser Entführungen selbst veranlasst, aber ich trage eine Mitschuld. Ebenso wie die Eltern, die das Kind überhaupt erst in die Situation gebracht haben. Ununterbrochen das eigene Glück zu demonstrieren, kann fatale Folgen haben. Meist wird es bei Fantasien bleiben, aber manchmal ist das Interesse so groß, dass Wege gesucht werden, um es auszuleben.

Amiras Schonfrist war vorbei. Wenn wir damals nicht die Grenze schon hinter uns gehabt hätten, hätten wir Amira vielleicht einfach wieder ausgesetzt, aber ihr Abnehmer war nicht zur vereinbarten Übergabe aufgetaucht, hatte sich mit Stau herausgeredet und dann versucht, jede weitere Kontaktaufnahme zu unterbinden. Niemals hätten wir für das Kind so kurzfristig einen neuen Abnehmer gefunden. Nicht, ohne uns selbst in Schwierigkeiten zu bringen.

Es hatte nur zwei Möglichkeiten gegeben: das Kind vermitteln oder es aus dem Weg schaffen. Dass plötzlich eine dritte Option im Raum stand, war überraschend gewesen. Ich hatte dem Mädchen in die tieftraurigen und hoffnungsvollen Augen geschaut. Ich hätte sie nicht töten lassen können. Amira konnte nichts für das Fehlverhalten ihrer Eltern. Sie wäre zum zweiten Mal zum Opfer geworden. Als ich sie das erste Mal auf meinen Schoß nahm und tröstete, war es um mich geschehen. Nie wieder wollte ich so viele Gefühle zulassen. Und nie wieder schaute ich seitdem einem Kind direkt in die Augen. Es war ein Job. Das musste ich mir immer wieder klarmachen. Genau das hatte er zu mir gesagt, als er mich gebeten hatte, ihm zu helfen.

Ich glaubte nicht daran, dass die Kinder es alle besser haben würden. Ich war nicht naiv. Mein Fehler war es lediglich, dass ich in meinem Leben so oft von Hoffnung und der Gier nach Liebe getrieben worden war. Mein Herz sehnte sich nach Liebe und Anerkennung. Doch beides hatte ich bislang nicht gefunden. Nicht so, wie ich es mir erhoffte.

Ich konnte Amira jetzt nicht mehr retten. Viel zu lange hatten wir sie beschützt, jetzt war es zu riskant, sie weiter bei uns zu haben. Wenn sie doch nur jünger wäre, dann hätten wir es wagen können, sie einfach auszusetzen. Doch Amira war acht. Ihr fünfter Geburtstag war der letzte gewesen, den sie im Kreis ihrer Familie gefeiert hatte. Mit ihren Freunden, Partyhütchen und einer Einhorn-Torte, die ihre Mutter extra für sie kreiert hatte und für die sie sich feiern ließ. Jedes Detail war mir noch in Erinnerung. Von der Tischdeko über die Partyvorbereitungen bis zur Feier selbst, die eher für einen luxuriösen Junggesellinnenabschied denn für einen Kindergeburtstag geeignet gewesen wäre. Amira würde nie wieder einen ihrer Geburtstage feiern.

»Danke, Mama«, schrieb ich auf den Ausdruck eines verwackelten letzten Fotos von ihr. Vielleicht würde ich ihrer Mutter das Bild irgendwann als letzten Gruß schicken. Sie hatte vermutlich noch immer nicht verstanden, welchen Fehler sie gemacht hatte. Sie allein war es gewesen, die uns auf ihre Tochter aufmerksam gemacht hatte. Es war ihre Schuld!

Mittwoch, 16.22 Uhr, Lottes Zuhause

Paula wusste, wie man Kinder richtig in Szene setzte, und hatte ihrer Lotte ganz niedliche Sachen eines neuen Kindermode-Labels angezogen. Das rosafarbene Oberteil mit den Pandas, die aus ihren schwarz umrandeten Augen um sich schauten, hatte es ihr besonders angetan. Sie war keine der Mamis der ersten Stunde gewesen und hatte das Label erst später entdeckt. Dann, als längst andere Mütter ihre Kinder gegen Bekleidungsgutscheine als Kindermodels platziert hatten. Kinder, die mehrfach in der Woche in bunten Klamotten kreuz und quer durch das Netz geschickt wurden. Sie sollten Aufmerksamkeit auf das neue Label lenken, die Verkaufszahlen erhöhen. Wer besonders süß aussah, konnte besonders gut Verkäufe generieren.

Paula hatte Glück gehabt: Nach ein paar Mails mit dem Unternehmen hatte man ihr ebenfalls einen Gutschein geschickt. Davon konnte sie nach Herzenslust im bunten Online-Shop stöbern und hatte sich für einen Tüllrock und das Panda-Oberteil entschieden. Lotte sah darin entzückend aus.

»Maus, dreh dich mal«, forderte sie ihre Tochter auf und startete die Videoaufnahme ihres Handys, um das Schwingen des Rockes für andere Eltern festzuhalten.

»Toll siehst du aus«, sagte sie nicht ohne Stolz und ahnte schon jetzt, dass sie für diese Aufnahme besonders viele Likes kassieren würde. Sie arbeitete erst seit einem Jahr als Influencerin, hatte aber bereits eine beträchtliche Anzahl an Followern. Die 8000er-Marke hatte sie gerade erst geknackt und überlegte, ob sie für Lotte auch einen eigenen Kinderaccount anlegte. Sogar aus dem Ausland folgten ihr und ihrer blauäugigen Tochter bereits Personen. Absolut verständlich! Lotte war ein hübsches Mädchen, das mit seinen strahlenden Augen und den hellblonden Haaren im Nu die Leute verzauberte.

#strahleaugen #blondesmädchen und #meinkind waren die Hashtags, die Paula besonders gerne verwendete. Die ganze Welt durfte wissen, was sie für eine wundervolle Tochter an ihrer Seite hatte. Wie gerne hätte sie noch ein Geschwisterkind für Lotte gehabt, doch eine erneute Schwangerschaft wollte sich nicht einstellen. Umso mehr freute sie sich über ihre Wundermaus, gab liebend gerne mit ihr an und freute sich über jeden einzelnen Kommentar.

»Du hast so eine süße Tochter.«

»Wie sweet ist Lotte bitte?«

»Ihr seid so eine sympathische Familie.«

Das waren nur einige der Kommentare, die sie häufiger las und die sie anspornten, immer mehr von ihrem Familienleben preiszugeben. Sogar über ihren Wunsch nach einem weiteren Kind hatte sie mit ihrer Community schon gesprochen und sehr viel Zuspruch bekommen. Schon merkwürdig, dass ihr ein derartiges Gespräch mit Freunden schwerfiel, sie sich Fremden gegenüber aber so viel leichter öffnen konnte.

»Lotte, magst du dich noch einmal auf die Couch setzen?«, fragte sie, änderte ihre Meinung dann aber. »Ach was, hüpf einfach darauf rum!«

Sie wollte, dass die Community sie genau als das wahrnahm, was sie war: eine unkomplizierte Mama, die für jeden Spaß zu haben war. Sie hatte Lotte für das Wochenende sogar für einen Bastelnachmittag im städtischen Einkaufszentrum angemeldet und hoffte, dort auch auf andere Mütter zu treffen. Das Internet machte es so leicht, neue Kontakte zu knüpfen.

#Basteltag im #Emscenter. Wer ist mit dabei? Lotte und ich sind definitiv am Samstag ab 15 Uhr vor Ort. Ich würde mich freuen, wenn noch andere Kinder und Mamis zum Spielen und Quatschen kommen.

Vermutlich würde es richtig voll werden. Wer würde sich schon diese Gelegenheit entgehen lassen? Während die Kinder kostenfrei und unter Aufsicht bastelten, könnten ihre Mütter in Seelenruhe shoppen. Für sich selbst würde sie auch gern mal wieder etwas Neues kaufen.

Doch jetzt musste sie erst einmal die Fotos von Lottes neuer Kleidung posten:

#Werbung: Ihr Lieben, das hier MUSS ich euch unbedingt zeigen. Wir sind so begeistert von den hervorragend verarbeiteten Sachen. Die sind mit so viel Liebe geschneidert worden, dass auch der höhere Preis absolut gerechtfertigt ist. Und die Auswahl erst … WOW! Fällt es euch auch so schwer, Kinderkleidung auszusuchen? Ich könnte den Online-Shop hier jederzeit leer kaufen. Aber für den Moment haben es uns die Pandas total angetan. Übrigens … Tadaaaaa: Ich habe noch eine absolut geniale Mega-Überraschung für euch! Mit unserem Rabattcode #LotteMotte bekommt ihr bei einer Erstbestellung über den Shop gleich satte zehn Prozent Rabatt. Ich bin gespannt, was eure Lieblingsmotive sind! Postet gerne Fotos und teilt diesen Beitrag in euren Storys! #rabattcode #kinderkleidung #lottemotte #mamaiststolz #wintervibes #mamaleben #strahleaugen #blondesmädchen #meinkind

Zufrieden betrachtete sie ihren Post, legte noch einen Filter über die Fotos von Lotte und klickte dann auf den Upload-Button. In ein paar Minuten könnte jeder die Fotos und das Video von Lotte sehen. Paula hoffte, dass sie auf eine gute Reichweite käme. Je mehr Personen ihren Rabattcode nutzten, umso höher wäre auch ihr Verdienst. Sie liebte ihren Job und war ihrer Internet-Community so dankbar. Ohne die ganze Unterstützung ihrer Follower könnte sie nie so bequem von zu Hause aus arbeiten und so viele Menschen erreichen. Eine Nachricht auf ihrem Bildschirm zeigte ihr, dass der Upload geglückt war. Lotte bekam bereits die ersten Likes und Herzchen.

Mittwoch, 17.38 Uhr, Stadtpark

Achim ging mit hochgeschlagenem Mantelkragen durch den winterlichen und matschigen Stadtpark, als sein Telefon klingelte. Berger war am Apparat.

»Hören Sie, ich hätte da eventuell ein neues Date für Ihren Bruder«, sprach er im vereinbarten Code. »Am liebsten noch in dieser Woche. Wäre das machbar oder zu knapp?«

»Das kommt darauf an, um wen es geht.«

Berger lachte. »Zahlungskräftig. Sie wissen doch, ich habe das im Blick.«

Achim stimmte in das Lachen mit ein. »Dann wird es sicher nicht so schwer sein, ihn zu verkuppeln.«

»Vermutlich nicht. Lotte heißt die junge Dame. Sie ist blond und blauäugig. Hellblond, um genau zu sein, und mit dem reinen Herzen eines Kindergartenkindes. Außerdem hätte sie dieses Wochenende zufällig Zeit und wäre in der Gegend.«

»Interessant.« Achim grinste. »Nicht, dass er zwischen Beauty-Salons und Luxusreisen wieder ein ganzes Jahresgehalt verpulvert«, äußerte er seine Vorstellungen von der Entlohnung für eine passende Vermittlung. Berger vermittelte ihm nicht das erste Mal einen Kunden und wusste genau, was das bedeutete.

»Nein, das sollte ja wohl nicht das Problem sein«, beschwichtigte sein Gesprächspartner. »Solange sie seinen Vorstellungen entspricht, wird er aber sowieso nicht an sich halten können.«

Achim machte einer Frau mit Terrier Platz, die ihm auf dem Gehweg entgegenkam und den an der Leine zerrenden Hund immer wieder zu beschwichtigen versuchte: »Bello, nun zieh nicht so. Wir haben beide genau denselben Weg.« Bello jedoch dachte nicht daran, auf sein Frauchen zu hören, und zog sie weiter hinter sich her. Am Boden schnüffelnd und jeden zweiten Baum markierend, setzte der Rüde unbeeindruckt seinen Weg fort und zog die zeternde Mittfünfzigerin hinter sich her. Es waren bestimmt Jahrzehnte vergangen, seit Achim zuletzt einem Hund begegnet war, der auf den Namen Bello hören sollte.

Kaum war die Frau vorübergegangen, wandte sich Achim wieder ganz seinem Gesprächspartner zu, sprach dieses Mal mit leiserer, fast heiserer Stimme.

»Ich werde sehen, was sich machen lässt. Schicken Sie mir die Nummer, und ich werde alles Weitere in die Wege leiten.« Er vertraute Berger, aber er ließ jeden der Klienten zusätzlich abchecken. Danach, und nach der Überweisung einer Anzahlung in Bitcoins, planten sie weiter. Xenia musste überprüfen, ob diese Lotte, auf die der Kunde sich eingeschossen hatte, kurzfristig abgreifbar war.

Mittwoch, 19.01 Uhr, Erziehungsheim im Wald

Boris hatte sich noch nie Anweisungen widersetzt. Es ging nicht darum, Mitgefühl zu entwickeln oder Entscheidungen zu hinterfragen. Er wurde für seine Dienste bezahlt. Und er führte sie alle gewissenhaft aus. Das hatte ihm in der Branche einen sehr guten Ruf gebracht. Nur so war die Organisation auf ihn zugetreten, hatte ihn unter anderem angeheuert, um ungewollte Mitwisser aus dem Weg zu schaffen. In den vergangenen drei Jahren waren es fünf gewesen.

Zulieferer, denen sie nicht über den Weg trauten, weil sie zu viele Fragen gestellt hatten, und Klienten, die sich nach anfänglicher Begeisterung verdächtig verhalten hatten. So als ob sie Probleme machen und auf die andere Seite der Legalität wechseln würden. Die Kinder waren sie in solchen Fällen fast immer an andere Klienten losgeworden. Bei Nientje hatten sie dafür Wochen gebraucht, doch dann war auf der Fahrt zur Übergabe alles schiefgelaufen.

Amira hatte bislang immer mit ihnen unter dem Radar gelebt. Das Kind machte keine Probleme. Amira hatte nie versucht zu fliehen. Sie wüsste nicht, wohin. Und sie wäre auch nicht weit gekommen.

Boris verschränkte seine Finger und ließ die Fingerknochen knacken. Er mochte dieses Geräusch, es hatte was Entspannendes. Seit das Foto von Amira im Netz aufgetaucht war, hatte sich alles verändert. Das Kind, das sie immer dann, wenn jemand fragte, als Kristinas Nichte oder Xenias Tochter bezeichnet hatten, war nun ein Risikofaktor. Er fand nicht, dass man Amira auf dem Bild sonderlich gut erkennen konnte, doch Kristina sah das anders. Und sie hatte hier das Sagen.

Das Bild war bereits tausendfach geteilt worden. Wenn irgendjemand Amira auch nur ansatzweise wiedererkennen und diesen Verdacht der Polizei gegenüber aussprechen würde, waren sie geliefert.

»Sie muss weg«, hatte Kristina mit fester und emotionsloser Stimme gesagt. In ihrem Kostüm wirkte sie wie eine knallharte Geschäftsfrau, die über das Verkaufen eines Aktienpaketes entschied. »Am besten noch heute, Boris.«

Wie immer überließ sie es ihm, wie er sich einer Person entledigte und sie später entsorgte. Sie wollte nichts davon wissen. Nicht, weil es sie nicht interessierte. Sondern weil sie sich mit ihrem Wissen nicht belastbar machte, falls die Polizei sie irgendwann einmal befragen sollte. Dieses Mal saß Boris am Steuer des Wagens, der auf einen seiner gefälschten Ausweise zugelassen war. »Boris Jankovic« stand in Boris' Pass, der ihn als deutschen Staatsbürger mit Geburtsort in Belgrad auswies. Boris sprach kein Wort Serbisch, er war in der Nähe der polnischen Grenze zu Tschechien geboren.

Amira saß auf der Rückbank und schaute aus dem Fenster. Das Kind fragte nie, dabei hatte es in den vergangenen zweieinhalb Jahren einige Brocken Deutsch aufgeschnappt. Boris war sich sogar sicher, dass Amira mehr verstand, als alle glaubten. Er fand sie immer wieder mit den Büchern in der Hand, die in den Kinderzimmern des Hauses den Eindruck eines ganz auf kindliche Bedürfnisse ausgerichteten Erziehungsstils erwecken sollten.

Da Amira sich einmal sehr erschrocken hatte, als er sie dabei erwischt hatte, ließ er sich inzwischen nichts mehr anmerken, wenn er sie beim Lesen vorfand. Er zog die Tür lediglich etwas weiter zu, damit das Kind ungestört war. Boris beobachtete das Mädchen über den Rückspiegel. Sie waren bereits mehr als zwei Stunden gefahren. Weit genug, um die Polizei später nicht in unmittelbarer Nähe des Erziehungsheims suchen zu lassen. Und nah genug am Entführungsort von Nele, um die Ermittler lediglich lokal begrenzt tätig werden zu lassen.

Er bog mit dem Wagen auf einen Waldweg ab, auf dem leicht bemooste und morsche Schilder den Weg zu einem Wildtiergehege wiesen. In den Wintermonaten war hier nie etwas los, das Gehege war verwahrlost. Irgendjemand kam hierher, um das verbliebene Rotwild zu füttern, doch die Anlage sah nicht so aus, als ob sich jemand um das Gehege kümmern würde. Er hatte hier bereits einmal jemanden entsorgt. Kristinas Vorgängerin, von der sie geglaubt hatten, dass sie kurz davor gewesen wäre, die Polizei zu informieren.

Nachdem die Interessenten für einen kleinen Jungen abgesprungen waren, hatte Xenia sie mit Unterlagen am Kopierer erwischt und sie in Erklärungsnot gebracht. Boris hatte kurzen Prozess gemacht und die Leiche später in der Nähe des weitläufigen Geheges unter einer Blätterschicht verborgen. Aufgrund der nasskalten Witterung und des gründlichen Wildfraßes hatte ein Förster an anderer Stelle zunächst den Ellenknochen entdeckt und unweit davon auch noch eine Rippe gefunden.

Boris hatte den Fall danach nicht weiter verfolgt, war sich aber relativ sicher, dass die Polizei bis heute nicht geklärt hatte, wer die tote Frau war. Bis auf Knochen war ihnen kaum etwas geblieben. Und die Personen, die für die Organisation arbeiteten, wurden meist von niemandem vermisst. Er auch nicht. Die meisten Menschen aus seiner Vergangenheit wohnten weiterhin im Dreiländereck zwischen Polen, Tschechien und Deutschland. Er war seit etlichen Jahren nicht dahin zurückgekehrt. Niemand von früher würde ihn mehr erkennen. Dafür sorgten auch die komplette Kahlrasur und die breitere und schiefe Nase, die er seit einem Nasenbeinbruch hatte. Er hatte sich die Nase nicht richten lassen, sondern abgewartet, bis der Knochen wieder zusammengewachsen war und die Nase beim Anfassen nicht mehr schmerzte.

Boris hatte das Auto geparkt und ging nun mit Amira tiefer in den Wald hinein. Das Kind wirkte wie immer teilnahmslos, folgte ihm wie ein treues Hündchen seinem Herrchen. Boris schwieg und ging vorweg. Bei Kindern würde er kein Handwerkszeug benötigen.

Mittwoch, 19.30 Uhr, Dachgeschosswohnung Xenia

Xenia saß in einen weichen Frotteebademantel gehüllt auf dem Rand der Badewanne in ihrer Dachgeschosswohnung und cremte sich ihre langen Beine mit der Bodylotion ein, die Achim ihr bei seinem letzten Besuch mitgebracht hatte. Sie liebte den betörenden Duft von Sandelholz, massierte die Lotion mit kreisrunden Bewegungen am Knöchel beginnend bis auf Kniehöhe in ihre frisch rasierten Beine ein.

Als ihr Smartphone ein neues Videotelefonat ankündigte, trocknete sie ihre cremigen Finger an dem weißen Bademantel ab, zog ihren Turban noch fester und setzte ihr verführerischstes Lächeln auf, als sie das Gespräch annahm.

»Achim, was für ein Zufall, du rufst genau richtig an«, sagte sie, versuchte am Hintergrund seiner Aufnahme zu erkennen, wo er sich gerade aufhielt. Sie sah im blassen Licht einer Außenbeleuchtung ein paar sich im Wind wiegende Sträucher, ahnte, wo er war, merkte ihm an, dass er aufgebracht war.

»Achim, alles okay?«, fragte sie unsicher und fühlte sich mit einem Mal in ihrer nur von dem Bademantel bedeckten Nacktheit verletzbar. Achims Stimmungsschwankungen waren ihr nicht neu. Jeder kleine Fehler, jede Störung der Abläufe traf ihn zutiefst. Ein unbedachtes Wort oder eine unpassende Geste könnten ihn an den Rand der Belastbarkeit bringen. Sie lächelte ihn vorsichtig an, gab ihm Zeit für eine Reaktion.

»Wo ist Amira?«, zischte er.

»Sie … Sie müsste bei Boris sein«, stammelte sie, sich wohl bewusst, dass Achim das als Erklärung nicht reichen würde. »Soll ich ins Haus kommen?«

Achim schüttelte vehement den Kopf. »Ich dachte, du wärst hier.«

»Nein«, antwortete Xenia so leise und zurückhaltend, dass er weder ihre Antwort noch die Enttäuschung in ihrer Stimme hören würde. »Morgen erst wieder, zur Übergabe. Es bleibt doch dabei?«

Achim ging über ihre Frage hinweg, wiederholte stattdessen: »Wo ist Amira?«

Es hatte keinen Zweck zu leugnen. »Protokoll«, stammelte sie deshalb nur. »Wenn das Mädchen in der Berichterstattung erwähnt wird, muss es weg.«

»Hast du noch alle Latten am Zaun?«, brüllte Achim sie an. »Hast du dir die verschwommenen Bilder mal angesehen? Das könnte jedes Mädchen sein. Es gibt seit drei Jahren keine neuen Bilder von Amira. Wer bitte sollte sie auf einem stark verpixelten Foto wiedererkennen?«

»Aber Boris ist doch bei ihr.« Xenia war verwirrt, weil Achim so offen über das Mädchen sprach, weil er sonst am Telefon nie konkret wurde. Deshalb der Videoanruf, um einer möglichen Telefonabhörung zu entgehen. Nicht, weil er sie sehen wollte.

Sie zog mit der einen Hand den Gürtel ihres Bademantels etwas enger, lief barfuß aus dem Bad in den abgedunkelten Flur. Obwohl sie nun nicht mehr vor dem hell erleuchteten Spiegel stand, fühlte sie sich keinen Deut wohler – im

Gegenteil. Da war etwas in Achims Stimme, das sie erschaudern ließ. Kein Gefühl, keine Zuneigung ihr gegenüber, nur Abneigung, fast schon Hass.

»Achim, ich komme vorbei, und wir reden über alles.« Erst da sah sie, dass im äußeren Videobereich eine Person neben ihm stand, die trotz Achims aggressiver Haltung ihr gegenüber lächelte. Den dunklen Pagenkopf adrett wie immer, hatte sie Kristina direkt erkannt. Kristina wusste, wohin Boris mit Amira aufgebrochen war. Sie hatte Kristina nur telefonisch über das Amira-Protokoll informiert, sie war nicht befugt, Boris Anweisungen zu geben. Hatte Kristina Achim gegenüber behauptet, dass sie Boris mit Amira weggeschickt hätte?

»Jenny«, nutzte er das erste Mal seit Jahren wieder ihren richtigen Namen und traf sie damit so sehr, als ob er ihr mit der Faust direkt in den Magen geschlagen hätte: »Pfeif Boris zurück! Wenn du das Ganze nicht rechtzeitig geregelt bekommst, dann bist du aus der Sache raus!«

»Aber ihr braucht mich doch«, flehte sie ihn an, bekam Panik, dass er sich wirklich von ihr trennen würde – beruflich und privat. Ohne ihn wäre sie erneut ganz verloren. Doch an seinem eiskalten Blick merkte sie ihm an, dass er seine Entscheidung schon längst getroffen hatte – und die hing nicht nur von Amira ab.

Mittwoch, 19.34 Uhr, Wildtiergehege

Boris drückte Xenias Anruf weg. Er musste sich konzentrieren und noch den passenden Ort finden. Wenn er den entdeckt hätte, würde er die Sache erledigen. Mit der Dämmerung waren die Wanderer aus dem Gebiet rings um das Wildtiergehege verschwunden, hatten den Wald den tierischen Bewohnern und Besuchern wie ihm überlassen. Wenn er wollte, dann hätte er Stunden, in denen er unbeobachtet agieren könnte. Als ein Hase unvermittelt aus dem Gebüsch schoss, erschreckte sich Amira so sehr, dass sie instinktiv nach Boris' Hand griff und hinter ihm Schutz suchte.

Ebenso instinktiv drückte Boris die kleine Hand und ließ sie nur einen Sekundenbruchteil später wieder los. Amira schien genauso erschrocken wie er, vergrößerte den Abstand zwischen sich und ihm und setzte die kleinen Füße in seine großen Fußstapfen. Er bemerkte es nicht sofort. Das Kind spielte, es genoss die gemeinsame Zeit im Wald. Fernab vom Erziehungsheim und den Kindern, die in einigen Nächten nach ihren Müttern riefen. So wie Neuzugang Nele.

Boris fragte sich, warum Amira schon so lange nicht mehr wegen ihrer Mutter geweint hatte. Er hatte keines der Kinder je so genau beobachtet wie dieses Mädchen. Er wurde nicht schlau aus ihr. Amira lächelte ihn schüchtern an, und unwillkürlich zuckte sein Mundwinkel. Doch der Anflug von Freundlichkeit wich ihm genauso schnell wieder aus seinem Gesicht. Er schaute auf seine Armbanduhr.

Er müsste es schnell erledigen. Aber in diesem speziellen Fall wollte er dem Kind noch einige glückliche Minuten ermöglichen. Erst recht, als Amira mit fragendem Blick erst auf ein paar Eicheln und dann auf das Rotwild deutete.

»Du willst sie füttern?«, fragte Boris.

Das Mädchen nickte.

Boris zuckte mit den Schultern. »Okay«, sagte er dann und zerquetschte mit seinem Stiefel einen Hirschkäfer, der über den mit Reisig bedeckten Waldboden lief. Als Kind hatte Boris sich immer vorgestellt, dass Hirschkäfer mit ihren gewaltigen Zangen andere Insekten zerlegen und sie dann verspeisen würden. Er mochte viel lieber den Kampf. Einen Kampf, bei dem ein Kind gegen ihn nichts ausrichten könnte.

Amira stand direkt vor ihm am Gehege und versuchte, mit den Eicheln in ihrer Hand das scheue Rotwild anzulocken. Sie juchzte, als eines der Tiere endlich auf sie zukam. Boris trat noch einen Schritt näher an das Kind heran. Noch einmal schaute er sich um, dann zog er seine Handschuhe über und legte seine Hände von hinten um Amiras Hals.

Mittwoch, 22.33 Uhr

Enttäuschungen, Verletzungen, Wut. Das sind Gefühle, die dauerhaft an uns allen nagen. Die uns nicht vergessen lassen. Situationen unseres Lebens fressen sich in unsere Erinnerungen. Infiltrieren wie Geschwüre unser Denken und Handeln, beeinflussen uns in der Interaktion mit anderen Menschen. Wer nie geliebt worden ist, hat Probleme, sich komplett auf andere einzulassen. Ihm fehlt es an Empathie, an Mitgefühl.

Der Lebenswille ist bei den meisten dennoch ungebrochen. Angetrieben meist von Wünschen, Träumen und Hoffnungen, hangeln sie sich weiter von Woche zu Woche, von Monat zu Monat und mitunter gar von einem Jahr zum nächsten. In der Hoffnung darauf, dass es ihnen besser geht, dass etwas Schönes auf uns wartet.

Werden diese Hoffnungen enttäuscht, werden Frust und Wut größer, und die Gefühle schlagen um. Entweder in tiefste Verzweiflung und Lethargie oder aber in Tatendrang und Zerstörungswut. Ich konnte es mir nie erlauben, mich aufzugeben, und das werde ich auch in Zukunft nicht. Eine Konfrontation werde ich nicht mehr scheuen. Dafür werde ich einen hohen Preis bezahlen, aber endlich werde ich mich wehren und für mich selbst einstehen. Allein der Gedanke daran, es anderen heimzuzahlen, ist wie eine Befreiung für mich. Ja, es sind noch Gefühle da. Sie sind versteckt, aber nicht verschwunden. Sie lodern, sind bereit zu entflammen und warten nur darauf, endlich auszubrechen.

Mittwoch, 23.12 Uhr, Polizeipräsidium

»Scheiße«, brüllte Marten und sprang von seinem Stuhl auf. Die Fotos des anderen Kindes tauchten gleich mehrfach auf seinem Bildschirm auf. Alle ebenfalls unter dem Hashtag #findetnele, der in den vergangenen Tagen viral gegangen war.

Ben stieg mit Imke in die Katakomben des Präsidiums hinab. Sie eilten die ausgetretenen Treppenstufen hinunter, liefen an der Asservatenkammer vorbei in den hinteren Bereich des Gebäudes. Das Präsidium war komplett unterkellert, wirklich genutzt hatte die Kellerräume seit Jahren niemand mehr – bis die Stelle für den Cyberkriminalisten ausgeschrieben worden war. Aus Mangel an hellen Büroräumen hatte IT-Techniker Marten hier unten sein Büro beziehen müssen. Am Ende des Flures, auf dem noch immer einfache Fassungen mit Glühbirnen gerade für ausreichend Licht sorgten. Marten störte das nicht. Er war gern allein, ungestört von den anderen und ohne den Lärm eines Großstadtbüros. »Was bin ich froh, dass ich mich im Gegensatz zu euch wenigstens auf die Arbeit konzentrieren kann«, hatte Marten nicht nur einmal geflachst. Doch Ben hatte ihn längst erwischt, wusste, dass er in einer ruhigen Minute gerne mal am Bildschirm zockte – unbeobachtet.

Es war keine zwei Minuten her, dass sie Martens Anruf bekommen hatten. »Ich habe hier möglicherweise was, das solltet ihr euch anschauen.«

Die schwerfällige Stahltür, die zum Büro des Cyberkriminalisten führte, war nur angelehnt. Marten saß an seinem Schreibtisch, hatte zwei Flachbildschirme vor sich. Er schaute kurz auf, als er seine beiden Kollegen sah, winkte sie dann mit der linken Hand zu sich heran.

»Hier, schaut.« Er drehte beide Bildschirme so, dass sowohl Ben als auch Imke sie gut sehen konnten. Auf dem einen hatte er die Fahndungsfotos von Nele aufgerufen, das andere zeigte eine Bildübersicht auf Instagram. Auch dort waren in Miniaturansicht zigfach die Fotos von Nele zu sehen. Nur ein Bild stach daraus allein aufgrund seiner Grautöne hervor. Zwischen all den Bildern, die im Zuge der Suchmaßnahmen tausendfach im Netz geteilt worden waren, zeigte diese eine Aufnahme ein seitlich fotografiertes Kind in einem nicht näher identifizierbaren Raum.

»Mach mal größer«, forderte Ben seinen Kollegen auf, rückte noch etwas näher an den Bildschirm heran. »Was macht das Bild dazwischen?«

»Das findet ihr doch sicher noch heraus«, sagte Marten überzeugt. »Die Bilder aber haben alle eins gemeinsam. Sie alle sind mit dem Hashtag ›findetnele‹ versehen.« Dann vergrößerte er die Ansicht der Schwarz-Weiß-Aufnahme.

Weiß getünchte Wände, ein kleines Kellerfenster im Hintergrund und eine so schlechte Ausleuchtung des Fotobereiches, dass man nicht klar sagen konnte, ob darauf wirklich Nele zu sehen war. Die seitlich gemachte Aufnahme zeigte das Profil des Kindes nur teilweise. Wilde Haarsträhnen nicht gekämmten Haares fielen über die Wangen, die Augenpartie war nicht klar zu erkennen. Es war keine genaue Augenfarbe auszumachen, kein möglicher Sprenkel in der Iris, kein eindeutiges Wiedererkennungsmerkmal. Das Kind schien die Augen weit aufgerissen zu haben, wirkte blass, müde und erschöpft.

»Kann das Nele sein?«, fragte Imke und rutschte etwas näher an Ben heran.

»Ich weiß es nicht. Das ist so austauschbar. Ja, es könnte Nele sein. Aber es könnte auch jedes zweite andere brünette Mädchen im Alter zwischen vier und sechs Jahren sein.« Er verkniff sich den Gedanken an seine eigenen Töchter.

»Aber warum?«

»Ich habe keine Ahnung. Sensationslust, Geltungssucht, Erpressung …?«

»Pädophilie?«, fragte Marten. »Ich habe hier schon einiges gesehen.« Sein Blick verfinsterte sich.

»Ja, schon. Aber das spielt sich doch eher im Darknet ab und nicht auf Instagram«, entgegnete Ben. »Das hier ist kein pornografisches Bild. Das ist nur eine verstörende Profilaufnahme eines ebenso verstörten und bekleideten Kindes.«

Das Kind trug einen Rollkragenpullover, der ihm fast zu groß schien. Die dicke Wolle und ein Spielteppich täuschten jedoch nicht darüber hinweg, dass sich das Kind in einer absolut frostigen Umgebung befand. Der Raum strahlte keine Wärme aus. Da war nichts, das an eine heimelige Atmosphäre erinnerte. Stattdessen Kühle, Anonymität, Dunkelheit. Und ein Kind, das womöglich Nele war oder zumindest mit ihr in Verbindung gebracht werden sollte.

»Verstört trifft es wohl ganz gut, aber ich verstehe absolut nicht, was das soll. Es klingt fast wie ein letzter Gruß«, sagte Imke und tippte mit dem Finger auf die Hashtags, die unter dem Bild aufgeführt waren: #findetnele #verstört #einsam #verlassen #wehrlos #ungeliebt #tschüssmama.

Donnerstag, 6.23 Uhr, Wildtiergehege

Es war noch stockdunkel draußen, als erneut eine Mädchenleiche gefunden wurde. Ben war gerade auf dem Weg zur Dienststelle, jedoch nur wenige Minuten Fahrtzeit von dem Ort in der Nähe des Wildgeheges entfernt, an dem ein Hundebesitzer das Mädchen gefunden hatte. Der Mann hatte die Fundstelle unverzüglich verlassen und – als er wieder Handyempfang hatte – die Polizei gerufen.

Der Mann mit der Stirnleuchte wartete am Rand der Landstraße, die ganz in der Nähe eines Wanderparkplatzes lag, der bis auf den Wagen, der vermutlich dem Hundebesitzer gehörte, leer war. Niemand sonst dachte um die Zeit und bei dem andauernden Bodenfrost daran, hier spazieren zu gehen. Ben war noch vor seinen Kollegen vor Ort. Purer Zufall, dass er heute schon unterwegs gewesen war. Er hatte unbedingt im Büro noch einmal durch die Zeugenaussagen gehen wollen. Vielleicht hatte er etwas übersehen. Vielleicht gab es noch einen Ermittlungsansatz, den sie bislang außen vor gelassen hatten.

Ben bog auf den an der Landstraße gelegenen Schotterparkplatz ab, hörte den Splitt unter seinen Autoreifen, holte das Signallicht wieder ins Auto und stieg aus dem Fahrzeug. Der Mann mit dem Setter kam direkt auf ihn zu. Der Hund zerrte an der Leine, knurrte Ben an. Dass er sich über die unerwartete Gesellschaft jedoch freute und das Knurren nur spielerisch war, ließ sein vor Freude wedelnder Schwanz vermuten.

»Wolfgang Buchholz«, stellte der Mann sich vor und gab Ben die Hand. »Ich hatte angerufen.«

»Ben Andersen.« Ben erwiderte den festen Händedruck, öffnete dann den Kofferraum und zog sich ein paar Handschuhe über. Die Spurensicherung war bereits informiert und müsste jeden Moment hier eintreffen.

Der Mann wirkte sichtlich erleichtert, dass er nicht mehr allein vor Ort war.

»Sie sagten, Sie haben ein Mädchen gefunden?«

»Ja. Ich bin wie jeden Vormittag hier mit Olli raus. Ich weiß, das muss bei der Dunkelheit merkwürdig wirken, aber an meinen Arbeitszeiten hat sich auch im Winter nichts geändert. Unser Waldspaziergang ist für uns beide feste Routine. Kommen Sie, wir müssen da entlang.«

Der Mann ging voraus, hielt den Setter jedoch fest an der Leine. Der Hund hatte Witterung aufgenommen. Ben vermutete, dass er so schnell wie möglich zur Fundstelle zurückwollte.

»Sie haben nichts angefasst?«

»Nein, natürlich nicht. Ich wollte gar nicht näher ran. Ich habe nur meinen Hund wieder weggezogen. Es ist schon einmal vorgekommen, dass er ein Kaninchen gerissen hat. Ich habe auch dieses Mal erst gedacht, dass er einen Fuchsbau oder etwas Ähnliches entdeckt hätte. Er hat mir seinen Fund laut angezeigt. Ich habe im Dunkeln erst nicht alles gut erkennen können, aber dafür habe ich ja die Stirnleuchte.

Als ich das Mädchen gesehen habe, sind wir gleich zum Parkplatz zurück. Zwischen den Bäumen hat man keinen Empfang.«

»Das Mädchen ist wo?«

»Weiter im Inneren. Wir müssen sicher noch vier oder fünf Minuten gehen. Aber ich verfehle es nicht. Ich kenne hier jeden Baum.«

»Und jedes Haus?« Ben sah sich nach möglichen Lichtquellen um, entdeckte aber keine. Zumindest wer arbeitete, müsste jetzt langsam am Frühstückstisch sitzen.

»Vergessen Sie es. Bis auf eine halb verfallene Hütte hinter dem Bereich des Wildgeheges wohnt hier niemand. Zu weit weg vom nächsten Supermarkt, zu weit weg von allem. Hinzu kommt, dass Teile dieser Gegend Naturschutzgebiet sind. Dafür bekommen Sie keine Baugenehmigung.«

Der Mann beschleunigte seinen Schritt, auch das Hecheln des Hundes wechselte in einen anderen, schnelleren Rhythmus. »Hier muss es irgendwo gewesen sein. Sehen Sie, ich habe den Weg markiert.« Der Mann deutete auf ein aus Zweigen gelegtes Kreuz, das er als Wegkennung zurückgelassen hatte.

Ben leuchtete mit seiner Taschenlampe zwischen den Baumreihen entlang, bis der Lichtkegel das an eine Eiche gelehnte Mädchen erfasste. Gekleidet in Jeans und eine dunkle Winterjacke, saß das Kind zusammengesunken an einem Baum. Strähnen nassen Haares schauten unter der Mütze hervor und hatten sich klebrig an das Gesicht des Kindes geschmiegt.

»Genau, da vorne.« Der Mann setzte an, mit Ben zusammen weiterzugehen, doch Ben hielt ihn zurück.

»Bleiben Sie bitte hier, ich schaue mir das allein an.«

Vorsichtig und darauf bedacht, möglichst wenige zusätzliche Fußspuren zu hinterlassen, näherte sich Ben dem Kind. Der Mund des Kindes war geöffnet, der Kopf nach hinten leicht überstreckt. Auch deshalb erkannte Ben im Licht der Taschenlampe die Würgemale, die auf dem Hals des Mädchens zu sehen waren. Abdrücke von Fingern, die einen Kinderhals problemlos umfassen und dann ebenso problemlos zudrücken konnten.

Es war nicht die erste Kinderleiche, die Ben zu sehen bekam, aber bei jedem Kind hatte er erneut dieses Gefühl von Entsetzen und Ekel, das ihn auch Tage danach nicht loslassen würde. Die Kleidung des Mädchens war vollkommen durchnässt. Die Jeans klebte wie eine zweite Haut an den Beinen des Kindes, das die Augen geschlossen hatte. Ben hoffte, dass das Mädchen nicht zu lange hatte leiden müssen, dass es keine Todesangst verspürt hatte. Kinder hatten zwar feine Antennen für Situationen, in denen etwas nicht stimmte, doch glücklicherweise fehlte ihnen noch die Fantasie, sich sämtliche Schreckensszenarien auszumalen. Schreckensszenarien wie diese hier. Das Kind musste schon einige Zeit hier draußen gewesen sein. Zu lang, als dass ihm jemand hätte helfen können.

Wer das Kind hier zurückgelassen hatte, wusste genau, dass so schnell niemand vorbeikam. Dass er ungestört handeln und genauso ungestört verschwinden konnte. Ben hörte das Knacken der Funkgeräte und das Stapfen von Füßen. Seine Kollegen waren vor Ort. Sie würden den Fundort jetzt ausleuchten, das Kind aus allen Richtungen fotografieren und es dann endlich von dieser Stelle fortbringen, eingepackt in einen schwarzen Plastiksack mit Ziel Gerichtsmedizin. Ben hockte sich auf Höhe des Kindes, sah die Flüssigkeit, die von der Wange herablief. Mit seinem Latex-Handschuh fasste Ben danach, verwischte die Flüssigkeit zwischen seinen Fingern und sah erstaunt auf. Das war kein Blut, das war eine klare Flüssigkeit. In dem Moment begann das Mädchen leicht zu blinzeln.

Donnerstag, 10.39 Uhr

So kraftvoll wie nie drückte ich den Cursor meiner Maus und schickte die Nachricht ab. Neles Mutter war zu weit gegangen, sie hatte Amira ins Spiel gebracht. Für uns war das Kind, das sich so gut eingefügt hatte, somit nicht mehr tragbar. Nie wieder würden wir Amira ins Bett bringen, sie nie wieder im Garten hören. Das Kind vertraute uns, gehörte ebenso fest zur Organisation wie ich und die anderen. Fast schon waren wir so etwas wie eine Familie. Immer dann, wenn wir unterwegs angesprochen wurden, gab sie vor, meine Tochter zu sein, schob manchmal wie zur Verdeutlichung zaghaft ihre kleine Kinderhand in meine.

Mieke hatte mich genau darum gebracht. Amira war ihr ebenso egal, wie ich es war. Nun nahm sie mir eine der liebsten Personen, die mir geblieben waren. Im ganzen Ausmaß wurde mir das erst jetzt bewusst, da Amira ihren letzten Weg angetreten hatte. Es war eine Mischung aus Trauer und Wut, die mich erfasste und mich erzittern ließ. Wie gerne hätte ich Amira nur einmal durch ihre Locken gestrichen, sie an mich gedrückt, ihr gestanden, was sie mir bedeutete. Mir fiel es schwer, über meine Gefühle zu sprechen. Niemand hatte auch nur einen Deut darauf gegeben. Also hatte ich geschwiegen.

Erst mit Absenden der Mail fühlte ich mich etwas besser. Ein letztes Mal noch würde ich Mieke ihre Tochter sehen lassen, damit sie in all seiner Wucht das gleiche Gefühl verspürte. Dann, wenn Nele vor ihren Augen an ihren Bestimmungsort gebracht werden würde. Ein letzter Augenkontakt zur Tochter und dann das Gefühl der Einsamkeit und des Verlassenwerdens. Familie bestand nur auf dem Papier. Wer nicht mit dem Herzen dabei war, hatte keine Familie verdient.

Ich hätte so viel zu geben gehabt. Platz für mich war überall vorhanden. Niemand hatte mich gewollt. Panik überkam mich. Da war es wieder, dieses Gefühl des Fallens, die Vision:

»Bitte, Achim, du kannst mich nicht verlassen. Das kannst du nicht tun«, schrie mein jüngeres Ich in meinem Kopf. Ich spürte, wie der Boden unter meinen Füßen nachgab, wie meine Füße keinen Halt mehr fanden. Ich fiel und fiel. Ich strampelte und versuchte mit meinen Händen verzweifelt, irgendwas zu fassen, um den Fall zu bremsen. Niemand half. Sie alle beobachteten mich, zeigten mit dem Finger auf mich, lachten mich aus: meine Mutter, ihr neuer Freund, meine Tante und Familie. Achim hatte mich in diesem Traum immer aus dem Loch herausgezogen und an sich gedrückt: »Hey, niemand, aber wirklich niemand auf der Welt ist es wert, dass du dir seinetwegen das Leben nimmst. Wenn du jemand anderem eins auswischen willst, dann werde glücklich! Strahle und werde glücklich!« Dieses Mal war es anders: Dieses Mal stand er neben den anderen und lachte über mich. Ich gehörte nicht dazu – nirgendwo.

Plötzlich war ich wieder ganz klar und wusste, dass die Gesichter aus meiner Vergangenheit niemals mehr verblassen würden. Ich musste etwas tun! Das Bild, das ich am späten Abend in einer Kurzschlusshandlung ins Netz gestellt hatte, hatte ich unmittelbar danach wieder gelöscht. Niemand sollte vorgewarnt sein. Das würde nur die Überraschung verderben.

Donnerstag, 10.48 Uhr, Krankenhaus

Eine Befragung des Mädchens war zunächst nicht möglich. Das Kind war stark unterkühlt, hatte vermutlich die ganze Nacht über allein im Wald ausgeharrt. Dr. Matthias Michels, Arzt auf der Kinderstation der Uniklinik, hatte das Mädchen untersucht. Es lag in einem freundlich gestalteten und gelb getünchten Einzelzimmer mit Kinderzeichnungen an der Wand. Aufgemalte Luftballons rechts und links des Fensters sorgten für Farbtupfer, die es auf den eher tristen anderen Stationen nicht gab. Die Vorhänge des Zimmers, in dem die Kleine lag, waren leicht zugezogen. Ein Türfenster bot Ben und Imke einen Blick auf das Mädchen, das blass zwischen den Laken lag, zusätzlich zugedeckt mit einer Wolldecke. Neben dem Kind stand eine Krankenschwester, die die Flüssigkeit kontrollierte, die in den kleinen Körper hineinlief. Auf einem Klemmbrett machte sie sich ein paar Notizen.

Vor der Tür saß ein Polizeibeamter, der für den Notfall abbestellt worden war. Sehr zur Freude der fitteren Kinder, die ihn neugierig betrachteten und seine Polizeiuniform bewunderten. »Ich will auch Polizist werden, wenn ich groß bin«, sagte ein kleiner Junge mit eingegipstem Arm. Dr. Michels wuschelte ihm durch die Haare. Er lächelte. Dann wandte er sich ernst Ben und Imke zu.

»Wir haben ihr eine warme Infusionslösung und ein leichtes Beruhigungsmittel gegeben. Sie schläft jetzt.« Mit einer einladenden Geste forderte er die Polizisten auf, mit ihm zu kommen: »Aber bitte, lassen Sie uns doch in meinem Büro weiterreden. Da sind wir ungestört.«

Er wich zwei Kindern aus, die über den Flur tobten, und ermahnte sie, sich nirgendwo den Kopf anzuschlagen. Dr. Michels war groß und schlank, sein Rücken kerzengerade. Dass er sich in seiner Rolle sehr sicher fühlte, zeigte sich auch an seinen klaren und deutlichen Worten.

»Dass das Mädchen überhaupt noch lebt, grenzt an ein Wunder. Vermutlich war es sein Glück, dass es eine dicke Daunenjacke anhatte und die Bäume ihm etwas Schutz geboten haben.«

Er öffnete die Tür zu seinem Büro, auf die neben seinem Namen ein lachender Clown aus Klebefolie angebracht war. Überhaupt wirkte hier alles freundlicher als auf anderen Krankenhausstationen. Die Büroeinrichtung war modern gehalten, an der großen Pinnwand waren neben einem Kalender Kinderzeichnungen und Danksagungskarten von Eltern genesener Kinder befestigt. Das Regalsystem, in dem sich vorrangig medizinische Bücher befanden, bestand aus farbigen Elementen, die den Raum zusätzlich auflockerten.

Dr. Michels ging um seinen Schreibtisch herum und setzte sich galant auf seinen ergonomischen Drehsessel. Er forderte die Polizisten auf, auf den Besucherstühlen auf der anderen Seite des Schreibtisches Platz zu nehmen.

»Laut den Unterlagen des Notarztes lag die Körperkerntemperatur bei 31,6 Grad. Also weit unter dem Normwert. Wir kommen damit in die Nähe des lebensbedrohlichen

Bereichs. Erfrierungen an Händen und Füßen konnten wir keine feststellen. Das Kind trug Strumpfhosen, dicke Wollsocken und Handschuhe. Einen Namen haben wir noch nicht, oder?«

Ben schüttelte den Kopf. »Nein, keine passende Vermisstenmeldung. Zumindest nicht in Deutschland. Wir prüfen gerade die Vermisstenmeldungen aus den Nachbarländern.«

Ben hoffte, dass sie schnell eine positive Antwort bekommen würden. Das Kind war bislang nicht ansprechbar. Es hatte auch am Fundort kaum reagiert. Ben hatte es mit seiner Jacke zugedeckt, bis der Notarzt vor Ort war, hatte versucht, es mit seiner Körpertemperatur etwas aufzuwärmen. Der Körper des Mädchens hatte sich eiskalt angefühlt. Ben war froh gewesen, dass seine Töchter vermutlich noch in ihren warmen Betten lagen.

»Derzeit würde ich ihren Gesundheitszustand als stabil bezeichnen«, fuhr Dr. Michels fort. »Unser Hauptanliegen ist es momentan, die Temperatur zu normalisieren. Die Verletzungen am Hals sind – so dramatisch sie auch aussehen – in erster Linie äußerlich. Wir konnten keine Kehlkopfverletzungen feststellen. Bei starker Strangulation blutet häufig das Gewebe im Bereich von Hals und Kopf ein. Das zeigt sich vor allem an der Haut der Augenlider, in der Mundschleimhaut oder hinter den Ohren und ist für uns Indikator der Heftigkeit des Angriffs. Es wurde in diesem Fall kein Strangulationswerkzeug verwendet. Wir gehen auch wegen der Abdrücke am Hals von bloßer Gewalteinwirkung mit den Händen aus. Aber nicht in einem Maße, das tödlich gewesen wäre.«

»Wie schätzen Sie die Heftigkeit des Angriffs ein?«, fragte Ben.

»Ein starker Erwachsener hätte den Kehlkopf des Kindes problemlos eindrücken können, da brauchen wir uns nichts vorzumachen. Das Kind ist in einem abgelegenen Waldgebiet gefunden worden, richtig?«

Ben nickte. »Ja, in dem Waldgebiet, zu dem auch das alte Wildtiergehege gehört.«

»Der Grad der Unterkühlung sagt uns, dass das Kind vermutlich die ganze Nacht dort verbracht hat. Es wäre fast an Unterkühlung gestorben, aber nicht an seinen Verletzungen.« Er hielt kurz inne. »Ich würde sagen, dass jemand das Mädchen umbringen wollte, es sich aber dann doch anders überlegt hat. Das Kind hatte keine Abwehrverletzungen. Das kann auch an den behandschuhten Händen liegen, aber es wird von dem Angriff fast nichts bemerkt haben. Sein Hals wurde von hinten umfasst, vermutlich von einem mittelgroßen Erwachsenen. Das lässt sich anhand der Position der Fingerabdrücke auf dem Hals ableiten. Und glauben Sie mir, wenn jemand ein Kind durch Strangulation töten möchte und nicht dabei gestört wird, dann lässt sich das auch in die Tat umsetzen.«

»Er hat also sein Tötungsvorhaben in letzter Sekunde abgebrochen?«

»Aus medizinischer Sicht gehe ich davon aus, ja.«

Als es an der Bürotür klopfte, drehte Ben sich um. Die Krankenschwester, die zuvor neben dem Bett des Mädchens gestanden und sich Notizen gemacht hatte, schob ihren Kopf zur Tür herein.

»Entschuldigung«, sagte sie. »Aber ich glaube, sie hat gerade ihren Namen geflüstert. Sie ist kaum zu verstehen, aber ich bin mir ziemlich sicher, dass sie Evelina gesagt hat.«

Donnerstag, 11.30 Uhr

Dieses Machtgefühl betörte mich. Es gab mir den Halt, den ich so bitter nötig hatte. Ich war jemand. Ich war etwas wert. Ein Wort von mir, und andere mussten spuren. Wie sehr ich das liebte. Aber ich war in einer Position, in der mich niemand feiern würde. Anders als bei Stars und Sternchen, die von Zeitschriften hochgejubelt wurden, berichtete niemand über mich. Mir hätte diese Aufmerksamkeit gefallen. Doch ich durfte sie mir nicht erlauben.

Ich hob meine Hände vor meine Augen. Es waren schöne, gepflegte Hände. Keine Arbeiterhände. Die Drecksarbeit machten andere. Meine Fingernägel waren sauber gestutzt. Das Tippen auf der Computertastatur war dadurch angenehmer.

Noch einmal las ich das, was ich geschrieben hatte, und schickte es dann ab:

»Ich weiß, wo deine Tochter ist.«

Ein wohliges Kribbeln erfasste meinen Körper, ließ mein Herz in einer Mischung aus Vorfreude und Angst vor der Ungewissheit hüpfen. Wie bei Verliebten, die anfangs umeinander herumtänzeln, gefangen zwischen dem Wunsch, einander in die Arme zu fallen, und der Angst, mit einem falschen Wort oder einer unbedachten Geste die Magie der ersten leidenschaftlichen Gefühle unmittelbar zu zerstören.

Noch könnte ich jederzeit einen Rückzieher machen, könnte mich nicht wieder melden oder aber alles wie einen Scherz aussehen lassen. Aber das war kein Scherz, das war bitterer Ernst. Ich musste Mieke zum Aufenthaltsort ihrer Tochter locken. Allein wäre ich nicht in der Lage, die Organisation auffliegen zu lassen.

»Wenn«, schrieb ich hinterher, »du dein Kind noch einmal sehen willst, dann musst du kooperieren. Keine Polizei, keine Öffentlichkeit, keine Fragen. Ich melde mich wieder.«

Ich lehnte mich auf meinem Stuhl zurück und zog die Füße an. Ich knetete durch die flauschigen Socken hindurch meine frierenden Zehen. Wie gebannt schaute ich auf den Bildschirm und wartete darauf, dass meine Nachricht gelesen wurde. Ich war meiner Sache so sicher wie nie. Lange genug hatte ich mich nicht gewehrt. Jetzt würde alles anders werden. Ich schloss einen Moment die Augen. So fühlte es sich also an, wenn man rebellisch war. Ein gutes Gefühl, ein sehr gutes Gefühl.

Achim war der Rebell gewesen, ich die graue Maus. Wenn ich anders aufgetreten wäre, hätte er mich nie manipuliert. Er hätte mich als seinesgleichen angesehen und mit mir ehrlich auf einer Ebene kommuniziert. Stattdessen hatte er mich belogen, mit meinen Gefühlen gespielt und mich hinters Licht geführt. Nie war ich von einer Person so geblendet gewesen wie von ihm. Mein jüngeres Ich traf jedoch keine Schuld. Es war verlassen und verstoßen worden. Es hätte bei jeder Person Halt gesucht, die die Aussicht auf eine stabile und wohlwollende Beziehung geweckt hätte.

Meiner Mutter hatte ich längst verziehen, dass sie mich im Teenager-Alter zurückgelassen hatte. Die Alte und ich hatten uns nie gemocht. Es war auch für mich eine Erlösung gewesen, als sie sich mit ihrem neuen Macker aus dem Staub gemacht hatte. Ich hätte ihre Anwesenheit, ihre Alkoholfahne und ihr ewiges Selbstmitleid nicht länger ertragen. Allein beim Gedanken an sie verkrampften sich meine Finger. Der Traum von Familie, den ich selbst gehabt hatte, war nicht durch sie genährt worden. Im Gegenteil: Das Konzept von Familie, das meine Mutter gelebt hatte, war mehr als abschreckend gewesen. Für sie war ihre Tochter nie mehr als eine zusätzliche Belastung und ein Kostenfaktor gewesen. Wie gerne hätte ich stattdessen bei meiner Tante gelebt, hätte liebend gerne ein Leben gehabt wie sie und ihre Familie. Doch als das Jugendamt versucht hatte, mich bei ihr unterzubringen, hatte die ganze Familie direkt einen Riegel davorgeschoben. Ein eingespieltes Dreierteam in einem großzügigen Einfamilienhaus wollte keinen Teenager aus zerrütteten Verhältnissen.

Es hatte mich mehr getroffen, als ich jemals zugegeben hatte: »Wir sehen uns leider außerstande, die Verantwortung für ein weiteres Kind im Teenageralter zu übernehmen. Wir sind untröstlich, hoffen aber, ganz im Sinne des Kindes entschieden zu haben.«

Wieder und wieder hatte ich die unpersönlichen Zeilen an das Jugendamt gelesen, bis sie sich mir in all ihrer Distanziertheit und Lieblosigkeit tief ins Gedächtnis eingebrannt hatten. Meine Familie wollte mich nicht. Die Bitte der Heimleitung, mich zum Weihnachtsfest aufzunehmen, hatten sie »schweren Herzens ausschlagen« müssen, um meine Eingewöhnung nicht zu gefährden. Es gab keinen Platz für mich in dieser Welt. Die Weihnachtskarte ein paar Wochen später war blanker Hohn und mehr ein Alibi gegenüber der Heimleitung, um nicht wie herzlose Monster dazustehen: »Wir wünschen Dir von Herzen ein frohes Fest. Es tut uns leid, dass wir Dich nicht aufnehmen konnten, aber ebenso wie wir Dich immer im Herzen tragen, schließen wir Dich auch in unsere Gebete ein. Rutsch gut in ein hoffentlich besseres und geruhsameres Jahr. Wir umarmen Dich und sind immer für Dich da! Frohe Weihnachten!«

Ich hatte Rotz und Wasser geheult, als alle anderen meiner Wohngruppe über die Weihnachtsfeiertage abgeholt worden waren. Nur Achim und ich waren zurückgeblieben. Achim galt als schwer erziehbar, war seiner Mutter entzogen worden, da die Polizei ihn aufgrund verschiedener kleinerer Delikte immer wieder aufgegriffen hatte. Doch Achim schenkte mir das, was ich zuvor immer vermisst hatte: Aufmerksamkeit, Liebe und Wertschätzung. Er hatte mich an Weihnachten in die Arme genommen und getröstet. »Freunde suchst du dir aus, aber deine Familie nie. Du wirst sie nicht ändern können.«

Doch ich konnte auch Achim nicht ändern. Er hatte sich in all den Jahren nie etwas aus mir gemacht, sondern mich nur für seine Drecksarbeit benutzt, mich unter falschen Versprechungen immer wieder eingespannt. Jetzt war es Zeit, dass ich mich wehrte. Ich würde mich nie wieder ausnutzen und manipulieren lassen. Nele wäre das letzte Kind.

Als ich die drei blinkenden Punkte sah, die mir signalisierten, dass ihre Mutter mir antwortete, wusste ich, dass ich meinen Plan schon bald umsetzen könnte …

Donnerstag, 13.27 Uhr, Polizeipräsidium

Evelina Antonescu, so ergaben die Recherchen in der internationalen Datenbank, war knapp dreieinhalb Jahre zuvor im rumänischen Konstanza verschwunden. Die Küstenstadt am Schwarzen Meer war vor allem für den nördlichsten Stadtteil Mamaia bekannt: weite Strände mit feinstem Sand und eine bei Urlaubern beliebte Mischung aus lebhaftem Geschehen am Strand und einem ebenso lebhaften Nachtleben. Mit anderen Worten: viele Menschen, großes Chaos. In genau dem hatte sich die Spur des damals fünfjährigen Mädchens mitten im Hochsommer verloren. Evelina hatte mit den Eltern und dem Bruder gerade noch am Strand gespielt, war dann aber nicht mehr auffindbar gewesen. Küstenwache und Polizei hatten im Wasser und an Land zunächst den Badeort abgesucht, das Mädchen aber nirgends entdecken können und die Suche vor Ort nach drei Tagen eingestellt. Fotos zeigten Evelina am Tag ihres Verschwindens beim Bau einer Sandburg. Ein fröhliches Kind mit dunklen Augen, das in die Kamera strahlte. Mit seiner Badekleidung und den nassen Haaren war es jedoch so austauschbar wie jedes andere Kind an einem überfüllten Strand.

Ben glaubte, in dem Mädchen auf den Fotos das Kind wiederzuerkennen, das am frühen Morgen nahezu leblos im Wald gelegen hatte. Das Kind, das ihn mit ausdruckslosen Augen angestarrt hatte. Anders als bei im Inland entführten Kindern hatte er aber zuvor noch nie von diesem Vermisstenfall gehört. Er glaubte nicht, dass in Deutschland je nach diesem rumänischen Kind gesucht worden war. Ben schaute vom Bildschirm auf, als Imke an ihrem Schreibtisch den Hörer des Dienstapparates auflegte. Ein altes Gerät, das meist bereits dann versagte, wenn Anrufe weitergeleitet werden sollten.

»Neue Infos?«

»Wir haben einen Mitarbeiter der rumänischen Botschaft aus Köln einbestellt, der sollte im Laufe des Tages hier sein. Die Behörden vor Ort haben Evelinas Eltern verständigt und wollen alles dafür tun, dass die Eltern so schnell wie möglich zu ihrer Tochter können. Evelina hat ein auffälliges Muttermal im rechten Schulterbereich. Ich habe das mit der Klink abgeklärt. Dr. Michels ist genau so ein Muttermal aufgefallen. Wir gehen fest davon aus, dass es sich bei dem Mädchen um das gesuchte Kind handelt. Die Eltern müssen uns das nur noch bestätigen.«

»Dann hoffen wir mal, dass sie nicht umsonst anreisen«, murmelte Ben. Nichts war schlimmer, als stark traumatisierten Personen Hoffnung zu machen, die sich dann im lang ersehnten glücklichen Moment komplett zerschlug. Die Eltern hatten das Kind in Erinnerung, das sie zuletzt im bis dahin glücklichen Familienurlaub am Strand gesehen hatten. Sie wären nicht darauf vorbereitet, eine Tochter wiederzubekommen, die nur noch ein Schatten ihrer selbst war und vermutlich schlimmste Erfahrungen gemacht hatte, die sie ein Leben lang prägen würden.

»In Rumänien ist wohl lang und breit über den Fall berichtet worden. Das Foto von Evelina ist mehrere Tausend Male geteilt worden. Die Polizei soll sich Chancen ausgerechnet haben, das Kind wiederzufinden, weil die Mutter einen Instagram-Kanal mit etlichen aktiven Followern gehabt hat.«

»Dann war Evelina keine Unbekannte.«

»Vermutlich nicht, aber die Behörden sind bis zuletzt davon ausgegangen, dass das Kind beim Baden verunglückt ist und das Meer die Leiche nie freigegeben hat.«

»Was ja durchaus eine haltbare Hypothese ist …«

»Ja, zumal es wirklich gar keine Hinweise auf eine Entführung gegeben hat. Keine Lösegeldforderungen, keine Kameras, die auffällige Szenen eingefangen haben. Die Urlauber, die sich am selben Tag an diesem Strand aufgehalten haben, sind längst nicht alle befragt worden. Und von denen, mit denen die Polizei gesprochen hat, will keiner, und wirklich keiner, das Kind gesehen haben.«

Ben konnte sich das lebhaft vorstellen: Personen, die in ihre Bücher vertieft waren, im Meer badeten, Fotos von Sonnenschirmen, Wellen und dem strahlend blauen Himmel machten. Das zu einer Reisezeit, in der so viele Familien unterwegs waren, dass vermutlich niemand so richtig zuordnen konnte, welches Kind nun zu welcher Familie gehörte. Sodass es auch nicht auffallen würde, wenn ein Kind mit jemand anderem mitging. Sofern das denn freiwillig geschah.

»Das mit der Entführung verdichtet sich erst jetzt. Allein wird das Mädchen wohl kaum bis nach Deutschland gekommen sein. Ich möchte auch gar nicht wissen, wie das Kind transportiert worden ist.«

Imke nickte. Das Kind war mehr als 2000 Kilometer entfernt von Konstanza aufgefunden worden. Und das erst dreieinhalb Jahre nach seinem Verschwinden. Aber Evelina lebte.

Nach so langer Zeit eine mehr als positive Nachricht. Die Eltern würden ihr Glück kaum fassen können. Nach mehr als drei Jahren verspürten Angehörige zwar meist noch Hoffnung, aber eingestellte Ermittlungen und das ausbleibende Interesse von Medien und Bevölkerung vergrößerten die Verzweiflung meist noch. Ein Kind war verschwunden. Eins, das einen festen Platz in einer Familie gehabt hatte. Eins, das geliebt wurde und eine derart schmerzliche Lücke hinterlassen hatte, dass es schwierig war, überhaupt noch Freude zu verspüren.

Doch das Leben der anderen ging weiter. Drehte sich in einem Tempo, das nicht viel Raum für die Gefühle der betroffenen Familie ließ. Während der Verlust für die Familie allgegenwärtig war, erinnerten sich immer weniger Personen überhaupt an den Vermisstenfall. Sie hielten die Augen nicht mehr offen, achteten nicht mehr auf Kinder, denen sie begegneten, und waren allenfalls froh, dass sie von einem derartigen Schicksal verschont geblieben waren. Sie waren froh darüber, dass ihre Kinder nicht Evelina oder Nele hießen und abends wohlbehütet und gut zugedeckt in den eigenen Betten lagen. Weit weg von Menschen, die es nicht gut mit ihnen meinten.

Donnerstag, 14.36 Uhr, Krankenhaus

Ben war am späten Nachmittag bei der Befragung von Evelina mit dabei. Behutsam und unter Begleitung eines Kinderpsychologen versuchte Ben, etwas über den bisherigen Aufenthaltsort von Evelina herauszufinden. Die Umstände ihres Verschwindens waren bereits im Detail ermittelt. Das jedoch, was am Vorabend im Wald passiert war, sprach er nicht an.

Es sei besser, das Kind nicht unmittelbar mit schrecklichen Geschehnissen zu konfrontieren, hatte der Kinderpsychologe ihm geraten. Wichtig sei in erster Linie, dass Evelina wieder Vertrauen fasse und sich sicher fühle. Danach sah es noch nicht aus.

Als der Dolmetscher gemeinsam mit den Eltern des Mädchens im Krankenzimmer aufgetaucht war, hatte sich Evelinas Mutter Andreea direkt schluchzend auf ihr Kind gestürzt. Evelina hatte fast keine Regung gezeigt und durch ihre Mutter hindurchgestarrt. Sie ließ die Umarmung geschehen, doch ihre Schultern und ihr Rücken waren versteift. Nichts sprach für eine große kindliche Sehnsucht. Nichts für das Verlangen, endlich wieder an die Brust gedrückt zu werden, die sie im ersten Lebensjahr ernährt hatte.

»Sie ist stark traumatisiert«, erläuterte der Kinderpsychologe. »Nach Angriffen von Erwachsenen ist das eine übliche Reaktion. Hinzu kommt, dass das Mädchen eine komplette Nacht allein im Wald verbracht hat. Da bekäme sogar der Großteil der Erwachsenen Angst. Kinder lieben ihre Eltern, aber sie verzeihen es ihnen nicht, wenn sie sie aus solchen Situationen nicht gerettet haben. Und hier sind weder Mutter noch Vater aufgetaucht, um ihr Kind zu beschützen und vor Unheil zu bewahren.«

»Sie wussten nicht, wo sie ist. Wir alle wussten nicht, wo sie ist.« Ben hatte bis vor ein paar Tagen nicht einmal von der Existenz Evelinas gewusst. Dabei hatte das Kind vielleicht sogar ganz in der Nähe unter dem Radar der Öffentlichkeit gelebt. Adrian Antonescu, der Vater des Kindes, streichelte behutsam die Hand seiner Tochter, die sich immer noch apathisch zeigte, nun aber den Kopf ins Kissen zurückfallen ließ und die Augen schloss.

»Glauben Sie, wir können kurz allein mit dem Kind reden? Ohne die Eltern?« Ben sprach dieses Mal lauter und Evelina reagierte auf seine Stimme. Sie öffnete die Augen wieder, die sich sofort mit Tränen füllten. Ihre Mutter stieß sie von sich.

Der Kinderpsychologe nickte und bat mithilfe des Dolmetschers die Eltern kurz nach draußen, lächelte sie aufmunternd an. Ben hatte beide nie zuvor gesehen, wusste aber aus den Unterlagen, dass Andreea und Adrian Antonescu erst Anfang 30 waren. Vermutet hätte er das nie. Vor sich hatte er zwei gebrochene Leute, die weitaus älter schienen, als das Geburtsdatum auf ihren Ausweisen es vermuten ließ. Das Verschwinden eines Kindes hinterließ Spuren, die nie ganz verblassen würden.

Evelina ließ es zu, dass Ben sich an ihre Bettkante setzte. Sie lehnte sogar ihren Kopf an seine Brust, umschlang seinen Hals ganz so wie in der Nacht, als er das Kind auf den Arm genommen und selbst in den Rettungswagen gehoben hatte.

»Sie vertraut Ihnen. Sie weiß genau, dass Sie sie gerettet haben«, erklärte der Kinderpsychologe.

Dabei war es nur Zufall gewesen, dass das Kind überhaupt gefunden worden war. Lange hätte ihr kleiner Körper die Kälte und den damit einhergehenden Abfall der Körpertemperatur nicht mehr verkraftet.

»Evelina«, sagte Ben sanft und strich dem Mädchen durch das Haar. Das Kind kam ihm hier, in dem großen Krankenhausbett und mit den weißen Laken, fast noch zerbrechlicher vor als im Moment ihrer ersten Begegnung.

»Evelina, wo warst du in den letzten drei Jahren? Deine Eltern und die Polizei haben überall nach dir gesucht.« Er erwartete, dass das Kind nun in Tränen ausbrechen würde, doch Evelina wirkte einigermaßen gefasst, als sie ein Haus im Wald erwähnte. Sie sprach ein wenig Deutsch, aber nicht genug, um auch die Details übermitteln zu können.

Mithilfe des Dolmetschers gelang es ihr jedoch erstaunlich gut, ein Haus zu beschreiben, das viel eher an das Wohnhaus einer gut situierten Familie erinnerte als an eine Holzhütte, wie Ben sie vermutet hätte.

»Kinderzimmer?«, fragte Ben. »Wie viele?«

Evelina gab an, ein kleines Zimmer unter dem Dach gehabt zu haben, aber es hätte auch zwei weitere Kinderzimmer gegeben. Eins für einen Jungen und eins für ein Mädchen. Es dauerte etwas, bis Ben verstand, dass diese Kinderzimmer im Gegensatz zu Evelinas Zimmer unter dem Dach nicht dauerhaft belegt waren, sondern es sich um Transitzimmer handelte. Um Zimmer, in denen Kinder nur kurz verblieben und dann mit unbekanntem Ziel wieder verschwanden – bis irgendwann ein neues Mädchen oder ein neuer Junge einzogen.

»Die Kinder sind weggebracht worden?«

Evelina nickte. Das Ziel dieser Autofahrten kannte sie aber nicht. Sie gab an, dass die Kinder in neue Familien oder zu einem Onkel gebracht worden seien. Die neuen Familien hätte sie nie gesehen.

»Sie haben sie in dem Glauben gelassen«, wandte Ben sich an den Kinderpsychologen. Was dann mit den Kindern geschah, erfragte er nicht. Evelina würde diese Details nicht kennen. Falls er sich aber täuschte und einer dieser Onkel sich auch an ihr vergriffen hatte, war es nicht an der Zeit, diese Wunden genau jetzt aufzureißen. Kinder sollten in psychologischen Behandlungen das Tempo selbst bestimmen. Am besten in einer gewohnten und als sicher empfundenen Umgebung. Doch dazu gehörte ein Krankenzimmer in einem fremden Land definitiv nicht – auch dann nicht, wenn ein Polizeibeamter vor der Tür platziert war.

Ben sah Evelina fest in die Augen. »Kannst du dich an den Tag auf dem Spielplatz erinnern?« Die Aufnahme, die auf dem Spielplatz gemacht worden war, war zwar verschwommen, aber im Wald hatte Evelina dieselbe Jacke und Mütze getragen, die auch das Kind auf dem Foto anhatte.

Evelina nickte.

»Warum hast du Nele mitgenommen?«

Evelina zeigte keinerlei Gefühlsregung. Nichts, was auf ein schlechtes Gewissen oder ein Empfinden von Unrecht vermuten ließ. »Weil sie es mir gesagt haben. Sie haben mir ein Foto von dem Mädchen gezeigt und mir gesagt, dass ich es zum Spielen mitnehmen soll. Ich habe sonst niemanden zum Spielen.« Sie wirkte fast schon ein wenig trotzig. »Nur Boris. Manchmal.«

Dass es sich dabei um keinen gleichaltrigen Spielkameraden handelte, ließ der Griff ihrer Hand an ihren Hals vermuten, an dem die Würgemale noch immer gut erkennbar waren. Der Kinderpsychologe schüttelte den Kopf, bat Ben darum, an dieser Stelle nicht weiter vorzudringen.

Und so gerne Ben diesen Boris sofort ergriffen hätte, so wichtig war es jetzt, zunächst Neles Aufenthaltsort zu ermitteln. Wenn dieser Boris auch Zugriff auf sie hatte, schwebte das Mädchen in höchster Gefahr.

»Wo seid ihr dann hingefahren?«

»In das Haus im Wald.« Die Antwort war knapp, und auch Nachfragen brachten nicht viel mehr ans Licht, als dass sie lange durch die Nacht gefahren seien. Doch Evelina hatte keinerlei Zeitgefühl. Sie sprach von einem Stopp an einer Raststätte, von häufigem Abbiegen und davon, dass sie später ganz müde in ihr Bett gegangen sei. Sie erwähnte auch, dass das andere Mädchen im Auto geschlafen und dann um sich geschlagen und nach ihrer Mutter geschrien hätte.

»Aber dann durfte ich doch nicht mit ihr spielen. Das machen sie immer so.«

Ben horchte auf. *Immer?*

»Und dann? Was ist dann mit Nele passiert?«

»Dann war sie die ganze Zeit in ihrem Zimmer. Sie hat ein viel schöneres Zimmer als ich. Mit richtig vielen Spielsachen. Ich habe nur ein altes Puppenhaus und ein paar Bücher.« Evelina wirkte neidisch. »Ich darf nie in das schöne Zimmer. Aber manchmal darf ich mit Boris auf den Spielplatz hinter dem Haus. Das darf nur ich.«

»Bitte, Evelina, wir müssen Nele finden.«

Das Mädchen schaute Ben nun direkt an. »Ich kenne keine Nele. Sie heißt Lilly. Und ich bin jetzt Amira. Evelina gibt es nicht mehr. Und die da …«, sie zeigte mit dem Finger zur Tür, hinter der ihre Eltern standen, »will ich nicht mehr sehen. Sie wollten mich nicht mehr.«

Dann begann sie bitterlich zu weinen.

Donnerstag, 14.53 Uhr, Erziehungsheim im Wald

Amira wurde seit ihrem Verschwinden in Rumänien gesucht. In deutschen Medien hatte Boris nie auch nur ein Foto des Mädchens gesehen. Unmittelbar nach der missglückten Übergabe der kleinen Rumänin hatten sie dem Kind einen Kurzhaarschnitt verpasst und die Haare dunkler gefärbt. Als sich dann allmählich die Gesichtszüge des Kindes veränderten und Amira immer weniger der fünfjährigen Evelina ähnelte, war es einfacher gewesen, sie hin und wieder im Auto mitzunehmen.

Kinder veränderten sich so schnell, dass sie mitunter schon zwei Jahre später niemand mehr erkannte. Boris besorgte für alle Kinder neue Pässe. Amira mitzunehmen, war leicht gewesen. Ihre Mutter hatte bereits Wochen zuvor den anstehenden Urlaub angekündigt, hatte das gebuchte Hotel mehrfach erwähnt und in ihren Beiträgen markiert und immer wieder Fotos des Mädchens veröffentlicht. Es war Boris' Aufgabe, so viele Informationen wie möglich herauszusuchen, um dann einen guten Draht zu den Kindern zu bekommen. Boris' Großmutter war in Rumänien aufgewachsen. Seine Sprachkenntnisse waren nicht die besten, aber sie hatten gereicht, um Amira anzusprechen und sie vom Strand zu locken.

»Hallo Evelina, ich bin Boris.«

Das Kind hatte eine Sandburg gebaut und erstaunt zu ihm aufgeblickt. Der Strand war rappelvoll gewesen. Sie hatte nicht erschrocken gewirkt, sondern eher neugierig. Er hatte einen kleinen Katalog mit Fotos von Wasserspielzeug in der Hand gehabt, hatte sich zu dem Kind runtergekniet und es darin blättern lassen. In der Ferne sah er den Vater mit dem jüngeren Bruder im Wasser plantschen. Die Mutter war damit beschäftigt, jeden Moment dieses Familienvergnügens mit ihrer Handykamera einzufangen – für spätere Bewunderung und viele Likes.

»Was meinst du, Evelina? Sollen wir den Papa und Lucian damit überraschen?«

Amira hatte zu ihrer Mutter geschaut, die weiterhin ihr Handy aufs Meer gerichtet hielt und mit dem Rücken zu ihrer Tochter stand.

Boris hatte gelacht. »Die Mama weiß natürlich Bescheid. Was glaubst du, warum ich hier bin? Es soll doch eine Überraschung sein.« Wieder hatte er mit dem Katalog gewedelt. »Na komm schon, such dir ein Spielzeug aus!«

Amira hatte begeistert mit dem Finger auf einen aufblasbaren Kraken getippt. »Gibt es die auch in Rot?«

»Natürlich. Mein Geschäft ist gleich auf der anderen Straßenseite. Kommst du eben mit? Die roten Kraken sind ganz weit hinten, da komme ich als Erwachsener nicht dran.«

Amira hatte genickt und ihre Hand wie selbstverständlich in seine geschoben. Sie hatte vor Vorfreude gestrahlt – niemand am Strand, der von seinem Buch oder Smartphone aufgeschaut hätte, hätte vermuten können, dass er das Kind entführte. Sie sahen nur ein fröhliches Mädchen, das entspannt mit seinem Vater zur Promenade ging. Nur dass Amira mit jedem Schritt, den sie an Boris' Hand ging, mehr Entfernung zwischen sich und ihren richtigen Papa brachte.

Boris war mit dem Kind in eine Nebenstraße gegangen, in der er in einer Garageneinfahrt seinen Bulli geparkt hatte, hatte das Tuch mit seinem Träum-Süß-Gemisch herausgeholt, die Schiebetür geöffnet und war vermutlich schon längst aus der Stadt heraus gewesen, als noch alle gedacht hatten, dass das Kind sich nur am Strand verlaufen und den passenden Schirm nicht wiedergefunden hatte.

Amira hatte anders reagiert als die meisten Kinder, als sie wieder aufgewacht war. Sie hatte nicht nach ihrer Mutter geschrien und geweint, sie hatte ihn böse angesehen und ihm ins Gesicht geschrien, dass er ein richtiges Arschloch sei. Deshalb hatte er Amira immer anders als alle anderen Kinder behandelt. Sie war ihm ebenbürtig. Sie ließ sich so schnell nichts sagen. Und doch war sie ein Kind, das auf die Hilfe und das Wohlwollen von Erwachsenen angewiesen war und das in einem fremden Land zumindest anfangs vollkommen aufgeschmissen gewesen war.

Amiras Entführung war die erste Auftragsentführung gewesen. Doch trotz einer geleisteten Anzahlung in fünfstelliger Höhe war niemand bei der Übergabe aufgetaucht. Amira ließ sich damit nicht mehr vermitteln. Jedes Kind, das sie abgreifen wollten, verschwand schon mit der Bestellung wieder aus dem Katalog. Damit niemand, der später die Vermisstenmeldungen sah, eine Verbindung zwischen ihnen und den Kindern knüpfen konnte.

Boris öffnete die Schranktür im Mädchen-Kinderzimmer und suchte nach Nele. Es war wichtig, dass die Kinder sich an ihre neue Identität gewöhnten, damit sie auf ihre neuen Vornamen reagierten.

»Wenn du auch nur einmal deinen alten Namen erwähnst«, bläute Kristina den Kindern ein, »dann wird deinen Eltern etwas ganz Schlimmes widerfahren.« Bis jetzt, so vermutete

Boris, hatte es kein Kind gewagt, sich anderen Personen gegenüber zu offenbaren. Allerdings hatten die Abnehmer der Kinder auch nicht vor, die Kinder je in der Öffentlichkeit zu zeigen. Dennoch vermittelte das Erziehungsheim nur Kinder bis zu einem Alter von maximal sechs Jahren. Sobald die Kinder schulpflichtig waren, wären sie vom System erfasst, bräuchten Zeugnisse und eine glaubhafte Geschichte, die mehr als nur einen Reisepass und eine Sozialversicherungsnummer erforderte.

»Lilly«, lockte Boris. »Nun komm schon raus!« Sie war nicht das erste Kind, das sich hier versteckte, aber sie fanden sie alle wieder. Selbst diejenigen, die es bis in den Garten oder in den Wald dahinter geschafft hatten. Kleine Kinder hatten oft so viel Angst vor Monstern und Gespenstern, dass sie sich freiwillig nicht zu weit von ihnen entfernten – auch wenn sie alle unbedingt nach Hause wollten.

Amira hatte die eigene Mutter nur selten erwähnt. Die wenigen Male, die Boris sie hatte weinen sehen, hatte sie sich trotzig mit der Hand die Tränen aus dem Gesicht gewischt und ihn herausfordernd angeschaut.

»Komm«, hatte er dann meist gesagt, hatte die Tür zum Garten geöffnet und sie an Tagen, an denen kaum Spaziergänger im Wald unterwegs waren, draußen auf den Spielgeräten spielen lassen. Irgendwann hatte sie ihn das erste Mal zaghaft angelächelt. Er hatte Kristina noch nicht gestanden, dass er es nicht übers Herz gebracht hatte, Amira verschwinden zu lassen. Es sollte und durfte dem Kind nicht ein zweites Mal zum Verhängnis werden, dass sich Fotos von ihm im Netz finden ließen.

Als er im letzten Moment von Amira abgelassen hatte, hatte er sich wortlos umgedreht und war schnellen Schrittes zum Auto zurückgegangen. Er hatte sich nicht mehr umgedreht, aber er glaubte, Amira schluchzen gehört zu haben. Noch nie war ihm ein Fall nahegegangen. Aber das, was er für dieses Kind tun konnte, hatte er schon getan.

Er ging vom Mädchen- in das Jungenzimmer, öffnete auch da die Schranktüren, fand Nele schließlich unter dem Bett im Jungenzimmer. Das Mädchen hatte sich in die hinterste Ecke verkrochen, lag dort mit angezogenen Knien und tränenverschmiertem Gesicht. Er mochte es gar nicht, wenn Kinder Rotznasen hatten, aber im Laufe der Zeit hatte er sich fast schon daran gewöhnt. Er hob das Bett an und zwang das Kind so, weiter nach vorne zu kriechen, wenn es nicht vom Bettgestell eingequetscht werden wollte. Kaum war das Mädchen in Griffweite, ließ er das Bett mit einer Hand herunterknallen und riss Nele mit der anderen Hand am Arm hervor.

Nele leistete keinen Widerstand, als er sie auf den Arm nahm. Sie hing kraftlos in seinem Arm, heulte lautlos. Sie vermied es lediglich, ihren Kopf an seine Schulter zu lehnen. Andere Kinder zappelten, versuchten, ihn zu beißen, und gruben ihre kleinen Zähne in seine Hand. Doch Boris verspürte kaum Schmerzen – weder körperlich noch seelisch. Es war fast vorbei. Im Keller lag schon das Prinzessinnenkleid aus Samt bereit, das der Kunde für den heutigen Abend gewünscht hatte. Boris müsste Nele nur noch vorbereiten und in die kleine Lilly verwandeln. Ab morgen würde er höchstens noch in der Zeitung von ihr lesen.

Donnerstag, 15.08 Uhr, Polizeipräsidium

Ben war außer sich. »Nein, das kann ich so nicht hinnehmen. Wenn Evelina über Jahre nichts getan worden ist und man nun plötzlich versucht, das Kind loszuwerden, dann müssten bei uns alle Alarmglocken schrillen!« Er war ohne Absprache mit Walters ins Büro des Polizeidirektors gestürmt, wurde ihm gegenüber richtig laut: »Wir müssen was tun, das geht so nicht.«

»Ich kann aber nicht einfach Hundertschaften anfordern, wenn wir keine Ahnung haben, wo wir suchen müssen. Wir haben bereits den Wald durchkämmt, in dem das Kind gefunden worden ist. Ohne irgendein Resultat. Falls es da Spuren gegeben hat, hat der Regen sie fortgewaschen.«

»Aber das Kind!« Ben wurde noch lauter. »Wir können doch nicht einfach so das Kind aufgeben.«

Polizeidirektor Alex Feldner sprang auf. »Jetzt reißen Sie sich aber mal zusammen. Niemand hat das Kind aufgegeben. Niemand! Wir können aber auch nicht ohne Plan in irgendwelchen Feldern in ganz Deutschland herumstochern. Es sind längst alle Kräfte eingeschaltet. Jeder hat ein Auge auf mögliche Parallelen zum Fall Nele. Und vergessen Sie unsere niederländischen Nachbarn nicht! Die haben ein ebenso großes Interesse an der Aufklärung des Falles wie wir. Kommissarin Hansen hat doch bereits mit den Niederländern gesprochen.«

Ben lief unruhig auf und ab. Knetete in seinen Händen seine Mütze mit der Aufschrift »Polizei«. Er hielt es nicht aus, dass die Kräfte immer wieder ausgebremst wurden. Wünschte sich, dass er selbst das Kommando hätte. Denn dann …

»Was würden Sie denn tun?«, fragte Feldner seufzend und nahm auf der Kante seines Schreibtisches Platz. Der Tisch ächzte leicht unter seinem Gewicht.

»Ich weiß es nicht. Aber mich macht dieses Abwarten wahnsinnig. Jede verstrichene Minute bringt uns doch nur weiter von Nele weg. Je mehr Zeit wir vergeuden, umso gefährdeter ist das Mädchen.« Er biss sich auf die Unterlippe.

»Wir haben kaum Anhaltspunkte. Alle Polizeibehörden achten auf einsam gelegene Häuser in Waldstücken. Ganz so, wie Evelina sie beschrieben hat. Uns wird kein Haus entgehen. Aber es wird Zeit brauchen, sie alle zu überprüfen. Falls Nele sich dort noch aufhält.«

»Und falls die Kollegen gründlich arbeiten.« Ben mochte gar nicht daran denken, wie schnell in so einem Fall eine leichte Unachtsamkeit verheerende Konsequenzen haben könnte.

Donnerstag, 15.30 Uhr

Trauer würde ich in meinem Leben nicht mehr zulassen, jetzt war der Moment der Wende gekommen. Wie Phoenix aus der Asche würde ich emporsteigen, würde meine Niederlage in eine Niederlage der anderen umkehren. Sie hatten mich nicht vollkommen zerstört – das war ihnen nicht gelungen. Sie hatten mich kleingehalten, mich unterdrückt, mich ausgegrenzt, aber keiner von ihnen rechnete damit, dass ich mich wehren würde. Niemand von ihnen kannte mich wirklich, wusste, wer sich hinter meinem Namen verbarg. Fremd würde ich ihnen werden, dafür aber zu mir selbst zurückfinden. Sie wägten mich woanders, vermuteten mich nicht hier. Ich hatte meine Pläne verschleiert, war für sie unerreichbar.

Ab jetzt bestimmte ich die Regeln. Es war kein Spiel für mich, es war bitterer Ernst.

Donnerstag, 15.34 Uhr, Polizeipräsidium

Ben hatte nicht damit gerechnet, dass Marten nicht in seinem Büro war. Die Tür stand offen, das Licht der Schreibtischlampe brannte noch und leuchtete den Eckschreibtisch aus, der unaufgeräumt zurückgelassen worden war. Auf ausgebreiteten Unterlagen stand ein Kuchenteller mit einem Stück Bienenstich, in dem noch eine Kuchengabel steckte. Ein Kaffeerest dampfte in einer kitschigen »Ich-bin-Bulle«-Tasse leicht vor sich hin.

Marten konnte noch nicht lange fort sein, war vielleicht nur kurz zur Toilette. Doch der umgeworfene Schreibtischstuhl und die fehlende Jacke, die sonst immer über der Rückenlehne hing, bewiesen das Gegenteil. Marten war mehr als überstürzt aufgebrochen, hatte niemanden informiert. Er hätte um diese Zeit an seinem Platz sitzen müssen, er wollte mit Ben die neuesten Erkenntnisse durchgehen. Es passte nicht zu ihm, dass er sich nicht abgemeldet hatte.

Andererseits war Ben noch nicht lange in dieser Dienststelle, und auch Marten war erst kurz darauf zu ihnen gestoßen – als IT-Experte mit Ermittlungshintergrund. Feldner hatte ihn als kompetente Kraft vorgestellt, die sich hervorragend im Bereich von Internetkriminalität und Netzsicherheit auskennen würde und im Gegensatz zu ihnen auch wüsste, wie man ins Darknet kam. Ben wusste nicht, was Marten im Netz gefunden hatte, doch eine geöffnete Seite mit Katalogkindern im Kindergartenalter und eine Adresse, die sich in einem Chat auf einem der Bildschirme zeigte, waren zusammen mit Martens überhastetem Aufbruch Zeichen dafür, dass schnell gehandelt werden musste.

Ben konnte Marten nicht einschätzen, er durfte zudem keine Alleingänge unternehmen. Er musste sich erst wieder bewähren. Seine Partnerin hatte ihn ausgerechnet heute im Stich gelassen. Die Ermittlungen setzten ihr so zu, dass sie sich spontan krankgemeldet hatte. Die tote Nientje, der versuchte Mord an Evelina – noch nie hatte er seine Kollegin so fahrig gesehen.

»Ben, verzeih mir, ich kann das nicht. Bitte, morgen bin ich hoffentlich wieder fit.« Sie hatte dabei so mitgenommen ausgesehen, dass sie am heutigen Tag ganz sicher keine Hilfe mehr gewesen wäre.

Dennoch versuchte er, sie telefonisch zu erreichen. Vielleicht wüsste sie, wo Marten war. Der Ruf ging zweimal ab, dann sprang die Mailbox an. Imke hatte sich vermutlich hingelegt.

Ben berührte den Cursor von Martens Computermaus, aktivierte so die Bildschirme erneut. Er vergrößerte das Chatfenster, las das Gespräch, das Marten entweder verfolgt oder aber initiiert hatte:

»Letzte Chance: Komm heute gegen 17 Uhr zu dieser Adresse! Keine Polizei – wie abgesprochen!«

Marten war Ben vermutlich bereits etliche Kilometer voraus.

Donnerstag, 16.38 Uhr, unterwegs

Mit dem Wanderwegeplan, den sie sich einige Kilometer vor dem Ziel an einer Tankstelle gekauft hatte, hatte Mieke das Gefühl, nicht ganz so unvorbereitet zu sein. Sie war mitten in ein Waldgebiet gelockt worden, doch es war ihre einzige Chance. Sie hätte alles getan, um Nele wiederzufinden. Die Nachricht, die sie erhalten hatte, war knapp gewesen:

»Ich weiß, wo deine Tochter ist.«

Und dann:

»Wenn du dein Kind noch einmal sehen willst, dann musst du kooperieren. Keine Polizei, keine Öffentlichkeit, keine Fragen. Ich melde mich wieder.«

Mieke hatte keine Zweifel daran gehabt, dass die Nachricht echt war. Es waren noch weitere Nachrichten gefolgt, inklusive einer Sprachnachricht, in der sie kurz Neles Stimme hörte. »Mama« hatte diese gewimmert. Nele lebte, sie hatten ihr nichts getan! Mieke hatte vor Freude geheult. Sie würde sich auf alles einlassen, wenn sie Nele damit retten könnte.

»Das ist deine einzige Chance. Keine Fragen! Die Regeln bestimme ich!«

Also hatte Mieke auf weitere Anweisungen gewartet, hatte diesem Nachmittag entgegengefiebert. Die Person, die die Mail geschrieben hatte, würde nicht in Erscheinung treten. Sie war in Gefahr. Ebenso wie Nele und das andere Mädchen. Mieke war unglaublich dankbar dafür, dass jemand, der an der Entführung von Nele beteiligt gewesen war, doch noch ein schlechtes Gewissen bekommen hatte.

»Ist mit Nele alles okay?«, hatte sie nur kurz gefragt.

»Ja, ihr geht es gut. NOCH!«

Sie hatte verstanden, dass es nur ein geringes Zeitfenster gab. Keine Polizei, kein Zögern! Sonst wäre Nele womöglich unwiderruflich verschwunden. Sie wollte ihre Tochter sehen, sie wollte ihr die Angst nehmen. Wenn Nele und sie erst einmal wiedervereint wären, würde sie eine Möglichkeit finden, Nele in Sicherheit zu bringen.

Ihr Handy piepte mehrfach schnell hintereinander, zeigte damit an, dass es nur noch eine geringe Akkuleistung hatte. Dann erlosch das Display. Mieke hoffte, dass sich ihre Kontaktperson nun nicht mehr melden würde. War Nele tatsächlich in dem Haus, das sie aus ihrem Versteck sah? Die Adresse stimmte: ein unscheinbares und gepflegtes Haus im Wald, das bewohnt aussah. Mit Einsetzen der Dämmerung waren die ersten Lichter angegangen. Das Haus hatte nichts Bedrohliches. Sie hatte längst jedes Detail des Gebäudes studiert. Die Erkerfenster im oberen Bereich ebenso wie die Efeuranken, die sich an der Hausfassade nach oben schlängelten, von der Fassade ebenso viel verbargen wie die Mauern, die den Blick ins Innere des Gebäudes verwehrten. Wer sollte Nele hierhin verschleppen? Hatte sich nur jemand einen Scherz erlaubt, um dafür zu sorgen, dass sie nicht zu Hause war?

Weit genug war sie entfernt, Thomas wohnte in diesen Tagen im Hotel, ihre Eltern waren längst wieder abgereist, ihr

Mieter verschollen. Es wäre leicht, sie wegzulocken und sie dann auszurauben. Fotos ihres Hauses waren zur Bebilderung sogar in einer Tageszeitung abgedruckt worden:

»Dieses Kinderfahrrad, das noch immer im Vorgarten liegt, wartet auf die kleine Nele.«

Sie hatte die Berichterstattung verfolgt, hatte immer das Gefühl gehabt, dass hier erfundene Geschichten erzählt würden. Doch diese Geschichte war so real, dass sie ihr wie der schrecklichste Albtraum von allen und nicht wie ihr Leben vorkam. Das Bild des Kinderfahrrades in ihrem Vorgarten hatte ihr schmerzlich klargemacht, dass das verschwundene Kind ihr eigenes war. *Nele, meine kleine Nele!* Sie hatte ihr Kind seit fünf Tagen nicht mehr gesehen. Sie würde in dieses Haus hineingehen. Sie brauchte die Gewissheit, ganz egal, was war. Man könnte ihr alle materiellen Dinge nehmen, wenn sie im Gegenzug dafür nur ihr Kind wiederbekäme.

Ihren Wagen hatte sie einige Hundert Meter entfernt auf der Zufahrt zu einem verlassen wirkenden Bauernhof geparkt. Hinter einer immergrünen Hecke, die dafür sorgen würde, dass niemand das Fahrzeug von Weitem erkannte. Niemand wusste, dass sie hier war. Das war eine der Bedingungen gewesen.

Sie fühlte mit ihrer Hand nach dem Klappmesser, das sie in ihre rechte Hosentasche gesteckt hatte. So könnte sie sich wenigstens verteidigen oder Neles Fesseln lösen. Sie würde sich beeilen und nur kurz das Gebäude inspizieren. Wenn es Spuren von Nele oder dem anderen Mädchen gab, würde sie sie finden. Dann könnte sie noch immer die Polizei rufen. Sie griff mit ihren Halbfingerhandschuhen nach dem Handy in ihrer Jackentasche, versuchte, es erneut anzuschalten. Das Display flackerte nur kurz, ging dann aber wieder aus. Mist, sie hätte unbedingt das Telefon aufladen müssen! Doch sie war vollkommen überstürzt aufgebrochen, hatte kein Ladekabel im Auto gehabt. Aber sie würde sich von einem leeren Handyakku nicht aufhalten lassen.

Wer wusste schon, wie viel Zeit ihr und Nele noch blieb. Und so würde ein Klingeln oder Vibrieren sie zumindest nicht verraten. Mieke hielt den Atem an, als in diesem Moment die Haustür des Gebäudes aufging. Die Frau, die aus dem Haus trat, blieb kurz auf der Türschwelle stehen, ließ ihren Blick scheinbar sorglos über das Gelände vor dem Gebäude schweifen. Wartete sie auf jemanden? Hatte sie etwas mit der Entführung zu tun? Die Frau, die Mieke auf Anfang 40 schätzte, bückte sich, schnürte ihre Turnschuhe zu, machte ein paar Dehnübungen und lief dann trotz Dunkelheit weiter in den Wald hinein.

Was, wenn sie die Person war, die Mieke informiert hatte? Sie würde keine Probleme bekommen, wenn Mieke genau jetzt ins Gebäude ging. Miekes Herz schlug so laut und schnell, dass sie fast schon Angst bekam, dass ihr aufgeregter Herzschlag sie verraten würde. Sie wartete noch eine Minute, vielleicht auch zwei. So lange, bis sie sicher war, dass die Frau zu einer längeren Laufrunde aufgebrochen war.

Du solltest die Polizei rufen, wenn Nele hier ist, wird sie sich darum kümmern. Das hier ist viel zu gefährlich. Mieke aber ignorierte ihre innere Stimme und richtete sich auf. Sie verließ die Deckung und war fest entschlossen, genau jetzt ins Gebäude zu gehen.

Donnerstag, 16.47 Uhr

Das knappe Zeitfenster hatte ich genau abgepasst. Es waren nur noch drei Stunden bis zur Übergabe auf einem Parkplatz am Möhnesee. Es war nicht die erste Übergabe, und doch war die Stimmung angespannt. Kristina hatte ich deswegen zum Laufen geschickt, weil ich wusste, wie gut sie das runterholte. Boris war im Keller mit den letzten Vorbereitungen beschäftigt. Die gewünschte Kleidung für das Kind hatte ich bereits herausgelegt. Der Kunde wünschte sich helle Strumpfhosen und ein festliches Prinzessinnenkleid für Nele.

Eigentlich hätte er mit der Süßen schon Weihnachten feiern wollen, hatte er betont. Das wolle er in der Nacht noch nachholen. Wie entzückend Nele im Weihnachtskleidchen aussah, war uns allen bewusst. Mieke hatte Bilder davon gepostet. Dieses Jahr und in den beiden vergangenen Jahren. Ich hatte sie ebenso in den Katalog mit aufgenommen wie die Bikinibilder des Mädchens. Wer bitte zog seinem Kleinkind einen Bikini an? Doch das Hervorheben der femininen Züge der Mädchen sprach vor allem einen Teil unserer Klienten an. Es hatte nicht lange gedauert, bis es erste Anfragen für Nele gegeben hatte. Zu viel Mühe hatte sich Mieke bei der Inszenierung ihrer Tochter gegeben: kurze Kleidchen, Badefotos und das Räkeln im Familienbett inklusive.

Jetzt aber, so kurz nach den Feiertagen, sollte es nichts Freizügiges sein. Ein rotes Samtkleid, ein weißes Jäckchen, das zur hellen Strumpfhose passte, und eine niedliche Schleife im Haar würden Nele genau in das Wesen verwandeln, das heute Nacht den Eigentümer wechseln würde. Mieke hatte als Mutter ihre Chance verspielt. Jetzt war es an anderen, aus Nele das zu machen, was sie gerne haben wollten.

Der auf »Lilly Schneider« ausgestellte Pass lag in einer kleinen Kladde mit Fotos aus Neles Kindergartenzeit, den Bildern vom Auspacken der Weihnachtsgeschenke und einem Set biometrischer Passfotos, die wir nicht nur für den Kinderreisepass benötigt hatten. Nele war noch nicht schulpflichtig. Frühestens in zweieinhalb Jahren würde überhaupt auffallen, dass Lilly Schneider nicht existierte. Bis dahin aber war es unserem Netzwerk entweder gelungen, ihr eine Geburtsurkunde und Sozialversicherungsnummer zu besorgen, oder aber all das war gar nicht mehr nötig.

Boris war im Keller damit beschäftigt, Nele herzurichten. Die Schleife würde ich später binden. Dann, wenn ich mein Weihnachtsgeschenk erhalten hatte, wäre ich auch bereit, mich um das nachträgliche Weihnachtsgeschenk für unseren Kunden zu kümmern. Mieke für mich und Nele für ihn – das war ein mehr als fairer Deal.

Donnerstag, 16.52 Uhr, Erziehungsheim im Wald

In leicht geduckter Haltung lief Mieke zum Haus hinüber. Sie war komplett dunkel gekleidet. Ihre Hand hatte sie um das Klappmesser gelegt. Sie durfte jetzt bloß nicht über mögliche Gefahren nachdenken, sie müsste unbedingt ins Gebäude hinein! Mieke rechnete damit, dass jeden Moment ein Bewegungsmelder auf sie reagierte, doch weder eine Alarmanlage noch ein aufflammendes Außenlicht kündigten sie an, als sie sich im Außenbereich des Hauses befand.

Die Vordertür des Gebäudes war verschlossen. Auch als Mieke gegen die schmiedeeiserne Hand drückte, die aus der Tür ragte, gab die Eingangstür nicht nach. Wie naiv war es auch gewesen, zu denken, dass sie einfach durch die Vordertür ins Gebäude spazieren könnte?

In der Hoffnung, einen leichten Einstieg zu finden, drückte Mieke gegen alle Fenster – keines davon gab nach, alle waren fest verschlossen. Mieke fröstelte, aber die Kälte sorgte dafür, dass sie bei wachem Verstand blieb. Sie musste sich konzentrieren, durfte sich keinen Fehler erlauben. Bei jedem Geräusch, bei jeder Beobachtung, die Anlass zur Sorge gab, müsste sie loslaufen und flüchten können.

Mieke zögerte kurz, als sie hinter dem Haus ein offenes Törchen entdeckte. Die Tür, die ihr bis auf Brusthöhe reichte, war nur angelehnt. Hier rechnete niemand mit Besuchern. Oder doch? Hatte ihre Kontaktperson das Tor offen gelassen, damit sie problemlos ins Gebäude konnte? Im Garten quietschte eine Schaukel im Wind, ein Windspiel klimperte penetrant. Mieke ließ ihren Blick durch den Garten schweifen. Wie einfach es gewesen wäre, wenn Nele hier spielen würde. Sie hätte das Kind nur schnappen und wegbringen müssen.

Nein, das hier war keine gute Idee. Aber Mieke fühlte sich von der Tür auf der Rückseite des Gebäudes nahezu angezogen. Dahinter würde sie Antworten finden. Noch ein paar Schritte, und sie wäre Nele endlich näher. Wenn sich denn Nele tatsächlich hier befand. Ihre Hände zitterten, als sie mit einer Hand die nur angelehnte Tür weiter aufschob und sich nur Sekunden später in einem Hauswirtschaftsraum wiederfand.

Rechts neben der Tür hing noch feuchte Arbeitskleidung für draußen, schlammige Gummistiefel standen ebenso wie ein Spaten mit Erdresten auf dem Linoleumboden daneben. Der Raum war großzügig geschnitten, bot Platz für eine Waschmaschine und einen Trockner. Mehrere Schränke bargen vermutlich Putzmittel und Vorräte. Eine offene Dusche in der Ecke zog Miekes Blick besonders an. Schlieren aus Wasser und einer rostig wirkenden Flüssigkeit waren an der einzigen Glaswand und im Ablauf zu erkennen.

Die Waschmaschine befand sich im Schleudergang, presste Wäsche in Pink- und Rottönen an die Außenwände der Trommel. Das laute Rattern übertönte alle anderen Geräusche im Haus. Niemand würde sie hier hören.

Donnerstag, 16.56 Uhr

Ich wusste, dass sie kommen würde. Es war wie früher: Mieke hatte ihre Neugierde und ihre Entdeckerlust nicht verloren. Ich hatte nie Zweifel daran gehabt, dass sie auftauchen würde. Sie war bereits als Kind wagemutig gewesen, war damals in einen Schuppen eingestiegen, weil sie gedacht hatte, dass sie dort eine Katze miauen gehört hatte.

Hier ging es um mehr. Hier ging es um ihre eigene Tochter. Mieke wäre für sie in jede Katakombe der Welt gestiegen, aber sie ahnte nicht, dass ich dort auf sie warten würde.

Wir waren einmal so eng miteinander gewesen. Damals, als Kinder, als wir gemeinsam unsere Wochenenden und die Festtage verbracht hatten. Lang war es her. Aber jetzt, da ich über die Überwachungskamera sah, wie Mieke sich im Hauswirtschaftsraum umsah und nahezu wie versteinert vor der Tür stand, die zum Flur führte, brachen sich die Gefühle Bahn. All die Enttäuschungen, die lang aufgestaute Wut, dieses entsetzliche Gefühl der Abweisung waren mit aller Wucht wieder da, verdrängten das Gefühl der Verbundenheit, das ich lange Zeit nicht hatte leugnen können. Ich hatte es sogar Nele gegenüber verspürt, dabei hatte ich das Kind nie zuvor persönlich getroffen. Eigentlich hätte ich eine bedeutende Rolle in ihrem Leben spielen sollen. Die hatte ich mir nun selbst aneignen müssen und hatte ihr eine Ausgestaltung gegeben, die so viel anders war als das, was hätte sein können.

Es gab keinen Weg zurück. Ich hatte es geschafft, dass Mieke hergekommen war. Für eine Aussprache war es zu spät. Konflikte, die über Jahre nicht geklärt worden waren, ließen sich nach Jahrzehnten nicht mehr lösen. Sie konnten nur noch in all ihrer Vehemenz ausgetragen werden. Genau dazu war ich bereit. Ich wollte nichts mehr, als mich von den Dämonen meiner Vergangenheit und von Mieke befreien.

»Komm schon«, flüsterte ich. »Mach die Tür endlich auf, ich kann es nicht erwarten, dich wiederzusehen.«

Donnerstag, 16.59 Uhr

Der große und freundlich gestaltete Hausflur überraschte Mieke. Zahlreiche Kinderfotos und Kinderzeichnungen hinten an der Wand erweckten den Anschein, dass es sich hier um eine besonders liebevolle Umgebung für Kinder handelte. Die Wände waren in einem hellen Gelbton gestrichen, der braune Parkettboden sorgte für den passenden Kontrast. Wer auch immer im Eingangsbereich des Hauses ankam, fühlte sich willkommen.

Vor einem ausladenden Schreibtisch nahe der Eingangstür standen zwei Besucherstühle. Der Schreibtisch selbst war bis auf einen aufgeklappten Laptop und die darunter befindliche Schreibtischunterlage mit Lotus-Blüten komplett leer geräumt. Unmittelbar hinter dem Schreibtisch gab eine geöffnete Tür den Blick auf ein Kinderzimmer frei.

Mit angehaltenem Atem näherte sich Mieke dem Zimmer, das definitiv bewohnt war. Die Bettdecke, die auf dem Kinderbett lag, war zerwühlt, das bunte Kopfkissen zerknautscht. Sie hatte das Gefühl, Nele hier ganz nah zu sein. Und doch verlangte jede Faser ihres Körpers danach, diesen Ort so schnell wie möglich zu verlassen.

Mieke widerstand dem Fluchtgedanken, ging zögerlich in

das Zimmer hinein. Eine Puppe, die in einer Ecke des Zimmers auf einem bunten Kinderstuhl saß, starrte sie aus ausdruckslosen Augen an. Sie kannte das Modell aus der Fernsehwerbung, erkannte auch die Möbellinie eines großen schwedischen Einrichtungshauses wieder. Das Zimmer war mit Liebe zum Detail gestaltet. Es bot neben Büchern, Spielsachen und Bauklötzen alles, was ein Kind sich wünschen konnte – und doch stimmte etwas nicht. Das Zimmer eines Kindes sah anders aus. Dort lagen Spielsachen herum, man konnte meist auf den ersten Blick erkennen, womit das Kind sich zuletzt beschäftigt hatte. Dieser Raum hingegen strahlte trotz all der bunten Farben eine Kühle aus, die Mieke nicht beschreiben konnte.

Wer wohnte hier? Wen hatten sie hier untergebracht?

Mieke öffnete vorsichtig die Türen des Kleiderschrankes. An der Kleiderstange des Schrankes hingen nur drei Prinzessinnenkleider. Sie riss die Schubladen auf: Unterwäsche und feinste Söckchen. Keine Jeans oder andere Hosen, keine Oberteile. Nur Kleidung für kleine Prinzessinnen. Doch hier – und da war sich Mieke sicher – fühlte sich vermutlich kein Kind wie eine Prinzessin.

Mieke ging entschlossen zum Bett hinüber, riss die Bettdecke hoch. Sie fand weder ein Stofftier noch einen Schlafanzug im Bett. Dafür zog das Kopfkissen ihre Aufmerksamkeit auf sich. Es schien an einer Stelle leicht durchnässt. Mieke streifte mit dem rechten Zeigefinger über den Fleck, zerrieb die Flüssigkeit dann zwischen den Fingern. Ihr Herz machte einen kurzen Aussetzer, als sie im Dämmerlicht erkannte, dass die Flüssigkeit dunkel war. Als sie den Finger zu ihrer Nase führte, bekam sie die Bestätigung für das, was sie längst befürchtet hatte: Es roch unangenehm und irgendwie metallisch. Häufig, wenn Nele in Panik verfiel, bekam sie Nasenbluten. Nele! Nele musste hier gewesen sein.

Donnerstag, 17.03 Uhr

Ich hatte hinter dem rechten Auge der Puppe eine Miniatur-Kameralinse angebracht. Mieke zu beobachten, dabei ihre Panik zu spüren, versetzte mich in Ekstase. Endlich spürte ich mich wieder selbst, genoss das Gefühl von Vorfreude. Ich leckte mir mit der Zunge über die trockenen Lippen, wollte den Moment unseres Wiedersehens nur noch einen kleinen Moment hinauszögern. Bald würden wir uns nach all den Jahren gegenüberstehen, und ich konnte es nicht abwarten, die Überraschung in ihrem Gesicht zu sehen.

Ich hatte keine Zweifel daran, dass sie mich erkennen würde. Die Narbe in meinem Gesicht, die von einem Sturz bei ihr im Garten geblieben war, war ein unverkennbares Merkmal. Egal wie sehr ich mich auch bemüht hätte, sie zu vergessen: Jeder Blick in den Spiegel hätte mir meine Herkunft wieder vor Augen geführt.

Mieke wich einen Schritt zurück, ging rückwärts in den Flur, stieß dort in ihrer Unaufmerksamkeit gegen eine Designer-Vase, die laut klirrend zu Boden fiel. Mieke zuckte zusammen, sah sich panisch um. Jetzt hatte sie sich verraten! Sie scannte mit unruhigem Blick den Flur, rechnete damit, dass jemand kam. Sie stand inmitten von Scherben und wirkte ängstlich und hilflos. Ich grinste: ein Sinnbild meines Lebens, das nun so gut auf ihres übertragbar war.

Ich hörte ihre Stimme nicht, aber ich sah, wie sich ihr Mund zu einem Fluchen verzog. Jeder, wirklich jeder wüsste durch ihr Ungeschick nun, dass ungebetene Gäste im Haus waren. Es näherten sich jedoch keine Schritte, sie hörte keine Stimmen. Bis auf die ratternde Waschmaschine blieb alles still. Sie war kein ungebetener Gast – ich hatte sie selbst in dieses Haus eingeladen.

Donnerstag, 17.04 Uhr

Für einige Sekunden stand Mieke wie angewurzelt da. Doch sie hörte keine Schritte, keine Stimmen, keine anderen Geräusche. Nur das Rattern der Waschmaschine und ihren eigenen abgehetzten Atem. Vor ihr auf dem Boden lagen die Scherben der Vase, die sie zu Boden gestoßen hatte. Ihre Anwesenheit könnte sie jetzt nicht mehr verheimlichen. Jeder würde erkennen, dass jemand im Haus gewesen war.

»Mist«, fluchte Mieke, versuchte tief durchzuatmen. Sie durfte nun nicht in Panik verfallen – und doch hatte sie Angst wie noch nie im Leben. Worauf hatte sie sich hier eingelassen? Immerhin wusste sie jetzt, dass Nele wirklich hier gewesen war. Sie konnte nicht ohne sie gehen.

Sie hielt das Messer fest in ihrer Hand, riss eine weitere Tür auf, fand dahinter ein ebenso perfekt vorbereitetes, aber unbewohntes Kinderzimmer. Gestaltet in Blau-Tönen und mit Spielsachen, die jedem kleinen Jungen gefallen würden. Autos, Dinosaurier, Bausteine und Spiderman-Figuren. Mieke wurde schlecht. Was taten sie hier mit den Kindern? Ihr wurde immer klarer, was sie störte: Es gab keine Garderobe mit Kinderjacken, im Hauswirtschaftsraum standen keine Kinderstiefel. Als ob dies alles nur eine Durchgangsstation wäre, gar nicht darauf ausgerichtet, den Kindern ein Heim zu sein. Wenn sie Pech hatte, wäre Nele längst weg.

»Nele?«, flüsterte sie in den Raum hinein, doch auch hier erhielt sie keine Antwort. Im Erdgeschoss war keine Spur ihres Kindes. Mieke hatte alle Türen aufgerissen. Sie warf dabei immer wieder Blicke nach draußen. Vor den Fenstern der Eingangstür hingen leichte Vorhänge, die jedoch das Geschehen vor der Tür nicht verbergen konnten.

Eine Solarlampe auf Höhe des Zaunes war mit fortschreitender Dunkelheit angegangen, würde sie rechtzeitig warnen, wenn die Frau von ihrer Joggingrunde zurückkäme. Wie lange sie wohl schon hier war? Wie viel Zeit sie noch hatte? Der Schreibtisch! Sie müsste den Schreibtisch kontrollieren – vielleicht fand sie da einen Hinweis auf Nele.

Mieke legte das Messer auf dem Schreibtisch ab, damit sie beide Hände frei hatte, riss die Schubladen heraus und kippte den Inhalt auf den Boden. Sie wühlte sich durch Papier und Stifte, hatte keine Ahnung, wonach genau sie suchte, raffte einige der Papiere zusammen, die ihr nicht komplett belanglos erschienen, stopfte sie ebenso wie einen Memorystick unter ihre Jacke.

Noch bevor sie sich wieder aufrichten konnte, sah sie zwischen den Stuhlbeinen, wie sich auf der anderen Seite des Vorraumes nahezu geräuschlos eine Tür aufschob. Die einzige Tür, die sie nicht wahrgenommen hatte, weil sie sich perfekt in die Wandvertäfelung einfügte. Eine Person schob sich lautlos aus der Tür, kam zügig in ihre Richtung und blieb vor dem Schreibtisch stehen. Mieke fasste mit der Hand nach dem Messer, das sie auf dem Schreibtisch abgelegt hatte, fand es aber nicht.

»Ich habe das Messer«, sagte da laut und deutlich eine Stimme, die ihr mehr als bekannt vorkam.

Donnerstag, 17.10 Uhr

Was bereitete mir dieses Wiedersehen Freude! Das Entsetzen in Miekes Blick, die Panik in ihren Augen. Sie hatte mich direkt wiedererkannt. Mieke war alt geworden. Sie hatte Falten um ihre Augen, eine deutlich ausgeprägte Nasolabialfalte und zudem einige Kilos mehr auf den Hüften als damals als Teenager. Sie hätte dauerhaft eine App benötigt, um ihre alten Traummaße zurückzubekommen.

»Hallo Mareike«, sagte ich und grinste sie an. »Du sagst ja gar nichts. Wie wäre es, deine Cousine zu begrüßen?«

Mieke antwortete nicht sofort, stammelte etwas, das ich nicht verstand.

»Sprich mit mir«, fuhr ich sie an. Dieses Mal würde ich mich nicht so einfach abwimmeln lassen.

»Jenny … Ich … Was soll das alles?«

Mieke hatte keine Ahnung, was hier abging, das sah ich ihr an. Sie hatte auch keine Ahnung, wie sehr sie mich aufbrachte, da sie den Namen aus meiner Vergangenheit nutzte. Ich war Xenia. Jenny existierte nicht mehr. Sie verstand die Verbindung nicht, dabei war sie es gewesen, die mich überhaupt erst in diese Richtung getrieben hatte. Sie und ihre Eltern, die mir nur so lange als Onkel und Tante zur Seite standen, wie sie mich lediglich bei Familienfeiern, zu Weihnachten und zu Geburtstagen sahen. Eine Zeit lang hatten wir sogar die Wochenenden miteinander verbracht.

»Herzlich willkommen im Erziehungsheim Sonnenschein«, sagte ich so fröhlich wie möglich. Mein Anfang sollte Miekes Ende sein. Ich ließ das Messer sinken, strich dabei gedankenverloren mit meinem Finger über die Schneide. Mein eigenes Leben war mir so wenig wert wie ihres.

»Das hättest du nicht gedacht, oder? Dass Nele und ich mal beide im Erziehungsheim landen?« Meine Stimme klang so bitter, wie ich empfand.

Mieke richtete sich auf, jederzeit bereit, nach dem Laptop zu greifen und ihn auf mich zu werfen. Doch sie hielt in ihrer Bewegung inne, als sich die Tür hinter mir weiter öffnete und sich Boris breitschultrig daraus hervorschob.

»Alles okay, Xenia?«, fragte er.

Ich drehte mich um und lächelte ihn an. »Hallo Boris. Ich dachte schon, du hättest unsere Verabredung vergessen.«

Donnerstag, 17.14 Uhr

Mieke stand mit dem Rücken zur Wand, schaute ungläubig auf die Frau, die sich nun Xenia nannte und sie mit so viel Hass im Blick anschaute, dass sie sogar glaubte, zu halluzinieren. Sie fröstelte trotz der dicken Jacke, ging panisch ihre Fluchtmöglichkeiten durch. Doch sie war eingekeilt zwischen dem Schreibtisch und einer Wand, an der auf einem Kalender wichtige Termine vermerkt waren. Mit Textmarker war der heutige Tag hervorgehoben, eine Uhrzeit am späten Abend wies auf einen Termin hin, der doppelt unterstrichen war: *Donnerstag, 22 Uhr.*

Der Typ, den Jenny Boris nannte, näherte sich ihr. Sein Gesichtsausdruck war kaum zu deuten. Er wirkte wie jemand, der keinerlei Empathie verspürte und wie ein Bulldozer über Menschen und deren Gefühle hinwegrollte. Jemand, dem es nichts ausmachen würde, sie zu töten.

»Geht nicht in fremde Gebäude hinein!« Mieke hörte die Stimme ihres Vaters. *»Ihr kommt vielleicht nie mehr hinaus.«*

Er hatte sie immer gewarnt. Vor unbekannten Gewässern, vor scheinbar harmlosen Streifzügen durch Gegenden und Gebäude, die sie nicht kannten. Sie war meist nicht allein unterwegs gewesen, hatte Jenny an ihrer Seite gehabt. In ihrer

Kindheit, in der Pubertät, im frühen Teenageralter. Sie waren zu zweit nie in Gefahr gewesen. Doch das hier war anders. Mieke kannte das Gebäude nicht, Jenny hingegen schon. Und erst langsam schwante Mieke, dass Jenny sie in dieses verlassene Haus gelockt hatte.

»Wo ist Nele? Wo verdammt noch mal ist Nele?«, schrie Mieke panisch, rannte ins Kinderzimmer hinein, riss verzweifelt die Schranktür auf, kam wieder zurück in den Vorraum gelaufen und rief dann wieder und wieder den Namen ihrer Tochter. Doch sie erhielt keine Antwort, hörte keine Kinderstimme.

»Ihr Monster, was habt ihr mit ihr gemacht?«

Jennys Schweigen war schlimmer als jede Antwort, ließ ihre Fantasie mit ihr durchgehen. Mieke schnappte nach Luft, zitterte am ganzen Körper, schaffte es kaum, sich wieder zu beruhigen. Jenny hatte dem Mann bedeutet, Mieke nicht näher zu kommen. Stattdessen schien sie Miekes Panik und Verzweiflung geradezu zu genießen, lächelte glückselig, während Mieke die Tränen liefen.

»Was soll das, Jenny?« Mieke war verwirrt, konnte keinen klaren Gedanken fassen, fühlte sich entsetzlich überfordert und verloren.

»Das fragst du noch?« Jenny lachte bitter.

»Ich verstehe das nicht«, stammelte Mieke.

»Das war mir klar, dass du nichts verstehst. Dass man das überhaupt noch erklären muss, zeigt doch, was für eine selbstgefällige Person du bist. Du und deine Familie! Als ich am Boden war, hat mir niemand von euch die Hand gereicht. Ihr hattet so ein großes Haus, bei jeder Familienfeier war ich da. Und als ich plötzlich nur ein Bett brauchte, habt ihr mir genau das verweigert.« Es machte ihr nichts mehr aus, darüber zu sprechen, sie brach deswegen nicht mehr in Tränen aus. Es war Teil ihres verkorksten Lebens. *Sie müssen Ihre Vergangenheit akzeptieren. Sprechen Sie darüber, es wird Ihnen helfen*, hatte ihre Therapeutin gesagt. Doch noch nie hatte sie sich danach erleichtert gefühlt. Als Teenager ohne Mutter vom Rest der eigenen Familie verstoßen zu werden, hatte Wunden in ihr aufgerissen, die sich durch alles Gelaber der Welt nie verschließen lassen würden. Es brauchte mehr als Worte. Es benötigte Taten, um sich von den Dämonen der Vergangenheit zu befreien. Und endlich hatte sie die Gelegenheit dazu. Erst Mieke und dann Nele.

22 Uhr – in wenigen Stunden wäre sie für immer befreit. Mieke wich noch etwas weiter ins Kinderzimmer zurück, doch hier saß sie in der Falle.

Jenny stand im Türrahmen, das Messer weiterhin in der Hand, und lachte. »Du glaubst gar nicht, was für ein gutes Gefühl es ist, in dein entsetztes Gesicht zu sehen. Auf den Moment habe ich immer gewartet.« Sie durchflutete Erleichterung, das Grinsen auf ihrem Gesicht wurde breiter. »Und? Wie fühlt es sich jetzt an, von allen verlassen zu sein und auf keine Hilfe mehr zählen zu können?« Sie gab Mieke gar nicht erst die Möglichkeit, darauf zu antworten. Sie kannte die Antwort längst. Auf sich allein gestellt zu sein und nicht zu wissen, woher man noch Hilfe bekommen sollte, war eines der schrecklichsten Gefühle überhaupt. Dann, wenn sich in der Not alle von einem abwendeten, zerbrachen Herz und Seele und fügten einem Schäden zu, die niemand auch nur ansatzweise begreifen konnte. Niemand, der es nicht erlebt hatte.

Sie sah es an Miekes Blick: Mieke durchlebte gerade einige der Gefühle, die sie selbst zermartert hatten. Es fühlte sich unglaublich gut an, ihr dabei zuzusehen. So gut, dass Jenny diesen Moment so lange wie möglich auskosten wollte. Denn mit jeder Sekunde, in der etwas in Mieke zerbrach, heilte ihre

Seele Stück für Stück. Sie hatte Nele dafür als Opfer bringen müssen. Als sie das Kind, das aussah wie eine Kopie von Mieke im gleichen Alter, zwischen all den anderen Kindern entdeckt hatte, hatte sie ihr Glück kaum fassen können. Jetzt brauchte es keine Worte mehr, um ihre Qualen zu beschreiben und ihre Einsamkeit zu spüren. Jetzt waren die Rollen endlich vertauscht. Und sie würde es sich nicht nehmen lassen, die Situation so lange wie möglich auszukosten.

Xenia wandte sich lächelnd Boris zu: »Du hast noch etwas zu erledigen, oder? Geh ruhig! Ich habe die Situation hier allein im Griff.« Boris nickte, drehte sich um und verschwand durch die Tür in der Wandvertäfelung wieder im Keller.

Mieke zuckte zusammen, als sich die Tür dieses Mal geräuschvoll bemerkbar machte und mit einem lauten Knall wieder ins Schloss flog. Im Nebenraum piepste die Waschmaschine. Der Schleudergang war beendet. Xenia umgriff das Messer in ihrer Hand wieder fester und ging langsam auf Mieke zu. Ein gebündelter Lichtschein von außen, der durch das Fenster das Herannahen einer Person ankündigte, ließ die Spitze des Messers kurz aufblitzen. Es war dieses Funkeln, das Mieke den Impuls verspüren ließ, genau jetzt loslaufen zu müssen. Sie riss den Laptop vom Tisch, stieß damit ihre Gegnerin zur Seite und rannte durch den Hauswirtschaftsraum hinaus ins Freie. Dort stürmte sie auf den Teil des Waldes zu, in dem die Bäume so dicht standen, dass sie nur dort die Chance hatte, überhaupt entkommen zu können.

Donnerstag, 17.20 Uhr,
Wald

Die Zweige von Bäumen und Sträuchern schlugen Mieke ins Gesicht, als sie immer weiter in den Wald hineinrannte. Ihr gehetzter Atem und das Knacken der Äste unter ihren Füßen waren nicht die einzigen Geräusche, die sie hörte. Sie hörte, wie Jenny ihren Namen schrie. Immer und immer wieder: »Mareike, Mareike, Mieke, bleib stehen!«

Sie traute sich nicht, sich umzudrehen. Das würde sie wertvolle Zeit kosten. Aber eins wusste sie ganz genau: Jenny würde sie nicht entkommen lassen. Ihr Blick hatte so viel Hass und so viel Bestimmtheit ausgedrückt, dass sie keine Zweifel daran hatte, dass sie es zum Äußersten kommen lassen würde.

Mieke hoffte, dass sie auf der anderen Seite des Waldes auf einen Weg stieß, auf einer Straße ein Auto anhalten könnte, doch es gab nicht einmal einen Lichtschein. Nichts, das ihr verriet, wo sich andere Menschen oder Autos befinden könnten.

Die geschlossene Wolkendecke und der Regen führten dazu, dass Mieke sich nur schlecht orientieren konnte. Die Bäume standen wie dunkle Gerippe vor ihr, sie fühlte sich gehetzt, rechnete jeden Moment damit, dass hinter einem der Gerippe jemand hervorsprang. Jenny kannte den Wald, sie hingegen war noch nie zuvor hier gewesen. Der anhaltende Regen verwandelte den Waldboden in eine glitschige Mischung aus Humus und feuchten Blättern. Sie musste aufpassen, dass sie sicher trat und trotzdem so viel Abstand wie möglich zwischen sich und Jenny brachte.

Jenny hatte schon als Kind nahezu verbissen auf ihre Ziele hingearbeitet. Sie würde nicht aufgeben, sie würde ihr folgen und sie so lange suchen, bis sie sie finden würde. Mieke würde es ihr definitiv nicht leicht machen. Solange ihre Füße sie tragen würden, würde sie durch diesen Wald laufen – und wenn es die ganze Nacht dauern würde. Keine Taschenlampe zu haben, war Fluch und Segen zugleich. So würde Mieke kein Lichtschein verraten, aber sie wäre auch langsamer unterwegs. Mieke war darauf gefasst, dass jeder falsche Tritt ihr Aus bedeuten konnte. Sie hatte keine Angst vor dem Wald, aber vor der Ungewissheit, die er in seinem Dunkel verbarg.

Sie wusste nicht, wie groß das Waldgebiet war – und auch nicht, dass es abschüssige Stellen gab. Mieke schrie auf, als sie den Halt verlor und einen Hang hinunterschlitterte. Sie versuchte, sich mit den Händen festzuhalten, irgendwas zu fassen. Drehte sich schließlich auf den Bauch, grub ihre Finger in den Waldboden und versuchte so, ihren Sturz zu bremsen. Sie spürte Erde und Dreck unter ihren Fingernägeln und schließlich einen stechenden Schmerz in ihrem Unterschenkel, als sie auf eine Wurzel rutschte. Ein Ast bohrte sich in ihre Wade, ließ sie laut aufstöhnen.

Sollte Jenny in der Nähe sein, hätte sie sie gehört. Sie konnte nicht hierbleiben, sie musste weiter. Sie durfte Jenny keine Hinweise auf ihre Position geben, dann wäre sie verloren. Mieke stopfte ein Stück ihres Schals in ihren Mund, um darauf beißen und Schmerzensschreie abdämpfen zu können.

Dann schloss sie die Augen, zählte bis drei und riss den Zweig aus ihrer Wade. Mieke hatte das Gefühl, ohnmächtig zu werden, doch das Adrenalin verhinderte, dass sie das Bewusstsein verlor. Sie richtete sich wieder auf, versuchte aufzutreten, atmete erleichtert auf, als sie feststellte, dass ihre Wade ihr zwar Höllenqualen bereitete, sie aber ihren Fuß belasten konnte. Durch den Sturz hatte sie wertvolle Zeit verloren. Sie glaubte, Jennys silberfarbene Jacke auf dem Hang über ihr ausmachen zu können, humpelte tiefer in den Wald hinein und schloss ihre Hand dabei fest um den spitzen Zweig, den sie sich zuvor aus ihrem Bein gezogen hatte.

Donnerstag, 17.35 Uhr, Instagram

Der Nachmittag im Emscenter würde ein voller Erfolg werden. Paula rührte zusammen mit Lotte weiterhin die Werbetrommel. Sie wohnte erst seit wenigen Wochen in der Stadt, hatte sich aber bereits in sämtlichen Ortsgruppen kurz vorgestellt – sich und Lotte.

Hallo ihr Lieben! Um es kurz zu machen: Ich bin Paula, 32 Jahre alt, und bin mit meiner vierjährigen Tochter Lotte frisch zugezogen. So langsam haben wir uns hier eingegroovt, aber wir kennen noch nicht wirklich viele Leute. Lotte wird in die KITA in der Goethestraße gehen. Hat noch jemand seine Kinder da? Vielleicht sogar in der Mäuse-Gruppe? Wir sind ansonsten auch immer auf dem neuen Spielplatz am See zu finden. Wenn ihr auch Kinder im ähnlichen Alter habt, meldet euch gerne per PM – oder sprecht uns an! Ein Foto von mir und Lotte habe ich mal direkt mit dazugepackt. Also: keine Scheu! Wir freuen uns! ☺

Es tat so gut, neue Kontakte zu knüpfen – und sie war sich sicher, dass Lotte und sie auch beim Nachmittag im Einkaufszentrum nicht lange allein bleiben würden. Freunde waren im Leben so wichtig. Sie würde alles dafür tun, dass Lotte ein weltoffener Mensch werden würde, der keine Hemmungen zeigte, auf andere Personen zuzugehen. Sie liebte den Hashtag #meinkind, denn sie platzte vor Stolz, wann immer sie über ihre Lotte berichten konnte. Ein besseres Kind hätte sie niemals haben können.

Donnerstag, 17.44 Uhr, Wald

Mieke hatte sich hinter einem Busch versteckt, hielt den Kopf gesenkt. Der Regen war stärker geworden, peitschte ihr ins Gesicht. Mit der linken Hand versuchte sie, ihre Augen zu schützen. In der rechten Hand hielt sie den spitzen Zweig, der ihr einziges Verteidigungswerkzeug war. Sie war geduckt durch das Dickicht des Waldes gelaufen, hatte sich wie durch ein Wunder auf dem schlammigen Boden halten können. Der Knöchel hatte ihr zu schaffen gemacht, aber er war nicht gebrochen. Sie horchte in die Stille hinein, hörte den Regen, aber kein Knacken von Ästen, die Xenia und Boris verraten könnten. Die »Mareike«-Rufe waren verhallt. Nur deshalb ließ sie sich kurz auf den Boden sinken, nahm den leichten Schal ab, den sie am Vormittag zu ihrem langweilig-hellblauen Pullover gewählt hatte, und wickelte ihn von außen um ihre Stiefelette.

Als sie fest zuzog, trieb ihr der Schmerz Tränen in die Augen. Hoffentlich bekam ihr Knöchel so mehr Stabilität. Hoffentlich könnte sie damit rennen, falls es nötig war. Sie wusste nicht, wo sie war. Sie sah durch das schwach durch die Baumspitzen fallende Mondlicht nur wenige Meter weit. Bäume ragten wie Mahnmale herauf, der Wind ließ Tannen und

Sträucher zittern. Sie schnellten leicht hervor, wichen dann wieder zurück. Immer bereit, so schien es, Mieke zu fassen.

Mieke wusste nicht, in welche Richtung sie laufen sollte. Jeder hervorstehende Ast, jede Unebenheit machte ihr Angst: Waren es wirklich Bäume und Sträucher oder warteten Jenny und Boris nur darauf, hervorzuspringen und sie zu töten? Sie hatte keine Zweifel daran, dass keiner von beiden sie entkommen lassen würde. Jenny hatte sie in eine Falle gelockt. Es war ein Kinderspiel gewesen, nachdem Mieke auf ihre Nachrichten reagiert hatte. Die Wut gab ihr die Kraft, die sie hier draußen brauchte. Sie würde kämpfen. Sie würde es hier rausschaffen.

Trotz des stetigen Windes um sie herum achtete Mieke darauf, so flach und leise wie möglich zu atmen. Das Adrenalin in ihrem Körper gab ihr das Gefühl, kilometerweit ohne Pause rennen zu können, aber ein anderer Teil in ihr war darauf bedacht, sich so unauffällig wie möglich zu verhalten. Jenny war auf der Suche nach ihr. Jenny würde nicht aufgeben, bevor sie sie nicht ganz vernichtet hätte. Das musste Mieke mit allen Mitteln vermeiden.

Sie richtete sich langsam auf, versuchte dabei, ihre Umgebung abzusuchen und mögliche Gefahren in der Dunkelheit zu erkennen. Das Knacken eines Astes hinter ihr ließ Mieke herumfahren. Sie wusste nicht genau, aus welcher Richtung das Geräusch gekommen war, aber da war jemand! Die andere Richtung, sie musste unbedingt weg von hier! Orientierungslos stolperte Mieke tiefer in den Wald hinein. Sie musste aufpassen, durfte nicht zu schnell rennen. Nur eine übersehene Wurzel, eine nicht entdeckte Stolperfalle und es wäre vorbei. Mieke tastete den Boden ab. Moos, viel Moos. Der Boden war rutschig. Kleine Schritte, ohne viel Schwung! So wären ihre Chancen größer, sich auf den Füßen zu halten.

Donnerstag, 17.52 Uhr

Marten fuhr mit seinem Wagen eine kurvige Landstraße entlang. Er kannte diese Gegend. Er war oft tagelang unterwegs, um nach Geocaches zu suchen. Dieses Mal suchte er etwas anderes – er suchte jemand anderes. Personen in Waldgebieten aufzuspüren, war alles andere als ein Kinderspiel. Er konnte nur hoffen, dass er nicht zu spät kam und nicht in die Tiefen des Waldes vordringen musste.

Er verlangsamte die Geschwindigkeit seines Wagens. Rechts und links der Landstraße, auf der er sich befand, wurde der Wald immer dichter. Buchen, Ahornbäume, Eschen und Eichen prägten diesen Teil des Mischwaldes. Mit steigender Höhenlage mischten sich immer mehr Nadelbäume darunter. Nur hier bestand ein gewisser Sichtschutz, im weiter in der Ebene liegenden Teil hätte sie weniger Möglichkeiten, unentdeckt zu bleiben. Die Laubbäume hatten ihre Blätterkleider abgeworfen, reckten ihre im Wind wogenden Zweige gen Himmel. Äste, die im Dunkeln wie ein knochiges Gerüst wirkten und nichts von den imposanten Baumkronen vermuten ließen, die den Wald im Sommer zu einem schattigen Ausflugsziel für diejenigen machten, die der Sonne entfliehen wollten.

Im Winter jedoch verirrte sich kaum jemand in den Wald. Die bunten Laubschichten, die sich im Herbst unter den Bäumen gebildet hatten und bei denen es ein Vergnügen war, schlurfend durchzustoben und herbstliche Fotos im Blätterregen zu machen, zersetzten sich während der Wintermonate immer mehr. Käfer, Würmer und Asseln hatten bereits mit dem Herabfallen der Blätter damit begonnen, das Laub zu zerkleinern. Pilze und Bakterien zersetzten die Bestandteile weiter. Sie sorgten dafür, dass die bunten Farben des Waldes im Laufe der vergangenen Wochen einer schlammig-grauen Masse gewichen waren, die den Wald zu einem Ort machten, der im Winter zusehends gemieden wurde. Wenn auch nicht von Hundebesitzern, die ihre Vierbeiner weiterhin auf den gewohnten Wegen ausführten und den Gang in die Tiefen des Waldes lediglich vermieden, um nicht auf dem glitschigen Humus auszurutschen. Selbst Pilzsucher gingen nur noch vereinzelt in den Wald. Die bei Sammlern beliebten Pfifferlinge wuchsen meist erst ab Mitte Juni, Frühpilze fanden sich ab März. Nur selten waren Pilzsammler daher im Winter auf Beutezug. Einer der Pilze, die sich im Schatten von Wacholderbäumen auch im Winter finden ließen, war der *Auricularia auricula-juda*, das Judasohr.

Es würde nicht leicht werden, sie hier zu finden. In der Dunkelheit konnte man kaum Spuren entdecken, sich nicht an Fußabdrücken im feuchten Waldboden orientieren. Doch früher oder später würde sich jemand verraten. Marten fuhr mit seinem Wagen langsam in einen Waldweg hinein, schaltete die Scheinwerfer aus und stellte den Motor ab. Er zog den Reißverschluss seiner Jacke bis nach ganz oben, setzte sich die dunkle Wollmütze auf und öffnete die Wagentür. Bewusst hatte er sich ganz in Schwarz gekleidet. Er wollte vermeiden, dass er im Dunkeln auffiel und sich verriet.

Seine Trekking-Schuhe boten ihm hier draußen einen entscheidenden Vorteil: Er könnte sich weitaus sicherer und schneller durch das Dickicht von Bäumen und Sträuchern bewegen als der typische Spaziergänger. Marten öffnete den Kofferraum seines Wagens, griff nach der Sporttasche, die er darin verstaut hatte, und zog seine Sportwaffe daraus hervor. Er überprüfte die Munition und steckte die Waffe in sein Gürtelholster. Dann setzte er sein Nachtsichtgerät auf und stapfte in den Wald hinein.

Donnerstag, 18.23 Uhr

Mieke hatte sich verraten. Sie wusste genau, dass sie sich verraten hatte. Sie hatte die Verletzung an ihrem Bein unterschätzt, lief nicht leichtfüßig, stöhnte immer wieder vor Schmerzen. Nur für einen kurzen Moment hatte sie sich ausruhen wollen. Sie wusste nicht, ob sie eingeschlafen war oder ob Jenny ihr die ganze Zeit über auf den Fersen gewesen war. Jenny hatte sie entdeckt.

Sie konnte ihr Gesicht nur unscharf erkennen, versuchte noch einmal, sich aufzurappeln, sank dann aber doch wieder auf den Boden. Ihre Chancen waren mehr als gering, das wusste sie. Hier würde niemand nach ihr suchen. Niemand wusste, wo sie war. Sie hätte von Anfang an die Polizei einschalten sollen. Nur in Filmen funktionierten Deals ohne die Polizei. Mieke war wütend auf sich selbst. Was hatte sie sich eigentlich gedacht? Hatte sie wirklich geglaubt, in einem verlassenen Haus im Wald Nele zu finden, sie auf den Arm zu nehmen und nach Hause zu bringen?

Der Regen hatte nachgelassen, die Wolkendecke war leicht aufgegangen, das Mondlicht fiel auf die kleine Lichtung, auf der sie sich befand. Hatte Jenny sie deshalb finden können? Hatte nur das schlechte Wetter sie so lange geschützt? Mieke fühlte sich ausgelaugt, hatte das Gefühl, über Stunden durch den Wald gelaufen zu sein. Sie war am Ende ihrer Kräfte.

An Jennys Grinsen erkannte sie, dass ihre Niederlage ihrer Cousine eine riesengroße Freude bereitete. »Da bist du ja, du Miststück.« Amüsiert und spöttisch zog sie eine Augenbraue hoch. Die Strähnen ihrer zuvor so ordentlichen Frisur hatten sich zu nassen Striemen verklumpt, die sie wieder wie das Mädchen aussehen ließen, mit dem Mieke ins Freibad gegangen war. Das Mädchen, das Mieke völlig unvermittelt und aus einer ihrer unkontrollierbaren Launen heraus vom Zehn-Meter-Turm gestoßen hatte.

Donnerstag, 18.26 Uhr

Sie zusammengesunken auf dem Boden zu sehen, während ich eine Waffe in der Hand und Nele als Ass im Ärmel hatte, war wie ein unbezahlbares Geschenk für mich. Dieses Mal hatte ich, was sie begehrte, und war in einer weitaus besseren Position. Mit Personen, die mir Rückhalt gaben, an die gleichen Ideale glaubten und nie vorgehabt hatten, Mieke einen Einblick in unsere Welt zu geben. So wie Mieke und ihre Familie zusammengehalten und nie vorgehabt hatten, mich in ihre Welt aufzunehmen. Ich hätte sie gebraucht, hatte unter Tränen um Hilfe gebettelt. Doch sie waren davon überzeugt gewesen, dass ich woanders besser aufgehoben sei. Es war ihnen egal gewesen, dass ich sie brauchte, dass ich allein und verlassen war. Sie hatten mich nicht gewollt, hatten einem Kind, das unter seiner bipolaren Mutter schon genug gelitten hatte, kein neues Zuhause geben wollen.

Seitdem hatte ich nie wieder ein richtiges Zuhause gehabt. Ich ertrug es nicht, dass es anderen so viel besser ging als mir. Die Einblicke in ihre Ehe, in ihr Familienleben, in ihr Zuhause hatten mir schmerzlich aufgezeigt, wie anders mein Leben hätte verlaufen können, wenn sie mich nicht hilflos zurückgelassen hätten. Mich hatte ihr Leben gefesselt und doch auch so verletzt. Ich musste dem ein Ende bereiten, sie durfte nicht in ihre pastellfarbene Welt zurückkehren, während sich nun sogar Achim von mir abkehren würde.

Ihr nur Nele zu entziehen, reichte mir nicht. Sie könnte wieder glücklich werden – mit einem anderen Kind. Ich wollte, dass sie noch mehr litt, dass meine Hoffnungslosigkeit sich in ihrem Leben breitmachte, ihr die Energie aussaugte und sie als Projektionsfläche meiner unerfüllten Träume verschwand. Noch nie war ich diesem Ziel so nah gewesen. Meine Lebensgeister kehrten zurück – endlich!

Donnerstag, 18.28 Uhr,
vor dem Erziehungsheim im Wald

Boris drückte Nele mit einer Hand tief in den Kofferraum hinein, war genervt von ihrem ängstlichen Geheule und ihren verzweifelten Rufen.

»Klappe halten, sofort!«, brüllte er sie an. Der Ton war so rau, dass Nele verstummte.

»Denk daran, immer schön artig sein und alles machen, was von dir verlangt wird. Wenn du das nicht tust, wirst du deine Mama niemals wiedersehen!«

Nele traten Tränen in die Augen, sie wimmerte.

»Nicht heulen, Lilly! Jetzt hör endlich auf damit, verdammt noch mal!«

Nele wollte aufmucken, wusste aber, dass es zwecklos war. Sie konnte gegen diesen Mann nichts ausrichten, und sie hatte schreckliche Angst, weil sie nicht wusste, wo er sie hinbringen würde. Amira war seit gestern verschwunden, war nicht mehr zu ihrem Zimmer gekommen. Sie hatte an der Tür gelauscht, aber nur ein Gespräch zwischen Boris und einer Frau, die alle Kristina nannten, mit angehört: »Das Problem ist erledigt. Amira ist nun für immer im Wald.«

»Sehr gut, Boris. Dann brauchen wir da nichts mehr zu

fürchten. Jetzt muss nur noch mit Lilly alles reibungslos über die Bühne gehen.«

Lilly, er hatte ihr mehrfach gesagt, dass sie nun für immer Lilly sein würde. Das wollte sie nicht, denn sie ahnte, dass Lillys Leben ganz anders aussah als das von Nele.

Als Boris den Kofferraumdeckel zuschlug, zuckte sie zusammen. Um sie herum war schlagartig alles dunkel. Sie käme hier nie wieder raus, sie war verloren.

»Mama«, weinte sie in die Dunkelheit.

Donnerstag, 18.31 Uhr, Wald

Mieke rutschte panisch weiter nach hinten, als Xenia auf sie zutrat und sich mit dem Messer in der Hand zu ihr hinunterbeugte.

»Bitte, Jenny, bitte lass mich gehen!«, flehte Mieke. Doch die schien wie in Trance, reagierte weder auf ihr Flehen noch auf ihre Verzweiflung. Stattdessen kam sie Mieke nur noch näher, umfasste das Messer fest mit ihrer Faust, jederzeit bereit, damit zuzustechen.

Mieke hatte ihre Hand nach wie vor um den spitzen Zweig geschlossen. *Sie hatte nur diese eine Chance!* Mieke verlagerte ihr Gewicht leicht auf den linken Ellenbogen, wälzte sich dann schnell darüber auf die linke Seite und rammte ihrer völlig überraschten Gegnerin mit aller Wucht den Zweig ins Auge. Sie spürte die warme Flüssigkeit, die auf ihre Fingerspitzen spritzte. Jenny schrie auf, drückte sich den Handballen gegen ihr Auge und verschlimmerte die Situation dadurch noch.

Jenny stolperte wie von Sinnen auf Mieke zu, versuchte, sie mit dem Messer zu treffen. Es war Miekes Glück, dass Jennys Sehvermögen eingeschränkt war und sie danebenstach. Der fehlende Widerstand aufgrund des verfehlten Ziels brachte sie noch mehr ins Straucheln und gab Mieke daher die Möglichkeit, sich über die Seite wegzurollen und sich so schnell wie möglich aufzurichten.

»Das wirst du mir büßen«, schrie Jenny und stürzte erneut auf Mieke zu. Miekes verletztes Bein war schuld, dass es Jenny gelang, ihren Fuß zu fassen. Sie zog daran, brachte Mieke somit zu Fall, fixierte sie mit ihrem Körpergewicht. Beide Frauen hatten eine ähnliche Statur, Mieke war lediglich einige Zentimeter kleiner. Mieke lag auf dem Bauch, versuchte sich im Matsch aufzurichten. Doch sie fand im glitschigen Waldboden keinen Halt, hatte Schwierigkeiten, sich überhaupt umzudrehen.

Kaum hatte sie den Kopf etwas gehoben, riss Jenny ihr gewaltsam an den Haaren den Kopf nach hinten. Schmerzwellen durchfluteten Miekes Körper. Sie spürte den feuchten Boden an ihrer Wange, als Jenny ihren Kopf wieder nach unten drückte, bekam Panik, da sie das Gewicht auf ihr auch dieses Mal nicht abschütteln konnte.

»Warum?«, weinte sie. »Warum Nele?«

Jenny lachte. »Sie ist mir egal, weißt du? Sie ist mir verdammt noch mal egal.«

»Was habt ihr mit ihr vor?«, stieß Mieke unter Tränen hervor und wusste doch, dass sie die Antwort nicht verkraften könnte.

»Der Wald ist so ein dankbarer Ort. Keine Zeugen, niemand hört dich. Nur du und ich allein. Ist das nicht großartig, wie sich der Kreis wieder schließt? Aber ich verspreche dir, dass ich für dich sorgen werde.« Ihre Stimme kippte wie damals, wenn sie wieder ihre Wahnvorstellungen hatte: »Ich werde dich in deinen letzten Momenten in meinen Armen wiegen, dich betten und zudecken. Du bist nicht allein. Es gibt Wildtiere, die es nicht abwarten können, deine Überreste zu fressen und deine Knochen im Wald zu vergraben. Nicht einmal darum muss ich mich kümmern.« Sie lachte zufrieden.

Noch immer war ihre Hand fest in Miekes Haar am Hinterkopf gegraben. Mieke spürte Erde in ihrem Mund, versuchte, Dreck und Blätter wieder auszuspucken, wurde aber noch tiefer in den Matsch gedrückt. Mieke bekam immer mehr Panik. Das Gewicht eines fremden Körpers auf ihrem eigenen, ihre Unfähigkeit, sich zu wehren. Der Schock, der jedes Reaktionsvermögen lähmte. Ihre Eltern hatten die Familie schützen wollen, als sie sich schweren Herzens dafür entschieden hatten, Jenny in ein Heim mit psychologischer Betreuung zu schicken. Sie hatten es sich nicht zugetraut, Jenny zu helfen.

Jenny beugte sich zu Mieke herunter, bohrte dabei den Ellenbogen zwischen ihre Schulterblätter, flüsterte mit süßlicher Stimme in ihr Ohr: »Tschüss, Mieke.« Sie fuhr mit der Klinge des Messers über Miekes Wange, stach aber noch nicht zu. Ganz so, als ob sie den Moment noch länger auskosten oder noch auf etwas warten wollte.

Donnerstag. 18.36 Uhr

Marten hatte instinktiv die richtige Richtung eingeschlagen. Wer vom »Erziehungsheim Sonnenschein« in den Wald hineinlief, musste den Bereich nehmen, in dem die Bäume etwas weniger dicht standen. Selbst ohne Nachtsichtgerät bot der Mondschein ausreichend Licht, um sich zumindest grob orientieren und die Pfade entdecken zu können, die zwischen Bäumen und Sträuchern immer unwegsamer wurden und immer tiefer in den Wald hineinführten. Dabei wäre es so viel cleverer gewesen, sich im Dickicht zu verstecken oder zur Straße zu rennen. Dort, wo man wenigstens eine Chance hatte, dass jemand vorbeikäme und helfen könnte.

Mieke ahnte nicht, dass er ihr gefolgt war. Sie ahnte nicht einmal, dass er mehr von der Geschichte wusste als seine Kollegen bei der Polizei. Doch er kannte ihre Chatverläufe, hatte ihre Spuren im Netz verfolgt, war ihr nicht nur dort auf den Fersen.

»Wenn du dein Kind noch einmal sehen willst, dann musst du kooperieren. Keine Polizei, keine Öffentlichkeit, keine Fragen. Ich melde mich wieder.«

»Was? Oh, natürlich. Keine Polizei. Ich muss nur wissen, wo meine Tochter ist – bitte!«

Marten hatte ob so großer Naivität nur staunen können. Doch er verstand auch den psychischen Ausnahmezustand von Mareike Ganter, konnte nachvollziehen, warum sie nach Nele fragte und sich auf das gefährliche Spiel eingelassen hatte.

»Dem Kind geht es gut.«

»Können Sie mir das beweisen?«

»Ja, aber keine Polizei!«

»Nein, versprochen. Keine Polizei! Sie können sich darauf verlassen. Ich würde Nele niemals in Gefahr bringen.«

Die Antwort war nicht sofort gekommen. Doch nach einigen weiteren Nachrichten hatte Mieke das bekommen, was sie sich erhofft hatte: einen Hinweis auf Neles Aufenthaltsort und sogar eine konkrete Adresse. Marten hätte nicht gedacht, dass sie darauf ansprang, doch sie hatte dichtgehalten. Sie hatte seine Kollegen nicht alarmiert.

»Ich wiederhole es noch mal: kein Wort zur Polizei! Falls wir mitbekommen, dass die Polizei eingeschaltet wird, ist das Kind tot.«

»Bitte tun Sie ihr nichts! Ich verspreche es, ich werde allein zum Treffpunkt kommen. Ich will doch nur meine Tochter zurück!«

Es hatte keine Lösegeldforderung gegeben, denn darum ging es nicht. Es wäre leicht gewesen, die Falle zu erkennen, dennoch ließ sich Miekes Handy zuletzt genau hier orten – in einem Waldgebiet, in dem man noch so laut um Hilfe schreien könnte: Hier würde einen niemand hören.

Marten roch den Moder des feuchten Waldbodens, spürte, wie der Matsch unter jedem seiner Schritte nachgab und sich dann um seine Schuhe schmierte. Die Scheinwerfer der Autos, die noch auf der Landstraße unterwegs waren, sah er in der Tiefe des Waldes längst nicht mehr, hörte auch nicht das

Abrollgeräusch ihrer Reifen auf der regennassen Fahrbahn. Die einzigen Geräusche, die er neben den schmatzenden Tritten seiner Füße hörte, waren das Rauschen der Blätter im Wind, der Regen, der durch die Baumkronen auf den Boden prasselte, und Schreie.

Marten blieb stehen und versuchte, die Richtung, aus der die Schreie zu ihm herübergetragen wurden, zu lokalisieren. Da waren sie wieder! Etwas lauter als eben, aber doch noch so weit weg, dass er seine Schritte beschleunigte. Er entsicherte seine Waffe, preschte weiter vor, drückte mit einem Arm die Zweige eines Busches zur Seite, die starr in seinen Weg ragten.

Und dann sah er die beiden Frauen. Sah, wie eine von ihnen ein Messer in die Höhe riss und es genau in dem Moment hinunterschnellen ließ, als er den Abzug seiner Waffe betätigte.

Donnerstag, 18.48 Uhr

Die Kugel war knapp hinter dem Schulterblatt in den Brustkorb eingedrungen. Ebenso wie bei Wild, das er sonst per Blattschuss erlegte, hatte das Projektil einen derart großen Schaden angerichtet, dass die Frau die Augen weit aufgerissen und innerhalb weniger Sekunden ihr Bewusstsein verloren hatte.

Mieke hatte wie am Spieß geschrien, als Jenny kurz darauf auf ihr zusammengesackt war. Sie hatte am ganzen Körper gezittert, in der festen Überzeugung, dass der Schuss nicht Jenny, sondern ihr gegolten hatte.

Marten hatte lange auf sie einreden müssen, bis er endlich zu ihr durchgedrungen war und sie sich allmählich beruhigt hatte. Er hatte die andere Frau von ihr gezogen, ihren schwächer werdenden Puls gefühlt und ihr nur Sekunden später für immer die Augen geschlossen. Mieke hatte geschluchzt, schien unfähig, überhaupt wieder aufzustehen, und hatte sich doch von Marten auf die Füße ziehen lassen. Sie war vollkommen durchnässt, ihre Haare klebten in dicken Strähnen und dreckverklumpt an ihrem von Tränen, Blut und Matsch verschmierten Gesicht. Beim Anblick der Toten war sie fast wieder zusammengesackt.

Sie stand unter Schock, war kaum in der Lage, klar zu denken.

»Frau Ganter, sehen Sie mich an«, forderte Marten sie auf. »Sie müssen mich jetzt ansehen und sich konzentrieren. Hören Sie? Wir müssen hier weg!« Er hatte sie geschüttelt, und endlich hatte sie ihn mit klarem Blick angesehen.

»Mein Knöchel, ich glaube, ich habe mir den Knöchel verstaucht.« Sie konnte kaum auftreten, stützte sich schwer auf Marten, der ihre zierliche Hüfte mit seinem rechten Arm umfasste und sie zum Laufen antrieb.

»Frau Ganter, wir müssen hier weg!«

Sie biss die Zähne zusammen, humpelte mit Marten in die Richtung, die er vorgab. Meter für Meter weg von Jenny. Mieke drehte sich um, brauchte die Vergewisserung, dass ihnen niemand folgte. Jenny lag zusammengesunken an der Stelle, an der sie versucht hatte, Mieke zu töten.

Mieke zitterte am ganzen Körper, war nicht weniger panisch als noch vor ein paar Minuten.

»Wer ist noch hier?«, fragte Marten leise.

»Ich … ich weiß es nicht. Ein Mann und eine Joggerin. Sie ist in den Wald hineingelaufen, als ich schon vor dem Haus war.« *Hilfe, sie war noch immer in Gefahr!*

Plötzlich war sie schlagartig hellwach, begriff erst jetzt, dass sie ihren Retter gar nicht kannte. Er war ihr in den Wald gefolgt, hatte sie gesucht, wusste, wo das Haus war, und schleppte sie genau dorthin zurück. Sie versuchte, sich aus seinem Griff zu lösen, doch er war unnachgiebig, umgriff ihr Handgelenk und riss ihren Arm über seine Schulter, damit sie schneller vorwärts kamen. Er würde nicht von ihr ablassen – und dieses Mal hätte sie keine Chance bis auf diese eine. Mieke, die Jenny unmittelbar nach dem Schuss das Messer aus der Hand gerissen hatte, umfasste das Messer auf Höhe des Klingenblattes und rammte dem Mann die Klinge mit voller Wucht in den Bauchbereich.

Donnerstag, 19.04 Uhr

Sie hatte ihn getroffen! Sie hatte ihn so schwer verletzt, dass sie entkommen konnte. Auf den ersten Metern hatte sie jederzeit mit einem weiteren Schuss gerechnet, doch es hatte sich kein Schuss gelöst. Dieses Mal drehte sie sich nicht um, dieses Mal lief sie trotz ihres verletzten Knöchels so schnell sie konnte, brachte immer mehr Entfernung zwischen sich und den bewaffneten Mann.

Es war eine Falle gewesen. Niemand hatte ihr jemals ihr Kind aushändigen wollen. Sie würden Nele etwas tun! Mieke begriff, dass sie allein nichts ausrichten konnte. Sie müsste die Polizei alarmieren, müsste Hilfe holen. Sie ignorierte den Schmerz, versuchte im Dickicht des Waldes die Orientierung nicht zu verlieren. Sie wusste nicht, ob sie noch tiefer hineinlief oder sich dem Haus wieder näherte. Mieke musste entkommen, aber sie hatte keine Zeit, sich zu verstecken. Deshalb lief sie und lief, sah irgendwann ein sich bewegendes Licht in der Ferne, stürzte sich hinter einem Gebüsch in Deckung.

Das Licht streifte durch die Baumreihen. Mieke hatte Angst, dass es sie erfasste, dass sie erneut entdeckt wurde. Sie war am Ende ihrer Kräfte, schaffte es nicht mehr weiterzulaufen. Jetzt gab es kein Entkommen mehr, jetzt war sie verloren. Doch der Lichtkegel bewegte sich auf gleich bleibender Höhe und in konstanter Geschwindigkeit. Irgendwo da vorne musste eine Straße sein. Und derjenige, der dort unterwegs war, hatte es mehr als eilig.

Donnerstag, 19.10 Uhr

Die Kugel, die die Windschutzscheibe durchschlug, verfehlte Ben nur um Haaresbreite. Ben riss das Lenkrad herum, kam ins Schlingern, fing den Wagen jedoch genau in dem Moment wieder ab, als er dem Straßengraben gefährlich nah kam. Er hatte nicht gezögert, als er die Adresse auf Martens Bildschirm gesehen hatte, war dem Cyberkriminalisten gefolgt. Das Navi zeigte noch einen Kilometer Fahrtstrecke bis zur Zieladresse an.

Auf der Karte war inmitten eines Waldgebietes ein kleines Haus eingezeichnet, zu dem Mieke gelockt worden war. Die Lage passte zu dem »Kinderhaus«, das Evelina beschrieben hatte. Das Mädchen hatte die kleine Nientje auf einem Foto wiedererkannt. Ben hatte dankbar genickt und ihr weitere Details über das Schicksal der kleinen Niederländerin erspart. Evelina war noch ein Kind. Ein Kind, das in seinem kurzen Leben schon Unfassbares hatte durchmachen müssen. Irgendwann würde sie das ganze Ausmaß der Situation begreifen.

Das Glas der Windschutzscheibe war gesplittert, Ben duckte sich, nutzte den unversehrten unteren Teil, um sich noch orientieren zu können. Er sah das Auto, das auf ihn zufuhr, die Schrotflinte, die aus dem Beifahrerfenster hinaus auf ihn gerichtet war. Er löste den Sicherheitsgurt und rutschte noch weiter in seinem Sitz hinunter, versuchte, das Auto in der Spur zu halten. Die zweite Kugel bohrte sich in die Rückenlehne des Fahrersitzes. Es war ein Sekundenbruchteil, in dem Ben sich dazu entschied, seinen Wagen auf die Gegenfahrbahn zu lenken.

Genau in dem Moment, in dem das andere Fahrzeug auf seiner Höhe war, riss er das Lenkrad herum und rammte den Wagen, entging so der dritten Kugel, die ihn durch das Seitenfenster treffen sollte. Das Geräusch aufeinandertreffender Kotflügel und zerbeulenden Bleches übertönte den Schuss, der sich zwar gelöst hatte, das Ziel jedoch auch dieses Mal verfehlte. Ben wurde in seinem Wagen durchgeschüttelt, verspürte durch den Zusammenstoß einen heftigen Schlag in seine linke Seite. Er trat auf die Bremse.

Die Hinterreifen quietschten, gerieten ins Schlingern, doch Ben gelang es, das Fahrzeug trotz der regennassen Fahrbahn in der Spur zu halten und zum Stehen zu bringen. Er griff nach seiner Waffe, versuchte die Fahrertür zu öffnen und scheiterte an der stark verbeulten Tür und der verzogenen Karosserie. Er warf sich gegen die Tür und verspürte für einen Moment einen unerträglichen Schmerz, der ihm fast den Atem raubte. Er ignorierte die Signale, die ihm seine lädierten Rippen sendeten, und kroch über den Beifahrersitz hinaus ins Freie, suchte Schutz hinter seinem Wagen.

Gebückt und mit vorgehaltener Waffe bewegte er sich zum Heck seines Autos vor, hielt den Kopf weit unten, um nicht ins Schussfeld zu geraten. Aus dem anderen Wagen nahm er zunächst keinerlei Bewegung wahr. Es war gegen eine Eiche gefahren, eines der Hinterräder drehte sich noch in der Luft. Der Lichtschein der Rücklichter sorgte dafür, dass der aufkommende Bodennebel rötlich schimmerte. Ben wusste, dass er auf Verstärkung warten sollte, dass er sich nicht noch mehr leisten konnte. Er würde schon genügend Ärger für seinen Alleingang bekommen.

Doch auch jetzt konnte er es nicht riskieren, einfach abzuwarten. Er verließ den sicheren Bereich hinter dem Heck seines Wagens, lief über die Straße und sprang in den Straßengraben. Kaltes Wasser umschloss seine Unterschenkel, schien sich wie kleine Nadeln in seine Beine zu bohren und vertrieb die noch vorhandene Benommenheit, die er nach dem Unfall verspürt hatte. Über den Rückspiegel würde niemand wahrnehmen können, dass er sich im Straßengraben dem verunfallten Fahrzeug näherte.

Die Türen des Geländewagens blieben geschlossen, die Karosserie auf der Fahrerseite war so verbeult, dass die Tür sich stark verzogen hatte. Auch die Beifahrertür ließ sich nicht öffnen, da das Auto in den Graben gerutscht war. Doch dann sah er den bulligen Körper von Piotr Karolewsky, der sich langsam aus dem Beifahrerfenster schob, und die Schrotflinte, die kurz darauf auf dem Dach des Wagens abgelegt wurde. Ben zögerte nicht und schoss.

»Scheiße«, brüllte der andere Mann, der kurz darauf in sich zusammensackte und aus dem Fenster fiel. Ben hörte, wie er dumpf auf dem Boden aufschlug. Und er hörte das Geräusch knackender Zweige von der anderen Straßenseite, stürzte in die Deckung hinter das Auto, direkt neben den kahlköpfigen Mann, der aufgrund seiner Brustverletzung laut stöhnte. Karolewsky würde ihm nichts mehr tun.

Dennoch griff Ben vorsichtshalber nach den Handschellen, die er an seinem Gürtel befestigt hatte, und legte sie dem Verletzten an. Erst dann wagte er einen Blick ins Autoinnere. Die Airbags des Wagens hatten nicht ausgelöst, beide Insassen hatten so die volle Wucht des Aufpralls zu spüren bekommen.

Insbesondere aber die Frau, die in ihrem Jogging-Outfit am Steuer saß. Ihr Gesicht war blutüberströmt, war mit feinen Splittern der Windschutzscheibe übersät. Ihre Augen waren weit aufgerissen und ausdruckslos. Ben fühlte nach dem Puls der Frau, fand ihn aber nicht.

Für einen Moment schien er erleichtert, hörte dann aber wieder das Knacken auf der anderen Straßenseite. In der Dunkelheit konnte Ben so lange nichts erkennen, bis sich eine dunkle, gebückte Gestalt vorsichtig aus den Baumreihen löste.

»Stehen bleiben, Polizei«, rief Ben. Spätestens als er das Nachtsichtgerät entdeckt hatte, war ihm klar geworden, dass der Mann ihn längst entdeckt haben musste. Er zielte auf die Gestalt, doch die hob langsam eine der Hände, ließ mit der anderen die Pistole auf den Boden sinken.

»Ich schieße nicht, ich brauche Hilfe!«, rief er. »Ich bin's, Marten!« Mit der Hand, die zuvor die Sportwaffe abgelegt hatte, zog er sein Nachtsichtgerät ab, lehnte sich dann an einen der Bäume, die den Straßenrand säumten. »Bauchverletzung«, sagte er angestrengt, »aber glücklicherweise nicht sonderlich tief.« Er hatte sich zurückfallen lassen, nachdem Mieke zugestochen hatte, war ihr jedoch immer auf den Fersen geblieben. Während sie dem Pfad gefolgt war, hatte er sich einen Weg durch die Sträucher gebahnt, um schneller zur Landstraße zu gelangen.

Ben eilte über die Straße zu Marten. »Ich habe die Rettungskräfte schon informiert. Mein Handy hat endlich wieder Empfang.« Ben ließ ihn gewähren, als er die erhobene Hand sinken ließ, um die Wunde auf dem Bauch abzudrücken. Er hatte das Post-it auf den Unterlagen im IT-Büro nicht übersehen können: *»Nele ist in großer Gefahr. Ich muss diese Adresse abchecken. Ich melde mich, wenn ich mehr weiß.«*

Ben war ihm unmittelbar gefolgt, hatte weder Walters noch Feldner informiert. Sie hätten ihn aufgehalten, an die Dienstabläufe erinnert. Er hatte nicht auf Genehmigungen warten können und seine Vorgesetzten erst informiert, als er schon fast am Zielort angekommen war.

In der Ferne sah er kleine blaue Punkte, die sich drehend und mit schneller Geschwindigkeit näherten. Marten und die verletzte Mieke Ganter, die aus einer der Baumreihen humpelte, wären schon bald versorgt. Als die Frau Ben entdeckte, mobilisierte sie ihre verbliebenen Kräfte, stürzte zwischen zwei Bäumen hervor auf die Straße. Sie war blass, ihre Kleidung zerrissen und von Flecken übersät. Panisch irrte ihr Blick hin und her, blieb an Marten hängen, wanderte dann fassungslos zu Ben. Sie zitterte am ganzen Körper, stand sichtbar unter Schock.

»Nele, wo ist Nele?«, kreischte Mieke Ganter verzweifelt und sackte dann auf der Straße zusammen. Ihre Beine trugen sie nicht mehr, versagten ihren Dienst. »Sie müssen Nele haben!«, schrie sie und versuchte, auf allen vieren Ben zu folgen, der sich längst wieder dem Geländewagen zugewandt hatte. Die Kälte kroch unnachgiebig seine nassen Beine hoch, gab ihm das Gefühl, in seinen Reaktionen verlangsamt zu sein.

Doch das Klopfen aus dem Kofferraum des Wagens riss ihn aus seiner Lethargie, ließ ihn vom vorderen Teil des Fahrzeuges an dem immer noch stöhnenden Karolewsky vorbei zum Kofferraum stürzen, der sich auch mit aller Kraft nicht öffnen ließ. Marten, die Hand immer noch auf die Wunde gedrückt, watete durch den Straßengraben, um ihm zu Hilfe zu kommen. Er krümmte sich vor Schmerzen, als er auf die Fahrbahn trat. Er fluchte, atmete tief durch, ruckelte Sekunden später unter den verzweifelten »Nele«-Rufen von Mareike Ganter gemeinsam mit Ben am Kofferraum. *Da war es wieder, das*

Klopfen! Marten nahm seinen Rucksack ab, lockerte die Kordel, die das Hauptfach verschloss, und zog einen Klappspaten daraus hervor. Er ignorierte Bens fragenden Blick, setzte den Spaten am Kofferraumschloss an und schaffte es nach zwei Versuchen, die Blockierung zu lösen.

Als Ben die Kofferraumklappe öffnete, ging das Innenlicht an, und er schaute direkt in die schreckgeweiteten Augen eines kleinen Mädchens, das ein ausladendes Prinzessinnenkleid anhatte und sich in die hinterste Ecke des Kofferraumes schob, um so viel Entfernung wie möglich zwischen sich und die beiden Männer zu bringen.

Sie schrie nicht, starrte ihn aber voller Entsetzen an.

»Nele?«, fragte Ben und versuchte, in dem verängstigten und verweinten Mädchen das Kind wiederzuerkennen, das auf den Fahndungsfotos so fröhlich gelächelt hatte.

Ben streckte die Hand nach ihm aus, doch Nele kauerte sich noch mehr zusammen.

»Nele«, versuchte es Ben noch einmal mit genau der Stimme, die er abends nutzte, wenn eine seiner Töchter wegen eines Albtraumes aus dem Schlaf aufgeschreckt war und Probleme damit hatte, in die Wirklichkeit zurückzufinden. Er hielt ihr nach wie vor seine Hand hin, die sie skeptisch betrachtete, lächelte ihr aufmunternd zu.

»Nele, ich bin von der Polizei. Du brauchst keine Angst mehr zu haben. Wir bringen dich jetzt zu deiner Mama. Deine Mama ist hier. Sie wartet schon sehnsüchtig auf dich.« Das Mädchen schüttelte ungläubig den Kopf. Als Nele die Stimme ihrer Mutter hörte, die ihren Namen rief, schossen ihr Tränen in die Augen.

»Mama«, flüsterte das Kind, seine Unterlippe zitterte. Zaghaft legte es schließlich die kleine Kinderhand in Bens Hand und ließ sich von ihm nach vorne ziehen. Ben streckte dem

Kind die Arme entgegen und war froh, dass es sich problemlos von ihm hochnehmen ließ.

»Ich will zu meiner Mama!« Das Mädchen weinte nun noch heftiger und ließ den Kopf erschöpft an seine Schulter sacken. Ben umarmte die Kleine so fest er konnte, griff dann nach der knisternden Wärmedecke, die Marten aus seinem Rucksack beförderte und ihm reichte. In der Ferne hörte er die Martinshörner seiner Kollegen – und den erleichterten Aufschrei von Neles Mutter.

»Hörst du, Nele, da kommt noch mehr Polizei, dir wird nichts mehr passieren.« Er drückte die Kleine weiterhin fest an sich, versuchte ihr das Gefühl von Sicherheit zu geben und ging festen Schrittes auf Mieke zu, die aus einigen Metern Entfernung ihre Arme nach ihrer Tochter ausstreckte.

»Lilly«, flüsterte das Mädchen. »Sie haben gesagt, ich heiße jetzt Lilly.« Das Kind schluchzte.

Ben hielt schützend den Kopf des Mädchens, lächelte Mieke zu, streichelte Nele das sorgfältig frisierte Haar und machte sie darauf aufmerksam, dass ihre Mutter schon sehnsüchtig auf sie wartete: »Jetzt wird alles wieder gut, Nele, das verspreche ich dir: Du musst nie wieder Lilly sein!« Dann endlich drückte er Nele in die Arme ihrer Mutter.

ENDE

DANKSAGUNG

Kinderhand in Kinderhand. Wer ahnt schon, dass die eine Hand die Hand des Bösen ist? Die Szene, die am Anfang dieses Thrillers steht, ist ab dem Moment, in dem Nele in einen dunklen Wagen gezogen wird, ein reines Gedankenspiel. Bis dahin aber ist sie mir und einer Freundin genau so passiert. Der Spielplatz ist echt (befindet sich aber an einem anderen Ort), den Lockversuch hat es ebenfalls gegeben, und auch die Jahreszeit passt. Noch heute schaudert es mich, wenn ich (ausschließlich am helllichten Tag) auf den Fallschutzmatten stehe und in Richtung des Ausgangs blicke, vor dem in »Wehrlos« der Wagen der Entführer steht.

Das Auto wird schon bald keine Rolle mehr spielen, die Vernetzung in der Welt der Entführer schon. Ebenso wie sie ein gut funktionierendes Netzwerk brauchen, wird dies auch für ein Buch benötigt. Da sind während des Schreibprozesses diejenigen (meine Familie), die mir den Rücken fürs Schreiben freihalten und einem Absenken des Energielevels mit Schokolade entgegenwirken, und Freunde wie Mareike, Bettina und Verena, die für dringend notwendige Motivationsschübe sorgen.

Hier aber nur drei zu benennen, ist fast schon ein wenig unfair. In den sozialen Medien könnte ich – so wie es vermutlich Mieke getan hätte – jetzt einfach etliche Personen taggen, ein paar Herzchen verschicken und ein blinkendes Danke-Herz ins Netz senden. Die Herzchen verteile ich nun einfach hier.

Ganz viele Herzchen schicke ich in den hohen Norden, nach Hamburg. Und zwar an meinen Verlag #harpercollinsde. Dort haben so viele Verlagsmitarbeiterinnen und Mitarbeiter dafür gesorgt, dass »Wehrlos« doch mehr als nur ein Gedankenspiel geworden ist. Zwei spezielle Herzchen an dieser Stelle gelten meinen Lektorinnen Monika Buchmeier und Cathérine Fischer, die sich auf dieses Abenteuer eingelassen und viele gute Denkanstöße sowie das ein oder andere fehlende Satzzeichen geliefert haben. ☺ Glitter möchte ich irgendwann und irgendwie trotzdem haben! ☺

Herzchen bekommen auch die vielen Buchhändler und Buchhändlerinnen, die »Wehrlos« bestellt haben und mein Kopfkino damit zwar nicht auf die Leinwand, aber in die Regale bringen. Bücherregale sind die schönsten Regale überhaupt! Einen weiteren Herzchen-Regen gibt es für Sie, liebe Leserinnen und Leser. Einige haben schon das zweite Mal einen Thriller von #norabenrath gelesen, andere haben vielleicht zum ersten Mal einen in der Hand. Ein riesengroßes #dankeschön dafür!

Die herzlichsten Herzchen möchte ich an dieser Stelle an meine Familie und Freunde schicken (Ihr wisst schon, wer gemeint ist!). Nicht wegen der oben bereits genannten Schokolade (lecker!), sondern einfach, weil Ihr meinem Herzen guttut.

Ein letztes Herzchen geht übrigens an den Polizisten Ben. An ihn und seine Kollegen (insbesondere fernab der virtuellen Welt), die Verbrechen wie das in »Wehrlos« mit so viel Einsatz aufzuklären versuchen und rund um die Uhr Überstunden schieben, um unsere Welt und die unserer Kinder etwas sicherer zu machen.

#Dankeschön